衔沙为影

上

Superpanda
著

山东城市出版传媒集团·济南出版社

图书在版编目（CIP）数据

衔沙为影 / Superpanda 著 . -- 济南：济南出版社，2023.10

ISBN 978-7-5488-5950-5

Ⅰ . ①衔… Ⅱ . ① S… Ⅲ . ①长篇小说 - 中国 - 当代 Ⅳ . ① I247.5

中国国家版本馆 CIP 数据核字 (2023) 第 211698 号

衔沙为影　XIANSHAWEIYING

Superpanda　著

出 版 人　田俊林

责任编辑　尹利华

装帧设计　霄 — Book Designstudio — wx:vxiaoamber

出版发行　济南出版社

地　　址　济南市市中区二环南路 1 号（250002）

总 编 室　（0531）86131715

印　　刷　三河市冀华印务有限公司

版　　次　2023 年 11 月第 1 版

印　　次　2023 年 11 月第 1 次印刷

成品尺寸　145mm×210mm　32 开

印　　张　15.5

字　　数　347 千字

定　　价　75.00 元

目　录

第　一　章

梦　起

1990年初春，北京。

风有点儿大，街头巷尾一辆辆的“永久”“凤凰”匆匆而过。女人们用纱巾包头，都看不出本来面目。

谢兰生长腿一迈，从二八车上面下来。他把横梁架在肩上，而后一路扛上四楼。他微微喘气，掏出钥匙打开家门，又把车子推进屋里。

母亲李井柔刚把菜盛进盘子，在厨房喊：“去哪儿了？才逛回来！”

谢兰生并不想说他去卖剧本了，只道：“随便转转，透透气。”刚才，他又跑到某制片厂厚着脸皮自荐剧本，然而还是一关都过不了。

“你看看你这个发型……”李井柔又开始唠叨。她砰砰砰地把几盘菜撂在桌上，递给儿子一双筷子，“非要上什么北电，学什么导演，拍什么电影……你当年那分数能上科大呀！”

“好啦好啦，我在北京多陪您几年，不挺好吗？多少爸妈羡慕您老呢。”谢兰生这辈子从来没有说过硬话，尤其是对父母。

谁都知道，彼时的考大学是千军万马过独木桥，能上本科的不足五分之一，大专甚至中专文凭在外头都十分吃香，因此，全校第一的谢兰生念了北电这件事叫李井柔夫妻二人到今天都无法接受。

高中毕业时，谢兰生想上北电，想学导演，于是不顾家中反对，一意孤行填了志愿，当时家里简直闹翻天了。

李井柔的怨念颇多：“你们北电哪都不行。还搞什么二四制，差点儿连大学文凭都没有了，就没听说过有这样的。”

谢兰生又笑：“这不是有大学文凭吗。好事多磨，好事多磨。”

1985年，北电导演系开始搞“二四制”，即在第二年进行统一考试并淘汰掉二分之一，被淘汰掉的人立即离校，只能拿到大专学历；剩下的那二分之一才有可能获得本科学历。谢兰生在考试那天莫名其妙地发起高烧，在全班十八人中成绩排第九，差一点儿滑到后二分之一里，刺激得很。

李井柔说：“你吃完饭再去问问学校几时分配工作。”

谢兰生一顿，点头道：“行。”

他抬眼，见电视上正巧出现柏林影帝莘野的脸。他注视着电视屏幕，深觉这是一个老天赏饭的人。今年才刚大学毕业且并非科班出身，却凭一个青涩青年的角色拿了华人在欧洲三大电影节的首个最佳男演员奖。

莘野生在美国长在美国，继父还是洛城的“富二代”，经营酒店等产业，本人似乎是念的哈佛，学经济，周身的气质是独一份。谢兰生在一份报纸上看到过他穿风衣走过街头的照片，简直拉风得过分了，引得一群北京老少驻足观看。

吃过午饭，谢兰生回电影学院。电影学院在蓟门桥外西土城路，校园里有乌泱泱爱出洋相的文艺青年，他们抽烟喝酒、染发文身，做不着边际的白日梦。

对于“分配”这件事，老师只说还没消息。

谢兰生弯腰躬身，态度谦虚而又恭顺：“谢谢老师，要有动静，麻烦您通知我。”

“那当然。”北电导演系的主任王先进打断谢兰生，他很喜欢这个学生，“兰生，最近在干什么？”

谢兰生也老实答了:“嗯,向电影厂推销本子,不过全都没有通过。”

王先进和蔼慈祥：“你的能力没有问题，可以准备几个好本子，再去试试。”

“嗯……”谢兰生对王先进笑，“好的，谢谢老师。”

两人聊了好一阵子，谢兰生才告辞离开。

北京电影学校外面这条小路他很熟悉，有三株桃树，还有三棵石榴树。

石榴花正尽情怒放，谢兰生静立在树前。

他的剧本没有人要。

石榴花上落满刚刚才下的雨，本就明艳的花瓣更加明艳，夺人眼球。雨水像被吸住一般，一动不动。

谢兰生用手抹过花瓣，雨水扑簌簌地掉下来。

他的眼神没有焦点，好像正在思考什么。

在路口，谢兰生遇到了两个同班同学。

一个是张世杰，一个是王中敏。张世杰是个胖子，王中敏则十分瘦弱。两个人天天待在一起，是谢兰生的好朋友。他们一开始总结伴看片，现在却是懒得去了，就谢兰生还在学校进进出出看内参片——电影学院有观摩课，星期二放外国电影，星期三放中国电影，周边国企事业单位也会放映内部电影，他们学校美术系的学弟学妹会画影票，跟真票一模一样，他每回都能混进去。

“无业游民！”张世杰、王中敏二人高声叫道，“老谢！老谢！”

谢兰生：“哟，张胖子，还真巧了。”

张世杰和王中敏问：“又来打听毕业分配？”

“对。”谢兰生点头承认，“你们两个也是吗？”

“呵呵，都没信儿。”张世杰伸手揽住谢兰生一边肩膀，“走走走，喝酒去！”谢兰生性格好，人缘也好，谁都喜欢跟他喝酒。

谢兰生说：“行啊，我请，去吃爆肚！”

餐馆距离学校不远，破烂埋汰，异常拥挤。塑料小凳摇摇晃晃，木头桌子油迹斑斑。

三个人一边吃，一边喝，一边聊，一边疯，其间自然聊到未来。

张世杰说：“我们想开广告公司，拍广告片儿。现在这个很吃香的，我们先出去挣够钱，再回来拍电影。你呢？要不要一起干？”

谢兰生摇摇头：“我还是想做电影。”在谢兰生看来，一个人若热爱电影就不应该离开电影。这是毕生的事业，他需要一直努力、进步，不能被打断，不能被耽搁，他没有时间先去挣钱。

“好吧。”张世杰问他，“那你这几个月在干什么？”

谢兰生一提到电影就会变得非常多话：“我在推销剧本，叫作《生根》，讲一个女人，生在农村长在农村，婚后六年先后生下三个女儿……”

张世杰说：“哎哟我的兰生祖宗，这个东西拍不了的。”

“我真希望拍出来啊。”谢兰生灌一口啤酒，颈间喉结上下一滚，“想着万一有人要呢。”

“喏，你也知道，万分之九千九百九十九没人要吧？”

谢兰生不说话，打了一个酒嗝。

半晌，他才说：“反正，一共就十六家制片厂，都走一遍呗。”

“哈哈，随便，想试就试。”张世杰与王中敏也喝了几口啤酒，“我看你啊，是不到黄河心不死！”

“到了黄河也不想死心。”瓶子里的最后一滴酒滚入咽喉，又苦又涩，谢兰生“哐”的一声把它撂在桌上，用瓶子底吱嘎吱嘎地磨坚硬的玻璃板，好像那是一道坚不可摧的屏障，“无论如何我都想拍。”他的故事，他的人物，他的画面，他想拍出来。那些事、那些人，无数次地在脑海中徜徉、飞翔，鲜活鲜活的生命力呼之欲出。

只要想想，血便沸腾。

“朋友，你怎么拍？”

在过去的四十几年，拍电影都需要厂标。拥有厂标才意味着拥有摄制电影的权利，而厂标，只属于这十六家国营电影制片厂。其中北影、上影、长影、八一四家早已分地而治，珠江、广西、潇湘等规模较小。

也就是说，没有任何民营企业、私营企业、个体团队可以摄制电影。

谢兰生想想，压低声音，问张世杰和王中敏：“哎，你们知道……上一届摄影班的孙凤毛吗？”

王中敏点头道：“好像听过。”

“据说他在自己拍呢。”

“啊？”

谢兰生又继续解释：“自筹资金，自寻设备……我在琢磨，实在不行，我也可以……”

“谢！兰！生！”张世杰听后，简直又惊又怒，说：“你疯了？！”

张世杰用粗胖的手指“哐哐哐”地戳桌面上的那块大玻璃板：“你发癫了！孙凤毛有病，你也有病？！那是地下电影！”

谢兰生浑身一震。

然而，也不知是被鲜红鲜红正在怒放的石榴花给刺激的，还是刚刚被又苦又涩的劣质酒精给刺激的，抑或二者都有，谢兰生的倔劲上来，故意拧巴着，眨眨眼抖机灵：“地下就地下呗。我拍出来，谁能知道？”

他挺崇拜孙凤毛的。

大排档里，又在播放美国乡村音乐了。中美建交以后，大家可以听到这些新鲜的歌了。

谢兰生很清楚，“自己拍片”已超越了1990年的电影拍摄自由，然而，在这中西文化初碰撞的懵懂年月，孙凤毛的这种“背叛”，让谢兰生感到心惊肉跳却又心驰神往。

王中敏也呆呆地看着他：“你疯了……你真的疯了！”

大概是真的喝高了，谢兰生说话做事十分随性。他用右手反手握住啤酒瓶细长的瓶颈，抄起来，一个用力，“哐”的一声将它砸碎在地面上。刹那间玻璃碎片四溅，那一片一片小小的、薄薄的、在阳光下绿莹莹，有点儿剔透的碎片好像玉石一般。

谢兰生砸了瓶子，此时也是微微一愣。他两只手按着膝盖，看着面前满地狼藉，还是说了刚才想说的话："我不管，我就拍。嘿，非拍不可！"

别说，这动作还挺有电影感。

张世杰、王中敏两人知道，谢兰生是真的在发疯。

谢兰生借着酒劲，越想越明白。

这是他的个人情感。

总有一些东西值得承担风险甚至付出一切。

那边，张世杰、王中敏还在苦苦劝说，模仿译制片腔，试图缓和气氛："嗨，我的老伙计，咱们老师说，这两个月就能分配制片厂了，到时就有工作，不用这么作死啊，乖。"

谢兰生没说话。

对有些人来说，摄制电影只是一个养家糊口的差事。

但对另一些人来说，并非如此。

他想讲故事，不是为了养家糊口，而是为了被打动时从眼角处悄然落下的那滴泪。

待清醒时，酒后所言皆是妄语。

还没等谢兰生深入思考什么，三月底，学校传来好的消息——他被分配工作了。

谢兰生作为北京电影学院1986级的毕业生即将离校。

他没有抢热门大厂，而是为了早日拥有执导电影的机会，去了位于湖南长沙的南渊制片厂。他主动要求去冷门单位，学校自然没有不从，因此，他被分配工作的时间在同学里算比较早的。

谢兰生的选择其实不难理解。

曾经，一个电影导演必须先做几次场记，再一步步当上助理、副导演、执行导演、总导演，辛辛苦苦好几十年，一路熬上去。因为“导演”只有一个，大家都是论资排辈，只有这样才能显得选拔制度公平合理。厂标有限，普普通通的制片厂每年就能分到一两部，北影、上影、长影、八一似乎可以多拿一点，老一代的知名导演垄断了这些宝贵名额，刚毕业的毛头小子无法得到任何机会。不过，前几年恢复高考后，电影学院的毕业生走出校门，竟然能在一些人才匮乏的“边陲小厂”受到重视，接连越级，这让包括谢兰生在内的一些学生跃跃欲试。据说，最早，是某个电影厂几个青年组建了什么摄制小组，拍其他人不要的片，还剃光头用以明志，最后效果十分不错，引起了其他厂的关注。

谢兰生要远赴长沙，父母自然比较失望，然而饭碗才是最重要的，他们并未加以阻拦。谢兰生是北京人，成绩还好，他们班的一女同学因此以为他会留京，与他故作暧昧，还跟学校说希望能跟男朋友分在一起，最后也被分到湖南，她没忍住，号啕大哭，而谢兰生在一个月后才知道这件事情。

南渊电影制片厂创建于20世纪50年代。

到南渊厂后，谢兰生的首个工作是副导演，帮有名的鬼才李贤拍摄影片，影片名叫《财运亨通》。

谢兰生很喜欢那个剧本。

然而没有想到的是，当一切工作准备就绪，所有人都唱着歌到了指定拍摄地点，要开机时，整个剧组却被厂里十万火急叫回长沙，说筹备期间太乐观了，上头刚刚提了18条修改意见。

那没办法，他们只能一条条改。

谢兰生挺失望。不过很快他便重新振作精神，因为不管如何变化，他“副导演”这个头衔不是假的！

拍片子这个梦，对谢兰生来说，早已令他心驰神往。

他犹记得小时候第一次看电影那天发生的事。

当时，因为小叔有些门路，他随家人到洗印厂看“内参片”。所谓内参片，就是不在全国公映，而由专人引进、翻译，给首长们看的片子。当时，内参片远不如后来管理宽松，普通人很难见到。

而小小的谢兰生，听到荧幕上的机枪“突突突”响起来时，手脚抽搐，浑身发抖，“啊啊啊”地尖叫起来。发现自己没事以后，他还要救其他的人。屏幕上人成片倒下，他便当即痛哭失声。回到家里，他还止不住地悲伤、抽泣，中间一度有些窒息，这件事在后来很长一段时间之内，都是家人取笑他的话题。

也许，自那时起，他便为电影着了魔。

好消息是，几次修改以后，新的剧本通过审查，大家再次南下拍摄。此时正是九月末，北京亚运会如火如荼，满大街都是笑容明媚高举金牌的熊猫盼盼，剧组众人的心也跟着敞亮起来。

在片场，谢兰生又挺谦逊地问李贤他能不能上手掌镜几个镜头，李贤答应了，让他拍摄其中两场。

李贤34岁，有情怀，有思想，是谢兰生十分尊敬的大导演。不过据说，李贤的母亲上个月被确诊癌症，正在治疗，这导致了李贤老是心神不宁。

在谢兰生“做作业”时，李贤导演站在一边，怔怔地看着谢兰生的工作方式，突然摇头问：“兰生，你把分镜头给修改了？”

“啊，对，是这样。”谢兰生道，“最后没拍天上的太阳，而是改成面部特写。就调了这个，有问题吗？”

李贤沉默半晌才道：“兰生，你的方式，非常吓人。”

谢兰生：“啊？”

“你本人并没意识到……一般来说，在拍摄了令人悲伤的东西后，导演会把镜头对准其他东西，比如鲜花，比如草叶，给人缓和的时间。你的方式太残忍了，直勾勾的，在主人公倾家荡产以后还要拍他的面部表情特写。”

谢兰生道：“我想正对真实，直面人性，不逃避，不否认，接受人的一切善恶。”

李贤没有说话。

谢兰生又补充了句：“我们应该有勇气看。”

李贤摇头，还是改了，自己掌镜拍了。

于是，整部电影没有保留谢兰生的任何东西。

不过，能作为副导演在现场准备、协调，谢兰生也挺开心。

待李贤的那部电影完成拍摄进入后期，谢兰生又在厂里面四处联络，找活干。

谢兰生是北电毕业，又有“副导演”的身份，并不难接活，甚至还是香饽饽。然而当初被分配到南渊制片厂时，单位曾经承诺让他独立拍片，因此，对再次给别人打下手这事儿他没同意。

依他目前资质，通过上报选题筹备影片这种方式很难通过，自然也就无法独立担任导演工作，只能在南渊制片厂确定要拍的现成剧本里淘。

但是，他在厂里不过是个新人，那些项目又哪里能轮得到他？

谢兰生的心情不佳，一方面是因为无法成为导演；另一方面是觉得自己上当受骗，因为南渊厂并未做到当初承诺过的事情。想想也是，南渊这样的制片厂，一年只有几个厂标，哪能轻易轮到他呢？希望越大失望越大，这种落差难以承受。虽然，对着人时，他依然是永远露着招牌式的明媚笑容。

晃晃悠悠到了1991年，他执导的事才有了转机。

文学创作部的一位姑娘风风火火找到谢兰生说：“谢兰生！有个剧本，你要不要上？”文学创作部专做剧本创作，他们敲定剧本以后会提交到厂生产办，厂领导下生产令后导演就能开始筹备了。

谢兰生：“嗯？”他将背脊挺直。

姑娘叫着：“你赚大发了！大牌导演现在都有活，让你捡到一个便宜！”

谢兰生却本能觉得这件事情不太对劲。

那么巧吗？大牌导演都有活？这听着十分像是借口。

他在这里不过是个新人，属预备选手，能轮到他？真有天上掉馅饼这种好事？

他沉思着，没被消息冲晕了头，笑着道：“谢谢妹子，不过……”

“我比你大！”

“呀，这可真看不出来！”谢兰生改口，“谢谢姐姐想着小弟了，但是，我希望先看看剧本，行吗？”

谢兰生的长相俊俏，姑娘本来觉得麻烦，却被哄得挺开心：“哎，那你抓紧了。”

“放心！”

谢兰生把《乱世儿女》剧本拿回来看，发现这个剧本果然剧情简单，人物扁平，推动方式更是无比粗暴！好人成为好人是一句话的事，坏人成为坏人也是一句话的事，转变之快让人蒙圈。

他在厂里打听了一番，才知道这《乱世儿女》已在厂里所有导演手上轮过一遍，没人要。

按照约定，《乱世儿女》不拍不行。文学部的同事已跟其他导演谈过几圈了，搞得人人都绕道走，就差把文学部的同事当瘟神了。万般无奈之下，文学部想到了刚来的新人选手谢兰生。

怎么办呢？一方面是能拍电影，一方面是拍不喜欢的电影，谢兰生十分为难，纠结到头秃。

谢兰生将这个剧本拿回自己的寝室，反复翻，来回看，始终沉默不语，弄得纸页都有点儿发黑发皱。

一天后，为了可以圆导演梦，谢兰生终于下了决心，拎着本子，风风火火跑到厂里，对文学部的同事说：“张姐，亲姐，是这样的，我可以接这个本子，但希望做大幅修改。”

文学部的那个姑娘没有权力决定这个，上报主任，主任也不敢自作主张，把谢兰生给带到了代厂长办公室。

代厂长姓张，名富贵，59岁，马上就要退休了，以前一直是副厂长。去年厂长出去学习，让张厂长暂时代职。

张厂长是老好人，比较胆小，也可以说怯懦，没有威严，无法服众，在南渊制片厂几十年了还只是个副厂长，被足足小他17岁的厂长压着。

果然，听完谢兰生的要求，代厂长有些犹豫，叫谢兰生出去等着，他必须要打个电话，向厂长请示下。

谢兰生站在办公室外，眼见着代厂长抄起话筒拨了一串号码。电话号码不是按的，而是拨的，代厂长几根手指又短又粗，使劲捽在写着数字的圆圈里，卖力拨号，看起来有些滑稽。

大约五分钟后，代厂长胖手向内一招，叫谢兰生回去，开始说官话："兰生啊，你就死马当活马医，自己看着修改修改吧。"代厂长很想赶紧圆满地把任务完成，让大家高兴、满意。这好不容易抓到壮丁，他想尽快敲定一切。不过，虽然同意谢兰生修改，他的话也含糊其词，这样以后万一出事他也能把自己择出去。

谢兰生说："谢谢厂长。"

事实证明，南渊制片厂里面没有秘密。

接下本子的当天中午，在南渊制片厂的宿舍楼口，谢兰生便被一个叫池中鹤的导演拦住了。

"呦呦呦呦，看看是谁？"对方一副奚落的样子，"北电毕业的谢兰生！"

谢兰生没说话。

"你打算拍《乱世儿女》？"

谢兰生又露出微笑："嗯。"

"我们丢了的烂骨头，你居然还捡起来啃？"

"加油！"池中鹤说，"叫咱们都睁眼瞧瞧，北电毕业的大导演拍的片子有多厉害！哈哈哈哈，可别砸了南渊厂招牌！片子要是太烂、太臭，到时候哭鼻子，可就跟北电高才生的身份不符了！”

谢兰生十分清楚，导演专业的毕业生已经动了别人蛋糕。为了招揽人才，十六家电影制片厂都或多或少给了导演专业的毕业生一些优惠政策，可是厂标数量有限，你有片子他就没有，他有片子你就没有。

池中鹤在讽刺他。

据说这池中鹤也是个关系户，不过水平根本不行。

以前，各制片厂拍完电影都是直接交给中影（中国电影发行公司），不用操心放映的事。在哪里放、放多少场，都是中影自己规划。然而1985年后，这个模式逐渐变了。虽然电影还是必须通过中影统一上映，但是，各地却可以自行决定是否购买一部电影的拷贝以及购买多少拷贝，再由中影公司按照它统计的总量向制作方付账。一般来说价格都是一万块钱一个拷贝，不论制作成本是多少，中影采购多少拷贝就支付多少现金。这两年，有的片子能卖一百甚至二百多个拷贝，有的片子只能卖几个或者十几个。谢兰生听同事们说，池中鹤的上部片子只卖掉了四个拷贝，赔本赔到姥姥家了。

谢兰生并不喜欢逞口舌之快：“谢谢池导，但它不会又烂又臭的，我对北电的大师们教的东西有信心。”

“你！”也不知道真傻假傻，池中鹤想。

过了一会儿，池中鹤的眉目舒展，呵呵笑着，将手里的一个肉包子搁在谢兰生的饭盆上：“对了，你是要去食堂对吧？食堂包子被抢没了。我这正好还剩一个，既然谢导这么喜欢我挑剩下的东西，那这个也拿去吧！”

这操作太莫名其妙，谢兰生一愣，还没等说话，池中鹤已拔脚走了。

谢兰生也没再理他，走到楼口的垃圾桶前，把肉包子扔了进去：“哼，谁要你的肉包子？”

谢兰生向厂里请假，躲在宿舍没日没夜地想剧情和改剧本。他每天抽大半包烟，喷云吐雾。说来奇怪，他平时并不喜欢抽烟，也没瘾，然而，每回思考故事、撰写台词，他都必须拆包烟。

他手按着三百字一页的红稿纸，一行一行用力地写。他是那样的矫揉造作，构思故事到动情时常常落泪。他左手的两根手指夹着香烟，伸直了，用掌心抹泪。

大约过了四个星期，谢兰生把新的剧本揣在身上回到厂里，看起来风尘仆仆的。

在文学部，当着文学部同事和代厂长的面，他朗读了修改后的电影剧本。

在场的人全都知道，除去主角人名、初始背景，《乱世儿女》整个故事主线支线全被改动了，而且被大刀阔斧地改动，他们甚至无法想象二者源于同个根骨！

到了最后大结局时，几个姑娘泪光盈盈、轻轻啜泣。

“好……好……”代厂长说，“太好了，成立剧组，大家热火朝天地干起来吧！”

谢兰生说：“谢谢张厂长。”

他挺高兴的，在心里头规划、筹备，甚至打算向上影厂借摄影机。南渊制片厂正在用的阿奈胶片经常出现划道，在国外早被淘汰了，而上影厂有莫应康，谢兰生想着，到时可以协调一下，看看能否在上影厂拍摄的间歇期将莫应康借来一用。

那个可是莫应康啊，效果好着呢！他还没亲眼见过。

想到这里，他就开始手心发痒。

然而，化用《阿甘正传》那句经典台词，人生就像一盘混了各种馅儿的饺子，你永远不知道下一个是猪肉白菜的，还是鲜肉蘑菇的，或者是虾仁韭菜的。

没等《乱世儿女》的摄制组成立，单位一位领导便找到谢兰生："兰生，正在北京封闭学习的关厂长来电话了。他很重视《乱世儿女》，叫你一定好好拍摄，扛起导演重任，为南渊制片厂多做贡献。"

谢兰生也十分感动，甚至有些受宠若惊："谢谢关厂长，我一定会努力拍摄。"

"然后……"领导顿了顿，又说，"同时，为使这部被看好的片子达到最高水平，厂里决定，让池中鹤担任总导演，你做执行导演。"

"啊？"谢兰生想:这是什么意思？让池中鹤过来担任总导演？

那位领导说得冠冕堂皇："池中鹤不参与拍摄，也不指指点点，你可以干你的艺术，绝对不会受到干扰。只是，在署名时，会说他是总导演，你是执行导演。池中鹤是老牌导演，要比新人有号召力，厂子可以多卖拷贝，提早完成全年任务。你也希望多卖拷贝，让更多人看到自己拍的片子吧？你要是实在不放心，我可以让池导保证连片场都不进去。”

谢兰生无语，他知道，《乱世儿女》经过他的改动以后已焕然一新，臭石头一摇身变成了香饽饽，拷贝数量有望冲击南渊制片厂的历史前三。

因此，那个曾经羞辱过自己的池中鹤，才明目张胆，要抢这部片子。

虽然他并不参与拍摄，也要挂个总导演的名头，排在自己前面，排在第一的位置，让世人以为，《乱世儿女》是他池中鹤拍出来的。

听到厂里这个要求，谢兰生手捏着剧本，说他得想想。领导并未再逼迫他，放他离开了，只是临了又劝一句：“兰生啊，你别想太多，能上片子就是好事。”

谢兰生说他知道的，而后走回自己寝室，从床板下拎出一个画着红鲤鱼的搪瓷脸盆，扔在地上。脸盆在水泥地上转了几圈才停住了，发出一阵刺耳声响。谢兰生点了根烟，用牙咬着，微微眯起一双眼睛，隔着青白的烟雾，把他写的《乱世儿女》一个字一个字地又细细地看了一遍。

看完，他一只手拿着剧本，一只手捏着香烟，凑上剧本的一个角，把剧本给点燃了。火苗终于蹿起，谢兰生用右手又扇了扇，左手变换角度，让整沓纸都烧起来，接着把它扔进盆里，垂眸看着。

火光烈烈，映着他还年轻的脸。

几分钟后，他的故事化作灰烬。

给在北京学习的关厂长打长途电话，谢兰生说，他不接受

“执行导演”，希望厂里能信赖他，让《乱世儿女》冲击销量。对方听完，沉默了。

几秒钟后，关厂长道：“南渊厂支持青年导演，但青年导演的号召力比较有限，会让院线产生顾虑，让南渊制片厂卖不掉本可以卖掉的拷贝数。”

双方实在是说不拢，最后，谢兰生极不舍地道：“关厂长，我刚刚又反思了下，觉得自己可能太自大了。既然各省的电影局都不相信青年导演，那可能是青年导演在技巧上确实得再提高提高，在这方面各电影局的领导们是有经验的。《乱世儿女》就算借着大导演的名义卖了，最后成品质量太差也还是达不到预期效果，不仅影响我自己的名声，也影响池导的名声。我想放弃这个机会，再磨炼磨炼。”他这意思十分明显，如果必须加池中鹤，他就不拍《乱世儿女》了。

得到最终答案，关厂长并未就此让步，最后暂时就这样了。

在这阶段，关厂长已经说了所有能说的话，做了所有能做的事，可谢兰生软硬不吃。谢兰生是分配来的，他总不能把人开了，不让上片就已经是最严重的惩罚了。

至于那个《乱世儿女》，就还是按照原先思路随便找人拍完算了，不给厂子冲销量了。

谢兰生本来以为厂子会让他把剧本直接拿给池中鹤拍，谁知竟然没了后续，看来对面的几个人也还是要一点脸的。

《乱世儿女》突然没了，谢兰生也有些闹心。

自从他做副导演的《财运亨通》进入后期，他就开始寻片子了，至此正好三个月整。好不容易拿到一个没人要的《乱世儿女》，想故事，改剧本，最后却因池中鹤想据为己有而夭折了。

只要回想起来那句“让池中鹤担任总导演，你做执行导演”，谢兰生就恶心反胃。

没法子，他再继续寻找机会吧。

然而，人要倒霉起来喝凉水都塞牙，还没等打起精神呢，谢兰生就又听说了个让他无比震惊的消息：他进厂后参与的唯一一部片子《财运亨通》三个多月前就被毙了，不能上，而彼时他们正在深圳热火朝天地拍摄着！是张富贵这代厂长看完文件后忘说了，现在片子全做完了才一拍脑门想起来了！据说，几个月前，因为政策有些变化，电影事业管理局又重新审了所有剧本，结果是，南渊制片厂的两个项目，包括李贤的《财运亨通》被叫停了，而张富贵这代厂长稀里糊涂地忘讲了。

谢兰生是真的没话讲。

幸亏张富贵那小老头不是正厂长，这种大事都能忘了。据说当时，张富贵在推进另一部片子卖拷贝的事，想第二天再说这个，然而毕竟年纪大了，睡完一觉就忘光了。

谢兰生一边抱怨，一边跟导演李贤和另一个副导演张庆到厂长办公室。

张富贵的身材不高，有些胖，腹部尤其突出，撑得衬衣都收紧了，肚子被两边的布料撕扯着，看起来微微发颤。

他看了看李贤，问：“李贤，你母亲的身体还好吗？”

李贤说：“刚化疗完，挺虚弱的。”

“嗯。”张富贵把胖手一抬，“桌子上有一份文件，你们看看吧。”

三个人凑上前，发现这份公文上面清楚写着：《财运亨通》停止拍摄，整个剧组立即解散，回长沙。

李贤看完问："怎么现在才说这事？"语气里也带着埋怨。

张富贵转过身，看着窗外的院落说："李贤、张庆、兰生，我眼看着就退休了，这也是我能为你们做的最后一件事了。"

"啊？"谢兰生蒙了。

张富贵的声音又响起来："你们对于《财运亨通》有很大的创作热情，我看在眼里。你们剧组夜以继日地改剧本、筹备、拍摄。李贤、张庆很久都没如此兴奋了，兰生刚来，对自己的处女作有很大期待。过几天我跟上头沟通沟通，可能会有一些转机……毕竟片子已经出来了，厂里花了很大精力。领导根据实际情况可能会放咱们一马。"

到这里，谢兰生终于明白了。

张富贵代厂长，从未忘记"叫停"的事。

他是故意不执行的！

他明年就退休了，即使担责任，也不会对他有太大影响，退一万步说，就算要承担责任，那这也是应该的，于是他把全部责任都揽在了自己身上，说是因为他忘通知才导致片子出来了，如今剧组进退维谷，看电影局能否根据实际情况让电影上映。现在生米煮成熟饭，电影局给通过也未可知。

整个厂子的人都说富贵厂长一向软弱，没有手段没有魄力，在南渊制片厂几十年了还只是个副厂长，然而，谢兰生想，只有他们几个人知道，张副厂长在临退休之际曾如此"英勇"，没有执行上头的命令，当个睁眼瞎，只为护住这部片子。张富贵，在这一年，忽然间就“叛逆”了一回。

谢兰生深吸一口气，看向窗外。太阳挂在光秃秃的枝丫之上，给一切都涂上一层稀薄白光。

李贤明显也很震惊，他们几人道歉、感谢，最后走出了办公室。

可未来究竟会如何呢？

张富贵的最后英勇所换来的结果是各退一步。南渊制片厂的这两部本来应该被叫停却阴差阳错做出来的电影，李贤的《财运亨通》被毙，另一个过了，不过上头提了很多意见让那导演进行修改。同时，严肃批评了张富贵。

对于这个结果，张富贵是想到了的。他用他的“抗命不从”保住了其中一部，并未全部折戟沉沙。

可谢兰生十分茫然。

他想，毕业以后，他都做了什么事呢？

哦。先当副导演，然而片子无法上映，接着又想当导演，最后搞到玉石俱焚。整整一年，什么东西都没出来，他大概是在走背运。

他还剩下几个一年？灵蛇在握，却仿佛被遗弃在荒原。

接连发生的意外像两根尖刺扎进心里，又快又深，让他很疼。而那些刺就算拔了，创口也是冰凉。他连着几天浑浑噩噩，跟谁说话都没劲，只觉周围大大小小高高低低各种声音糅在一块，混乱不堪无从分辨，时间仿佛都凝滞了。

在空茫和迷惑当中，谢兰生再次想到摄影班的孙凤毛了。他之前就听人说了，孙凤毛在“自己拍片”。

自己拍，他又记起自己一直在挂念的那个剧本了。

人一辈子就几十年，而电影需要终生学习。他不愿意再荒废了，他想要做喜欢的事——尽可能多地拍片子。

谢兰生乘火车回了一趟北京，住在学校大门旁边专利局的招待所里，一晚10元。

他把孙凤毛约出来吃爆肚，打听如何才能自己拍电影。

孙凤毛说："送到国外参赛！只要内容能打动人，会有公司来买版权，在国外播，咱们就能收回成本。但是拿到版权费后，你需要把版权收入拿出来给投资的人。你找一些肯出资的，自己拍摄制作，说好如果能卖版权就按份额分配收益。你听说过投资这词吗？买股票也是投资，它可能赔钱也可能赚钱。"

在拍摄了《财运亨通》后，谢兰生也懂"投资"了，他皱皱眉，问孙凤毛："国外公司能花三十万买咱们的电影版权？"这简直是天文数字。

孙凤毛道："是按国卖的。你卖给英国，挣一份钱；卖给法国，再挣一份钱；卖给日本，又有一笔钱。你想，世界上有多少国家？再说了，三十万人民币，人家才不觉得多呢。我打听过，有些国外公司甚至会花几百万美元买版权呢。"

谢兰生似懂非懂，点点头。

孙凤毛又说："走这条路，就不用在厂里上班了。"

谢兰生低低地"唔"了一声，内心的天平开始倾斜。

再回南洲，谢兰生听同事们说，他不在的这三四天，市里来了一位领导，这位领导在开会时问起北电的毕业生现在被如何培养，关厂长的秘书则回答："刚大学毕业还很年轻，只能暂时做副导演，怎么也得锻炼五年才能真正承担重任。"

听到这事，谢兰生的脑子一麻，像有黄蜂爬进耳朵，不是一只，而是一群，许多翅膀上下扇动发出嗡嗡的声音。

五年！谢兰生也弄不明白南渊厂是不是在分配前的谈话里就打算骗自己了，说能上片，只为扣下一个北电的毕业生，还是因为《乱世儿女》才决定了这个"五年"的？

谢兰生想：太憋屈了，老子不干了。

他受够了。

再锻炼五年时间，他就毕业六年了，他还是不能拍他自己真正想要拍的故事。何况，五年后是什么情形也全是未知数——厂标一年只有几个，真的可以给到他吗？电影本质不就是写书加上拍照吗？怎么只有大导演才有资格进行创作呢？

算了，他想，爱怎么样就怎么样吧，先爽了再说，一切后果他都认了，再说也未必会非常惨。他的故事不想等了，他要去拍他的剧本。

下定决心的谢兰生不再迷惘不再犹豫，他一边上班，一边跟富有的亲朋好友谈"投资"的事，只是进展并不顺利。这时候，富足家庭叫"万元户"，就是有一万元存款的意思。一万元尚且难得，二三十万就更是一笔巨款，可拍一部电影就是要这么多钱。他认识一些下海的人，也认识一些炒股的人，然而，虽然眼下经商稳赚不赔，股市只涨不跌，这一群人一夜暴富还用上了"大哥大"，可对于出资拍摄电影却是避之唯恐不及，根本不信谢兰生。

谢兰生问孙凤毛是如何拿到投资的，孙凤毛说："我有一个香港亲戚，他很喜欢我的剧本。”

香港亲戚……谢兰生没香港亲戚。

他对香港的一切印象都来自录像厅。1985年开始，一种叫录像厅的“新鲜东西”遍布城市大街小巷，男人们爱坐在里头看香港的警匪电影。刚兴起时，录像带来源于翻拍，从一两家传到别家，画面会晃，画质很差，十分模糊，可后来就不是了，有门路的录像厅的录像带是从深圳弄回来的。

谢兰生便是在那些漆黑晦暗、烟雾缭绕，每一处都弥散着汗臭味的录像厅中，看完了《英雄本色》《英雄本色2》《喋血双雄》《纵横四海》等电影。在谢兰生的头脑中，东方之珠香港是灯红酒绿纸醉金迷之地，各大帮派分地而治，警察、黑帮日夜火并，百姓天天目睹枪战。

香港离他太远了。

他只能找周围的人。

他偷偷地想，又偷偷地干，觉得焦急，又觉得刺激。

他生在首都长在首都，他正在南方“图谋不轨”。

到了三月，正当谢兰生一筹莫展时，投资突然有了转机。

谢兰生的一位长辈手里握着十万块钱却不知道如何处置。

谢兰生听了，用单位的电话联系，劝说道：“您把十万投资进来，我拍完片再还回去，这笔钱是投资的……嗯嗯，回报。咱也不说是要拍片，咱们就说做买卖用。如果电影卖出版权了，我先归还投资部分，剩余利润再五五分……您看这样可不可以？”

他把事实全都说了，让对方选择。亲戚想了想同意了，于是谢兰生写了借条——谢兰生在湖南摆摊儿，如果赚了就分给他。金额那栏数字很小，而实际上是十万整。谢兰生又保证出事绝不泄露资金来源，会说是从香港借的。

谢兰生的胆子很大，觉得自己拍片、卖片，参加一些中小影展，不会被人发现的。至于亲戚那一边儿，不敢吱声，更没事了。

谢兰生没想到的是，签完“借款”的条子后，那位亲戚越想越爽，又拉来了一位。对方也要投资电影，这回是五万块。

一下有了十五万块，谢兰生非常兴奋。

他算过了，省省的话，二十五万就能拍完《生根》，而这笔经费主要用于买胶片和冲洗胶片。“拍电影”的门槛太高，买胶片和冲洗胶片就至少要二三十万。

他想，60%的经费都搞定了，剩下的十万块很容易凑齐。

然而偏偏事与愿违。最后的这十万块钱无论如何凑不出来。母亲对他不好好在电影厂上班却总异想天开异常愤怒，只是苦于抓不住他。

他心烦到睡不着觉。为了凑钱，他甚至在动物园里演大猩猩，一天十元，动物园的负责人直夸：“谢兰生你演得真好！”

时间一点一滴过去，转眼到了三月下旬。

厂里有了一个参观好莱坞的绝佳机会。谁都想去公费旅游，最后，大学毕业、会英文的谢兰生被填进名单，给领导当备用翻译。他将会跟南渊制片厂的几位领导和大导演一道到洛杉矶考察学习。

虽然是兼职翻译，谢兰生也十分珍惜。

湖南长沙到洛杉矶根本没有直飞航班，北京到洛杉矶也没有，他们一行十几个人前后经过三次转机才降落在天使之城。

这个地方一边是大海，一边是沙漠，几乎永远阳光明媚。

他们看了几个公司，学了一些拍摄技巧，逛景点，买东西，到离开前的晚上，又走进了一家赌场。

那是洛杉矶最大的一家赌场。有一些人见识过了，这次就没来，另一些人则十分好奇，拉着翻译和谢兰生一起去。

进了赌场后大家散开，自己逛，自己玩。

谢兰生在赌桌中间来来回回穿梭了一阵，发现基本全是“21点”。从录像厅的香港片里，他就知道它的规则，不过亲眼看到人玩还是感觉不大一样。

一张桌子旁站着的荷官是个华裔青年，五官英俊，十分扎眼，最漂亮的是一双眼，黑漆漆的，如深潭一般。他穿着荷官的西装，谢兰生是头回见到有中国人能把西装撑得鼓起来的。

谢兰生总觉得荷官的模样十分眼熟，想了半天才想起来了——他特别像刚在欧洲拿了华人首个影帝的莘野。谢兰生刚开始时觉得这人就是莘野，毕竟对方真的住在洛杉矶，后又感觉不大可能，因为莘野的继父是非常有名的老贵族，他本人也是一路顺遂，怎么可能来当荷官，二人应该只是相似。何况莘野在电影里演的是个乡村青年，也看不出本来样子，太容易被认错了，可能看着像的不是他，看着不像的反而是他。

感觉到了直勾勾的目光，荷官抬眸，上下打量了他一番，谢兰生就把目光收回来了。

十分钟后，他站在了老虎机前。

这玩意儿十分简单，塞现钞进去，再拍按钮，就可以了，屏幕上头所有东西都会自己动起来的。谢兰生也觉得自己好不容易才来一趟，应该顺手经历经历。21点他不敢玩，老虎机却是没问题的。

谢兰生摸摸内兜，摸出一张100美元，他赶紧放回去，再摸，这回摸出的才是1美元。

他刚才看了，这些老虎机的最小金额是50美分一次，最大金额是50美元一次，差着一百倍呢，50美元他不敢玩，50美分还是可以的，试试嘛，就当一次人生体验了。要知道，他每个月全部收入加在一起才只有250元，还是人民币。

不过，就在谢兰生把1美元塞进去时，他的手指突然停住了。

等等……

人人都说他这样的赌博新手运气会好，是真的吗？

鬼使神差地，他看向了几米之外角落里的那台机器。没人，空的。

如果50美元一次，要是能中最高的二百倍，他就会有10000美元了……现在官方汇率是一比五，可黑市上差不多是一比八到一比十，王府井那儿常年有些可疑的人在收美金，他可以请几个同事把钱带回国。

10万人民币，宿命般的一个数字，谢兰生的两道目光紧紧盯在它的上面。

他总共能打上四次。200美元，这是他的全部积蓄。他虽然已工作一年，吃在厂里，住在厂里，可几次往返北京，并没有攒下多少钱。这次来美国参观访问，以防万一，他全带在身上了。

这200美元，要打水漂吗？

他告诉自己冷静，别发神经。赢200倍的概率太小，砰砰按几下，200美元就没了，太傻了。

可是，万一呢？万一真的赌博新手运气好呢？

机子静静立在那儿，让谢兰生心痒痒的，手也痒痒的，好像有个什么钩子正轻轻地钩着他。他想起了北欧神话里勾引水手的塞壬——她用歌声吸引水手，让他们统统葬身大海。

倾尽一切，孤注一掷，这两个词让谢兰生有些上头，他有些发晕。

他身上文艺青年的热血又沸腾了。

当导演的，都对命运情有独钟。他想，也许，今天这家赌场就是自己人生真正的开端呢。他走投无路，几近绝望，他付出所有，拼死挣扎，接着命运垂青于他，从此一切柳暗花明。电影里面都是这样的，主角们在没希望的时候创造出奇迹，然后，峰回路转。

他不想留下遗憾，即使只是多年以后“万一当年赌赢了呢”的呢喃。

他不愿错过任何机会。

咳，反正只是200美金，2000元人民币，与10万比，不过是杯水车薪，留下来也没有用啊。

就这样吧，不管了。

谢兰生浑身僵硬地坐在角落的凳子上。他手指发抖，把200美金塞了进去，而后，不允许再后悔一般，“哐”地拍下按钮。心怦怦跳，一下一下撞击胸口，生疼生疼的。

屏幕闪过缤纷的光，数字7和其他图案绕着轴承飞速旋转。这老虎机是“777”，一共三栏，各自旋转，如果全都停在“7”

上，就是大奖。

结果，屏幕上什么都没有，他输了，扣50。第二把第三把，他又被分别扣了50。

再来一把就玩完了……谢兰山又按下按钮。

他并不知游戏规则，只能等机器给他结果。

第一个转出来的是樱桃，第二个是别的东西，第三个出来的又是樱桃。

谢兰生想全结束了，谁知机子告诉他说两个樱桃是赢双倍，他的本金变成了150。

咦，这么神奇吗……

他继续玩儿，一会儿输点，一会儿赢点，一会儿不输不赢。那200块居然还挺能撑，始终在50到150间晃荡。

而在赌场中心区域，趁着一局的间歇，一高大的华裔青年挤到莘野的身边，说："Yves，看那边儿……那个赌鬼破衣烂鞋，却好舍得打老虎机。打最大的，50一次，呵呵……"

莘野抬眼："这些人早没救了。"

他接了部关于"赌神"的商业片，为了观察现实当中所谓"赌神"的模样，他弄了个兼职荷官。荷官的活没多难做，各大赌场经常招聘，莘野皮相好气质好，根本不费吹灰之力。

也不知道按了多久，谢兰生都有些麻木了，也困了，眼皮耷拉着，思绪逐渐地飘远了。

直到他被一阵刺耳的响铃声吓到跳起来！

屏幕上，庆祝画面色彩缤纷。而正中间，三个连着的"7"扩大，又缩回，再扩大，再缩回，那响铃声大到离谱，谢兰生的耳膜直跳，周围一些赌徒、游客也被动静吸引过来。

谢兰生的双拳紧握，没忍住，大叫起来。

一些东西如同火球将要冲出他的咽喉，他压不住，只能这样大吼几声，让他心脏里的热气稍微散去那么几缕。

“啊！”他状若癫狂，转过身，跟身后的一个老黑结结实实来了个熊抱。

放开老黑，他又挨个拥抱别人，而后抽出吐出来的单据，看了一眼金额——1万美元。他高高举起单据，大叫着，在人群中挤来挤去，用最快的速度一路跑向柜员。

途中撞到好几个人，他都大笑着，转个圈儿，跳舞似的，同时道歉，而后再继续跑，最后一下扑在柜台上，很疼，可他仿佛浑然不觉。

莘野看着，觉得赌鬼不可理喻，丑态百出，好像整个人生的全部指望便是这种意外之财。

莘野收回视线，不再看了。他的身体挺拔笔直，眼神却是懒洋洋的，继续发牌。

没过多久，莘野就被人换班了。他脱下了西装外套，提在手里，又扯散了领带结，解开最上面的一颗扣子，走出赌场。

在通往停车场的一条小巷中，他又看到那个赌鬼，就在几个赌场保安旁边。

赌鬼正在上蹿下跳，张牙舞爪。他注视着某个地方，一会儿向左弓步，两只胳膊齐刷刷地伸向左边，一会儿向右弓步，两只胳膊齐刷刷地伸向右边，很神经。

莘野走过去，终于知道赌鬼在干什么了。

他面前有三只野猫，他正做出各种夸张的动作，让大野猫全都看他、注意到他，当野猫的视线焦点，很兴奋的样子。

莘野无语，不就赢了1万，至于吗？

一下走完至少十年的狗屎运后，凑齐了25万元，谢兰生要辞职了。

谢兰生对代厂长还有李贤实话实说了。张代厂长用最后的英勇为他争取上片机会，而李贤是《财运亨通》的导演，很照顾他，他学到了很多东西。

李贤听了有些震惊，问：“什么，不拿厂标？不靠国营厂自己拍片？”

“嗯，”谢兰生道，“然后参加国外影展，再把版权卖到欧美去，不会饿着的！”

李贤看着谢兰生，若有所思。

《生根》剧组建起来了，就谢兰生一个人。这时的他豪情万丈，完全没意识到这将是他一生漂泊的开端。

第　二　章

生　根

《生根》开始正式筹备了。

谢兰生算计着：编剧自己当，制片自己当，导演自己当，美术自己当……《生根》至少还缺一个摄影，一个录音，一到两个助手，而这当中最重要的无疑就是摄影师了。

最后，代厂长张富贵介绍了芙蓉台一个退休的摄影师给谢兰生。

老头名叫罗大经，取“满腹经纶”的意思，今年60岁，此前一直在电视台的纪录片部门工作，本来应该颐养天年了，不想儿子欠了赌债，这才答应帮谢兰生拍摄《生根》。对于私下拍电影这件事，他觉得自己岁数大了也没什么好怕的了。

罗大经要4000块薪酬，不肯降，说不差活，也有别人想要请他。谢兰生在纠结之后也答应了：“4000可以，按月支付。”谢兰生想过了：这个活儿不大正经，有危险，对方多要也挺正常，再说了，按照罗大经的这个资历，南渊制片厂请他要一月500元，那四个月就是2000元，4000元只是两倍，也还好。老头都60岁了还要跑到穷乡僻壤，所耗精力要乘以二，不比以前在电视台。谢兰生一直都认为，他对别人尽可能好会收获到同样的真心。

对于那句“按月支付”，罗大经问能不能改，他这边正急着用钱——儿子又被债主找上家门了，他们必须再还10%，现在还缺2000元，亲戚朋友都借遍了。他看着挺难以启齿，支支吾吾，好半天才进入正题。谢兰生觉得，他们俩是剧组的灵魂，应当保持和睦融洽，最好不要产生矛盾，于是帮了罗大经一把，让罗大经预支了2000元，同意以后每月再给500元，但前提是罗大经要接受未来超时工作。

罗大经进组那天，谢兰生把钞票点好，亲自递到对方手里，十分认真地说：“大经哥，咱们俩是剧组的核心，麻烦以后多上上心，把《生根》给拍到最好。这部片子是我的命，是我的希望。咱们剧组就几个人，大家全都是一家人，您有困难都可以说，我这肯定尽量帮忙。辛苦了，大经哥，麻烦拿出看家本事来，好好拍！”

他是导演，但没资历，刚从学校出来不久，还没独立执导过，也压不住合作伙伴，只能打打感情牌了。

罗大经刚接受了谢兰生的“帮忙”，解了自己家的燃眉之急，心里暖和，诚恳地道：“当然当然，我会认真对待它的，你不要担心这些问题。”罗大经的皮肤很白，身材又高又胖，宛如一块巨型年糕。

谢兰生说：“嗯，辛苦了。”

“对了，兰生，能弄一台35mm胶片的摄影机吗？”罗大经问，“我用起来比较顺手。”

“我也有这个打算。”谢兰生笑道，“还有，我想亲自跑趟河北，买胶片！你知道的，从原厂买是最便宜的，能省下一大笔钱。”

罗大经说：“好，我会等着你的胶片。”

罗大经并不知道，谢兰生因请他拍摄，预算已经捉襟见肘。

为去保定买35mm胶片，谢兰生最后选择了……扒火车。

他在一个地方猫着，见拉煤火车缓缓驶过就跟在它旁边奔跑，而后看准时机“腾”地起跳，抓住车厢的上沿，只觉耳边风呼呼响。拉煤火车的车厢都是敞开的，没有盖，他使劲儿蹬了几下，胳膊上的肌肉鼓起，终于如愿翻进去了，然后哗啦一声摔在煤堆上。在谢兰生翻进去时火车速度已经起来了，万一他的力量不够，摔下来，就翘辫子了。上车后，他又徒手把脚下的煤堆刨了一个大坑出来，躺进去，看着上方蓝蓝的天，笑了。他笑得欢畅，脸和身上黑漆漆的。他眯着眼，看蓝天白云，还有上方时隐时现的道道金光。

到了保定乐凯胶片厂，谢兰生才猛然发现对方已经不再生产拍电影的大本胶片了——国产胶片质量太差，各制片厂不想用了，大本胶片会被裁成照相用的普通胶片。谢兰生好说歹说，乐凯的人才同意给他一些没被裁过的。

他算计半天，最后买了9本胶片。9本胶片90分钟，而《生根》的总片长大约是84分钟。

没想到，就在谢兰生抱着胶片离开乐凯的大门时，刚才那个乐凯工人气喘吁吁地追出来，猛地又往他的怀里塞了一本电影胶片说：“这个你也拿着！我送你的！84分钟的电影片子，一个导演绝无可能用9本胶片拍出来。”这举动让谢兰生想哭。

谢兰生扒着火车过去，扒着火车回来，破布兜里装着乐凯的35mm胶片。回程时，他刚跳下车，就听见远处有人大吼着叫骂，吓得他赶紧撒丫子一溜烟儿地跑没影了。他整个人都被染黑了，洗出三盆黑色的水来。

买到胶片，他又去向北电老师王先进借摄影机，没想到这个过程十分顺利，电影学院的器材库正好有台被弃用的。这摄影机不能录音，噪声很大，蜂鸣似的，可谢兰生并不在乎，觉得再用一台设备录就可以了。

至此，还不到两个星期，谢兰生就搞定了摄影师、摄影机还有胶片，可以开始下一步了。

所谓“下一步”，就是选演员。

本着省钱这个宗旨，他全请了非专业的，也就是“纯天然”的，觉得这些新人演员有真实感、有质朴感。

《生根》剧本围绕一个农村女人来讲故事。她生在农村，长在农村，结婚生子也在农村。

谢兰生在拜托朋友介绍过来几十人后终于寻到他心目中最完美的女主彩凤——对方长相传统，气质隐忍，不美也不丑，有亿万人的影子在，谢兰生还挺满意的。而最令他惊喜的是，女主的经历与角色竟有诸多重合，本人也有演戏天赋，能捕捉到角色心理，也能找到谢兰生要的感觉。

不过，对于男主角，也就是彩凤的丈夫王福生，谢兰生却一直没有看见能让自己心动的人选，试来试去都不大行。

这个角色有多面性。谢兰生发现，因为这个角色是随岁月、经历而变化的，非专业的演员很难把各种人格演到极致，他们要么能演出刚结婚时的“王福生”，却演不出六年以后的，要么能演出六年以后的，却演不出刚结婚时的“王福生”。

“这个角色层次太多了……”谢兰生对罗大经说，“我想了想，最好能用专业演员，越专业越好。”

他顿了顿，大脑当中有个人影一闪而过，他再次开口：“比如莘野。他天生吃这碗饭的，之前获奖那个角色比《生根》的层次还多，可他却能把每一面都表现到一个极致。”

“哈哈哈哈！”罗大经的回答却是，“兰生老弟，别做梦了。莘野那是首个三大电影节的华人影帝，你让他来演一个地下电影？顺便再说一下，导演刚从学校毕业，资金一共25万不到。”

谢兰生想：他好像确实是在做梦。

但谢兰生就爱做梦，或者说，他是靠做梦活着的。

他觉得，问问看嘛，顶多最后被拒被嘲。他脸皮厚，根本不怕。现在请不到莘野，问完最多还是请不到，对方还能打他不成？

谢兰生说干就干。

他再次给北电老师王先进打电话寒暄，“顺便”问问对方作为电影学院的系主任能不能联系到莘野。

听到这个想法，王先进也吓了一大跳：“你叫莘野拍地下电影？”

谢兰生硬着头皮：“就……就问问嘛……也许他会感兴趣呢？”

王先进最喜欢谢兰生这个学生，沉默半晌，终于同意搭桥：“我看看吧。”

谢兰生大喜：“谢谢王老师！”

王先进“看”的意思是，他能弄到影帝莘野经纪人的电话号码。

谢兰生好奇，问："经纪人是啥东西啊？"

王先进解释说："美国那边有经纪人这个职业，代表艺人跟潜在的雇主接触还有交涉，讨论合作，商量合同。经纪人是专业人士，可以保证艺人的权益。莘野是在美国长大的，在这方面比较讲究，美国那边1900年左右就已经有经纪人了。"

"哦哦哦……"

谢兰生再次觉得，莘野可真洋气啊。虽是首个华人影帝，可参演的其实也是美国片子——讲的是1868年去旧金山修铁路的华工的悲惨故事，在本质上跟他们这些中国的电影人并不一样。

他拿到电话，认真地准备材料，把剧本和人物小传、分镜头表、拍摄计划一一复印发给对方。他也写了他的打算——用这部电影参加欧美的电影节，卖掉版权，回收成本，然后再拍别的片子。

他还附了所有人的工作经历，包括自己、摄影师罗大经、录音师张继先，还有两个助理小红小绿。为了证明剧组氛围和睦、亲如一家，他还拍了几张照片随着资料一起寄去了。照片上，他们五个人站在一起，手里拿着《生根》的场记板，表明剧组真有这么多人，他没信口雌黄。

另外一边。美国，洛杉矶，AAA文化经纪公司。

莘野跷着两条长腿，百无聊赖地对方杰说："方杰，我又不想拍电影了。商量商量，咱们解约？"他不差钱。

"不是，"他的经纪人方杰感到人生艰难，"莘野，你怎么永远想一出是一出呢？有颜，有钱，有智商，有学历，就瞎过日子吗？今天觉得这个有趣就干干这个，明天觉得那个有趣就干干那个？”

莘野说：“你说《流浪》缺个华人，我正好要放暑假，才答应的。后来接这电影是想轻松地赚赚钱，独立一下，现在觉得也没意思，还不如回公司上班。”他继父是开酒店的，也有许多其他产业。

“不是，”方杰说，“你确实可以躺着挣钱啊，这香港片片酬多高啊？！你真的有表演天赋，入戏出戏在一秒间。《流浪》角色跟你自身简直没有一点儿相像，可你念完一段台本后导演就觉得这个角色非你莫属了。你看，我手里还有一堆一堆各大公司的邀约呢。”

他顿了顿，想起来一个笑话：“对了，还有一个在中国拍地下电影的导演也巴巴地等着呢！他太搞笑了，为了争取你，寄过来了这么厚的一大沓文件资料！”说着，方杰用手比了比，还“啧啧”了两声。

“哦？”莘野抬起眼皮，起了好奇心，“都有什么？”

“你等一下。”方杰起身，抱过来了一摞材料，“这是××的新片子，这是……”末了，扯出最厚的那个信封，“就这个，叫谢兰生，跟国营厂一拍两散了，要自己拍地下电影。”

“知道。”莘野接过那个信封，扯出材料，大爷似的靠着椅背，一页页翻，几分钟后轻笑一声，“这本子还挺有意思。”

“是挺有意思。”

不过莘野并未动心，直到看见一张照片。

莘野又把照片拿起来，认真看看，发现自己真的见过此人——上月赌场那个赌鬼，赢了点就逗猫那个。

啊，他记性真好。

根据照片上的站位还有“简历”上的年龄，莘野立刻就确定了谢兰生是《生根》的导演。

那个坐在老虎机前全身僵硬神情紧张、仿佛“赌”是全天底下最重要的事情的人，为了电影有好效果，正在邀请自己加盟？

原来，他在赌场孤注一掷，是想筹拍地下电影？不在国营厂，不拿政府拨款，自己干？这未免也太稀奇了。简直能比大熊猫了，或者他就是“大熊猫”，是那种特别稀有的人，简称胆大妄为第一人吧？

莘野知道，在那边儿，只有16家国营电影制片厂才能拍电影。

想到这儿，他把材料塞回信封，偏过脸，对方杰说：“Jay，我决定先不解约了。”

方杰：“啊？”

“我要接这个。”

“不是，Yves，”方杰傻眼了，“你又想一出是一出了……这是一个地下电影！”

“我只是个演员而已，有标没标干我屁事。再说，我拍完就回美国了，也没打算一直在那儿。”

方杰不解，问莘野：“莘野，你演这个干什么啊？”

“干什么？”莘野把他手中材料慢条斯理地放在茶几上，转回头，十指交叉轻轻搭在跷起来的一条长腿上，看着方杰，两边嘴角向上一勾，露出了一个虚情假意的微笑，回答自己的经纪人，“看大熊猫。”

几星期后，谢兰生见到了莘野。莘野是自己来的，那经纪人并未跟着，可能因为在洛杉矶还有许多其他工作。

谢兰生一看见莘野就愣了。只见莘野上身穿着黑色衬衫，袖子带有金色暗纹，下边穿着一条西裤，鞋半正式半休闲，鼻梁上架了一副墨镜，一出机场的到达口，所有人都盯着他看。谢兰生没见过有谁能把衣服穿成这个样子，再次感叹美国长大的莘影帝好洋气。

莘野身上还带着些似有若无的檀香味。谢兰生周围几乎所有男人都有臭味，最好的是没有味，这是他第一次认识身上带着香味的。

为了接莘野，谢兰生还忍痛出血带着对方打“的士”了。谁都知道，当时出租车开一公里要一块钱左右，太恐怖了，基本是接外宾用的，有时也接接外省游客，普通百姓既打不起车也打不着车。幸好，机场是有车的。

他们两个人钻进“的士”，谢兰生对莘野小声说：“北京出租超级贵呢，不能让他绕远路了。我得看着，下车再聊。”

当时，出租车司机是高收入职业，想当出租车司机绝非易事。只有国营才能进入“出租车”这个行当，一辆车有两个人的培训名额，十分紧俏，一个人想学开车要单位开证明才可以。

而莘野，已经凭借他的影帝演技把司机骗得七荤八素找不着北了。

到了落脚宾馆，谢兰生把车费点好，司机师傅却一把推回说：“大哥坐车哪能花钱？”

谢兰生也推不过，把20块钱扔车上，带着莘野拉开车门，跑了。

这一路上，两个人都没说话，气氛有些怪异，最后，还是谢兰生生硬地转移话题："莘野，走吧，咱去簋街吃爆肚。"

莘野看了看他，说："走。"

北京爆肚是水爆的。小店大厨把羊肚儿浸入滚水汆了十来秒，捞出来，端上桌，搭配上由芝麻酱、韭菜花、红腐乳、酱豆腐、葱、蒜汁、香菜、酱醋、虾油等东西调出来的调料，香味四溢。

莘野明显没吃过，提着筷子看了半天才终于送了一小截到自己口中，跟咽毒药似的，然而仅仅两三口后他便不怕这东西了。

"莘野，"谢兰生又猛拍马屁，"你的名字，是'有莘之野'的意思吗？"

莘野眼中闪过诧异："对，难得你知道这个。"

谢兰生笑："我平时最喜欢看书。"《孟子》里面有一句是"伊尹耕于有莘之野"，意为，伊尹是在"有莘"国隐居的，后来"莘野"就用来指隐居之所了，很恬静美好，谢兰生第一回看到这个名字就有一种被击中了的感觉。

莘野颔首，觉得对方的确很"文艺"。

他们两个人边吃边聊。一开始说美国、中国，到了后来，莘野实在有些好奇，问谢兰生："我能不能问问，你为什么要做电影，又为什么独立出来。"

"嗯……"对于这个问题，谢兰生想了想，声调都有一些变了。他把筷子撂在桌子上，十指交叉，抬起头，盯着莘野漆黑清亮的眼睛，用最真诚的语调说："因为此间可以落泪。"

莘野静静地看着他，没说话，感到自己真来对了——谢兰生跟熊猫似的，身上有他此生还未见过的矫情。

谢兰生又夹起爆肚，蘸蘸酱，一口吞了，对莘野说：“快吃吧。等一会儿好好休息。”

莘野一哂：“行。”等一下就回去睡了。

说到“此间可以落泪”，谢兰生又突然想起上初中时老师曾经要求他们记日记。他的生活平静无波，却最喜欢观察别人，看他们的起伏、荣辱、喜怒，并且深深为之着迷。于是，为了可以感同身受，他肆意捏造他的人生，把他自己作为主角写进那些故事当中，完成日记。他常一边写一边哭，那让他的灵魂战栗。一开始老师全都信了，唏嘘感慨，心疼怜爱，后来发现他是胡编乱造，怒不可遏，只觉感情全喂了狗。

主要演员确定下来，服装与道具便被提上日程。

小红、小绿按照手稿从商场买来了衣服，谢兰生却说不行——太新了。

“呃，”小红、小绿手足无措，“不然咱们放哪儿磨磨？”

谢兰生摇头：“小红、小绿，磨出来的破衣烂衫和穿出来的破衣烂衫是完全不一样的。穿出来的破衣烂衫，领口、袖口、衣摆、腋下，磨损程度都要大些。”

“那我们就分开磨？”

“总归不会一模一样。”谢兰生想想说，“你们俩去乡里逛逛，多注意下别人穿着。要是看见类似衣服你们就跟穿的人买！”

小红、小绿目瞪口呆：“居然还有这个办法？”

“嗯，”谢兰生说，“正好，我跟大经还有主演要去勘景，明天出发。你们两个也跟着吧，主要负责买衣服。”大家最好分工明确。该小红、小绿负责服装就让他们负责到底。

小红、小绿问："什么是勘景？"

"就是取景。看看景色符不符合剧本要求，能否达到开拍条件，再想想每场都在哪拍，从什么位置拍，而大经哥也会给我一些专业方面的建议。"

"哦哦哦哦……"

"咱们到那分头行动。我们勘景，你们买衣服。"

"行！"

他们勘景的贫困村在两河乡，坐落在一个峡谷里，两条河绕过村子，到最后又汇成一条河，因此，两河乡三面是水，交通不便，十分贫困。也不晓得是哪朝的父母官附庸风雅，在两条河的沿岸上都栽下了一些花木，怪好看的，很适合入镜。谢兰生曾在一本叫作《攻坚贫困村》的书上读到过一些介绍，就记住了，现在觉得这里非常适合《生根》的取景。

小红、小绿两个助理一进村子就没影了。

不过，仅仅半小时后他们俩就再次出现，手里捧着一堆衣服。谢兰生翻翻，发现就是自己要的——一件女式条纹毛衣，一件女式格子外套，一件白色的大背心，一件……重要的是它们都十分破旧、饱经风霜。

莘野依旧无比洋气。他穿着件黑色衬衣，只有一边口袋上缘用银色线勾了一圈。他看了看那堆衣服问："这是什么？"

"哦，新衣服太不真实了，我叫他们拿钱去买被人穿过的旧衣服。话说，莘野，你的身高太离谱了，一米八七，小红小绿跑遍这里才寻到个差不多的，你在这儿被叫巨人呢。”谢兰生嘴角带笑，道，“哇，看，这里都起毛球了呢！”

莘野无语。

谢兰生又揪下毛球，在手指间揉了揉，闭起一只眼睛，拇指食指捏着毛球拿到自己另只眼前，挡住眼瞳，一顿一顿的，对所有人都“看”了一圈，显摆毛球。

接着他又翻出下摆说：“你们再看，这儿有好几处都被磨开线了。这比做旧真实多了。”服化道的尽量真实能把《生根》拍得更好。

莘野的目光从毛衣上缓缓转到对方脸上。五月末，阳光洒在他的头发上，为他抹上一层淡金。低垂着的黑色睫毛蝴蝶翅膀似的轻扇，抖落出了细碎的光，宛如撩起许多星星。

谢兰生从毛衣袖子上又揪下来几个毛球，给一边的小红、小绿拿在手里搓着玩，转过身子往村里走，还挥了挥手臂说：“行了行了，服装这茬儿结束了，继续勘景！”

罗大经回一声：“好嘞！”

望着两排破旧房屋，谢兰生让罗大经多拍些照片回去研究，罗大经答应下来，取景、调焦、调快门速度，拨弄光圈……举着相机咔嚓咔嚓一气拍了好几十张，脖子上全都是汗。罗大经胖，后颈上有几道褶子，平时好像一摞轮胎，一抻直就一道儿黑一道儿白的，黑的是被太阳晒的，白的是被藏在肉里的。

一切似乎都很顺利，直到下午五点多钟。

变故总是十分突然，没发生时毫无预兆。六个人谁也没想到，就在他们觉得已经拍摄得差不多了，一大伙人突然过来把几个人团团围住！他们熊腰虎背，眉目带煞，杀气腾腾，明显不是好惹的。

为首一个四十来岁穿皮夹克的男人喝问："喂喂喂喂，干什么的？"

谢兰生愣了。

男人直接伸出食指，隔着十来厘米，指住谢兰生的鼻尖问："录像拍照，介绍信呢？"

谢兰生愣住了，他竟然忘了介绍信！介绍信有多重要，就不用多说了，没有介绍信，可以说是寸步难行，拍摄更是，想要录像必须得跟当地政府打交道并取得同意，他们以前在南渊制片厂也都是走这个流程。谢兰生是无业游民，自然没有介绍信。

他让罗大经收了摄影机，显得十分迟钝温暾，缓缓地说："对不起，我不知道要介绍信……"

"没介绍信就来拍啊？"那一伙人缩小圈子，让空间更加逼仄，"你们几个是记者吧，为什么拍我们村子？"

谢兰生没答话。

"说！为什么拍我们村子！"他们声音尖锐凌厉，好像鬣狗，甚至荡出一些回音。

小红是个女孩子，眼泪含在眼圈里面，直跺脚说："我们真的不是记者！"小绿早被吓得连一声都不敢出，摄影师罗大经和录音师张继先则努力地跟他们解释，然而说话很急，甚至磕巴，还有点儿驴唇不对马嘴。

越来越多的人围上来，他们手里提着铁棍，睁着虎狼一样的眼睛。

谢兰生的热情被人兜头泼了一盆冰水。

没介绍信，不能拍摄。连勘景都完成不了，想在乡里拍几个月简直就是天方夜谭。

谢兰生想，心存侥幸硬拍强拍的结果就摆在眼前了。乡里干部带着帮手把他们给团团围住，对方来势汹汹，禁止拍摄，而他们呢，根本无法证明自己不是记者。怎么说呢？说在拍摄地下电影？太搞笑了，行不通的。

两群人对峙，剑拔弩张，空气好像绷紧的弦。可莘野却完全不急，他站在那儿，饶有兴致地盯着谢兰生，开始观察大熊猫了。

嗯，谢兰生拍地下电影，结果出门就栽跟头……被一群人给堵住了，连“勘景”都完成不了。

他现在要怎么做？放弃做梦，回南渊制片厂？

莘野正在揣摩着，便见谢兰生两步过来，还拍了拍他的肩膀，对领头说：“这位大哥，我猜猜看……您是乡长，对不对？我们几个不是记者。他呢，叫Yves，美籍华人，祖籍就是咱们两河乡！他太奶奶今年105岁了，还在美国，走不了路了，可是特别思念家乡，魂牵梦萦的，老想最后看看家乡。Yves很孝顺，不忍心见老人带着遗憾离开，就特意从美国回来，想拍点照片，录点影像，再拿回美国给太奶奶看，让太奶奶通过影像知道两河乡现在的样子，就当是亲自来过了。瞧，这是Yves的回国机票……”谢兰生想，岁数得往大了点编，一竿子支到一八几几年，让乡长无从查证。

乡长没吱声。

“真的。你们要是不信的话……”谢兰生顿了顿，又转过脸来，看着莘野，抓着他肩的细瘦手指用力捏了捏，“来，Yves，表演一段英语给大家听听。”

一直站在圈子外围津津有味看“大熊猫”却冷不丁发现众人的目光都齐刷刷地望向自己的莘野蒙了。

他沉默了一秒钟，只能顺着说了：“嗯，我太奶奶总想回来，可她已经105岁了，走不动了，坐不了飞机，我就想着拍些照片带回美国让她看看。”

莘野顿了顿，又问：“乡政府有电话没有？我可以请人证明身份。”他的表情非常真挚。

那十几个凶神恶煞的人全都看向乡长。乡长叉腰站了会儿，也没什么好的办法，点点头说：“行。”

于是剧组一行六人被乡民们围在中间，犯人一般进了东面一个破旧的小院儿——里面那栋二层小楼就是这里的乡政府办公楼了。

到最里头的办公室，莘野转过桌上电话，掀开话筒，微微躬腰，一手撑着桌子边沿，一手拨动电话转盘，拨了一串号码。接着莘野拿起话筒，轻轻侧靠着办公桌，等听见人声了，才问：“我是莘野，能帮我找一下xxx吗？”

一分钟后，有人来接电话，莘野轻笑：“是我，莘野。也不算什么大事，就我太奶，您也知道，105岁了，想走之前看看老家，我就过来拍点照片再带回去让她翻翻。不过吧，我不清楚咱们这儿拍照录像要介绍信，被扣了。您帮帮忙，证明证明我的身份，让他们放人，您说的话肯定有用。好，行，那把电话给他们了，谢了。”

莘野说完，对乡长道：“来吧。”

听到这话乡长骤然瞪大双眼，他一个没注意到，对方竟然把电话给打到北京那边去了？

莘野又笑："您可以查，现在挂了重打也行。来，接吧？"

谢兰生在一边看着，想笑。

谢兰生也已经明白莘大影帝的目的了。

这一下子就把双方当前形势给逆转了。对方当然不敢轻举妄动。

两河乡乡长举棋不定，不过，还是伸手接过来了。

那人说："你好你好，误会误会。是这样，他是我一朋友儿子，不是什么境外势力，刚毕业，还没工作呢，不懂国内这些事，麻烦你们让他走吧。"他配合着，装作真的知道莘野的太奶奶今年105岁了，也装作真在证明莘野此行只是为了"尽孝"。

两河乡乡长含糊应了。

挂断电话，谢兰生又趁热打铁，对乡长说："真的，我们不是记者。您要还是不大放心就把里面的胶卷抠走，我们不要了。"

乡长需要时间想想，并没有立刻答应，他对谢兰生说："你们在这坐一会儿。"

小红一听还不让走，两行泪又下来了："求求你们，求求你们了，我们真的不是记者……"她既怕且慌，声音都微微发颤。

谢兰生用一只手臂把小红紧紧搂住了说："别急别急，咱们只是陪莘野来拍些照片给太奶奶的，又没干过不好的事，相信乡长和乡干部不会冤枉好人的，咱们几个等等就好了。"说完，还对乡长又笑了笑，拍拍他的胳膊肘说，"您去忙吧，您去忙，不用管我们，也别着急，该吃晚饭就吃晚饭，该怎么样就怎么样，一样一样慢慢地来，我们几个等着就好。”他跟莘野一个唱红脸一个唱白脸，既点出了威胁，又给足了面子，让乡长在众人面前有高高的台阶下来。

两河乡乡长看看谢兰生，没说话，一转身出去了。

而后，谢兰生和其他的人便陷入了漫长等待。在严防死守下，小红一直在淌眼泪，谢兰生则轻声安慰，摄影师罗大经、录音师张继先显得十分焦躁，一直转来转去，宛如两只笼中野兽，只有莘野跷着长腿坐在贵宾坐的沙发上，一直看着谢兰生，并用中指和无名指轻轻地敲右边扶手，也不知道在想什么。

他们六人在乡政府一直等到晚上十点，两河乡乡长才又进来，语调平缓地说：“你们几个可以走了。”

除莘野外，所有人都“腾”地一下站了起来！

乡长语气有所缓和：“拍照录像要介绍信，我们也是按照规定办事。看你们是真不懂，这次就算了。”

谢兰生说：“谢谢，谢谢！真不好意思，麻烦咱们两河乡了。”他知道，这位乡长权衡利弊过后已经做出决定。

“好。”两河乡乡长暗示着说，“回去以后打个电话。”

“当然当然。”

因为知道夜长梦多，也知道寒暄到这儿差不多了，谢兰生伸出手一招，赶紧带着小红、小绿、莘野、罗大经、张继先离开了是非之地。出大门时，除去莘野还跟大爷似的优哉游哉闲庭信步，另外五人都垂着头急匆匆地穿行而过。

出来后，外面已是漫天星斗。初夏天气潮湿溽热，让人窒息。蝉鸣仿佛一阵急雨，扑面砸来，把谢兰生满腔热情给浇了个透心凉。

他真高兴不起来。

一个问题暂时解决，另一个问题随之而来——没介绍信，连“开机”都做不到。

他想：究竟为何会这样呢？他又不是什么大奸大恶之人，他只是想当导演，只是想拍电影而已啊。

也不知道谁家的狗声嘶力竭地一直在吠。挫败、茫然交织起来，一起拧成一根鞭子，狠狠地抽在谢兰生的心尖上，抽得他生疼生疼的。

“谢兰生啊，”罗大经和同样也已退休了的录音师张继先说，“不然算了吧，太难了，这才刚开一个头儿。”

谢兰生却摇了摇头：“我想办法。”

他们两个继续劝说：“自己拍片，太难了，以前没人这样干过。”

谢兰生还是重复：“继续筹备。我想办法。”

莘野转眸看了看他，他又能有什么办法？

对于取景地，谢兰生的二号选择在河北省，叫盱眙村。它坐落在一座山上，“盱”是张目的意思，“眙”是远眺的意思，由名可见此地风景优美。

谢兰生在某天上午悄悄地摸进村里，一眼看见村口蹲着一个大爷，便凑过去，问村主任家是哪一间，又问，能不能在他屋檐下躲躲太阳、喝一口水，对方答应了。

得到对方的允许后，谢兰生也蹲在村口，跟人挨着，一口一个“大爷”地叫，显得倍儿亲热。他说自己是北京人，碎碎念个没完没了。等熟识了，他问大爷：“大爷，村主任平时喜欢什么？”

大爷说，村主任最爱抽烟喝酒。他的口音非常浓重，但谢兰生还是懂了，明白了。

谢兰生在村里转了转，感觉还挺适合拍摄的，于是掉头回到市里，买了几条红塔山，每条70元，又买了几瓶茅台酒，每瓶90元，一共花了800来块。

他把东西用一个大黑塑料袋全包起来，打算“活动活动”。想套近乎基本是靠三个方法：请客喝酒！请客喝酒！请客喝酒！

莘野因为想看熊猫非要跟着一起过去，谢兰生无法，只好答应了，对莘野说：“行吧……也好，你帮着拿一半东西。咱们明天八点出发，先坐汽车，再坐驴车，下午六点就能到了。在村口儿等到晚上再进去，别让人看见。”

听到“先坐汽车再坐驴车”，很洋气的莘野两眼一翻，为看熊猫，他付出的代价太高了。

谢兰生没想到的是，第二天，莘野不知从哪疙瘩整了辆车，还说“大热天的，不想提东西”，乍听上去很有道理。莘野把烟还有白酒全都甩进后备厢里，点火，挂挡，一只手在方向盘上轻轻一抹，便让车子滑进主路。

谢兰生盯着他，不是司机却会开车，谢兰生是第一次见。他从美国的电影里知道，那边人人都能开车，然而此时真看见了还是觉得非常神奇。莘野开车跟谢兰生曾见过的那些司机都不一样，很有味道。

谢兰生还发现，莘野今天穿着一件酒红色的真丝衬衫。他从来没见过男人穿这种颜色的衣服，又长见识了。以导演观察演员的角度来看，莘野绷紧的肌肉线条非常好看。

莘野一路磕磕绊绊，沿着破旧土路硬是把车开过去了，最后停在盱眙村外。

谢兰生提着烟和白酒走到村主任家门口，深深吸了一大口气，抬手敲门。

很快有人把门打开，是个女人，见到谢兰生和莘野明显一愣，面露疑惑。

“我们是从北京来的。”谢兰生说，“村主任在吗？”

“哦……在……”女人呆呆地道。“北京”二字很有力量。

而后村主任也走过来，见到二人同样皱眉——这两个人气质不同然而都不属于这里，他能感觉出来。

见到此行要拜访的关键人物，谢兰生的脸上堆笑，特热情地喊：“村主任，您好！”

村主任姓郑，他问：“你们是？”

谢兰生则迈进门槛，确定可以把话讲完：“村主任，我是北京电影学院大四学生，叫谢兰生。是这样的，我正在拍毕业作品而且需要乡村做背景，我看咱们盱眙村就特别合适，特别好。但是，因为这是个人行为，学校不给开介绍信……我们就拍一个来月，您看看能通融一下不？我们肯定不惹事，不干什么，老老实实安安静静，拍完片子我们就走。”

他一边说，一边递上了学生证。学生证是他自己的，不过昨天晚上，他小心地把入学时间“1985”里“5”字的上半部分用小刀刮下去了一点点，把它改成了“8”，很不显眼。

趁着村主任看学生证，谢兰生又把手里的塑料袋打开：“这有点儿好烟好酒，就当感谢村主任帮忙了。”

村主任抬眼一看，好家伙，五条红塔山，五瓶茅台。

他犹豫着，想再看看这谢兰生能不能信。

正巧这时村主任老婆把饭和菜端上桌子，嘴里还不住地说：“差不多了，该吃饭了。”村主任脑袋一转，对谢兰生和莘野说：“你们俩还没吃饭吧？来来来，在这儿吃，边吃边聊。”

谢兰生不愿意错过任何机会，说：“谢谢了，麻烦了。”现在已经九点钟了，村主任家竟还没开饭。

村主任老婆带孩子们去厨房吃，留下三个男人吃饭还有谈事。

村主任果然是大酒鬼，给谢兰生和莘野都发了杯子：“来来来，先喝一盅。”

谢兰生便举杯干了。为了证明他真是学生，就开始讲北影的事。

他刚开个头，才讲一句，村主任便替他把面前的酒盅满上，自己一口干了，并用眼神示意谢兰生也干了。

谢兰生顿顿，举起杯子，喝了。

他刚喝完，又是一杯被斟上了。

谢兰生的酒量不大。他折腾一天，又没有吃中午饭，此时胃里像有火烧，于是颇讨好地笑了笑说：“村主任，我真不太能喝白酒，胃不好。我给您倒，陪您喝？”

“哈？！”村主任脸色明显不悦，“才两杯！兄弟，你这一看就是能喝的！”

谢兰生说：“我真不能喝……”他胃本来就很不好，这一两年奔波辛苦，饿就吃，不饿就不吃，更不好了。

村主任的手抓着瓶子，嚷嚷道：“骗我是吧？连点儿酒都不愿意喝？你是一个搞艺术的，清高是吧？看不起我是吧？我告诉你小老弟，感情就是酒桌子上喝出来的！喝多了，脑袋糊涂了，说的话就也多了。不喝酒，小心谨慎的，就是不把人当朋友！”

谢兰生的手顿了顿，片刻后，咬咬牙，一把端起那个酒盅说：“其实我是真不能喝。但是，好不容易遇上村主任，我今天就舍命陪君子了。来，干了！”

他说三句就喝一盅，村主任终于是高兴了。爱喝酒的都喜欢能有个人陪他喝酒，见谢兰生如此爽快，村主任的兴致越来越高。

等到把菜全都吃完，村主任又拆了一包烟，抽出一根递给谢兰生，又抽出一根递给莘野，一边喝，一边抽。

谢兰生的动作熟练，凑过头去，跟村主任烟嘴对烟嘴，点上了，眯缝着眼，吞云吐雾，可胃里好像更难受了。

等到晚上十一点时，他们终于成了“至交好友”。村主任高兴了，把礼收下，告诉谢兰生和莘野：“就在这儿拍电影吧！我让大家配合配合，腾出一间好的屋子给你们晚上休息用。”

最终目的终于达到，谢兰生狂喜，没忍住，一把握住村主任的手：“谢谢大哥……谢谢大哥，我谢兰生这辈子都不会忘了您这份情的。”

村主任打出一个酒嗝：“哎，好说好说。”

“那我改天带组进来，咱们到时再一起喝。”

“行，嗝……我等着。”

事办成了，谢兰生没继续停留，带着莘野与郑主任一家告辞，打算回城了。他跨出门槛，听见身后木门关上，心中有种不真实的欢喜雀跃。他只要一想起刚才郑主任的话就会悸动，又有一些因为太好的东西还没有兑现而生出的不安和担忧。两种感情互相纠缠，让谢兰生有些恍惚。

他往前面迈了两步，却突然间顿住双脚，站在原处，看不见画面，也听不到声音，只专心地感受着什么。十来秒后，他猛然间折下腰去，像河里的虾子一样，伸出一手捂住嘴巴，咳了几声，在寂静中有些瘆人。

他知道，他刚才喝太多白酒了。

莘野转头看谢兰生。在月光中，他看见谢兰生的指缝中渗出来了一股一股鲜红的血。血滴落在脚下土里，像一丛丛的蔓越莓，触目惊心。

“喂！”莘野心里咯噔一下，“你吐血了！”

谢兰生也感觉到了，可他根本说不了话，腰也弯得更厉害了，一阵一阵地猛咳着。他只觉得有些东西攀着食管在往上爬，一张嘴就是一摊血。他的咳声带着尾音，是凄厉和苍凉的。

莘野的下颌紧绷说：“去医院。”说完，他一弯身，把谢兰生打横抱了起来。

他没见过这样的人。

“不，不用去……睡一觉就没事了。”谢兰生想：去医院还得花钱。

“睡个屁。”莘野口气不由分说，“去医院。”

谢兰生也只好叹气：“随便吧。”

到村口时，谢兰生的目光放远，发现月亮又大又亮，特别好，特别美，月光清清白白，照着世界，照着他，也照着他昏头昏脑的青春理想。在莘野的怀抱当中，他不需要特意抬头。

他哧哧笑，随口闲聊："莘野，你发现没？今天月亮特别好看。"

"嗯？"

"是吧？"

"还行。"他不置可否。

他就这样一步步走。路很长，又好像很短。二人影子在夜色中细细长长、模糊不清，一切似乎都远去了，只有天边一轮明月幽幽地照着他们。

到了村口，钻进车子，莘野一路开回市区并且径直奔向医院。

诊断结果是胃出血，急性胃黏膜损伤。

医生开了吊针和药，给谢兰生打上了，一边打还一边数落："喝喝喝！都啥样了，就知道喝！再喝下去胃就完了！真不怕死啊？！"

谢兰生只是笑："知道啦。"

医院里人并不多，谢兰生有一张床躺。莘野坐在一旁椅子上，看他半晌，突然张口问："你这熊猫怎么回事？"

谢兰生不明所以，什么熊猫？

"为拍电影，命都不要了？"

谢兰生笑："哪有那么严重啊？"

"你就这么糟践自己。不就是想哭一哭吗？干点什么不能哭？非当导演非拍电影？”

谢兰生说：“那不一样。”因为电影同文字或者画面所展示的故事是不一样的。

莘野动作十分粗暴，把谢兰生裤腿整了整，不想他凉着：“以后别再糟践自己，听见没有。我下一次不会只看着，会插手的。”

“行行行，”谢兰生服了，“我只见过导演管演员的，没见过演员管导演的。”

“你这个人不管不行。”谢兰生又吐血又进医院，最后这些烂摊子还不是都要他来收拾，麻烦。

“行行行，咳。”谢兰生可不敢惹他，迷迷糊糊地睡过去了。

再醒来时，谢兰生发现自己已经回到位于市内的招待所了，天光大亮。招待所外有一棵树，初夏阳光铺洒下去，那片地上斑斑驳驳，像散落着很多金币。

招待所的条件不好。谢兰生跟莘野住一间，罗大经和张继先住一间，小红和小绿住一间。招待所的一楼可以简单洗澡——就是用盆浇，用毛巾擦，后头有个封闭旱厕。

谢兰生没急着起来，他的胃还有点儿疼，于是仰面躺在床上想了想目前的处境。

场地终于是搞定了。等把《生根》全部拍完，他会剪掉拍摄地点比较特别的景致，只留一些比较普通的自然风景，避免给帮助过自己的村主任和当地淳朴的村民带来不必要的麻烦。谢兰生是学导演的，有美术功底，对于电影画面的把握完全没问题。何况全中国有上百万个这样的村落，光从《生根》的画面上来看，很难分辨出电影的拍摄地。只要他自己不说，村主任不说，盱眙村村民又不知道拍摄里的门门道道。

不过现在，另一个问题来了——钱。

“地下电影”还真是一个问题接一个问题，各种问题层出不穷，就没有个消停时候，他作为导演总有愁的，不是在愁这个就是在愁那个。

之前弄的25万投资正正好好就是底线，一分钱都不能少了，否则胶片冲不出来。可之前万万没想到，请罗大经就多花了2000元，搞定片场又多花了800元，加上白去两河乡那趟，里里外外都2920元了，这么快就出了一个大窟窿，每一步都多花了钱。

他上哪儿把2920元窟窿给补上？

管爸妈借是没戏了，他爸妈都反对这个，而所有的亲戚朋友都已经被他问过一遍了。

再说了，最近两年物价飞涨，25万元还能不能拍得下来都不好说了。

谢兰生抱着小被子，很愁。

躺到九点，肚子饿了，他终于翻身起来，踩到地上，脚丫一疼，这才发现磨出个泡。他想了想，趿拉着鞋到大门口，管老板娘要了根针，回来把针给烧红了，捧住脚丫子，仔细瞅着，挑破水泡，挤了挤，又点了根烟，把烟灰给弹在泡上，封住伤口，防止感染，无所谓地想去买饭了。

他一出房间，便见小红双目呆滞地走过去，好像在怀疑人生。

“小红！”谢兰生叫了一声，看着她，奇怪地问，“怎么了？”

小红说："影帝的钻石掉茅坑了。"

谢兰生："啊？"

小红开始努力解释："莘大影帝上旱厕时，左边袖子上的……袖扣，是叫这个吗，一下子就掉进去了。他回来后我发现了，一问，他说东西掉茅坑了，不要了，随它了。我问他要几个钱，影帝说，一对好像是10000美元。"

谢兰生倒抽口气："5万多人民币，说不要就不要了？"

谢兰生也怀疑人生，傻呆呆地买了肉包，又傻呆呆地回了房间。

现在已经是1991年，有好些人挣到钱了——他们家里放着好几万块，甚至藏着金条金砖，但一枚袖扣好几万元还掉茅坑就不要了的，谢兰生还是头回听说。

他推开门，发现莘野已经回来了。谢兰生的大脑当中蹿出来一个主意，然而实在不好意思说，时不时地看看莘野，犹豫不决，举棋不定。

莘野自然也发现了，等了会儿，见谢兰生不敢开口，转过头问："干什么，欲言又止的，有话就说。"

"呃，"被莘野这样逼问，谢兰生抠抠下巴，抬起眼睛，豁出去了，"莘野啊，小红说，你的钻石掉茅坑里了，值10000美元，50000多人民币，你说不要就不要了？"

莘野语气散漫："嗯。"Jacob&Co的袖扣，他继父送他的东西。1965年以后，美国跨族通婚持续增加，美国人对"亲生血缘"不如亚洲这样重视，在一起就是一家人，况且他的继父并无其他子女。

谢兰生又确认着问："50000多人民币，真……说不要就不要了？”

“嗯。”废话，都掉茅坑了，还能要吗？

莘野估计谢兰生是想要向他借一笔钱。他知道，因为买红塔山、茅台酒，现在剧组预算不够了，怎么也要再凑几千。

想想也是，谢兰生跟前面两位投资人都说过总额是25万元，不会引入新投资人，因为那必定会削弱旧投资人的份额，因此，谢兰生也只能借了。

他没吭声，想听听谢兰生打算如何开口借，也算观察“大熊猫”的一部分。

“那……那……”谢兰生挺不好意思，然而还是努力说出来了，“莘野，如果……我把钻石给捞出来，再洗干净了……我用肥皂搓，用牙刷刷，用毛巾抹，你说洗几遍我就洗几遍，一百遍也行，保证最后干干净净的……你能给我500块钱当报酬吗？”

谢兰生想：一只袖扣价值25000多块，可他只要500块，五十分之一，对莘野是值得的吧？有这500块，就只剩2420块的窟窿了，一下子解决六分之一。

莘野简直不知如何回答。

他失语了半分钟，才瞪着谢兰生，说：“我给你500元，你别去捞。”

“啊？”

“我给你500元，你别去捞。”

谢兰生知道这是莘野想要无偿“赞助”他了，他沉默了一会儿，讷讷地道：“那算了吧……我是导演，你是演员，我怎么能无缘无故就拿走你500块钱。”他不想让莘野知道《生根》剧组

已经缺钱了，又忙补充，“我怕后边需要用钱，未雨绸缪，有备无患。”

“嗯。”

谢兰生想了想，又忍不住问：“那袖扣真不要了？”

莘野无情打断了他：“那你也不许去茅厕捞。”

“我受不了跟一身屎味的人一起吃饭睡觉。”

谢兰生想这东西是莘野的，人家有权处置，便没吱声。而且距离冲印胶片少说也有两三个月，不到3000块的窟窿应该还有别的办法可以解决，但他心里觉得可惜。虽然他也知道，袖扣就算捞出来了也值不了多少钱了——这些就是牌子值钱。

莘野看看他，突然伸手，三根手指在另一手的袖子上用力一扯，扯下一个什么东西，向谢兰生的方向一抛：“另外这只也没用了，给你了。”

谢兰生本能地一接，摊开手掌，发现掌心躺着一枚玫瑰金的方形袖扣，在灯光下正散发着温润的光，十分漂亮。袖扣上有六条交叉的纹路，相互垂直，其中三条是从右上到左下，另外三条是从左上到右下，九个交叉点上各有一颗钻石，看起来熠熠生辉。

谢兰生起身下地，把袖扣放到桌上说：“我不要，你收好。导演不能收演员的东西，这是一个基本原则。”他再穷也不会去收自己演员一分钱的。

莘野十分无所谓地道：“我不会收回来的。”

“那好吧，”谢兰生是逻辑天才，“这个东西我收下了，但先放在你那边儿，等到哪天我想要了再拿回来。这可以吧？”

莘野没再说什么——他又不会上赶着送东西。

谢兰生是操心的命，看见莘野大手大脚，很担心他以后被骗，于是苦口婆心地劝说道："莘野，大影帝，我们知道你很有钱……但，也别总是送人钻石。"

被人像老父亲似的叮嘱，莘野简直莫名其妙："我没送过别人钻石。"要不是看你穷疯了，我怎么会想送你钻石？

谢兰生正盘着腿坐，听到这儿，发现一个逻辑漏洞，立即反驳道："不可能，你刚刚还送给我了。"虽然他说放莘野那儿，可理论上是他的了。

莘野颔首："对，可以算。那就只有你。"

"只有我？"听到这个特殊答案谢兰生还挺意外的，他想了想，想到了什么，突然就笑了，"以后还有媳妇呢。你千万别跟你媳妇说还送过一颗钻石给谢兰生——我俩非打起来不可。"

场地搞定，《生根》剧组等着开机，资金问题暂不想了。谢兰生把拍摄计划又修了修，将需要在盱眙村拍的场次都并到一起，拍摄计划精确到天。

而男女主角莘野和欧阳囡囡，也都开始背台词了。

欧阳囡囡没上过学，不大识字，谢兰生便一句句教，十分耐心。欧阳囡囡死记硬背，还在旁边画画，看到"横"字就画一道横线，看到"竖"字就画一道竖线，用以辅助，这样一来，她每回看到几个标志便能想起整句台词内容。

因为聪明，通过这样的方法她可以背出彩凤的词，可谢兰生心疼囡囡，便在市里给她买了几本儿童用的教材，先教对方汉语拼音，再系统地教对方读书认字，有空就教，从不间断。欧阳囡囡愿意用心学，很快就学会了几百个字。

谢兰生对欧阳囡囡说：“囡囡，如果你不愿再回乡里，可以继续当演员的。不过，要是不认字，就没办法看剧本了，不是每个导演都能一个字一个字地教你念的。”

“嗯。”欧阳囡囡22岁，眼睛大大的，皮肤白皙，“谢导，我会好好学的。”

谢兰生就摸摸她头：“乖。”

“谢导，”欧阳囡囡说，“您带我出来演戏，还教我读书写字，您是我的大恩人了。”

谢兰生有一些别扭：“别这样讲，应该的。”

“是真的。”欧阳囡囡道。她曾有过两次准备结婚的经历，然而还没过门两个男人都没了，一个发病，一个坠河，于是她就变成了“克夫之人”，老家人对她避若蛇蝎。是谢兰生给她勾画了另外的一个未来，让她觉得，虽然她的翅膀柔弱，却也能飞到海那边去。

谢兰生没想到的是还有个人也不认字，也需要教——莘野。

不过，与欧阳囡囡不同的是莘野具备初三水平。基本字词没有问题，可以阅读99%的剧本，只对个别生僻的字不认识或不理解。莘野日常交流非常不错，他的普通话极为标准，基本没人可以发现他并不是中国“土著”，然而一到书面用语就差一些，比如罕见的成语。他的字其实还蛮漂亮的，但写不出太复杂的字。他会汉语、德语、西班牙语，但水平都不如英语。

莘野这人背景复杂。莘野的母亲在1948年出生，22岁那年跟一个中国人生下莘野。1977年，莘野的父亲选择归国，可是母亲不愿离开，两个人以离婚收场。莘野的母亲一个人把他好吃好喝地抚养长大，到1983年才再次嫁人，莘野那年13岁。因此，由于生母生父一方是美国国籍另一方是中国国籍，莘野可以到了18岁再选择国籍。不过，莘野在他18岁时选了中国，被说成“想一出是一出”，然而人家莘野说了，持美国籍进入哈佛不能证明自己牛，当中国人考上这所学校才能显出他的本事，乍听起来非常扯，莘野周围的人也并不能十分肯定他就是扯，毕竟“路太简单，太容易了，我要提高生存难度”对于莘野来说还真不是没有可能的。

总而言之，莘野的英文比中文溜，一手花体英文写得非常漂亮。然而因为生母生父都是华人，还很爱国，莘野从小就说中文，听不出来任何外国口音，比一般外国人地道多了。他就读写有些费劲，跟刚上初中的学生差不多。

意识到了这点以后，谢兰生也“教导”莘野了。

莘野每天用笔圈出他不认识的几个字，等谢兰生教完囡囡再回房来教他。不过莘野聪明，基础也好，谢兰生念一遍之后莘野就能全记住了。

在开拍的前个晚上，谢兰生到欧阳囡囡的房间去陪她背词，花了整整两个小时，让囡囡把《生根》剧本从头到尾又过了一遍，才终于放心了。

回屋后，他又问莘野：“莘野，新增内容都能读吗？”昨天晚上他给莘野又增加了几句台词。

莘野却是一个反问句抛了过去：“又去欧阳那儿了？”

谢兰生笑：“嗯。”

“忙得跟个陀螺似的。”

“得教她。”谢兰生道，“她说想当专业演员，那必须要识字才行的。我这几个月多教教她，让她以后有路可走。”谢兰生一边说，一边抽出一张椅子，隔着木桌，在莘野的对面坐下。

“你这人，”莘野的手撑着下颌，看着谢兰生，“对谁都好，就对自己不好。”

“还行吧。”谢兰生没讨论自己，又再次问，“莘野，有不认识的字吗？”

莘野把剧本翻到某页，往谢兰生身上一丢：“有一个。”他不会汉语拼音，也没学。

“我看看……”莘野的圈画得老大，一下子圈进去了十几个字，谢兰生看半天，最后认为对方不认识“嘬”。

“唔……”谢兰生说，“这字念‘嘬’，这里指亲吻，男主嘬女主的脸，就是男主亲女主的脸。”

谢兰生不需要莘野也和囡囡一样念出声，看见莘野不说话了，知道对方没问题了，便拿起毛巾去浴室，还说：“莘野，早点睡，明天一早就退房了，去盱眙村开始拍摄。”

第二天一大早，谢兰生去前台退房。

拿到账单，他扫了眼，掏钱包的手顿住了。

谢兰生指着上面“555”牌香烟，还有白酒、饮料、零食，问招待所工作人员：“麻烦问下，这些东西怎么回事？”

“啊，”服务员小妹回答，“你们有人在这儿买的，他说挂账就可以了。”

“谁？”谢兰生思考一秒，“是不是一大高个儿？挺白的，挺胖的？”摄影师罗大经的身材白胖，录音师张继先的身材黑瘦。

小妹：“不是。”

“那，挺黑的挺瘦的？”

“对。”

“您等一等。”谢兰生掉头上楼，把张继先叫到前台，问他，“这些东西是你买的吗？”他没再叫“继先哥”了。

张继先没说话，等于是默认了。

“自己用的自己付账，”谢兰生的语气不硬，只当对方真的不懂，“剧组不能掏这个钱。咱们一共就25万，每分都得用在刀刃上。吃饭、睡觉剧组都管，别的东西剧组暂时不能管，您理解下吧。”

张继先沉默两秒，从兜里掏出钱来：“咳，我知道，之前就是忘带钱了，挂一下，想离开时过来付了，没有想到咱们剧组这么早就来结账了啊。”

谢兰生只装作是被忽悠过去了：“嗯，那就好。”说完，他拍了拍张继先的肩膀，“我先上去收拾东西，等会儿见。今天《生根》就开机了，加油啊！”

张继先说：“嗯，等会儿见。”

这个插曲并未影响谢兰生的高昂情绪——这是《生根》的开机日，他的心情十分雀跃。可以说，从他很小的时候忽然迷上电影开始，到16岁进北电，21岁去南渊，22岁独立出来，他一步步地，终于是走到了今天。

他们提着行李离开市里，先坐汽车再坐驴车，辗转到了盱眙村。村主任见到他挺高兴，与罗大经、张继先和小红、小绿等人握手，把一行人迎进空屋，介绍说：“这给你们休息用了！我特意让乡亲们给整理出来了！”

谢兰生赶紧道谢，把大家都安排好。

房间里有两排通铺，每排都能睡四五个人，足够了，谢兰生很满意，因为这说明其他演员进组以后也可以有床铺睡觉。他也没让众人休息，而是按照好莱坞的做法进行通篇对词——这样可以让演员们熟悉故事并且增加彼此间的交流，同时培养对电影的兴奋状态。不过，他也承认，最重要的原因就是他没有胶片能让演员不断地失误或笑场，他要训练，他要节约。

在全剧本通篇对词刚结束时，小红、小绿冲进来说第一场的布景弄好了。

谢兰生深深吸气，大手一挥：“那走吧！”他们没有时间耽误，进来当天就要开机。

到了位于盱眙村东面的第一场的拍摄地，谢兰生先让欧阳囡囡和莘野排练数遍，直到基本放心了，才叫罗大经打开镜头。

“大经哥，”他说，“之前说过，等到后期冲胶片时咱们没钱先看样片，拍成啥样就是啥样，拜托您拿出最好的技术，拍最好的片子。”

罗大经比了一个“OK”。

于是，开拍。

这一场戏并不难拍。第一天拍简单的戏也是行业的传统了，博好彩头。影视行业十分迷信，觉得如果第一天就磕磕绊绊不大顺利，后面也会命途多舛，有诸多波折。

因为内容是“婚礼”，鞭炮声音响彻山谷，盱眙村的大人小孩全都跑来看热闹了。谢兰生的眼睛扫过这几十人好奇的样子，突地想起自己首次见人拍片的情景来——那天看完北影拍片，他兴奋地跑回家去，逢人便说："嚯！拍电影要打灯光呢！"

对开篇这"婚礼"的戏，影帝表现得非常完美。令谢兰生意外的是欧阳囡囡也表现得特别好，他们一遍就通过了，而鞭炮还剩了两挂。

谢兰生把香烟给小绿，笑着说："小绿，把那两挂也放了吧，就当庆祝咱们开机！"

小绿接过半截香烟，说："好！"转身跑了。

在小绿点两挂鞭炮时，谢兰生在一边听见摄影师罗大经在和录音师张继先讨论某导演的一部新片。片子是讲无人爱的平凡男孩最终追到受欢迎的美丽女孩，十分俗套，摄影师、录音师全都表达了对它的不屑。末了，见谢兰生在一边听，罗大经问："谢导，你应该也非常讨厌没艺术的破片子吧？"

"不，"谢兰生笑着摇头，"我自己并不会去拍，但是，怎么讲呢，我认为这些片子对爱情的期待，或者说对爱情的妄念，很美。"

罗大经、张继先无语。

谢兰生又说："人会希望，会幻想，会做梦，很美。"

莘野转眸看了看他。莘野再次发现了，谢兰生会因为人的一切感动，包括善、恶、美、丑。莘野从没见过这样矫情的人，简直矫情到了让他移不开眼。

小绿点燃鞭炮，声音再次响彻乡村。

谢兰生看着，忽然感觉特别欣喜。

他拉投资，他去赌场，他请帮手，他寻演员，他借机器，他买胶片，他用吐血换来场地……然而不管怎么说，他终于是站在这里了，《生根》真的开机了。

爸妈不让他拍电影，怕他没饭吃，他也确实没饭吃了，可他高兴。

“莘野！”在鞭炮声中，谢兰生对莘野吼，“你知道迈克尔·杰克逊吗？”

“啊？”莘野皱眉，点了点头。迈克尔·杰克逊的风暴横扫世界，自己怎么会不知道。

“那，”谢兰生还是在喊，“你会跳迈克尔·杰克逊的舞蹈吗？”

莘野再次皱眉。

“我会！”谢兰生大笑，“我去年在洛杉矶访问时酒店的人教会我了！”说完，他跑过去，在还没放完的鞭炮下，把他会的几个动作挨着个地跳了出来。别说，他还真会，非常像那么回事。

莘野眯起了眼，上方有爆竹爆后的火光正大亮着，红色碎屑漫天飞舞、纷然飘下，落在他的头发和肩上。噼里啪啦声音不断，将世界给隔绝开了，谢兰生在里面跳着一支舞。

随着他的动作，有一些红色碎屑还没贴身便被抖落开，向四周飞扬，如初春的稚嫩花瓣。

莘野有种错觉，是谢兰生一直蹦跶才有那些红色花瓣，他在中间，红色花瓣是从他的身上撒出来的，他会魔法。

第　三　章

折　戟

开机当晚，他们累得东倒西歪，在通铺上沉沉睡去。欧阳囡囡、助理小红两个女生睡在东边，剩下几人睡在西边，罗大经还打起鼾来。

盱眙村的夏天蚊虫极多，嗡嗡嗡的，十分恼人。它们绕着几个人转，一会儿飞到这头，一会儿飞到那头。

谢兰生在铺上卧着，忽然觉得这样不行，他想，如果叮到莘野、囡囡，拍摄就要受影响了！要叮身上还好，要叮脸呢？要叮嘴呢？难道主演顶着大包被展现在大屏幕上？那太难看了。不止难看，还不真实。在现实中拍摄两天，剧中剧情能走两个月甚至两年，主演一直在同一处带着大包太离谱了。

居然忘了这个事。下回买个蚊帐好了。

那现在呢？起来拍蚊子？

不太行，大家睡了。

对了，谢兰生灵机一动，想起自己平时在家招蚊子的体质来。基本上，只要他在，蚊子就不叮其他人，专咬他。

嗯……谢兰生想想，把薄被给掀到一边，露出胸腹还有手脚，四仰八叉地躺着。盱眙村的夜还挺凉的，莘野、囡囡都捂着被，蚊子能下嘴的地方不多，尤其是莘野——那个家伙居然要穿睡衣睡觉！那个料子滑溜溜的，罗大经和张继先两人都是光膀子的，谢兰生自己则是穿着一个大白背心。莘野的被褥也挺金贵，被抽了真空装在箱子里。不过，谢兰生觉得，虽然莘野金贵但其实并不难伺候，有什么饭就吃什么饭，有什么床就睡什么床，不是特别在意舒服不舒服，只是个人用的东西看起来挺讲究的而已。

睡觉……睡觉……谢兰生担心自己半夜太冷了把被子抓回来盖，想了想，干脆将被子团成一条，直接踹到地上去了。

这夜，他又冷又痒，没大睡好。蚊子一直嗡嗡地在他身边转个不停，走了一拨又来一拨。

他挺难受。

第二天的一大早上，谢兰生起床后的第一件事就是查看莘野和欧阳囡囡两个主演有没有被叮。他把衬衫套在背心上，走到刚洗脸回来的莘野面前。

因为身高有点儿差距，谢兰生对莘野命令：“莘野，低头。”

“啊？”

谢兰生也没再废话，直接上手捧住莘野的耳侧，一用力，让对方垂首。

莘野刚想一把挥开谢兰生的细瘦胳膊，就见谢兰生淡棕色的眼瞳无比认真，莘野可以从那当中看见自己的影子，他动作停了。

谢兰生的手上用力，把莘野的脸扳向左边看了看，又扳向右边看了看，还撩起了莘野头发检查前额以及额角。到这，莘野终于回过神来，捏住对方一只手腕问：“你干什么？”

看主演们都没被叮，谢兰生就得意了。他退后一步，这儿抠抠那儿抠抠，一会儿挠挠手背，一会儿挠挠胳膊肘，看看囡囡，又看看莘野，心里觉得挺开心的：“这破地方全是蚊子，我看看你俩被没被叮！好好好，你俩都没被咬，可以继续拍今天的戏。”说完，他一高兴，还用三根手指捏着莘野下巴，“看看，多光溜！”

莘野明显愣了愣，谢兰生却已经转头：“小绿啊，你去镇上买盘蚊香！坐大刘哥的拖拉机，大刘哥正好要去镇上呢！”他一边脸上一个大包，其中一边还被印上床单花纹了。

在得到了应允以后，谢兰生又回到床前，弯腰，拾起地上的被子，用力拍了拍，扔回床上。

莘野过来，一叉胳膊，上下打量他满身的包问：“谢导，睡觉还打把式呢。”

“我从小就打。”

莘野听了，冷笑两声：“在招待所住那几天老实得跟小猫似的。”

被发现了！谢兰生小声说：“确实故意喂蚊子了……别让囡囡给听见了。”不然，本来没她什么事她也肯定要愧疚的。

“你这个人，简直……”莘野发觉自己有点儿看不得谢兰生这样，沉默了会儿，忽然回头，手一指小绿，又一指门口，“还傻站着干什么呢！想不想今天回了？！”

小绿被他吓了一跳，赶紧一猫腰，跑了。他一直觉得，导演谢兰生不可怕，男主角莘野才可怕。

今天要拍“坠河”的戏。

《生根》影片刚一开场就是彩凤又怀孕了，而她表现出的症状全是要生胖儿子的，比如皮肤变糙、轻微孕吐、肚子较尖、妊娠线长……跟前两次并不一样。于是，全家上下都热盼着、兴奋着，逢人便说“肯定是儿子”，还一起回忆当初那场婚礼。

谁知最后事与愿违，彩凤生出来的还是女儿。某天，她在河边给孩子们洗衣服时被自己的丈夫一脚踢下河去。河水挺冷，彩凤自己扑腾着上来，从此染上肺疾了。

在开拍前罗大经说：“幸好囡囡会游泳。”

谢兰生笑：“我让朋友推荐人时说过最好会游泳。”他一边说，一边整理囡囡的衣服。虽然服装都是旧的，可因为要上大屏幕，谢兰生所选的款式都是比较好看的，也是比较得体的。所有的服装在买来后小红还用开水烫过，确保干净，这个也是谢兰生的硬性要求。

罗大经点头：“原来如此。”

因为女主需要“扑腾”，可这条河还有点儿深，欧阳囡囡水性虽好拍这一场也不容易。因此，在谨慎地考虑过后，谢兰生决定由他先扎到水下，屏住呼吸，再从背后托着囡囡，让她的头露出水面，两手两脚一起扑腾，令画面真实一些、好看一些。谢兰生觉得，如果囡囡两脚落地，光用手扑腾，会很假。

因为河水有浮力，托起囡囡并不困难。谢兰生在最开始时还有点儿抓不住地，然而手上有重量后就又觉得挺容易了。

随着摄影师罗大经的一声“开始吧，Action”，欧阳囡囡开始扑腾。谢兰生屏住呼吸，用力托着囡囡，让她放心挣扎，而后，也不知道过了多久，才又听见岸上的罗大经叫“好了好了，OK了”。欧阳囡囡动作停下，摆出正常游泳姿势，谢兰生撒手，让她走了，只感觉到一阵水波。

欧阳囡囡率先上岸，小红递过毛巾，让她别着凉，接着抱起另外一条等谢兰生也爬上来。

可谁知，足足过了十几秒钟，他们也没等到谢兰生出现在水面，水面平静，甚至连个涟漪都没有。

一切都不正常。

小红顿时急了，开始大叫：“谢导！谢导！谢兰生？”

莘野心里也是一紧，立即拔脚走到岸边。

谢兰生呢?

正当莘野想下去时，只听“哗”的一声水响，一只白到晃眼的手一把握住莘野脚踝，谢兰生的头露出来，他把头发向后一抹，抬眼看着莘野笑：“嗨！吓一跳没？”

他没事，他只是想吓吓剧组其他成员。

莘野低头看着对方，一颗心又落回原处。

他终于理解了很久以前看到的一个成语：虚惊一场。

恶作剧得逞。谢兰生的头发湿漉漉的，有些乱，有些性感，莘野还是头一回见到对方光洁的额头。他的嘴唇也是湿的，正在笑，露出细碎的小白牙。水珠顺着颈子往下，再与河面融为一体。

这时小红、小绿一起跳脚并且大叫：“谢导！你可吓死我们了！”“你绝对不能再这样了！”

“哈哈哈哈，抱歉抱歉，”谢兰生道歉，用两手一撑，呼地一下跳上岸来，“呼呼呼，好冷好冷。”

他人还没等站起来呢，小红就把一条毛巾给他盖在后背上了。

在收工回去的路上，谢兰生一直都在与罗大经讨论摄影。他们两个没完没了，将别人全排除在外了。

在罗大经点香烟时，谢兰生终于想起跟别人也应该互动一下了，他拖后一步，随口问：“莘野，你会游泳吗？”

莘野瞥了一眼谢兰生，突然道：“哈佛的学生都会游泳。”

“啊？为什么？”谢兰生果然被勾起了好奇心，没有再到前边去了。

莘野拉出一个尾音：“想听？”

“嗯，”谢兰生说，“想听。”

“好吧。”莘野用“你既然这么想听，那我就大发慈悲地告诉你吧”的语气说，“哈佛最大的那座图书馆，哈佛大学威德纳图书馆，是哈利·埃尔金斯·威德纳的母亲建的。哈利·埃尔金斯是哈佛的毕业生，主修历史，毕业五年后，也就是1912年，乘坐当时最豪华的并且号称永不沉没的‘泰坦尼克号’从英国回美国，结果这艘船在首航就沉了，1500多人遇难，这是美国历史上最大的一起海难事故。哈利·埃尔金斯·威德纳本来是可以逃生的，但他回去拿了本书，说不可以抛弃最爱的一本书，结果葬身大海。”

“咦？”

“他爱书，他的母亲便想建一座新的图书馆代替原先那栋破楼。他的母亲说了，她可以捐100万美元，但图书馆必须要以‘纪念哈利·埃尔金斯·威德纳’来命名，并且要每天有人献花。哈佛不同意，觉得丢人。他的母亲又说了，那就再加一百万吧，哈佛则义正词严地回答，说这不是钱的问题，是原则问题，嗯……真的能给200万美元吗？在得到了肯定回答后，校方终于舍弃所谓尊严，说好啊好啊，我们建，我们献花。接着，其母又提出了两个要求：一是不能改变外观，因为她会请著名的建筑师来负责设计；二是所有大一学生都要学习游泳课程并且通过统一考试——她相信，如果儿子在学校里学过游泳就不会遇难。他的母亲说了，如果违约，她的家族会立即将捐赠的书全部搬出来，送给剑桥。”

谢兰生爱听故事，此时微微张大嘴巴，觉得有些难以置信：“真的？”

莘野继续讲了下去：“哈佛把三项全答应了，图书馆便建起来了。哈利·埃尔金斯·威德纳的母亲捐给图书馆的第一本书便是儿子回去拿的那本，作者是他最爱的培根。从此，哈佛安排了人员每日献花，而且每回扩建都是往地下挖，从来没有在地上建。另外……我们都要学游泳。”

“真的？”谢兰生依然不相信，“你扯淡吧？”

莘野见谢兰生终于不跟罗大经谈拍摄了，有些愉快：“以后跟着我过去看看，再说是真的还是假的。”

谁都没能想到的是，拍完“坠河”当天半夜，欧阳囡囡就感冒了，她有些不舒服。为了防止演员生病，谢兰生还故意挑了艳阳高照的大晴天，又等囡囡一爬上岸就让小红捧上毛巾，谁知道人还是病了。

《生根》剧组带了点药，然而囡囡吃过以后整整一夜都没好转，早晨起来还更严重了，不能工作了。

盱眙村村民头晕脑热都是自己挺过去的，没有人家备着感冒药物。谢兰生见欧阳囡囡趴在床上昏昏沉沉，觉得这样还是不行，得去镇上卫生院买点儿对症的药回来，毕竟病毒有好多种呢。

今天没人要去镇上。大刘哥说了，特意送她需要酬劳，过一小时就可以走，他也可以把自行车借谢兰生骑着过去，不要钱，不过，从这儿到镇卫生院单程就要两个小时。

谢兰生想想，还是不大舍得花钱，蹬上二八自行车，沿着土路就出发了。

夏日阳光铺满小路，泥土也似金沙一般。自行车轮碾过，金沙碎裂，四处崩飞，发出吱嘎吱嘎的声响来。

这大热天的，谢兰生死命地骑，中间一度觉得膝盖已经酸到没感觉了，麻木了，只是还在机械地蹬而已。淋漓的汗淌过眼睛，两颗眼珠火辣辣的。他一手握把，一手擦汗，仗着年轻，甚至没用两个小时就站在了镇卫生院前。卫生院是两层小楼，极不显眼。

他把车子锁在一边，去挂了号，见了医生。卫生院的医生说有一个药是能喝的，是新出的，效果不错，谢兰生便二话不说把那个药买了下来。他还买了另外几种，可以对抗所有常见感冒病毒，心里稍安。

出来看见个杂货店，谢兰生又拔脚进去，给说想念糯粢的罗大经买了一盒桃酥，又给喜欢抽烟的张继先买了一包香烟。罗大经昨天说，在长沙时他每一天的早饭里都有糯粢，而张继先呢，之前挂账买来的香烟似乎已经全抽完了，现在在抽别的牌子，看着有些蔫巴巴的。谢兰生想，大家都不容易，他对他们都好点儿，让他们舒坦点儿，总归是没错的。好不容易来趟镇上就给他们买些东西吧，让他们喜欢自己，喜欢《生根》，喜欢电影。

他好喜欢跟这一群志同道合的人一起做电影。他一向是生性散淡，可看电影、拍电影时，他的心能得到归属感，他忘不了第一次看某些作品时那触电的感觉。谢兰生也隐约觉得自己是有点儿天赋的，因为，他拍出来的东西，跟平时见到的东西，是不一样的，前者更美，更艺术，更能打动人，这让他觉得非常过瘾。他甚至认为，也许不是他选择了电影，而是电影选择了他——朝圣路上人那么多，人人顶礼膜拜，可电影之神选择了他。

他现在在拍电影了，跟罗大经他们一起。这可真是美好的事。他正在用更细腻的一些方式、技巧，把世界呈现出来，把人呈现出来，让观众们能关注到一个群体、一种生活，令这世界变得更好。人们不仅仅需要物质，他们同时需要思考、成长。谢兰生当然十分希望自己拍的电影可以全国上映，让更多人有渠道看，可他此前也想过了，最后得出的结论是：他希望让更多观众看到他想说的东西，“他想说的东西”是前提，“更多观众看到”是其次的，他不可以主次不分因小失大，在这样的前提之下“地下电影”也还是个不错的选择。

谢兰生把大塑料袋挂在一边车把手上，往回骑。

不料中途下起雨来。豆子大的雨点狠狠地砸下来，谢兰生又没地方躲，只能一边抹脸，一边玩命蹬车。

因为隔着重重雨幕看不清前方景象，到某个地方，谢兰生只听见耳边传来“砰”的一声巨响，同时屁股剧烈一震，车子猛地顿住，车把一栽，他便连人带车“哐当”一下摔进泥水里，万分狼狈！

“哎哟！磕石头上了！”他眼一闭，受着冲击，也受着水花。他刚开始没啥想法，好一会儿才觉得疼。

雨很大，又是土路，谢兰生在泥汤里被自行车给死死压着，只能看见后轮还在兀自呜呜地转。他衣服裤子全都脏了，人也有点儿蒙。

他动了动，抽出腿，爬起来。因为穿着短袖衬衫，胳膊肘儿已经破皮了，在地上磕的，血糊糊的一大片，伤口处有水、有泥，全搅和在一块儿，看起来触目惊心。小臂也是被蹭了，有斜着一大片擦伤。

他看了看衣服裤子，翻开手掌挡在额前，一瘸一拐地把掉在地上的感冒药、桃酥、香烟都捡起来了。接着，他拧干衣摆，将塑料袋挂在手腕上，把袋子里面的东西一样一样地拿出来，用衣服角抹掉包装上的泥点和水点，这才扶起自行车重新上路了。

他伤口疼，遇雨更疼。头发贴在头皮上，衣服裤子也贴在身上，特别不舒服，他奋力地踩自行车。

中午，当谢兰生推着车子终于走回盱眙村时已经累得要虚脱了。这时天空重新放晴，他推着车，迈不开腿，全靠一股力气撑着，一步一步挪回屋子。

终于到了……累死了……不过幸好是回来了。

他拎着药，还有桃酥和香烟，推门进屋：“囡囡，我买了药回来了！还有大经哥、继先哥，我给你们带礼物了！快出来看！”

然而跟他想的不同的是，屋里没有人回应，谢兰生都有些愣了。

好奇怪……

只有欧阳囡囡窝在床上沉沉睡觉，莘野、助理小红和小绿、摄影师罗大经、录音师张继先全都不在。而让谢兰生更奇怪的是，所有器材，包括摄影器材、录音器材，也都不在了。今天没有拍摄任务，按理说，就算出去研究取景也不至于一样不落连麦克风都要带着。

他们几个干什么呢？没有导演就拍摄吗？

谢兰生把东西一扔，出门喊道："小红！小绿！莘野！大经哥！继先哥！干吗呢？你们在哪儿？"

他一边走，一边喊，走到村子最里面时，终于看见小红、小绿还有莘野三人一起转出来了。谢兰生见他们好好的心里也安定了点。

穿着白色衬衣的莘野低头问："怎么了？慌慌张张的。"

谢兰生则反问莘野："你们几个在干什么？"

莘野语气十分轻松："刚下完雨，出来走走，小红、小绿非要跟着，说想听听美国的事。"

"哦哦，那大经哥和继先哥呢？"

莘野说，"他们应该还在屋里头呢。"

谢兰生又愣了一下："不在呀。"

同时，他的心里突然涌起一股强烈不安。若罗大经想要研究取景，至少该和莘野一起去——摄影师会让演员们站在脚本的位置上，看看光线，同时思考如何设置光圈以及快门速度，练习跟焦还有调焦，决定画面的取与舍。可现在，莘野竟然晃晃悠悠无所事事？那罗大经在干什么？让张继先代替莘野吗？或者代替囡囡？可是他们知道走位吗？自己似乎还没来得及跟他们说啊。这样又有什么意义?

莘野又问:“有问题吗?”

“我不知道……”谢兰生说,“大经哥和继先哥都不在咱们的房间里面,而且,摄影设备、录音设备也并不在原先的位置上。”

莘野脸色不太好看,他的下颌紧紧绷着,说:“我看看。”

“嗯……”谢兰生很相信莘野。

谢兰生和莘野等人一起回到那间平房,莘野伸手推开门,皱了皱眉。只见屋内空空如也,摄影器材、录音器材,全不见了。

他们立即又出门,掉头径直去寻大刘哥了,因大刘哥有着这里唯一一台拖拉机。

大刘哥刚回自己家,一张脸上风尘仆仆的,听莘野问“见没见过罗大经”时,大刘哥说:“刚送走啊!”

谢兰生心“咯噔”一下,问:“怎么回事?”

大刘哥便细细解释。

原来,谢兰生不大愿意坐拖拉机到镇上去,罗大经和张继先却十分愿意花这个钱。他们两个搬着器材坐拖拉机回镇上了,最终目的地是客车站。罗大经是头一个走的,还带上了全部设备,不过到了盱眙村口张继先也追过去了,说想搭车一起离开。

谢兰生沉默了,他从来都没有听说那两个人要去客车站。

一个猜测浮现上来,带着漆黑的影子,而且,十之八九是正确的。

雨后乡村有一些凉,谢兰生的牙齿直抖。有小孩嬉笑打闹着跑过去,推了一把谢兰生,推在他的胸口上,谢兰生只觉得有些喘不上气,觉得自己就像一只被抛弃的流浪狗,一头一脸湿漉漉的。

莘野同样意识到了，他的薄唇抿了抿，把谢兰生往大刘哥那儿推："别傻站着，赶紧追。"

谢兰生的意识回来，知道莘野是正确的，自己肯定也会选择不计一切地追上去，于是回答："嗯，走。"

莘野说完，让大刘哥把拖拉机发动起来。谢兰生跟小红、小绿说他们要离开两天，拜托对方照顾囡囡，就跳上了车。莘野则照例跟着谢兰生。

风掠过树梢，哨音悠长。人声、车声，都宛如是画外音，被屏蔽了，显得十分游离、十分虚假。

阳光如同黄金一般亮晶晶的，流泻一地，谢兰生却再一次被人提醒了他的底牌——除了一腔期待，他一无所有。

到了镇子上，谢兰生和莘野两人又都上了长途客车，到了保定，接着，他们走进紧紧挨着客车站的火车站里，买了两张去长沙的票。莘野其实想坐飞机，但想想还是没提这茬儿。原因跟以前一样，他买辆车也买得起，但他是看"熊猫"来的，自己用钱全摆平了就看不到想看的了。

在车站的电话亭里，谢兰生给罗大经曾工作过的电视台打投币电话。摄影师罗大经是南渊厂代厂长介绍的，提过一嘴工作背景。

那边立即接电话了。

"喂？您好！"谢兰生调整了情绪，强装笑意，"我是贵台前摄影师罗大经的远房亲戚！我从乡下来长沙玩，想看看他，但一不小心把地址给弄丢了！唉，现在急得团团转！我知道他退休之前一直都在芙蓉台干，就用那个114查到了芙蓉台的电话号码……对，没什么别的事，只想冒昧地问一问罗大经的家在哪儿？麻烦您了！”

“哦，罗大经啊，”中年女子不疑有诈，右手翻着一个小本说，“记好了，罗大经的地址是在天心区……”

记完地址，谢兰生说：“好的，谢谢了！”

火车开进长沙已经是第二天的晚上了，谢兰生和莘野两个人马不停蹄地继续走。他们不能不着急，这涉及全部拍摄器材。

罗大经家在芙蓉电视台的小区里，有些破旧。大铁门向两边开着，院子里有一群小孩在跳皮筋。他们那样无忧无虑，让谢兰生感到刺目。

两个人径直走上四楼。莘野抬头，确认门牌，看看自己身边的人，发现谢兰生因为并不愿以这种难看的方式结束一场合作而眼神颓丧。他终于有些于心不忍，没再继续袖手旁观，自己抬手轻轻敲门。

很快，里面一个声音传来：“谁啊？”

谢兰生呼吸一窒——是罗大经本人！

他在家！他回家了！

不一会儿门内传来窸窸窣窣的声响，门被打开一道缝儿。

莘野一看大门开了，二话不说，抬起长腿猛地一踹，谢兰生只听见“咣”的一声巨响，就发现莘野把罗大经连人带门一块儿踢了进去了！

罗大经的屁股着地，明显蒙了，好半晌才站起身来，指着两人问：“你们！你们怎么知道我家的地址的？”

莘野站在大门里边，两只手都揣在裤兜里，看起来高高大大的，声音凉凉的："罗大经，你想干什么？"

"干什么？"罗大经也站起来，"一个个都什么玩意儿？张继先那好脾气的前两天都受不了了！他以前在国营厂时买烟买酒都是挂账的，就你不行！"

谢兰生把心定了定，又继续对罗大经说："罗大经，你要觉得剧组不好，想退出了，可以，我给你按天结工资，但摄影设备、录音设备，都是剧组的，你要还回来。"

"哪有器材？"罗大经要赖了，开始嚷嚷，"哪有器材？"

"大刘看见你拿走了。"莘野根本不想和他废话，"用不用在这屋搜搜？罗大经，搜出来就不好看了。"

话到这儿，罗大经终于撕破脸皮，离着莘野好几米远，声嘶力竭地吼叫着："哈！真有能耐你们就闹！就打架！就报警！谢兰生，你把拍的电影让所有人围观围观啊？有能耐就招警察来，我看你们那破电影还拍得成拍不成！"

谢兰生呆了。一刹那间，各种声音全听不见了，他只看见对方的唇一张一合开开闭闭。

原来，罗大经敢肆无忌惮地偷东西就是因为知道他们在拍地下电影，咬定他们不敢报警也不敢闹大，有恃无恐。

即使自己找上门了，都不怕。

谢兰生突然想起，罗大经在进组以后经常建议他准备这个器材那个器材，虽然个个价格昂贵而且看着毫无必要，可他都应了，有时借，有时买。

所以，原来，他要那些摄影设备只是为了这一天吗？只是为了卖钱还债，还他儿子的赌债。

一直以来，罗大经要什么设备谢兰生都尽量弄到，排除一切困难，因为，在他的心里面，罗大经要这些设备都是为了拍好《生根》，罗大经在全力以赴，只是自己不懂而已。

可是，谢兰生想：原来，罗大经从没真想和他一起做电影过。

过了一会儿，耳边声音终于回来，谢兰生也定了定神说："罗大经，我告诉你，你拿走的那些设备全都是管北电借的，不是我的。你要不还，自己扣着，北电肯定跟你没完。北电未必选择报警，但是你在芙蓉台的老领导和老同事们一定会叫你交机器，还会拿你当笑话看！学校肯定站我这边。"

听到这话，罗大经的嚣张劲儿十分明显少了一截，不过他依然嘴硬："你们在拍地下电影而且还想卖到欧美！把这样的题材内容不经允许卖到欧美！你跟北电是一伙的，都是想要拿回设备卖电影。我知道真相，张继先也知道真相，警察到时会向着谁，会怎么看，都不一定！那时候，可能不止这些设备，还会没收别的道具！"

"你……"谢兰生想，真不要脸！

五秒后，见谢兰生满脸通红，插兜站在一边儿的莘野突然挑了下眉说："罗大经。"

罗大经："啊？"

莘野动作慢条斯理，从黑衬衫左胸口袋拿出一张叠过的纸，手指细长，缓缓展开："罗大经，听好。作为演员，我跟谢导两个人是白纸黑字签过合同的——在谢导的毕业作品《生根》当中饰王福生。这事最后如果闹大我会提交这份合同，警察只要核验时间就能确定它早存在了。有这东西作为证据，警察、法官也只能认。我们有北电这个人证，合同这个物证，还有助理小红和小绿、欧阳囡囡以及村主任，你那边却只有张继先，我们不太担心闹大。你们两个一起跑的，互相还能作证不成？”

“合同？”罗大经的目光一窒，发现竟然是真的。他想伸手拿，可莘野却轻飘飘地一提、一抽，躲过去了。

“罗大经，”莘野风波不动，嗓音冷淡，“你要认为他会让步，就错了，他看是非，不看利弊，是不可能让半步的。谢兰生会没完没了，北电也会没完没了。最后，这设备，要么回到我们手上，要么被公安没收，无论如何也轮不到你。你确定要把时间都花在这上边？把脸也都丢在这上边？他连这样的电影都敢拍了，还会怕你？顶多最后鱼死网破，大家一起豁出去了。这些设备是他的命，他耗得起。”

谢兰生又看看莘野。当初，这莘影帝答应来时要求签个合同，这举动还挺新鲜的。1991年，谢兰生听说过合同，却没见过合同，他被分到南渊制片厂的时候都没签过什么合同，其他分到事业单位的同学也没签过，本人过去报到就行。大家做事全凭自觉，跟以前差不太多。再说了，他们是拍地下电影的，也不能找法院评理。因此，当莘野说签合同时，谢兰生都愣了。

莘野没写“地下电影”，而是写了“在谢导的毕业作品《生根》当中饰王福生”，让谢兰生看完签字，还说这个会有用的。谢兰生当时不明白，现在却是明白了——人心难测，他没料到有人会因不能报警而算计他，莘野却料到了。莘野打小在商场上转，对于贪婪早见识过了。

窗外，狂风掠过树梢，影影绰绰。

罗大经的腮边赘肉一颤一颤，咬牙切齿，他最终还是没豁出去，恨恨地道：“给你，给你！知道了！还没完了？！”穿鞋的怕光脚的，要命的怕不要命的。

罗大经说完便转过身子，趿拉着鞋，走进内室，靠着门框叉起胳膊，阴沉着脸，向高低柜一扬下巴：“都在那儿，自己拿。”

谢兰生走进了屋子。

高低柜高的一边是衣橱，矮的一边是展示柜，玻璃门里有一些书还有一些小玩意儿，柜面上则散落着他最熟悉的拍摄设备。

“行了，”罗大经催促道，“拿完东西赶紧走，我们马上要睡觉了。”

谢兰生刚迈开步子，莘野就伸手一拦，目光锁住罗大经，说：“罗大经，那些设备是你拿的，我要你亲手送回来。我们不会自己动的。”说到这儿他哂笑一声，“否则我们不是跟你一样了？”

罗大经的脸色难看，站在原地一动不动。谢兰生也恍然大悟，心想莘野真够周密的。

双方再次陷入僵持。

然而仅仅几秒钟后，很突然地，电光石火间，谢兰生就眼前一花！

只见莘野一把捏住罗大经的右手手腕，一扯，罗大经便猝不及防被拉到了莘野面前，接着莘野一脚踹在罗大经的后腰椎上，毫不犹豫！只听“哐当”一声，一百八十多斤的罗大经竟结结实实地撞在了高低柜上！

衣橱顶上插着花的两个瓷瓶挣扎了下，还是倒了，骨碌骨碌地往墙边滚。

罗大经回过头，呆住了。

谢兰生也吓了一跳：莘野把人踹柜子上了！

这人怎么这么暴力？！虽然他知道莘野练过拳击。

此时莘野耐心耗尽，声音冰凉："罗大经，你，现在，用手，一个不落地呈上来。"

他的气势过于凌厉，让空气都充满压迫。罗大经呼吸急促，感到自己仿佛要被这无形的利刃划伤了。

罗大经也有些怕了，总觉随时要被暴揍，他屈服了，拿起设备，慢吞吞地转回身。

莘野说："两只手。"他知道，罗大经会交回设备的，他只是在硬撑而已。

罗大经也没说什么，乖乖地用两只手端着，他一向审时度势欺软怕硬。

谢兰生把设备拿回，一一试过，发现全都是好的，长舒口气。

谢兰生发现，他和莘野都挺固执的，想干什么非干不可，不过呢，自己从来不逼别人，而莘野则总是在逼别人。莘野很敏锐，总能捉到别人软肋，让人只能乖乖配合。他自己的"非干不可"都是出于原则、理想，而莘野的"非干不可"则是出于自身性格。

"还有，"莘野本来已经打算离开了，却又想起一件事来，"你进组前向谢兰生要去还债的2000块钱呢？"

罗大经一愣，语气放软，带着央求："莘影帝，谢导演，你们二位宽限宽限，那2000块钱是真还债了。你们给我点时间，我凑一凑，行不行？”

“给你两个月。”莘野最后下了判决，显然也是耗尽耐心了，“我们拍完再回来时我要看到那2000块钱。”

“好……我们全家想想办法。”罗大经觉得当务之急是让莘野赶紧走人。

莘野最后看看对方，让谢兰生跟上他，终于迈步走出房间。谢兰生把大包小包器材全都挂在自己身上，踉踉跄跄地跟在后头。

罗大经把家门锁上，发现自己T恤都湿了。

终于送走那两尊神了，他的呼吸有些急促。

谢兰生、莘野连夜坐车回盱眙村。谢兰生买了点儿红药水涂在自己的伤口上。

“莘野，”在火车上，谢兰生问，“你在同意进组之后为什么要签合同？”

莘野抬眸，右手指尖敲了几下面前桌板：“因为知道会有麻烦事。”知道会有人因“不敢报警”而为所欲为。

谢兰生不吭声了。

莘野问他今后打算：“还要去找张继先吗？”

“不了。”谢兰生摇摇头，心中已经有了打算，“张继先虽然走了，但没偷东西，也没预支工资。他大概是真受不了了吧。在国营厂拍电影时买烟买酒都能挂账，到咱们这就不行了，剧组只管吃饭睡觉。他应该是真心觉得《生根》剧组苛待了他。他想不到，今天从厂里顺一条烟，明天从厂里顺一瓶酒，才是真正不正常的。既然他是这个态度，硬拉回来也没意义。”

“嗯。”莘野同意，“话说回来，你还打算继续拍吗？这才几天，人都快走光了。”

“拍，这才哪儿跟哪儿啊。”谢兰生又露出笑来，“我早知道会有挺不下去的时候。最后得出的结论是，挺不过去，就干挺，一年，两年，三年，四年，最后总能做出来的。”

莘野感到不可思议：“你……”

“所以，就先挺着呗，我相信天无绝人之路。”

莘野继续问谢兰生：“你要重新找摄影师和录音师？”

“对。”谢兰生点头，看着窗外漆黑的夜以及当中零星的光，“我反思过了，我之前太看重能力了，这不对。其实‘合拍’才是最要紧的。”

“你总算是意识到了。”在哈佛学了四年经济学的莘野则是轻笑一声，“谢兰生，你最好记住，你不是在选你的伙食，你是在选你的伙伴。”

谢兰生叹气道：“我这已经得到教训了……我不觉得选择相信罗大经是错的做法，既然把人招进来了，就应该相信他们，防贼似的一天到晚防着他们得不偿失，他们是能感觉出来的，也就不会付出真心了。但是，一开始要擦亮眼睛找到真正合适的人。”

莘野挑挑眉，有点儿惊讶。这谢兰生从来没有学过现代的管理学，竟能自己悟出这些。

谢兰生又问：“莘野，你那头认不认识合适的人？尤其是摄影师？”罗大经和张继先一前一后全都走了，他上哪儿能再找到摄影师和录音师呢？

“摄影师？”莘野想了想，“我只认识一个。态度、能力都没得说，绝对不会中途撂挑子，是我首部片子《铁路》的摄影师，美籍华人。不过他在洛杉矶几十年了，你付不起他的周薪。这摄影师是出了名的把钱看得比命还重。他从来不自砸招牌，周薪也非常高。何况你作为一个新人导演也没什么能拿出手的，成品必然不会太好。钱也没有，名也没有，他干什么要来？别想了。”

“不是，”谢兰生是从来不会轻易说放弃的人，“难道不能试一试吗？《生根》剧组是不太好……但不也把你拉来了？”

莘野被他噎了一秒：“我加入有别的原因。”

谢兰生奇了：“什么原因？”

看熊猫，莘野在心里回答，却没说出来，只道：“你想试试那就试试，不过肯定是没戏的。”

“哦——”谢兰生想研究研究莘野说的这个华人，如果作品非常出色他肯定是要试试的。

如果可以把他拉来……就只剩下录音师了，距离重新建起剧组只有一步之遥，就还好。

说到这里谢兰生的眼皮开始打架了。他昨晚上因为着急根本就没怎么合眼，现在心里放松下来立即觉得有些困了，何况，他昨天白天还在雨中整整蹬了四个小时自行车，又受了伤，此时身体本能地要求休息。

谢兰生把脚下设备的绳子全缠在手腕上，又紧紧攥着说：“莘野，我先眯一会儿，你要是困或者想尿尿就把我给叫起来啊。设备必须得盯住了。”

“行，你睡吧。”

"嗯。"谢兰生只觉得脑袋昏昏沉沉全是糨糊，于是趴在小桌板上，开始睡觉。他的意识瞬间模糊，眼前好像有山有海，特别美，不是阴沉的景象。

不一会儿，他的肩膀起伏，明显已经进入梦乡了。

莘野坐在他的对面，眼皮微微往下一搭，便看到了谢兰生伤痕累累的一只胳膊。

白皙、细瘦，看着似乎娇贵柔弱不能扛事，可此时，整只小臂却全是擦伤，挺随意地涂着药水，上面还有蚊子叮的包，惨不忍睹。擦伤是给欧阳囡囡买药，给罗大经、张继先买礼物时摔的，那包是护着欧阳囡囡和他自己时被蚊子叮的。

真是，谢兰生对他的理想好，对他的艺术好，对欧阳囡囡好，对罗大经、张继先也好，唯独对自己不好。

不能否认，谢兰生是有才华的，《生根》剧本写得很好，现场执导也很好，可最为重要的是，他……

他什么呢?

灯火通明的列车在暗夜当中呼啸而过，打破混沌，打破沉寂。莘野忽然觉得，自己心底对于电影的渴望突然被唤醒，只等万物复苏、草长莺飞。

因为罗大经和张继先一同离开《生根》剧组，作为导演的谢兰生不得不再寻觅同伴。

他一边研究莘野说的摄影师，一边搜寻更合适的录音师。他是北电的毕业生，16家国营的制片厂都有同学或师兄弟，谢兰生便挨个打听有谁可能"离经叛道"。

最后，他的一个在汉秦厂的1984级师兄说了个人，岑晨。这个岑晨是两年前从北广分进汉秦厂的，比较年轻，24岁。不过呢，他的日子十分憋屈，挺点背的。

首先，他们三个同年分配进厂的一直住在厕所边上，还紧紧地挨着便池，隔壁的水一天到晚不间断地渗透进来，在墙上都画出地图了。

其次，他参与的三部片子最终结果都非常惨。第一部是战争题材，因为比较强调战争残酷的那一面，态度消极，被毙了。

第二部呢，虽然没被毙，不过状况也差不多。拷贝一个都没卖掉，跟被毙了也无甚差别。

到第三部，影厂要把新片子给改名叫《啊，我亲爱的同志们！》然后为了迎合市场又想强塞“当地民谣”，还要重点强调，说观众们喜欢听“民谣”，让岑晨等参与“选歌”，岑晨听完摔门而去。

谢兰生在听完以后觉得很好，就是他了。叛逆、直接，最重要的是，在经历了这么多后仍对电影保有敬畏。据说岑晨平时不大吱声，然而一旦听到杂音会喊“cut”到气壮山河。《生根》对录音师并没有太高的技术要求，北广毕业肯定够用了。

“师兄啊，”谢兰生说，“您能不能再帮帮忙，给我们俩牵线搭桥？呃，别直接说我想请他参与拍摄地下电影，先找机会让我们俩见一见吧，面对面说。”谢兰生觉得，自己要靠十足诚意打动对方、拉拢对方，若直接说，会把人给吓跑的，他必须有一个机会陈述利弊，勾画未来。

“这……如果不提要干什么，人家干吗要跟你见面？太可疑了。”

“偶遇嘛。”谢兰生说，“您把他叫到宿舍聊天，或者叫到外面吃饭，然后我也过去，不就正好碰上了吗？”肯定不能上去就聊地下电影这个事，人嘛，对于“大逆不道”的人第一反应会是远离，他得先当上“好朋友”，试探试探，再一点点说。

师兄有些无语地道：“我和岑晨完全不熟，根本没到那个程度。我只知道他是谁而已，没什么私下接触。”

谢兰生说：“那熟一熟。”

师兄无语。

“熟起来，熟起来。”谢兰生想，你是一个正牌导演，想跟录音师熟起来还不容易？

师兄是个黑龙江人，想了想说：“这个咋熟起来啊？”他其实是不想管的。谢兰生和他也并非好友，他并没到能为对方花费精力的程度。

谢兰生也听出来了，他顿了顿，想起自己这个学长在汉秦厂也没能上片，心里涌出一个念头，问：“师兄，你想不想在汉秦厂尽早上片？我这其实有个主意。”

“哦？”师兄果然受了蛊惑，“什么主意？”

这个主意是谢兰生在南渊厂时想出来的，就在那个《乱世儿女》被池中鹤毁了之后。不过接着就发生了《财运亨通》被毙的事，还有关厂长让他锻炼五年的事，便没再执行了。

谢兰生说：“咱们这些新毕业生全都想尽早上片，可制片厂却不同意。不仅仅是导演系的学生这样，摄影、美术、录音、表演系的也是这样，一大票人呢。”

师兄有些疑惑地道："嗯。汉秦厂说，必须要当三次场记、三次副导才有资格当导演，其他专业也差不多，不过就算苦等六年大概率也轮不上。"目前，摄影在做摄影助理，录音在做录音助理，演员在演男三四五号、女三四五号，大家都有一些不满，可现状是，如果厂里让新人当导演、摄影、美术、录音，定会引起一票老人的反对，于是只能全都压着，何况，让哪个新人上，不让哪个新人上，也是门艺术。

"你可以跟厂里说想组织一个青年小组，把这三年的毕业生一个一个招揽进去。然后，如果有了好的本子，就跟厂里说想要拍，由这个青年小组拍。这样一来，正选员工就不会对单独的谁感到不满了，因为这是厂里为了扶持青年而拍的片子，他们本来就拿不了，而汉秦厂就很可能为了'和睦'给个厂标，安抚所有不满的高学历的毕业生。你想啊，最早进厂的做主创，后两年进的当副手，大家至少能跳一级，当然都会高高兴兴的，厂长也就轻松了。而不给厂标的时候呢，你们也会再去想项目，这个所谓青年小组能让厂里省心很多。与此同时，为了以防万一，你也要继续当副导演，要是这样青年小组还没能如愿拿到厂标，那你最坏也就是按原来计划再干三年嘛。"

师兄想想，觉得这还真是个办法。

谢兰生赶紧趁热打铁："别忘了把岑晨叫上。"

师兄说："知道了。"谢兰生给他出了办法，他自然要回报对方。

谢兰生说："谢谢师兄！顺便……"谢兰生又得寸进尺，"能不能也打听打听这个人的兴趣爱好、家庭背景和过往经历？"

“这我上哪儿知道去？”

谢兰生说，“找大妈情报局嘛。”

师兄服了谢兰生了：“行了行了，我试试看。”

谢兰生又说：“谢谢师兄！”他很是嘴甜，很是亲热。

一周后，北电师兄告诉谢兰生，汉秦厂已批准自己“青年小组”的计划了。能否上片要看本子，而他已经开始准备了。

谢兰生挺替他高兴，又问了问岑晨的事。师兄说，为了给他创造机会，他制定了一周六天单对单的“学习活动”，而周一，岑晨就会来他宿舍，5点开始，6点结束。

“谢谢师兄！”谢兰生挺真诚地道。

太好了！他本来想，如果师兄的路走不通，他就必须请王先进介绍其他的师兄师姐。有王先进这个老师，师兄师姐会帮他的。

就这么着，周一晚上5点59分，谢兰生去师兄宿舍了。在那里，他毫不意外地碰到了他的目标——录音师岑晨。

岑晨长相白净斯文，看不出来是直来直去的那种人。

师兄演技也很出众，介绍道：“啊，岑晨，这是谢兰生，我北电的一个师弟。兰生，这是岑晨，我们汉秦厂的录音师。”

谢兰生的眼睛带笑，说：“你好你好。”

“呃，”岑晨道，“反正今天学习完了，我这就先回宿舍了，你们聊，你们聊。”

“不用不用！”师兄一把捉住岑晨，“我师弟就是来玩的，正好一起吃个晚饭。大家都在一个圈子，多个朋友多条路嘛。没事儿。”师兄是黑龙江人，本来就爱交朋友。

岑晨："哦……"

对于一起吃饭这事岑晨本来是拒绝的，然而根本没过多久他就发现自己错了。

他们竟然如此合拍。

而早知道谢兰生是细细研究过岑晨的师兄，面对谢兰生的优秀演技眼睛直跳，不能直视岑晨每说一个爱好谢兰生就一拍大腿地说"哎呀天哪我也是啊"的样子。

岑晨非常喜欢足球，尤其喜欢AC米兰、荷兰队，"三剑客"，喜欢范·巴斯滕。

谢兰生说他也喜欢AC米兰、荷兰队、"三剑客"和范·巴斯滕，而且简直如数家珍："欧洲杯时范·巴斯滕那零角度进球真的绝了！"

"是啊是啊，我都哭了，荷兰终于有冠军了。"

"最近两年阿贾克斯有个不错的球员，叫博格坎普。"

"是啊，这应该是接班人了，我认为他很有灵性，唉，去年世界杯可真的是可惜了。"

他们两人相见恨晚，简直快要拜把子了，师兄完全插不上话，再次服了谢兰生，也不知道他是找谁恶补成了足球专家。

最后，感觉气氛热络起来，对面的岑晨戒心没了，谢兰生把话题很自然地过渡到工作。

"兰生，"岑晨果然问，"你现在在哪儿上班？"

"我？"谢兰生的表情明媚，他抻过头，压低声音，"我从南渊制片厂辞职了，正在自己独立拍片，下月五号就开机了。"

"啊？"岑晨呆了，"独立拍片？什么意思？"

“做地下电影，不拿厂标。”谢兰生像地下党，“我筹来了25万资金，在拍自己想拍的呢！女主角是纯天然的，男主角是……影帝莘野。因为男主层次太多我就试着请专业的了……”

岑晨一向直来直去甚至可说情商不高，他叫出来：“莘野？为什么？”

“其实我也不太清楚……”谢兰生是真不清楚，“应该就是喜欢本子……或者觉得可能得奖？我们打算拍完以后就去参加欧美影展，卖掉版权，回收成本，如果运气好，可能还能赚上一笔呢。你知道吗，欧美国家有些公司会花几百万购买版权呢，是美元。我现在跟投资人是五对五分配收益，如果赚了，我打算再给每个主创分十分之一，让他们都有钱有名。”

对方算算，又呆了。

“这样，我们只需要考虑艺术。大家只有一个目标就是把电影拍好。”说完，谢兰生又讲了讲他在南渊制片厂的经历，与岑晨的十分相似，每句话都戳人心窝。

岑晨沉默了，过了好一会儿，才问：“那其他人都不怕吗？比如摄影师、录音师。”

“其实没有明确责任，法律后果不会非常严重。万一有事，我是导演，我起的头，我肯定担主要责任。”谢兰生说，“别人可以是被骗的，比如，我承诺能买到厂标，你们自然就相信了。”他真的是这样打算。

“哦……”他有些动心。

“摄影师是芙蓉台刚退休了的罗大经，”说到这儿，谢兰生的一颗心还是被狠狠刺了一下，他压了压，才继续道，“录音师是珠影厂也退了的张继先，跟我拍摄这个影片他们是拿双倍工资的，大概相当于8个月的。我是打算固定班底，每年一部，都用他们。你也知道，摄影师和录音师最好是用合作过的。大家一起玩电影，怎么有趣就怎么来。”

“哦……”大家一起玩电影吗？不知为何，岑晨有些羡慕，“朋友”说好，他就也觉得好了。

岑晨想到被毙掉的那部片子和销量惨淡的那部片子，还有宿舍墙上的尿液地图。在汉秦厂，他没一天真开心过。白天拍片，老牌导演、厂里领导个个都让他很厌烦，而晚上又要对着“地图”。“地图”本身还没那么恶心，可它背后所隐藏着的“多你不多少你不少”的事实很恶心。他挺羡慕对面的人潇潇洒洒自己拍片，也有点想试一试。最后如果实在不行也顶多是去拍广告，总饿不死。人生要有这种经历可能怎样都是值的，离经叛道一年胜过循规蹈矩一辈子了。

他脑海中都已经有很欢乐的一些画面了。

因为只是“随便聊聊”，谢兰生宛如遇到知己，越说越多，内容非常能诱惑人，最后，他也说了自己目前比较担心的两件事，一个关于罗大经，另一个关于张继先。

当听完了“挂账”的事，岑晨无法认同地道：“这样的人……真是不好。”

“我知道。”谢兰生一声长叹，然后苦笑着道，“没办法，对摄影师和录音师我找不到合适的人。哪有人不想在国营厂捧铁饭碗过日子的呢？”说到这里他摇摇头，“找不到的。”

师兄真是莫名惊诧了，觉得自己身边这位师弟才应该是“欧洲三大”的第一个华人影帝。

对面岑晨瞪着眼睛，张了张嘴，不过还是没发出声。

谢兰生见差不多了，便借口说已经吃饱，跟着师兄回宿舍了。

他想让话题断在这里，让岑晨别再被别的什么东西吸引注意。

接下来的两个星期，岑晨见到谢兰生的师兄都会问问谢兰生的状况，而师兄也按照要求说那边是各种欢乐，岑晨偶尔也会询问“兰生什么时候再来呀”，师兄只说没准儿，吊着对方。岑晨自己也打听了，确实没有法律明说自己拍片会怎么样，大概只会没有工作，不会去坐牢的。

而后，在西安一个大雨瓢泼的下午，师兄跑到汉秦厂宿舍二楼岑晨的房门口，砰砰敲门：“岑晨，开门！岑晨，开门！”

岑晨立即把门拉开：“怎么了？”

师兄宛如急火攻心，觉得自己也成影帝了：“你还记得我那师弟，谢兰生吗？”

岑晨心里一阵紧张：“记得的。”

“嗐！他请来的摄影师和录音师，全都跑了！”

“啊？”

“还把器材也偷走了！他好不容易才追回来的！”

“那他打算怎么办？”

“那个，岑晨，下面的话别说出去啊……谢兰生刚拜托我来问问你，愿不愿意加入他们……”

岑晨嗓子发出哑音：“我……”

“他说感觉跟岑晨你特别合拍，相见恨晚，一直有点后悔之前直接定了张继先了，总想着你，念念不忘辗转反侧的，现在看到对方跑了竟然还有一点欣喜。”

“我……”

“他已经在来西安的路上了，想跟你好好聊聊。”

“啊？”岑晨看看窗外的倾盆暴雨，“他这天气过来聊吗？”

“嗯，对，谢兰生说等不了了，好不容易有了可以把你拉去的可能性……”

师兄有点演不下去了。他很清楚谢兰生是故意挑这天气来的。一来是为表明诚意，二来是为显得可怜。人都会有“补偿”心理。如果岑晨亲眼看见他冒着暴雨一路赶来，再想拒绝他的恳求在心理上会很艰难。谢兰生在骗这憨憨。

果然，岑晨心境有些变了：“好……好吧，我等他来。”谢兰生正冒雨过来，岑晨当然无法拒绝，无论如何都会当面听谢兰生把话讲完的。

师兄走前又叹了一句：“他是真的很喜欢你。”这回不全是演戏了。

故意没有拿雨伞的“谢落汤鸡”很快来到宿舍门口敲门，还在心里念叨幸亏把莘影帝扔北京了，否则肯定又要挨骂。这两次来是见师兄，不太适合带着别人，谢兰生好说歹说才强把莘野给甩掉了。坐拖拉机的那一回，他能明显地觉察到莘野一直浑身难受——他的胳膊支在一边板子上，始终撑着头，然而还是非要跟着。

岑晨开门，一眼看见谢兰生身上的水珠正不住地往下掉落，把水泥地洇湿一片。他头发上全都是水，水珠滑过脸颊还有脖子，上衣裤子贴在身上，里面身材有些细瘦。

“岑晨，”谢兰生就站在门口，看着对方，他声音发紧，因为冷还有些颤抖，“我想请你当录音师。”

“你……”

“岑晨，你那天说，你很喜欢电影艺术，也沉迷于各种声音，对吗？你说，能察觉出声音有多重要的人寥寥无几，可它们对一部电影的意义不亚于画面。你还说，说话声、脚步声，天上鸟鸣，地上羊叫，远处汽笛，还有更远的溪流声、海潮声，都是美的。我在听完这些以后觉得你太适合我们了，因为剧组真的需要比别人更爱电影的人。”

“兰生……”这是实话。他爱电影，却不善于通过画面阐述主题，而是更擅长用声音来营造氛围，最会加微小的背景音。

谢兰生有一点激动，一把捏住对方双臂，浑然不顾马上就要淌进眼睛里的雨水：“岑晨，你告诉我，你想换一种生活吗？你想换一种做电影的方式吗？你要是来《生根》剧组可以直接当总录音，随心所欲恣意妄为地处理所有的声音。咱们一起纯纯粹粹不受干扰地拍《生根》，拍完咱们就去影展，我有信心，也可以给你保证——那么多的大小影展咱们总能参加一两个的，总能让人看到片子。至于能否名利双收……我不确定，运气还是挺重要的。我可以给你双倍工资，也会坚持拍电影的，只要还有一天的自由就不可能放弃电影，等到没有人身自由……最近两年还不至于。”

岑晨只觉得嗓子发紧，直直望着全身湿透可眼睛却亮到不可思议的人，觉得自己有些向往。作为助理，三年最多只能做一部《啊，我亲爱的同志们！》太少了。在汉秦厂的一幕一幕如走马灯似的过去，与此同时，右墙的“地图”也在不断地推搡着他，最后，他仿佛被蛊惑了，豁出去了，只回答了一个字：“想。”说完他有些想哭。

谢兰生也想哭。

他想起来在火车上莘野讲的一个故事：

通用电气创建时，电灯刚被发明出来，可那时候的电灯泡大约只能亮两分钟，里面的灯丝就会快速烧尽。公司里的每一个人，从老板到普通员工都心怀着同一个想法：让电灯泡多亮一会儿，让这世界亮起来。

所以，没错，他要找志同道合的伙伴。

“商量商量具体工作。”谢兰生想了想，走进岑晨的房间，用湿漉漉的胳膊肘一把揽住对方，带着他往桌子前走，“不过，在那之前我得坦白一件事情……其实，罗大经和张继先他们两个早就跑了。”

岑晨：“什么？”

谢兰生又低低地笑：“我打听了16家厂所有在职的录音师，最后发现你总是为电影本身得罪领导，是和我们志同道合的。这种事情我不好直接问，总要先试探试探，我因为想跟你认识，故意出现在宿舍的。甚至连那青年小组都是我跟师兄建议的，为了让他上片，也为了让你们两个能有交集。说实话，你是我唯一的人选。”

岑晨没说话，很奇怪，他并没有十分反感。

对方已经足够坦诚。人都渴望受到重视，搞艺术的更是如此。他希望有人认同他、欣赏他，而不是让他长期住厕所旁边的宿舍，摆明“少你一个不少”。他本有点受了蛊惑，内心深处是犹豫的，此时却真豁出去了。他觉得无所谓了，顶多有电影时拍拍电影，没电影时拍拍广告，等着谢兰生或者别人，无论如何，总能拥有一段足以回忆一生的时光吧。

在拉岑晨的同时，谢兰生也在请摄影师。谢兰生对莘野说的那个祁勇念念不忘——只要扛起摄影机就很认真的那个祁勇。

谢兰生也调查了下，发现祁勇也是真爱电影。十多年前，在好莱坞从事电影行业的华人很少，有一些外国人甚至认为亚裔没有审美。祁勇因为喜欢摄影，到各公司介绍自己，最后终于寻到了个“捡碎胶片”的杂活——摄影、剪辑同属一组，做后期时剪辑室里遍地都是碎胶片，而祁勇的工作就是一天到晚不停地捡，连头都没机会抬起来。后来有一天，某大导演某一场戏需要用到6台机器，可摄影助理不够用，于是导演便叫还在捡胶片的祁勇顶上，祁勇干得非常不错，从此变成摄影助理。在学习的期间，祁勇自己买了摄影机，还喜欢在演员排练时从一旁练习摄影，请冲印室帮忙冲洗，再与导演拍的做比较，总结自己的不足之处。他的技术渐渐提升。一次，某个导演在冲印室无意看到他的作品，非常欣赏，从此祁勇熬出头了。虽然没什么名气，但好歹是摄影师了。

谢兰生知道，如果不是真心喜欢电影他不可能做到这样。

可问题是，他也爱钱……这不冲突，他可以在满足薪酬的范围内挑选片子。

谢兰生只能试试了。

他请莘野弄到了对方的电话号码，又约了个对他们俩都比较合适的时间。莘野说，美国家家都有电话，谢兰生猜也是这样的。

事实证明莘野说得一个字都没错。

在电话里，恨不得把一块钱给掰成两半花的祁勇说：“我周薪是两万美元，没这个数咱们免谈！”

一周10万人民币，谢兰生被吓到失语，好半天后才艰难道：“我们这里的预算是……一个月1000，人民币，大约相当于200美元。”其实最初是一月500元，调高后才给罗大经涨到了1000元的。

祁勇想，一个月从40万元到1000元，真行。

谢兰生也没有办法，硬着头皮继续下去说：“《生根》剧本挺有意思，影帝莘野都愿意来了，另外一个电影主演欧阳囡囡也挺好的。这部片子，对我来说很有意义，也很有价值，相信在未来，对您来说也是如此。另外——”

“剧本传真我都看了,还不错,但……”祁勇说,“我不做慈善。”

谢兰生沉默了。

祁勇又说：“我是摄影师，不是制片，也不是导演，基本只能挣个周薪，赚不到吆喝。你的《生根》能不能在电影节上引起关注，跟摄影师这些幕后都没什么太大关系。抱歉，我目前还没伟大到不要工资拍公益片。再说了，世界上的公益多了，我就是想拍公益片也不会跟新人合作。你这片子十有八九在哪儿都不能上映，拍了干吗？自己看吗？你可能还不太知道吧，想到欧美参加电影节是需要有人脉的，要有知名制片、导演把片子给组委会看。你没人脉，莘野应该也没人脉。所以，你还是请一个月拿1000元人民币的吧。行了，拜拜了。”他现在手里有一大堆故事差不多、团队更好、周薪两万美金的电影拍摄工作在等着他接，实在没有任何必要答应这个叫谢兰生的无名小卒。

“喂……”谢兰生不想放弃，又努力地说服对方，未果，最后只能像祁勇说的那样，先拜拜了。

然而谢兰生不甘心。祁勇掌镜拍的电影他之前也看了几部，最近几天琢磨琢磨，觉得对方水平真是好——罗大经是不过不失，祁勇却能美化画面。现在已经联系上了，他并不想轻易放弃。见过祁勇的实力后别人他都看不上了，或者说，看得上的联系不到，联系得到的又看不上。谢兰生觉得，怎么也得再试试，实在走不通了再和其他人谈。

于是，谢兰生又拜托莘野帮他打听祁勇的事。

大约一周后，谢兰生从莘野那儿意外得知一个信息：祁勇这人还挺爱国的。因为想要挣些美金，他在1979年留学美国，毕业后就留在那儿了，然而本质是没变的。他那代人有强烈的“我与祖国”的精英思想，更何况，祁勇是1958年4月22日出生的——人民英雄纪念碑落成那天。可想而知，他周围人肯定不断向他提起这个巧合，某些东西根深蒂固。到美国后，他加入了华裔爱国组织，还参加过不少活动，比如支持、声援亚运会。

谢兰生想再试试。

他请自己远在深圳的好朋友拍了一些深圳特区的照片寄给他。

1991年，深圳年轻而又繁荣。

朋友很快寄来照片。

谢兰生跟莘野两人坐在一张桌子两边看。

谢兰生先拿起一张，挺满意的，对莘野解释：“看，这张上面是‘中英街’。”他在报纸上看到过，“中英街”的人越来越多，平时每天一万人，节假日每天十万人，人们疯狂购买洋货，再隔海看看东方之珠。

莘野看看，其实觉得也就还好。他顶奢都用腻歪了，洛杉矶的品牌要多多了。

“唔。”谢兰生拿起第二张，仔细看。照片上，火车站的马路对面竖着巨大的广告牌，上面写着“百事”“七喜”，而不再是各种标语了。这些品牌正式进驻，不只是在“中英街”。

第三张照片则是在深圳口岸拍摄的。来自各国的集装箱一一被卸货上岸。

在第四张照片上面，商店商品琳琅满目，而第五张照片上面，化着妆的雅芳小姐正在路上推销产品，这种买卖的方式在其他地方都还没有。

几秒后，谢兰生又拿起一张：“哇，这是深圳证券交易所！看到没有，好多人啊。”谢兰生听别人说过，去年12月，深圳证券交易所“试开市”了。据说深交所负责人硬气得很，说：“孩子已经生出来了，还能按回娘肚子里？”

莘野还是一贯地懒散：“嗯。”纳斯达克和纽交所他也从小就去烦了。

谢兰生又看到一张：“这是那个锦绣中华，好像是叫主题公园，去年年末才开园的，里头有各景点的模型呢，全都是按实景的一定比例建的，有长江，有黄河，还有别的，特别特别好玩。”

莘野又说：“嗯。”

后面还有深圳大学，新建好的深圳机场，刚落成的深圳新站。

一直看到最后一张，谢兰生突然兴奋起来，直拍莘野的手说：“哎，这是那个……麦当劳！”

谢兰生：“你听说过吗？麦当劳是世界最大的连锁餐厅呢！这家店是去年10月才开的，全中国就这么一家，我朋友说特别好吃！有汉堡包，有炸薯条，还有一个叫‘新地’的！嗯，我还挺想去尝尝的。”照片上，店铺招牌红底黄字，一个小丑端坐楼顶，光华楼外人山人海，整条马路水泄不通。

莘野撑头，随口回答：“麦当劳有什么可吃的。”里面都是垃圾食品，光看着就够了。

莘野竟然看不起麦当劳？谢兰生一听就不高兴了。从刚才起，莘野就一副见过世面的样子，这也不喜欢那也不喜欢的，表情很让人讨厌。谢兰生“嚯”地一下站起身，居高临下看着莘野，双手叉腰，大声问：“它怎么就不好吃了？大家都说很好吃！我就要吃麦当劳！我非得吃一次麦当劳不可！”

莘野一愣，急忙哄道：“好好好，吃麦当劳，吃麦当劳。拍完《生根》咱们两个就去深圳吃麦当劳，行不行？”

听了这话，谢兰生的火气消了，又坐下道：“那倒不用。”

莘野敛眸，这谢兰生，平时一向开朗、宽和，对他却有小暴脾气。

谢兰生把照片全归拢好了，塞回信封。

莘野问：“你打算用这些干吗？”

谢兰生笑：“先试一试，成了再说，不成就不说了。”

祁勇这人喜欢电影也喜欢钞票，最好都能满足他。

谢兰生跟祁勇要了他美国的通信地址，说会寄些东西给他。祁勇虽疑惑，但也答应了。他估摸着寄达时间又约定了下通电话，祁勇也是全答应了，似乎想看一看谢兰生的葫芦里在卖什么药。

谢兰生到邮电局买了邮票还有信封。他用舌头舔舔邮票，端端正正地贴在信封上，又把照片塞了进去。里面的照片，不仅有朋友在深圳拍的，还有他以前在北京拍的。

没用太久，信寄到了，谢兰生也按照约定再次拨打越洋电话，时间是在洛杉矶的半夜十二点，北京时间早上九点。市里电话局的话务大楼可以拨打国际长途，只是常年排队。

在电话里，祁勇说：“信收到了……这是哪儿？是香港吗？还是澳门？”

“都不是！”谢兰生道，“上面是深圳特区，还有北京。祖国现在变化很大，日新月异，蒸蒸日上，一年一个样，跟几年前完全不同了。可不可以冒昧地问一句，您上一次回中国是哪一年的事了？”他是北京人，习惯用“您”。

祁勇算了算说：“1984年。”

“那现在可大不一样了。”谢兰生说，“保准让您大吃一惊。”

祁勇沉吟了一下说：“我也听说，中国现在变化很大……”

“对呀，”谢兰生也有些心虚，不过坚持着说下去，“作为正宗的中国人，您不想回来看一看吗？不想回来感受感受吗？您回国来，住两个月，顺便跟着工作工作，不好吗？也算见证祖国发展了，没有错过大的潮流，甚至可以亲身感受国家两个月的建设速度和改变程度。要知道，只旅旅游是没用的，像普通老百姓一样设身处地工作生活一段时间才好啊。中国现在变化太快了，隔一两年就一个样了，等过一阵再回中国，您就错过了腾飞期，这太遗憾了。”

话筒对面，祁勇似乎有些动摇：“我是打算回国看看……不是今年就是明年……去两个月。”

谢兰生又继续劝道：“那在中国，一边工作，一边生活，不更好吗？就可以有千千万万的中国人的感受了。大家来自五湖四海，一边拍摄一边唠嗑，您就能更了解中国了。而且美国往返中国的机票还有您在中国的食宿，《生根》剧组也会出的。您九、十月份来中国，十一二月回美国去，过感恩节和圣诞节，休息休息，多好啊。”

曾在中国经历过困难时期，又在美国度过身无分文、穷困潦倒的艰难岁月的祁勇还是能省就省，抠得要死，一分掰成两半花，听到这话，他算计算计，感觉似乎也不太亏——他不用付交通、食宿费，还能经历祖国发展，见证经济起飞。

谢兰生与祁摄影师这通电话打了许久。这个年头国际长途昂贵极了，一分钟20块，谢兰生眼睁睁看着国际话费飞速地涨，100、200、300……同时后面的人也催催催的，可他只是咬咬牙关，硬扛住了。

最后，祁勇说他想想。

这已经是巨大进展了。谢兰生也没再逼他，最后总结了一分钟，请对方认真考虑。他虔诚地请求合作，已经耗尽一切精力。

结果仅仅几天之后，再通电话时，祁勇就对谢兰生说他可以去中国工作，但最多去两个来月，薪资就按1000元计算——谢兰生在最开始就承诺过的一个数字。

听到这样的答复，谢兰生欣喜若狂，急急忙忙拉着莘野写了合同，传真过去，又让祁勇签字盖章，传回中国。

接着，谢兰生与祁勇约定回国时间、开机时间，又叫小红、小绿、欧阳囡囡，还有岑晨各自前往拍摄地点，他自己则又对剧本做了一些调整、改动。

直到确定开机时间，谢兰生才猛然察觉现在已经7月份了——自罗大经和张继先撂下挑子退出剧组，已经过了一个半月了。

祁勇回到中国那天，谢兰生和莘野两人亲自赶到机场去接。莘野认识祁勇，他们两个没跟别人一样高举接机牌子。

谢兰生只在去洛杉矶时来回坐过两次飞机。他上学时，想买机票甚至需要所在单位的介绍信，大家认为只有领导才有资格坐飞机。当时他的一个邻居乘飞机去湖南出差，对方厂里甚至专门派了一辆车去接他。这一两年民航倒是蒸蒸日上发展起来了，可谢兰生还是很少坐飞机。

祁勇身材十分高大，留着浓密的络腮胡子，手中提着大旅行包，十分具有艺术家气息。莘野一眼就看见他了，双手插兜，喊了一句对方的名字，侧了侧脸，示意他到出口会合。

而刚一会合谢兰生便殷勤地帮忙拎包，嘘寒问暖。

祁勇一出首都机场便迫切地打量四周，看建筑，看马路，看车辆，看行人。

他没忘记，他回来是感受祖国变化的。

然而，当谢兰生和莘野带着他先坐火车，再坐客车，再坐驴车赶到了盱眙村时，望着漫天的黄沙，望着满目的土房，祁勇想哭了。

他想骂人，他被忽悠着签合同了。

发展呢？繁荣呢？照片上的高楼大厦呢？

怎么实际是这样的！

他是真的没有想到谢兰生是北京土著，却选择了如此冷僻的一个地方当片场，有完美主义强迫症。而谢兰生还没有车，去大城市要先坐驴车再坐客车再坐火车。正常剧组肯定有车，这谢兰生穷到离谱。他本以为时不时就都能开车回北京的，最差也是回个大城市。他在洛杉矶住，不怕开车，动不动就一两小时的。

小红、小绿、欧阳囡囡，还有岑晨全都鸟儿一样欢欣地冲出来，迎接最后一位主创。

尤其是小红这女孩子，一双眼睛亮晶晶的，睫毛扑闪扑闪，不自觉地双手合十，大叫：“祁大摄！”

祁勇愣住了，小红攥拳，原地跳跳：“祁大摄，您可终于到了呀！我们几个日盼夜盼，人员终于又凑齐了！《生根》可以再开机了！”

“是啊，”小绿道，“暂停好久了，我们都要发霉了，还是拍摄更有意思！”

见祁摄影师沉默了，谢兰生也挺愧疚的：“咱们先在乡里拍一个月，争取能缩到三星期，再回北京拍三星期，最后去深圳度假，全面感受三个地方，挺好的。我在北京一同学是北京边上梨树乡的，他说可以把自己家借给我们拍摄内景，我看了，比较合适，可以拍摄屋里边的几段剧情。”盱眙村还没通电呢，有几个内景不大好拍。

祁勇木然地看向他，回北京也还是没车啊？

谢兰生又看看四周道：“咱们环境是不太好……如果您想毁约也成……我还是出来回机票，也给您结三天的钱。你看看……您要走吗？”

谢兰生的这话一出，周围倏地无比安静，死寂一般。小红、小绿、欧阳囡囡以及岑晨八道目光都沉默地望向祁勇。

祁勇只觉得周围宛如有了什么悲伤的背景音乐，他有些烦躁，掉头就往房间里走：“都到这了，还走个屁，三个星期还可以接受。”

谢兰生长舒了口气。

自己拍摄独立电影想要请到真爱电影的摄影师和录音师可以说是难于登天，他本以为只能随手再拉两个拍广告的了，结果，没有想到，他想要的主创人员被他“坑蒙拐骗”全弄来了。

第　四　章

初　晴

摄影师和录音师这两个位置再次被填上，一切重新走上正轨，谢兰生又高兴起来。

祁勇还对谢兰生说："为了增加现实感，第101场、第105场、第109场，还有……我希望用超16mm的摄影机拍，然后后期再进行扩35mm的制作。"

摄影师的任何意见谢兰生都尽量满足，他想了想说："行，等拍完其他场次，我让小绿去河北买16mm的胶片。"超16mm，拍摄出的效果的确会更有现实感。对于《生根》祁勇真的在花心思。

祁勇不是非常相信罗大经的摄影水平，因此，他把之前拍摄过的几个场景都重拍了。这个时候谢兰生倒感谢起罗大经的干脆利落来——装两三天就跑路了，比两三周再跑要好。

祁勇喜欢小红、小绿，挺耐心地教导他们："小红、小绿，记住，调频用叶子板，调焦用光圈。叶子板是调转速的，你这样开，就从一秒一格到一秒两格了，这台机器要一直开最快能到一秒150格。标准格数是24格，最符合人的视觉习惯，所以，故事片，除非有啥特殊需要，都是一秒24格，也就是一秒形成24张底片，你们把叶子板开到175度就可以了，非常简单。”

小红、小绿：“哦哦哦哦！”他们两个对摄影很感兴趣，而罗大经从来不教他们。

“还有光圈，我说用8就用8，我说用5.6就用5.6。数字越小，光圈越大，进光越多，景深越小。还有焦点……焦距……”

谢兰生看着，觉得真是请对人了。他其实还挺愧疚的。

祁勇好好的“八星期亲身感受祖国变化”的计划被他削减成五星期了，而剩下来的三星期则必须待在这种地方。谢兰生在心里觉得回北京后会好一些，虽然还是没有车，但起码不用坐拖拉机了。

祁勇其实也抱怨过“你们两个骗人家来”，而莘野则是轻瞥一眼说：“一把岁数了，别撒娇！”

唔，让祁大摄当场噎住。

谢兰生想赶一赶工，提早完成外景拍摄，带祁勇从盱眙村这个鸟不拉屎的地儿出去。

这是可能的。

莘野与欧阳囡囡的表现都超出预期。莘野总能一次到位，欧阳囡囡也挺好的，在“赋闲”的一个半月，他们都把角色弄熟了，不管是台词还是什么。因为需要节省胶片，剧组每天都会排练，谢兰生用胶带圈出演员走位的边界，新来的摄影师祁勇在一旁打光还有试光，与此同时根据排练当场思考摄影技巧，也不需要太多准备，可以直接拍摄赶进度。

事最多的其实是导演谢兰生。他要最后思考情节，琢磨台词，准备道具，布置场景，用跳棋来研究走位，仔细考虑表现形式，思索如何讲解剧本如何启发演员……时间怎么都不够用。

因此，剧组可不可以提前完工尽早离开，主要是看谢兰生他能不能把效率提高。

可谢兰生已经每天只能睡上三四个小时了。现在天气还有些冷，但谢兰生为不打扰其他的人养精蓄锐，总是半夜蹲在屋外叼着手电研究走位，三点回来，六七点钟又跟大家一同起床。

哎……再试着紧紧吧。

谢兰生是真的想早点儿从这里出去。

这一方面是为了祁勇，另一方面也是为了节省资金。

资金缺口越来越大，尤其是祁勇的来回机票又让预算超出不少，现在直逼6000块了。至于小红、小绿，还有欧阳囡囡先回家再回来的钱谢兰生都懒得算了。

把睡觉时间压到最少，又把吃饭时间压到最少以后，谢兰生无意中发现，“洗衣服”也挺花时间的。这个地方没自来水，水全都是从井里打的，一盆一盆倒来倒去让他觉得十分麻烦。

可盱眙村灰尘漫天，不洗衣服，太脏了，太恶心了。

他一共就两套衣服。怎么办呢?

经过仔细研究，聪明的谢兰生发现，比较容易脏的地方主要就是裤腿儿！这个地方到处是土，两条裤子的裤腿儿基本两天就要洗洗。其次呢是两个袖口，因为经常趴着写字。谢兰生不经常出汗，领口这些倒是还好。

“嘿……”谢兰生知道了。

于是，每隔两天，谢兰生就用大剪刀把裤腿给剪掉一截，再把袖口也剪掉一截，接着穿。这样他就不用洗了，两套衣服足够对付到三周后回北京的，顶多中间搓搓领口。

就这样，被剪两次后，他的裤子变成九分裤，再被剪两次后，他的裤子变成八分裤，再两次后，变成七分裤，越来越短。

他觉得他可真机灵，总能想到解决办法。

“咔嚓”一下直接剪了，比隔天洗省事多了。

《生根》开机六七天后，见谢兰生的衣服越穿越短，莘野终于觉出不对劲了。

“谢兰生，”只要不在《生根》片场，莘野通常不叫他谢导，他说，“你这裤子还有袖子，怎么回事，越来越短？”

“这个啊，”谢兰生也没想隐瞒，“因为想再赶赶进度，我没时间洗衣服。这样挺好的，哪儿脏了就剪下去，十来秒就全完事了，不耽误活，有这洗衣服的工夫还不如把《生根》剧本提高提高，或者把表现形式再精进精进呢。剪剪衣服无所谓了，我觉得也挺舒服的。”

莘野再次被谢兰生给震撼到说不出话。他一向都注重品位，不能理解糙成这样的生活。

他再一次打量对方，努力不让自己骂对方个狗血淋头，深深吸气：“衬衫脱了。”

“啊？”

莘野不想再废话了，直接上手解扣子。谢兰生总习惯于把衬衫扣子全部扣上，莘野动手解开两颗。

谢兰生把莘野一拦，呆呆地问：“你干吗？”

莘野只是重复道：“衬衫，脱了，不要让我说第三次。”

话到这里谢兰生也有点儿明白对方意思了，他有一些不好意思："不用，真不用，我这样挺不错的，挺舒服的，没事。"

"不要让我说第三次。"

他们僵了一会儿，知道对方想干什么那就非得干成不可，谢兰生被莘野的气场压得有点儿受不了了，妥协了，小声地道："那谢谢了，等回头儿我帮你洗……就过一阵回北京后。"

"行了。"

虽说一个大老爷们儿光光膀子也挺正常，但谢兰生对当人面脱光了还是有点儿抵触，于是背过身去，面向书桌，一颗一颗解了扣子，脱下衬衫，露出背脊。他把衬衫团在手里，从另一侧肩头上扔了过去。

"行了……"谢兰生手叉在腰上，侧过脸向后面瞥，"真谢谢了，以后会还的。"

见谢兰生不好意思，莘野一扬下巴，说："裤子也脱了。"

"啊？"谢兰生可有点儿蒙了。

裤子也脱？这不好吧！谢兰生用左右手死死提住两边裤腰。

"别废话。"莘野一向气势惊人，几步走过去。他用长长两根手指把皮带的尾端抠出来，一掰，退出扣眼。

谢兰生："喂！"

屋内，谢兰生是彻底服了莘野想干什么就干什么的简单和粗暴了，但他实在不能退让，两手死死扯着裤腰带，喝道："莘野，别闹！咱们是中国人，不是美国人，不能只穿裤衩子的！"

他一边用手提着裤腰带，一边拱对方，想让莘野离开自己。

莘野见他实在抗拒，誓死不从，停手了，决定放过谢兰生，拎着衬衫回去了。

十分钟后，莘野站在洗衣盆前突然有些怀疑人生。

等等！自己是回来看“熊猫”的，为什么就帮他洗衣服了？

而且他还打算明天早起半个小时从谢兰生枕头旁边把脏裤子也拿出来。

莘野皱眉，双手叉腰，垂眼看着破洗衣盆，好半晌，突然有些认命似的把白衬衫往水里按。

谢兰生与新的团队按照进度拍摄下去。怀孕、产女、被踢进河等内容结束以后，中期剧情开始了。谢兰生喜欢尽量按照播放顺序安排场次，他觉得用这种方式演员更易增进情感，进入状态。此前，片中的大女儿、二女儿、公公、婆婆也进组了，全部都是业余演员。

女主角彩凤的三女儿在一岁时被送人了。她被公婆告知，长辈病弱，家中贫困，已经无力迎接新丁。公婆还说，他们这个三女儿的养父母是大城市人，不能生育，喜欢女孩。

彩凤也没什么办法。她失去了一个女儿，可还有两个女儿，日子只能一天天过。她没办法自己养大她最爱的两个女儿，况且，与其他人一样，她也认为孩子必须拥有“完整”的家庭才能不被人指指点点戳脊梁骨。与女儿们的幸福比，她自己又算什么呢。

丈夫王福生愈发肆无忌惮，他开始勾搭寡妇。彩凤开始不能接受，可亲戚都劝她“懂事”，认为这样“也挺好的”，说，只要丈夫心在家里，不离婚以后能带男丁回家是两全其美的好事。这些亲戚包括公婆，包括父母，也包括兄弟姐妹，他们最常说的话是“你们总归是一家人，他肯定是这世界上对你们仨最好的人了”。

可是彩凤时常低喃：“活着太苦，也太累，等着死的日子好长。”

这天剧组要拍的是丈夫王福生带着唇印回家，彩凤内心十分痛苦，可实在是无能为力。

小红、小绿拿着口红，用手抹掉顶端一点，看看莘野，然后在他两边脸上一点点画口红印儿。他们先把一个唇印印在一张红稿纸上，再照着画，十分努力。

谢兰生见了，觉得他们两个呆子简直画得惨不忍睹：“这……也太大了……他被恐龙给亲了吗？咱们是拍《生根》还是《恐龙特急克塞号》呢？”

小红、小绿并不知道《恐龙特急克塞号》，问：“什么什么什么号？”

谢兰生奇了：“咦，你们两个不知道吗？前两年播的日本片。人间大炮一级准备！人间大炮二级准备！人间大炮发射！轰！发射完，坏人就死翘翘了。”

小红、小绿十分茫然，齐刷刷地摇了摇头。

莘野也不知道，但他大概能猜出来。

小红、小绿还是不知，但听明白负面评价了，转过身子看看莘野，用袖子把口红印抹了，重新画。

谢兰生就叉着胳膊看，小红、小绿画好一个，谢兰生说：“不行，太假。小是小了，形状不对啊。”

小红、小绿只得又擦了，再画。左上一道，右上一道，底下再来上一道。

谢兰生“啧”了一声：“还是太假，没比刚才好上多少。”

第四次后，谢兰生仍不太满意：“特别假，一看就是画上去的。红啊，你得培养艺术细胞。”

小红刚要再擦，莘野一把把她手打掉了：“你俩不能蘸点水吗？再擦脸都要擦破皮了。”

“哦哦。”小红跑着去打水了。她一直都最怕莘野。

谢兰生的眉头皱着，对俩助理能画出来好的唇印不抱希望了。不过想想也是，口红印这个东西不是抹抹就能像的。它轮廓特殊，纹理特殊，柔软度也特殊。

等俩助理用蘸水的毛巾擦掉“唇印”以后，见他们又把手指尖涂满经典的口红色但却一直犹犹豫豫明显不知从何下手，谢兰生也不逼他们了：“算了，先别画了。”

小红、小绿：“啊？”

“这样不成。”

小红、小绿：“那怎么办？”

谢兰生把手掌一翻：“我想一想。口红给我。”

小红、小绿一直听话，将口红给谢兰生了。

谢兰生把嘴唇舔湿，拿起口红就往嘴上抹——往他自己的嘴上抹。

小红、小绿一脸惊讶。谢兰生抹了两下，觉得不对，似乎是少了点什么，问：“镜子呢？小红、小绿，拿镜子来。”

小红、小绿从一边的木凳子上拿起镜子。谢兰生接过来，一手拿镜子，一手抹口红，到最后还抿了抿，又用指尖涂满轮廓，用另一只还干净的手指擦掉抹多出来的。

接着他就印了一个唇印在自己的左胳膊上，又学着小红、小绿刚才的样子，把食指尖涂满口红，在手背上照着样子画——他总觉得稿纸上的口红印抹得不好，有缺口。谢兰生是学导演的，有美术功底，他觉得这个活他必须要亲自上了，先在手上画明白了，再往脸上画，省得真给擦掉皮了，那样莘野这柏林影帝非得宰了他们三个不可。

谁知这比想的要难。连谢兰生都没办法画出完美的唇印来。

这样试过两三次后，谢兰生也自暴自弃了。他叹了口气，又一手拿镜子，一手抹口红，第二次给他自己涂了个红嘴唇，再次抿抿，又把细节修了修。

小红、小绿好奇，他干吗又涂红嘴唇，不是已经有样本了吗?

涂好以后，谢兰生把东西递给他身旁的小红，走到莘野的面前去，叫了莘野一声："影帝啊。"

莘野见到谢兰生的烈焰红唇，也是莫名其妙："嗯？"

谢兰生的眼睛盯着莘野，心里估量了下：前些日子刚进组的"寡妇"演员的身高比他自己少七八厘米，"寡妇"用力踮起脚来跟他应该差不太多，于是脚跟略微离地，伸手捧住莘野下颌，凑过嘴唇，十分强硬，不由分说，以迅雷不及掩耳之势，"吧嗒"一下，在对方的脸上落下一吻。

莘野愣了。

"别动。"谢兰生努力琢磨画面美感,几秒以后有了想法，他做足了心理建设，自己给莘野脸上印下几个唇印。

做完这些，谢兰生退后一步，看看，终于满意了："行了，两个人的嚣张劲出来了。"

“这回像了，口红印。之前画的都太敷衍了。”

莘野还是沉默不语。

“好了好了。这有什么的。”发现莘野一言不发，谢兰生笑，“大家都是大老爷们儿，这是为了电影效果，也是为了艺术，对不对？”

对面的莘野终于反应过来，他直起身，用右手背擦擦嘴唇，把颜色给晕染开了问：“这样效果是不是更好？”

谢兰生则观察了下，点头，有些兴奋：“对对！亲个嘴，这样显得更嚣张了，但男人嘛，嘴上带着女人口红总归觉得不大舒服，又用手背给蹭掉了。”

“那就好。”

“那我就叫祁勇过来，还有欧阳囡囡他们，咱们争取五点之前就把这幕给拍完了。”

“OK。”这场拍摄十分顺利。

男女主的冲突加剧，彩凤委屈、愤怒、无奈、绝望，一切感情都在累积，将要爆发，整个气氛十分压抑，山雨欲来，可即将要被卷入的所有人却都不自知。他们就像那幅名画《梅杜莎之筏》上的人一样，径自将船划向天边，完全不曾想过等待自己的会是什么样的命运。

五点整，随着一声“cut”，这场重头戏拍完了。

“好，”谢兰生指挥现场，“欧阳囡囡还有莘野准备准备第103场。小红、小绿你们两个帮摄影师收拾机器……”

小红、小绿活力充沛：“好！”

莘野听了这个安排没有异议，转身进屋洗脸去了。

今天要拍第93场。

莘野扮演的王福生最最喜欢喝酒打人，彩凤还有两个女儿常被打到伤痕累累。

莘野喝了一点白酒，不多，二两左右。他必须要保持清醒，因为还得念词、“打人”。

他的气势过于骇人，在刚开始砸东西时就把囡囡给吓哭了。莘野顿顿，收了气场，问谢兰生：“喂，你确定要‘毫无保留’吗？欧阳囡囡被吓哭了。”欧阳一看就不是演的，她要是有这个演技也能逛逛“欧洲三大”了。

谢兰生也有些犹豫。莘野这人演技太强，入戏出戏在一秒间，他演谁时他就是谁，而只要导演一喊“cut”，立刻就会回复到独属于他的那份气质。此刻扮演彩凤丈夫，欧阳囡囡被震住了。

没等谢兰生回答什么，欧阳囡囡却抢先说道：“谢导，继续！我没事，等拍完了就好了。”

谢兰生有一点担心，但看囡囡十分要强便也同意再试一试。

于是各方继续工作。谢兰生没让人真打，先从侧面拍了一镜男人掐着女人脖子，又从后下拍了几镜男人扇女人耳光，小红、小绿事先贴了纱布在囡囡的脸上，欧阳囡囡一头长发随着动作乱甩就可以了。后期再加声音就好。

而这一场最后一镜，是女人抬起带血的脸，男人攥住女人头发把她后脑磕在墙上，嘴里还骂着“少装死”。

在现场的五六个人全被莘野震撼住了。欧阳囡囡哭到打嗝，画面效果十分真实。

直到拍完，欧阳囡囡还是感觉惊魂未定。她一直都十分活泼，胆大、飒爽，否则作为乡里姑娘不会想来拍电影，这回是真被吓着了。

几个主创蹲在院里，一个一个轮番安慰她，然而大家都是男人，也不太能安慰到点上。

祁大摄影先出主意：“囡囡，不然你抽抽烟转移注意力？”他是典型大老爷们儿，爱抽烟，爱喝酒。

“去去去，”谢兰生受不了了，“这是什么馊主意啊！”

“呃，”岑录音师又提建议，“囡囡，不然你打回去平衡平衡，确立一下优势地位？”

谢兰生简直是没话说了。

三四个人哄了半天，欧阳囡囡才好些了，她努力笑道：“没事了……真用不着这么夸张。是男主角演太好了。”莘野演技炉火纯青，欧阳囡囡虽非专业也时不时会被震撼。

“这个确实。”谢兰生也点头认可。他觉得这是一个转移话题的好机会，于是偏过头问莘野，“莘野，你是想到自己以前酒醉时的状态了吗？再代入到角色里面？你在刚才演出来的行动方式说话方式都完全是一个酒鬼。”之前莘野都站不稳，打人的时候更站不稳，甚至有点儿“大舌头”。

莘野转眸，一声轻笑：“我没醉过。”

“哎？没醉过？”

“嗯，但我见过别人喝醉。”

“只是见过就能记住然后还原到这程度？”谢兰生有一些讶异，“莘野，你还真是……天生就是演员的料子。”谢兰生知道，若只需要观察别人就能完美重现出来，那再加上理解角色、代入角色，用逻辑去解释行为，用内在去解释外在，别人当然只能望其项背。他不拿影帝谁能拿呢？

他这些年一直以为他自己也才华横溢，然而，在开始拍《生根》以后他才发现自己还差得远。有些镜头在脑子里非常漂亮非常完美，可拍出来的冲击力却跟想的完全不同。他还是要不间断地学习他人的拍摄手法，多看片子，多研究片子，把细节都吃透了，体会大师们是如何表现某个特定剧情的，做好笔记。另外，谢兰生发现，在跟自己的演员们讲解剧情引导表演时，他也还有诸多不足。有的时候，他只觉得欧阳囡囡所呈现的感觉不对，但说不好具体是哪里不对，哪里要改，也说不好为什么不对、为什么要改。

哎，继续学吧。这是一条漫长的路，他需要终生学习。

谢兰生是在一大片嘈杂声中回过神来的，却发现祁勇还有岑晨的关注点完全歪了——他们对于莘野说的“没醉过”都表现出了百分之百的难以置信，大叫着：“没醉过？怎么可能！”

莘野却没显出恼来，抛出最爱的反问句：“喝醉酒有什么好处？”意思就是，喝醉没有任何好处。伤胃、伤身，失去控制力，丑态百出，还易说错话，做错事，让人知道不该知道的。

“当然了！”没有想到，祁勇他们纷纷赞叹，“喝醉酒是这世界上最最美妙的事了！”

“哦？”莘野挑出一个音调，“说说看？”

祁勇真是恨其不争：“喝醉时，人会露出本来面目，会觉得非常轻松……再也不用控制着了，再也不用伪装什么了。你能知道自己内心最真实的一些想法、最朴素的一些东西，而不只是分析利弊，计算优劣。人能一直这样就好了。”

“对，”岑晨的脸有些发红，“而且，正因为会露出本来面目，人能借着那个酒劲突破之前的界限。比如，你非常爱一个女生，却要端着，不表白，那你们俩一起喝完酒后就很可能在一起了！就算对方真不来电清醒以后也没事，反正谁都不记得了。”

如果换了平时聊天，莘野对于这番言论肯定直接冷嘲热讽，然而今天他却没有。莘野半蹲在地上，强壮结实的大腿肌肉把裤子褶都撑平了，他竟显得若有所思，垂着眸子，重复了一遍祁勇的话：“能知道自己内心最真实的一些想法……吗？”

“那绝对的！”祁勇说着中式英语，“Absolutely（绝对地）！”

莘野能说地道美音，自然十分嫌弃：“行了。”

感觉这天聊得有些长，谢兰生看看手表，强插进去道：“喂喂喂，大兄弟们，十点多了。我看囡囡也恢复了，咱们拍摄下一场吧？”

“好吧。”祁勇觉得不舍似的，又用力地抽了两口手指夹着的烟屁股，而后突然想起一个能拖延时间的话题来，“哦，对了，谢导，咱们用的云台坏了，明天得去市内修修。”这事必须跟谢导说，同时还能把烟抽完，两全其美。

果然，谢兰生问：“啊？云台坏了？”

这个可是一件大事。云台相当于稳定器，固定支撑摄影设备，让移动中的摄影机能捕捉到稳定清晰的影像，它的作用毋庸置疑。

祁勇点头：“今天这场视角固定，还好说，不过云台迟早要修。”

谢兰生想了想：“行，明天就去市里修吧。我也去，顺便买些生活用品。”

“OK。”

此后一切拍摄顺利。

因为云台必须要修，第二天的拍摄暂停。

谢兰生把欧阳囡囡等人留在片场好好休息，打算自己带着祁勇到市里面去修云台。莘野自然又要跟着，毕竟“看熊猫”才是他来这里的首要目的。

三人又是驴车加客车，一路跋涉地到市区。

他们找到了维修点，拿出云台给对方看。对方表示可以修好，让三个人隔夜来拿。

得知要在市内过夜，祁勇顿时精神起来！他走遍了街头巷尾，“感受中国发展速度”，接着，一吃完晚饭，他便一头钻进一家名字叫作“金色枫叶”的歌舞厅。祁勇说，他好久没热闹过了。

歌舞厅一人一元。祁勇径直走到角落，要了酒，要了干果，眯起眼看男男女女。

舞厅里的球形灯疯狂滚动，五颜六色的光投射下来。台上，几个女孩穿着短裙一边扭动一边唱歌，她们身后的大屏幕则播放着这首歌的MV，舞池里的男女跳着、舞着，尽情享受这一时光。

祁勇一杯接着一杯，没一会儿也去蹦迪了，跟舞池里一个美女一边转圈一边蹦跶。谢兰生还挺惊讶的，因为祁勇根本不像是会跳迪斯科的人，看来人在国外待上几年还能变得能歌善舞。

倒是莘野有些沉默，他的身子微微前倾，十指交叉放在膝上。微眯起眼，看着人群，一杯接一杯地喝着威士忌。他的手指修长有力，捏着杯子，每回喝到最后一口他的脖子便仰起来，喉头一滚，非常性感。

谢兰生总觉得莘野这两天有哪里不对，但又说不出来具体哪里不对，于是凑过去问：“莘野？”谢兰生觉得作为导演他有义务疏导演员的不顺心。

莘野挑出一个鼻音："嗯？"

"没事吧？别喝醉了。"

莘野闻言看了看他，没说话，只是笑笑，转回头却扬起颈子，将手中的酒一饮而尽。琥珀色的酒流过喉管，五脏六腑被熨烫着。他浑身如烧着一般，血液沸腾，从心脏一直流到四肢百骸。

明明只是劣质威士忌。1926年的单一麦芽威士忌的麦卡伦他也喝过，却从未有过这样的感觉。

"莘野，"谢兰生又再次劝说，"别喝啦，小心身体。"

"放纵放纵，没事。"

"哦……"既然对方这么说，谢兰生也不好劝了，只好坐在大沙发上对着舞池胡思乱想，思绪都飘到爪哇国去了。

也不知道过了多久，祁勇终于蹦跶回来，他只一眼就看到了桌子上的威士忌瓶，被吓了一跳："不是吧！你们两个喝了三瓶？！"

"没，"谢兰生苦笑一声，"都是莘野一个人喝的。"

那更恐怖了。

莘野像是醉了，又像是没醉，靠在沙发的靠背上，交叉十指，跷着长腿，似笑非笑地看了祁勇一眼。

祁勇头痛："行了行了，我去结账。"

谢兰生应了，想想却又不大放心地叮嘱道："对了，咱们自己付自己的，千万别走剧组的账。"张继先的血泪教训已经让他一朝被蛇咬十年怕井绳了。

祁勇则是不耐烦道："知道了知道了。"

谢兰生拍拍祁勇宽实的背送对方去前台结账，又再回头来，觉得莘野这个样子很明显是不大对劲，但也只能轻轻叹气："莘野，我都告诉你会醉了……走吧，回招待所休息休息，明天还得继续工作呢。"

几个人半醉不醉，歪歪斜斜地往招待所走去。

又是一周的拍摄后，盱眙村的场次拍摄完毕，《生根》剧组要离开了。

电影内景会在北京拍。谢兰生的一个同学是北京边上梨树乡的，他说可以把自己家借给谢兰生拍摄内景。盱眙村都还没通电，《生根》这个草台班子也不可能有发电车，夜间内景不大好拍。巧的是，同学家的墙壁质地跟盱眙村十分相像，灰灰的。出于这些特殊原因谢兰生把内外景分开了。

谢兰生跟老郑村主任喝酒喝了整整一夜，东倒西歪，一早起来却发现他的东西都被收拾得差不多了，整整齐齐摆在地上。

"咦，"谢兰生问，"这是哪位义士帮我收拾的？"他本来打算不吃早饭了，现在看来……还来得及。

助理小绿回谢兰生："咱们大影帝。"

"哦，"谢兰生觉得神奇，"真没想到，莘野挺会照顾人的。"此前帮他洗衣服，现在帮他收拾行李。

莘野正跟祁勇说话，突然听到自己名字，扭头看向了谢兰生，挑出一个慵懒的音："嗯？"

"没事，"谢兰生让小绿走了，对莘野说，"谢谢帮忙收行李了，我刚才在跟小绿说你还挺会照顾人的。"

莘野盯着谢兰生看了足足有三四秒钟，才道："我不会照顾人。"

“啊？”

莘野说：“我会照顾猪。”

谢兰生：“猪？”

谢兰生知道莘野最爱说反话和用反讽，但不知道自己究竟是哪一点像只猪了。他意识到莘野讨厌“会照顾人”这个评价，因为对方语气带着莫名其妙的怒气。

唉……谢兰生想，莘野这人真的诡异，这一星期还更神经了。

因为想要力求真实，临行时，谢兰生还跟盱眙村村民买了不少生活用品，比如脸盆、毛巾、牙具，还有床单、被罩、枕巾、枕头等。谢兰生的北电同学毕竟住在首都周边，虽然房间比较破旧，但近几年生活好了，家里面的生活用品不是十分符合拍摄要求。

他们卷了几个大包，用自己的床单兜着。谢兰生背最大的包，小绿也背了一个去。祁勇要拿摄影设备，岑晨要拿录音设备，饰演公公的男演员也会帮忙拎拎袋子，只有莘野宛如大爷，只拉他自己的大拉杆箱。

谢兰生总觉得莘野这个男人十分神奇。一下了戏，他会立刻穿得宛如电影里上流社会的人，特别拉风，也不管在什么场合。这不，即使知道等一会儿他们几个要先坐驴车再坐客车最后坐火车，但他还是穿着深黑的衬衫，左胸有道浅黑的假兜，腰间扎了一条皮带，跟其他人格格不入。

一行人就这么浩浩荡荡地出发了。

盱眙村距离北京不远，第二天，《生根》剧组便住进了北电边上的招待所。招待所是专利局的，一晚10元，比较便宜也比较方便。谢兰生跟前台谈好了，从早上8点到次日早上8点他们只交一天的钱。

剧组要先在城区里拍摄几场重要的戏，然后再到同学家去完成影片内景的拍摄工作。

这几场会在城区里拍的内容是这样的：已经有点儿“不正常”的彩凤偶然一次进城后，在繁华的大街上见到了自己的三女儿。这里剧情比较模糊，三女儿在一两岁时就被丈夫送出去了，按理来说女主彩凤绝无可能一眼认出来。可母女连心，她或许“感觉到了”，总之，她在街上所见到的究竟是否是她的女儿片中没明说，也没有任何暗示，重要的是彩凤自己认为是。

彩凤看见那小女孩儿正倒立着引人关注，面前放着搪瓷缸儿，在乞讨。而搪瓷缸儿的下边还铺着一张白纸，上面写着幼稚的字迹：我的爸爸重病在床……

半晌，女孩胳膊开始发抖，最后终于坚持不住，一头栽下来，磕在地上。而当女孩爬起来时，彩凤发现，她的额头、脸颊、小臂、手肘全都是伤，伤痕纵横交错。她每天就倒立、受伤、再倒立、再受伤，苦海无涯，走不出去。

看到这里，彩凤发疯似的冲了过去，被人拦住了。接着，一个男人走进场地，抱起女孩，匆匆离开人群。

这次进城让彩凤回乡以后一直疯疯癫癫的。

小演员是杂技团的，当初谢兰生一说要拍戏就有好多孩子拼命举手，毫不费力。几个大人呢，则由摄影师、录音师等自己人客串了。

这场拍完，众人全都有些压抑。

“囡囡，”谢兰生想转移话题，“到北京了，在首都了，有没有啥想看看的？马上就要去梨树乡了。”

“唔，”囡囡立即想起来了，“想看一看天安门！看一看升国旗！”

“看升旗是吧？”谢兰生是北京土著，他上学时被组织着看过好多次升国旗了，对各季节的升旗时间还比较熟悉，他算了算时间说，“那这样吧，咱们明天六点左右出发，骑自行车去天安门。沿着西海走，半个小时应该能到，正好赶上升旗仪式。然后咱们随便逛逛，八点来钟往回骑，跟剧组会合去梨树乡。”

“我……”欧阳囡囡说，“我不会骑自行车啊。”

谢兰生说：“我驮你去。”

欧阳囡囡终于高兴了：“行！”

定了行程，谢兰生便转过头问剧组的其他主创：“莘野、祁勇、岑晨，欧阳囡囡想看升旗，你们去吗？”小红、小绿也是北京土著，被一朋友介绍来的，就不用问了，肯定看过。

祁勇、岑晨都说不去，时间太早了，只有一向爱看“熊猫”的莘影帝很感兴趣。莘野比较想坐出租车，但也不会矫揉造作，谢兰生说骑自行车那大家就骑自行车，反正他也会——为出行方便，目前《生根》整个剧组一共有两辆自行车，是导演谢兰生回家蹑手蹑脚推出来的，他自己骑着一辆同时用手拖着一辆，把车带回了剧组，当天晚上打电话时母亲直说要打死他。

就这么着，第二天的早上六点，谢兰生、莘野、欧阳囡囡三个人骑两辆车子从招待所往天安门走。莘野还是穿着深蓝色的衬衫，骑在黑色的“二八”自行车上，他身高腿长，矜贵又懒散，周围的人全在看他。

一开始是谢兰生驮欧阳囡囡，不过上了长安街就换成莘野带囡囡了。

到天安门的时间正好。他们把车锁在树上，挤进人群，看升国旗。欧阳囡囡特别激动，眼神发亮，一直说："谢导，我想一直演戏，我想出来，我不要再回乡下了。"她的眼睛闪着神采。

谢兰生拍拍她头说："囡囡，想当演员还是必须要能自己读剧本，过几天各奔前程后也要复习学的东西。《生根》拍完以后我就不能盯着你了，你要自己督促自己。"

欧阳囡囡用力点头。

一个乡下的女孩子一头撞进另一种生活，她想捉住机会，虽然很多时候她无能为力，唯有听天由命。

几分钟后升旗仪式结束，时间其实十分短暂。谢兰生带欧阳囡囡又在广场晃了晃，到八点多才说返程。

然而事情发展出乎意料，回到锁车的地方时，一行三人发现他们的自行车丢了一辆！

谢兰生的自行车被偷了！

谢兰生看傻眼了："三个人就一辆车了，这怎么弄？打车吗？又要十块……"在1991年北京的"的士"市场中，"天津大发"是主力车，黄色面包车随处可见，十公里十块钱。上午一起去梨树乡他们就会叫辆"大发"。

莘野对钱倒没概念，但此刻却心念一动，一口否决了谢兰生的提议："我先带着你们走吧。蹬不动了再叫面包车，省一省。"

谢兰生则看看"二八"自行车，艰难地道："莘野，你一个人带两个吗？事先说好，我可不会带两个人。”

莘野颔首：“可以。”

“不是，你在美国长大的……”

“我说可以就是可以。”

“那……好吧，囡囡坐横梁，我坐后座？”

莘野说：“不，她是女的，授受不亲。她坐后座，你坐横梁。”

“好吧……”谢兰生想，这会不会挡到视线？自己真有莘野说的那么矮吗？不至于吧？总要给他介绍对象的邻居经常夸他大高个儿呢。不过话说回来，自从毕业，就再没人给他介绍什么对象了，他还听说有姑娘家十分庆幸当初没和他见面。

莘野把车停在路边，一条长腿支着车子。谢兰生则小心翼翼地坐上横梁，调整平衡。他感觉到有一点硌，于是下来，脱了外套叠一叠铺在上头，重新上去，感觉好多了。

因为北京早上比较凉，他带上了一件外套，这会儿倒是不用披了。

“行了，囡囡。”莘野回头，“等一会儿速度起来，你就轻轻坐上后座。”

欧阳囡囡说：“明白！”

莘野等谢兰生在上横梁后调过平衡，脚一踩，竟然没费力就把车子骑起来了。

他捏捏闸，放缓速度，几秒后，莘野感觉车子一沉——欧阳囡囡也坐上来了。

“哇！”谢兰生很高兴，两手握住车把中间，“莘野，牛！还真能带我们两个！”

莘野眯了眯眼。

在某一个急转弯处，因为终究是不熟练，莘野只觉车子一歪，竟是要摔，心里暗叫一声不好，接着，电光石火之间，他便揽住谢兰生的腰，“嗖”地一迈他的长腿，说了句“跳”，就弃车了！

谢兰生还没反应过来他的人就已经从车横梁上到了大马路上了。而后只听“咣”的一声，黑二八车轰然倒地，而同一时间传过来的还有“啊”的一声惨叫！

欧阳囡囡被砸下面了！

“哎呀呀……”谢兰生一看不好，赶紧过去扶起车子，把囡囡从地上拉起，拍拍她的两只膝盖问，“摔伤没有？”

“没有，不疼。”跟着一起拍打膝盖，欧阳囡囡十分委屈，“你们两个自己跑了……让我被车拍在地上……”

可莘野却毫无愧疚，甚至还用看智障人士的眼神看着欧阳囡囡，语气充满不可思议：“你怨我们？你坐后座是最方便第一时间跳下来的。那个‘跳’就是说给你听的。我们两个都能下来，你坐后座还下不来？”

欧阳囡囡闭嘴想想，感到莘野很有道理而她根本无法反驳，说：“那、那，继续走吧……”

“嗯，”莘野说，“下次注意跳车信号。”

欧阳囡囡记住了，有点儿紧张地说：“好……不过最好别再跳了。”她怕自己反应太慢，再摔一次。

他们一辆车、三个人，经过大街，穿过后海。

囡囡个性活泼开朗，没一会儿便又高兴了：“大影帝，这样干骑挺累的吧？而且感觉也没意思！我给你们唱个歌儿吧！这样马上就能到家了！”

“嗯？”莘野逗她，“你会唱什么歌儿？”

欧阳囡囡说：“我给你们唱《外来妹》的主题曲《我不想说》，好不好？”

这时，描述深圳打工妹的电视剧《外来妹》正爆红，大街小巷到处都在放它的主题曲，欧阳囡囡也学会了。

莘野一笑：“行，你唱吧。”

“好啊，那我唱了。”

说完，欧阳囡囡真开始唱了：“我不想说，我很亲切……我不想说……”

非常出乎莘野意料，欧阳囡囡的嗓子极好，声音细细的，又柔又娇，能把人的骨头唱酥了。

于是，莘野和谢兰生都没打断，也没说话。

恰逢他们骑过西海，一边是路，一边是河。朝阳照在他们脸上，早风拂在他们身上，竟有春天的味道。

车子经过汇通祠了，远远地有花香飘来，那是一种浅浅的香，有些朦胧，有些醉人。

天空很蓝，白云薄薄的，轻飘飘的。

莘野沉默地骑着车，谢兰生目视前方，依然在笑，欧阳囡囡乌发明眸，依然在唱：“我不能没有你的世界……”

从天安门回蓟门桥后，谢兰生叫剧组的人收拾东西去梨树乡。他们叫了大发面包车，一路轰轰地过去了，比之前在盱眙村的那会儿要方便很多。

在接下来的一星期，他们拍了十四五场，大多内容都集中在一家人的冲突上面。

男主人公王福生对自己的妻女愈发凶狠。

一次，他对彩凤掌掴以后却说自己手扇疼了，愤怒，叫骂，还让彩凤跪在地上给他上药包扎。

莘野、欧阳囡囡二人感觉都非常对，可在拍摄手的特写时，谢兰生却出声打断了：“Cut。这一段先不要了。”

“嗯？”祁勇完全不能理解：“怎么了？我这拍的没问题啊？是哪里又穿帮了吗？”他知道，为了节省拍摄经费，谢兰生极少叫“Cut”，这肯定是不能忍了，可他自己并不认为在技术上出了差错。

“不是摄影的问题。”谢兰生也心疼胶片，但他还是几步走到莘影帝的面前站定，捉起对方的两只手，看了看，“果然。”

祁勇粗着嗓子说：“莘野的手挺好的啊？”又没长出六根指头来。

谢兰生则扬扬下巴，一如既往声音温和：“祁大摄，你再看看。莘野的手养尊处优，实在不像乡里人的。”手指修长，皮肤细腻，骨节天生带着性感，拍起特写十分违和。

“啊！”经过提点，祁勇恍然大悟，有些感慨谢兰生的细致周到和高要求，建议道，“那……涂点儿泥？”

谢兰生也有些头疼，他皱起眉：“这并不是涂泥的问题……男主角的手不是脏，而是糙。前面没有任何伏笔说王福生脏兮兮的，用泥掩饰这个法子肯定显得比较突兀。”

祁勇也没好办法了：“那，去掉这个镜头？去掉这个镜头也不影响观众们对剧情的整体理解吧。”

去掉？去掉效果会打折扣，谢兰生并不想妥协。

他没回答，抿紧嘴唇，过了二三十秒，抬起眼睛，问：“莘野，可以让手暂时粗糙点吗？”

莘野反问：“怎么让手暂时粗糙点？”

“还不确定是否可行。”谢兰生说，“你在这屋先等一等？”

莘野轻笑一声：“行，你折腾吧，要有招儿就全招呼上。”

“谢了，莘野。”谢兰生说完，一转身，急匆匆地出门去了。

而祁勇被这两个人“只为拍摄一个特写，一个敢对别人动手，一个愿意被别人动手”的牺牲精神给惊呆了。

明明根本不能上映，有必要认真到这种程度吗？评委、观众，还有国外发行公司甚至根本不会注意这个镜头中的手是细腻的还是粗糙的。

祁勇意识到，谢兰生拍摄电影不是为了赚钱也不是为了得奖，他对每个细枝末节都保持着绝对虔诚，这更像是对待信仰。

他在走他朝圣的路。

祁勇又想起他们之前拍爆炸的镜头时，因为没渠道买烟饼，谢兰生为营造出来“爆炸烟雾”的效果，把一把灰装进纸筒，再闭紧眼猛吹出去，最后，煤灰浑浑浊浊，丝丝缕缕，还真挺像，而谢兰生当时就被呛到了，咳成一个风箱，也不知道吃了吸了多少灰，而这玩意儿到了肺里可是很难排出去的。

不得不说，作为同在电影行业的人，祁勇有些受触动。

大约过了十五分钟，谢兰生又走回屋子，右手捧着一个水杯。他把水杯往前一送，给莘野看，莘野发现水杯里面是一大捧黄色砂土。

祁勇已经不在这了，谢兰生在莘野面前半蹲下来，又把水杯放在自己两脚中间的地上，愧疚地对莘野说：“咱们用砂土蹭蹭手心，行不行？把这一场戏挪到一周以后再拍，先拍其他的，这一星期天天蹭蹭，应该会有些效果的。”

莘野坐在一张木椅上，一只手肘撑着膝盖，也只想帮谢兰生把这部片子做到最好，见谢兰生心里愧疚反而有些不舒坦了，笑着说：“这有什么，糙就糙，拍完几天就回去了。”

“嗯……莘野，谢谢。”

“《生根》重新开机以前你还让我晒黑点儿，都忘了？”理由还是细皮嫩肉不大符合主角形象，莘野只好跷着长腿坐在院里看书读报。莘野其实并不算白，但谢兰生还是认为莘野需要暴晒一下。

谢兰生说：“没忘……那个时候不太熟嘛……”再说，被太阳晒和被砂土磨这两者也不大一样，前者只会变黑一些，后者是要受些疼的。

这部电影前途未卜，说是打算申请参加欧洲、北美的电影节，可实际上能否入选根本就是一个未知数，莘野这个柏林影帝却一直在配合自己，他不可能不受触动。

不，仔细想想，在一开始其实一般，但是自从他们两个从罗大经那回来后，莘野就在全力以赴了。

莘野……他怎么就这么敬业呢？

屋里的人来来往往，偶然有谁漫不经心地向他们瞥上一眼，可谢兰生浑不在意，一心一意地磨着莘野的手。

莘野只是垂眸看着。

莘野也终于明白谢兰生去取个砂土为什么会花上整整十五分钟了。杯子里的砂土很细，砂石颗粒全都很小，谢兰生在捡砂土时已事先把大石子一粒一粒全挑出去了，就怕等到磨的时候那些石子太硬弄伤或者弄疼了他，毕竟对于让手变粗糙这事来说大石子没什么用。

谢兰生把莘野左手用细砂土磨过一遍，小心翼翼地放下了，又拉过了对方右手，重新撮土、摩擦。

几分钟后，谢兰生觉得应该差不多了，长舒了一口气，又用力地握了握莘野的手，说：“现在最新的安排是等会儿拍下一场戏，第175场。等到你皮肤糙一些了，再拍手部的大特写。”

“哦？”莘野一笑问，“今天这样就可以了？”

“嗯，可以了。”谢兰生道。

在离开前，谢兰生看看莘野，再次十分真诚地说：“莘野，谢谢。”

“有什么可谢的？”

谢兰生则摇摇头，说：“你做到的比一开始我期望的多太多了。愿意晒黑，愿意变粗糙，我不知道该怎么讲……但我没想到，我第一次独立执导就能碰上自己梦想中的那种好演员，觉得很感动……一切的苦，一切的累，好像瞬间都值得了。”

莘野一愣，半晌后才说道：“作为导演，你永远不要认为自己要求太高。如果别人做不到，我一定可以，记着这点。”他的嗓音很好听，低沉、浑厚，带着动人的磁性。

“嗯。”谢兰生有些小感动，“那我出去准备准备。”

在一周的“磨蹭”以后，手部特写终于完美了，莘野的手变得粗糙，与“王福生”的形象合二为一。剧组继续按部就班地拍摄后面的内容，并未遇到新的阻碍。

8月末，他们终于如期进入拍摄计划的最终场：乡村血夜。

男主再次在喝酒后对家里的女人施暴。彩凤某个脏器破裂，女儿们也头破血流，而就在白天，因大女儿已经16岁，丈夫和公婆还商量着把她嫁人，收些彩礼，可彩凤看过那些人选只觉个个面目狰狞。

她没法带她们离开，她养不活她们，她也没法自己离开，让女儿跟爸爸还有爷爷奶奶生活。

自从“见到”小女儿后，彩凤就有一些疯癫，这回，在这个大雨瓢泼的夜晚，她被刺激着，回想过去这二十年只觉全是不幸、悲苦。她这一生，早在当初的锣鼓声中结束了。她失了神智。

这几场戏要求很高，然而囡囡并不专业。她有一股质朴劲儿，对前面的剧本内容也能自己揣摩、代入，可是毕竟才当演员，对最后的“高潮”部分表现力还是差一些，无论如何都不能“暴怒”。当然，这跟欧阳囡囡本身性格有些关系。她虽然也坚强、隐忍，然而天生乐观开朗，在这幕中与女主角并不能很好地重叠。

因为实在无法过关，谢兰生又被迫NG了，而且还是三次NG!

谢兰生彻底发火了，让摄影师关上镜头，他在片场走来走去，两手激动地举起来：“我可真是拍不下去了！太次了，太可笑了！用刚才的对付对付吧，这部电影被她毁了！”说完，谢兰生转身就往屋外面走!

小红、小绿两个助理都诧异地跟在后头，连祁勇都说“别这样”“谢导，过分了”，只有莘野没有反应。

谢兰生一边走，一边对来挽留他的小红、小绿说：“没用，她拍不出来的！她也就会拍点儿简单的！可现在这场才是灵魂！”

欧阳囡囡站在原地，两只拳头猛地握紧，微微发抖。

谢兰生在屋子外头带着怒意抽了根烟，才勉强被小红、小绿，还有祁勇拉回片场。他翻着白眼，长长叹气，似在压抑：“行，听祁勇的，再来一次，不过，我不认为她能拍好。”

结果，再来一遍，欧阳囡囡好了很多！她刚才被谢兰生给直接气到七窍生烟，这会竟与女主角彩凤的形象有部分交集了。

而一拍完这一段，谢兰生就急急跑到欧阳囡囡的身边去，说刚才自己是故意的。他连番哄：“囡囡，刚才这场戏要求太高，专业演员也很难过。我想调用你本人的自身情感自身反应，完成拍摄。你天生是吃这碗饭的，之前一直表现很好。”

这时候，欧阳囡囡也明白了谢兰生的真正用意，她说：“谢导，以后不带这样吓人了！”

在旁边的祁勇、岑晨再次感慨谢兰生的演技，总觉得这才应该是世界首个华人影帝。

在技巧上，对于这幕，为了表现出紧张感，谢兰生用了背侧光。光源是在正背后的，彩凤走来，宛如幽灵，人物五官阴晦不明，轮廓却是清楚可见，这可以让观众们的大脑神经瞬间绷紧。另外一个用背侧光的原因是欧阳囡囡在对彩凤的表现上还依然是差着一点儿，而谢兰生胶片有限，不能再NG了，于是，为对囡囡放宽要求，他想了些其他办法。

他还大量利用声音，他让囡囡一言不发，可观众们却能听到两条裤腿的摩擦声，从而变得非常焦虑。谢兰生参考了1985年黑泽明所拍摄的《乱》，里面的枫爱穿丝绸，她常拖着光滑长裙在地板上窸窣前行，如响尾蛇，让人不寒而栗。

而对这场最后一段——女主彩凤对二女儿的追逐戏以及后续，为了达到预期效果，谢兰生又学习了下黑泽明的《战国英豪》，让摄影机在追逐者与被追逐者之间反复切换。先从彩凤的视角看二女儿的逃亡、挣扎，而后，每当女儿回头看时，便以她为新的视点拍彩凤的穷追不舍。镜头不断摇动、切换，两个人也越来越近，越来越近越来越近，将紧张感推至顶点。

因为电影看得多，谢兰生能构想出来这场景的成片效果，还比较有把握。他在得到想要的后，宣布收工。

这是电影拍摄计划表上的最终场，但却不是《生根》成片中的最终场。

在成片中，全片最后两组镜头：

看守所里，彩凤目光空茫，道："当个女人太辛苦了……我让她们重新投胎。"

整个乡里，嫁人的，没嫁人的，生子的，没生子的，都太苦了。

对于家庭，她想挣扎，她想反抗，然而她的学识、阅历并不足以让她找到正确的方法，于是，彩凤这个角色到了结尾才定了性——她开明又愚昧，可悲又可恨。

与此同时，镜头切到彩凤以为的小女儿的身上去——她还是在表演倒立，头破血流，艰难求生。如果她真的是彩凤的三女儿，那引起了一切变故的她反而是唯一的幸存者了。

《生根》可能是一个彻头彻尾的悲剧，也可能不是。

1991年，大部分的电影成片基本都是按分镜顺序拍摄，后期剪辑做些调整，不大会对电影胶片的顺序做大刀阔斧的修改。谢兰生的《生根》基本也遵循了这一习惯，但要排除少数场景，比如几个内景场次，再比如结尾的这一幕。

这个结尾十分惨烈。

至此，影片杀青了。

谢兰生按“传统规矩”给每个人都备了花，不过是假花。前不着村后不着店他也没法买到鲜花。于是，在市区里的那几天他去商场买了假花，藏在自己的箱子里，只等杀青时拿出来用。

他先送给欧阳囡囡：“囡囡，谢谢，都结束了。之前说你不会演戏全是假话，为了气你，事实上，你是我见过的最有表演天赋的姑娘了。不要忘了读书写字，希望有天我们能在别的电影里看到你。”他一边说，一边拿出临别赠礼——一本字典，一本词典，还有几本现代诗集。

欧阳囡囡眼含泪光：“谢谢谢导。我想继续当演员。”

谢兰生又拿起一朵花，给莘野：“影帝，谢谢，说真的，我一开始真没想到你能同意加盟《生根》。你的演绎给王福生这个角色增色好多。”

莘野看看假花却并没有特别嫌弃，哂笑一声道：“行，挺好。四季不谢，一直开着。”

“嗯。”谢兰生又拿出两朵花给祁勇和岑晨两人说：“祁勇、岑晨，谢谢，你们两个的工作比我预想的出色太多了，希望以后还能合作。对了，祁大摄，我可以陪你去深圳好好感受祖国变化。”

祁勇哼道：“用不着了。”一提起这个他就生气。

谢兰生还捡起两朵花给小红和小绿：“小红、小绿，也谢谢你们两个。要没你们我一个人无论如何也忙不过来。哦，对了，晚上先别离开，还有一些工作要做。”

“咦？”小红、小绿问，“什么工作？”

谢兰生则认真地答：“挣钱。”

“啊？”

谢兰生说：“现在咱们账上资金不够去洗片子的了。请摄影师多花了两千，买红塔山还有茅台搞定片场又多花了九百二，加上祁勇机票住宿还有各种杂七杂八支出，账上资金缺口很大。我算了算，至少需要再赚六千才能把胶片冲印出来。”制作电影最花钱的一个环节就是最后冲胶片了。也是出于这个原因，没几十万拍不了电影。事实上，那空白的一个半月他也用了一些资金，比如交通、住宿、电话、邮件，里里外外也一千多了，不过因为拍摄提前结束，这个空缺被补回来了。

闻言，小红、小绿倒吸一口凉气：“六千？也太多了！”

“对，六千。”谢兰生道，“明天开始咱们就得到市区去挣钱了。”

小红、小绿茫然地问：“怎么挣？”干什么能挣到六千？这是一个普通职工上两三年班的收入！他们两个这一辈子还没见过这么多现金。

谢兰生道：“我明天再跟你们说。”

“好吧……”作为助理，小红、小绿什么都听谢兰生的。

送完一圈花，谢兰生的两腿一弯，蹲在自己的箱子边上，把箱子里最后一朵又大又艳的红玫瑰小心翼翼地拿出来，目不转睛地看了看，又举到唇边吻了吻，放回自己卷的纸筒，夹在两叠衣服中间。

莘野有些好奇，用他手里的那朵花敲了敲谢兰生的头：“最后一朵是给谁的？”

“嗯？哦，给自己的。”谢兰生把箱子合上，站起来笑着说，“我自己也有一朵的。在西单买这些花时我就告诉我自己，等到《生根》杀青那天，我也要给我自己献一朵花，要最大最艳的，还要对自己说：‘谢兰生，恭喜，你把《生根》拍出来了，我很喜欢这样的你。’”

自己筹款拍摄电影，一路走来好不容易。

莘野看着对方，心想谢兰生这个人真是该死的矫情。

莘野甚至忍不住想，似他这般矫情的人如果深爱上某个人会是怎样一番光景。

“好了，大家！”没注意到莘野的表情，谢兰生又拍拍手掌让所有人安静下来，“为了庆祝《生根》杀青，咱们今晚吃西安菜，去新街口。另外，等《生根》做完后期我会试着卖到欧美去，只要能赚一千以上我就请客吃韩国菜，去山釜餐厅，决不食言！”

欧阳囡囡大呼：“万岁！”

这个时候，北京城有“三刀一釜”的说法，用来代指名气最大、价格最贵的四家餐馆，而“一釜”就是“山釜餐厅”，谁要去那里吃上一顿饭能值得吹好久。它就建在西海湖畔，地处一座山上，古色古香，与西海的湖光山色相映成趣，融为一体。谢兰生去过一次，觉得很不错，能吃韩国烧烤，还能吃韩国火锅，非常洋气。《生根》剧组现在没钱，但谢兰生总惦记着带所有人去那里坐一坐，“有难同当，有福同享”。

晚上他们吃西安菜，在新街口的西安饭馆。这里菜品十分地道，是西安饭店和泡馍馆的师傅们一起开的，清真菜和羊肉泡馍全都可以算作一绝，加上门口的电烤串，在北京曾名噪一时。谢兰生觉得西安饭馆价格公道，适合他们，而且也算特色餐厅，知名度高，当杀青宴的餐馆还是说得过去的。

这里味道确实不错，囡囡吃到满手是油，美国回来的祁大摄吃到连头都不抬一下，只有莘野，穿着一件无烟煤色的衬衫，一点一点地吃肉，一点一点地喝汤，谢兰生只觉得对方好像在吃什么西餐似的，比如……嗯，麦当劳。

风卷残云地吃过饭，众人交换联系方式，约好以后有机会时再在北京来次聚会。大家都有一些伤感，一起回忆着《生根》的拍摄过程，诞生过程。每一场戏每一顿饭，每个挫折每个困难，一直说到餐厅闭馆。他们11人牢牢记住了相处的全部细节，到老板娘来撵人时，每一个人都紧盯住剧组里的其他“战友”，并试图在心里刻下这些人的音容笑貌，因为，他们心里其实知道，一旦分离，下回再见就不知道是何年何月了。

人在这个尘世里走，走着走着就会散了。

等吃完了这“杀青宴”，囡囡就要回到老家，等谢兰生在电影节卖出版权“一鸣惊人”。祁勇会在北京逛逛，然后再去深圳看看，他想独自行动。谢兰生想掏钱买票，祁勇却说“算了算了”。他想坐飞机，不想坐火车，这六星期相处下来他也不想逼谢兰生了。岑晨则要回老家跟朋友们开音乐录影的公司，顺便等着谢兰生下部电影的录音邀请。至于莘野，中美两国都有公司在邀请他加盟影片，他还在考虑，一个月后会去上海跟人谈谈合作的可能，暂时留在谢兰生这儿。

众人彼此看了一会儿，不得不说再见了。

谢兰生把相机掏出来请老板娘拍摄照片，又对大家承诺说他会把照片冲印11份给所有人都寄一张。

在西安饭馆外面，欧阳囡囡、助理小红以及两个小女演员面对分别最为伤感，她们一一拥抱所有的人。大家彼此感谢、祝福，终于，在新街口的繁华中分道扬镳、各奔前程。他们散落在北京街头的人海里，也散落在更广义的人海里。

谢兰生给欧阳囡囡等五个人叫了“大发”，让司机往北京站走，又跟祁勇还有岑晨这些主创也道了别，裹紧衣服，带着莘野还有助理小红、小绿回蓟门桥。

在出租车上，小红、小绿有点儿高兴：“谢导，咱四个还在一起呢！”

谢兰生笑：“嗯，对。”

“我们俩都有点儿纳闷……到底怎么才能赚六千呢？”

谢兰生还是道：“明天再说。”

小红、小绿：“哦……”

“放心，我跟莘野商量过的，他说值得试一试。”

“哦哦哦……”小红听了立即开心道，“那应该是没问题了！”

“喂……”谢兰生想：你怎么就那么崇拜他？不就是洋气、拉风和帅吗？好吧，好像已经够了……

第二天一大早，小红、小绿果然知道了。此时正好是八月末，各大高校正在军训，而谢兰生是学导演的，会拍照片，还会画画。于是，他一边参考北京地图，一边走路以及观察，竟然自己绘了一份清华大学的地图出来！还复印了二三百张！

清华大学地大楼多，为了所谓的“风格统一”，楼还都是用红砖建的，新生根本分不清楚，甚至连自己的宿舍都认不出来。谢兰生则绘制出了谢兰生版学校地图，把重要建筑一一标出，让新生们一目了然。这份地图还连带着周边地区一起画了，在地图上，哪儿有东北菜馆，哪儿有广东菜馆，哪儿能打长途电话，哪儿有修车的，哪儿有修鞋的，哪儿有卖服装的，哪儿有报刊亭，哪儿有新华书店，哪儿有修伞的，哪儿有……都十分清晰。因为自己是北京人，谢兰生还采访了他念清华的几个同学，而后，在地图的背面，他提供了各大食堂各个餐馆的拿手菜和廉价菜，还有哪些报刊亭能压价等生活信息，可谓非常实用。清华大学不发地图，这是一个赚钱机会。

谢兰生让小红、小绿在新生的宿舍前卖，两毛五一份，一口价，果不其然十分紧俏。不仅刚入学的大一新生、硕博新生买了，甚至不少正好路过的学长学姐也掏钱了！

卖出去的速度比想象的更快！

谢兰生还卖北京市地图和电话卡。他研究过，最终肯定“磁卡电话”是新鲜的好玩意儿，即使是在首都北京。前几天，《人民邮电报》刚推荐电信公司大力推广磁卡电话这项业务。想想就知道，电信公司大力推广就说明它会普及。

以前，老百姓接打电话主要靠“传呼电话亭”。公用电话有人值守，一般设在居民楼外的小卖铺。电话搁在小桌板上，电话线被接进屋里。若有电话找某某某，电话亭的值守大妈就会对楼大叫："张三！""李四！"不过呢，因为电话总被个别"值守大妈"霸占，"三不让打，六不让呼"。到后来，北京街头出现了无人值守的投币电话，但手握着一捧硬币去打电话也不方便。于是，1989年，开始在宾馆和饭店安装磁卡电话，人们不仅用卡就能打电话，还能看到资费、余额，非常方便。到这时候，北京已经安装了近200台磁卡电话了，它们面向社会大众，使用人数正急速增长。

谢兰生看中的正是在兴起的磁卡电话。

他让助理小红、小绿跟新生们推销电话卡："投币电话总要排队，而且北京冬天很冷，站在雪里打电话会冻坏脚趾的，超难受的，女孩子们也不安全。可磁卡电话安在饭店，它旁边儿就有暖气，不管跟人说上多久身上都是热乎乎的，也不用担心有坏人了！咱们的命多重要啊！再说了，准备一把钢镚儿多不方便啊，总得到处求人换钱！"小红、小绿还会指指谢兰生的清华地图，"看到没有？这里，这里，红圈里的两个饭店都可以打磁卡电话呢。"

他们俩还人手一张报纸，指着上面的报道说："看到没有？邮电部都在宣传了，官方已经在推动了，这个东西是很好的！以后肯定还会出现更多的磁卡电话！"

谢兰生的磁卡电话面值有10元的，有20元的，也有50元和100元的。他卖10元的能赚5角，20元的能赚1元，50元的能赚2元5角，100元的能赚5元，利润可观。

在这清华大一新生刚开学的日子里，学校地图加电话卡双管齐下一起兜售，一天生意做下来后，小红、小绿赚了200，其中地图赚了100，电话卡赚了100。

他们两个数着钞票，都惊呆了。

“好！很可以！”见首战告捷，谢兰生也来劲了，又绘制了北京各大高等学府的地图。北京被称为文化之都，高等学府云集，谢兰生就白天考察，晚上绘制，又画又写，小红小绿则分头去目标高校做生意。他们两个分开以后一天大约能赚三四百。清华、北大、人大、北邮、中戏、北影、中央民族……北京市的各大院校到处都有他们活跃的身影。

莘野毕竟是个影帝，不太方便跟着卖货，再说，他也没想搭这个手。他几乎不跟着乱跑，而是每天去咖啡厅看看自己的英文书。谢兰生也拿来瞧过，发现有关于电影的，有关于管理的，有关于经济的，有关于金融的，有关于市场贸易的，五花八门十分庞杂。莘野看书速度很快，基本就是唰唰地翻，看英文比看中文的速度要快得多。谢兰生还挺疑惑的，不知道这莘大影帝以后究竟想要干什么。既然他要去上海谈电影，那应该是要当演员的，可是他又狂看经济管理等方面的专业书，似乎还想当大老板。谢兰生的感觉就是莘野自己也没谱，可对方又偏偏显出成竹在胸的样子，非常诡异。

谢兰生卖东西很忙，也没工夫研究别人。

绘制地图讲究时效，开学久了就卖不掉了，谢兰生一直画到两手发酸，手指发肿，眼前全是重影，才紧赶慢赶，终于在9月1日前，将6000块钱给凑齐了。

《生根》总算可以进入后期制作了，他心潮澎湃。

第　五　章

荆　棘

对《生根》的后期处理，谢兰生的打算是去澳洲做，包括剪辑、配光、冲印、配乐。他本打算自己剪，现在却想去澳洲做了。

带着美好的憧憬，谢兰生在预算以内选了一家好的公司，叫ABC-LAB。

谢兰生的资金短缺，他没办法让对方先冲洗一个样片出来，他看一看再跟剪辑师一起讨论剪辑方向，他甚至都不能亲自飞去澳洲跟LAB公司的人面对面地讲述要求。他只能凭对拍摄的残留印象制定方案，在电话里跟对方干说，让对方直接动手剪，而《生根》是好是坏就全都在一念间了。

一般来说，电影都是边拍边剪，有容错率，剧组导演每拍一段都会叫人送去冲印，主创团队每隔几天就要一起看次样片，看看摄影、灯光、走位、表演、有没有穿帮。如果哪里出现问题就第一时间回头补拍，没问题就让自己厂的剪辑师用底片剪，导演正式关机那天剪辑师就能完成初剪。可谢兰生囊中羞涩，经不起这样的消耗。

谢兰生把分镜脚本的复印件寄了过去。他绘制的分镜脚本一格一格非常清晰，没有省略，没有火柴人。在脚本上，谢兰生还用英文把需要说明的都写好了。谢兰生在写的时候一笔一画非常认真，像对待珍宝一样，他甚至还花了两天专门练习写英文字。英文字贴不太好买，他连跑了几家书店。

跟LAB公司的剪辑师打电话时，谢兰生手都在抖，冰凉冰凉的。

他用蹩脚的英文说："是这样的……我是来自中国的独立电影人。我并不在16家国营制片厂里上班工作，是自筹资金，自己拍摄了《生根》这部文艺片的。现在，我的钱只够洗一次，就一次，所以不能冲样片了，甚至不能看底片。你们直接用底片剪，没有重来的可能了。"谢兰生跟LAB公司客服已经沟通过几次了，他知道自己这25万块都能做些什么事情。后期每步都太贵了，几万几万的。去澳洲成本又太高，仅机票就要好几千，还要吃饭以及住宿。

剪辑师叫Nathan，已经剪了20年片子，经验非常丰富，连他也被谢兰生的要求给吓到了，说："哦，谢导，我们一般不会建议客户选择这种方式。不知道您是否了解，底片一剪，再想修改就不容易了，我们建议别动底片，剪副本的样片。"

谢兰生说："我知道。"胶片经过显影、停显、定影、干燥等工序变成原底片，而原底片只有一个，非常珍贵。

他不仅知道，他还去过洗印厂。洗片大厅里充斥着卤化银药剂的味道，与胶卷的味道一混，比荷尔蒙还要迷人。工作台上有剪胶片的小铡刀，还有用于做标记的白色记号笔。当时那家厂子是用自动卷片的剪辑台来剪辑的，下面挂画面拷贝，上面挂声音拷贝，一部普通国产电影至少要用十本胶片，加在一起3000米长，让谢兰生印象深刻。师傅们跟导演、摄像商量前期的测打光，让对方务必考虑周全，因为后期很难调整。

谢兰生顿了顿说："是这样的……我已经把分镜头表给贵公司寄过去了。"

"对，我收到了。"

"嗯，您能看到，分镜头表比较详细，每一场的下属镜号也被标在第二列了。同时，因为需要节省胶片，我们几乎每个分镜都只拍摄了一次。只有三处拍了两次以上的地方，出现在脚本的第65页、第130页以及第195页，对这几处请都使用最后一次拍的片段，我已经在分镜脚本的空白处标出来了，我想这些会给剪辑降低一些难度……还有，为给后期提供方便，在片场时我们是用英文说写拍摄场次和镜号的，可以对上。"

Nathan似乎在考虑可行性，语速很慢："OK……OK……我了解了……"

"对不起，我也没钱去悉尼了——"谢兰生柔和的声音中带着坚持，"我只能用电话和您说明这部电影的立意、剧情、人物性格，还有伏笔。"

"嗯，您说。"

谢兰生把莘野改过的英文稿缓缓念出来，并且确保Nathan听懂了他说的每一句话、每一个词。他还对着莘野演练过，莘野说他都能听明白。

Nathan也听得十分认真，还反问了几个问题，谢兰生一一回答了。Nathan还是希望谢兰生能冲一个样片出来，并亲自到澳大利亚当面沟通，可谢兰生真的没钱。

最后，谢兰生说："Nathan，我们真的希望可以制作一部好的片子出来，抛砖引玉，给类似的电影团队一点灵感、一点激励。"

Nathan道："我理解。"

"我……"谢兰生几乎是在乞求地说，"我不知道该怎么讲，但是，如果您能把它当作大公司的片子来做，我一定会从心底里感激您，并且永远铭记您的这份善良。"他希望能得到支持。

听到"永远铭记您的这份善良"，Nathan的内心被震了下，半晌后才道："说实话，只剪一次，只冲一次，即使对我而言也是一个相当大的挑战。你们既然经费有限，我也就不多说什么了。我没办法保证任何事，我只能说，虽然这单金额很小，但我一定尽力而为。"

谢兰生说："谢谢，谢谢。"

放下电话，他长舒了一大口气，感觉自己非常幸运。

搞定了！谢兰生相信Nathan，相信对方不会把相对简单的《生根》剪辑给搞砸，也相信Nathan能给《生根》最合理的剪辑手法和最完美的呈现方式。

把摄影机还给北电，把灯光设备还给在开广告公司的本科室友张世杰、王中敏，谢兰生把几本胶片按照顺序整理了下，便郑重地去邮局了。

他要把《生根》的胶片寄到遥远的澳洲去。

小红、小绿都不在，莘野已经去上海了，谢兰生只能自己一个人去办理邮寄。

在谢兰生家旁边的邮电局东四十条所，谢兰生向柜台大妈买了一个大纸壳箱，把封好的《生根》胶片小心翼翼地放进去，称了重量，两手拿着邮票舔，一张一张贴在箱子上，接着，谢兰生抱着小纸壳箱，右手掏出一张白纸，问对面的柜台大妈："那个，这张说明，可以贴在盒子上吗？贴在哪里比较合适？"

柜台大妈十分不耐烦："什么东西？"大妈嗓门超大，谢兰生的母亲李井柔近年也有这个趋势，谢兰生总觉得不妙。

谢兰生答："给海关的一个说明。"

"啊？"

谢兰生又大了点声儿："给海关的一个说明。"

这是莘野曾告诉他需要准备的东西。谢兰生从没寄过国际包裹，也不知道向澳洲寄电影胶片需要清关，然而前几天，就在他刚下定决心要去澳洲做后期后，莘野给他打电话说"一切发往国外的东西都可能被对方国家的海关开箱查验"，让他准备一个显眼的"attention"字条贴在箱子上，同时也贴在每盒胶片上。

白纸上，有谢兰生用中英文给海关写的请求：内含胶片，不能见光，恳请海关谨慎开箱。这句话是用粗黑的笔写的，非常显眼。

虽然知道邮电局并不会管私自拍摄电影这件事，可谢兰生还是心虚，拿着纸条遮遮掩掩，怕被人看出他是一个"图谋不轨"的人来。

"说明？"北京大妈嗓门惊人，一把夺过谢兰生手里攥着的说明，扫了一眼，有些了然，又轻飘飘地扔回去说，"放那吧，我等会儿给你贴上。”在谢兰生贴邮票时她已经开始服务下个顾客了，这会儿谢兰生回来，她手里的活却还没干完。

“谢谢，谢谢，真是辛苦您了。”不过，话虽然是这样说，谢兰生却并未离开，只钉子般站在那里。

柜台大妈又瞥他一眼：“行了，放那儿吧！你可以走了！”

谢兰生则好脾气地笑：“大姐，这个说明太重要了。我也知道您不会忘，但还是想亲眼看见它被贴在箱子上，图个自己安心罢了。”

大妈抿唇，没再说话，却把手里那个包裹给捣弄得哐哐直响，惹得包裹主人都白了谢兰生一眼，嫌他多事，可谢兰生非常坚持，杵在原地不动弹。

等处理完手头的邮件，柜台大妈把谢兰生的包裹十分粗暴地扯过去，在说明上涂了点胶水，一把贴在箱子侧面，又“咣”的一声把谢兰生的宝贝胶片扔进后面的包裹堆，道：“行了吧？贴上了！走吧！”

谢兰生摸摸鼻子说：“谢谢，谢谢，辛苦您了。”看着包裹被摔一下他挺心疼，不过几本胶片都已经被寄掉了，给海关的说明也贴上了，他完成了一件大事，还是开心。

从东四十条邮局出来后，谢兰生连走路都变得一颠儿一颠儿的。

他走了两步，越来越雀跃，越走越快，一分钟后终于在北京的街头跑了起来，穿过街道，穿过人群，风撩起了他的额发，他像一只乘着风飞翔的鸟。

不过，他的兴奋只持续了大约十五分钟。

一回到家，谢兰生就冷静下来，开始变得患得患失坐立不安。

与邮寄后的兴奋不同，谢兰生一瞬间觉得自己心里空落落的，连父母的唠唠叨叨都不愿意再理会了。

他的工作已经完成，现在能做的只有等了。

如同一个母亲等待在外打拼的孩子的只言片语，谢兰生也惴惴不安，日夜难眠。

他就像有强迫症一般，一闲下来便不断回想拍摄时的每个细节，一会儿觉得这里不好，一会儿觉得那里不好，又想改这里又想改那里，然而因为知道一切都已经是不可能更改的了，便徒劳地唉声叹气。

他用最大倍数的放大镜和最苛刻的眼光看待《生根》这部作品，虽然明知它的受众可能根本不会在意，却还是难受。

电影果然是遗憾的艺术，永远无法做到完美。

比较奇怪的是他从来不怀疑祁勇。他没想过焦点会不会错了，画面会不会虚了，在他眼里，莘野、囡囡、祁勇、岑晨肯来帮忙就已经是自己最大的福气了，他不应该指责他们什么，他唯一能指责的对象就只有他自己。

有时，因为不想过于纠结，谢兰生会让自己转移注意力，想想莘野。

在莘野去上海的那天，谢兰生曾问过莘野以后究竟想干什么。

当时莘野说："暂时是想当演员了。"

而谢兰生则是好奇地问道："为什么是暂时想当？"

莘野笑笑："因为另外一件想做的事现在还做不成。"

"是什么？"谢兰生只觉得疑惑，莘野还有做不成的事？他年轻、英俊、精明世故，继父还是洛杉矶的富家子弟。

莘野笑笑，没有回答。

看出莘野不打算讲，谢兰生又向他确认："所以，你一共有两件想做的事，当演员是其中一件想做的事，此外还有另外一件想做的事，对吗？"十分奇怪，谢兰生坚持认为他自己的天赋有限，一生只能做一件事，而莘野却一定是能同时完成几项事业的。

莘野颔首，承认了："对。其实刚从哈佛毕业时，我觉得演戏挺无聊的，不过这几个月相处下来我的看法已经变了。做电影……很有意思。我的水准还远不够。如果想讲故事，想帮你演绎故事，我还需要再去观察形形色色的各类人，理解各自不同的立场，再用自己琢磨出的技巧进行夸张、放大，这很有趣。我希望有一天自己可以真正感到满意，然后……"

后面的话莘野没说。直到很多年以后，谢兰生才知道莘野当时省略的话是"帮你实现你的梦想，帮你完成你的艺术"。

谢兰生就这样在反省和焦虑当中度过了最难挨的一个星期。

这一个星期，说长很长，说短其实也很短。他常常在胡思乱想中便突然察觉自己已经发了好几个小时的呆。一上午，一下午，一晚上，就这样飞逝而去。每晚睡下，再睁开眼，就又是新的一天了。

这天早上北京有雾，清晨外面白茫茫一片，谢兰生在焦急当中终于接到了LAB公司剪辑师Nathan的电话，是来自澳大利亚的国际长途。谢兰生的爸爸在单位里是总工程师，家里有部可以接打国际长途的固定电话，这在1991年非常罕见。也多亏了这部电话，谢兰生能接到国际长途电话。

“Hello，”Nathan那熟悉的嗓音通过话筒传了出来，“谢导在吗？”

谢兰生答：“This is he .”也不知道是为什么，谢兰生在Nathan 的语气中察觉到了一丝无奈。

他希望是自己多想了。

下一刻，Nathan说：“谢导，《生根》胶片我们公司刚刚已经全收到了。”

“嗯，”谢兰生松了一口气，“太好了。”

看来应该是他多想了。

一切进展都很顺利。邮电局并没丢东西。他的胶片寄过去了，分镜脚本也寄过去了，不应该再出现任何意料之外的问题了。他检查过他的胶片，应该没有明显划痕，而他其实可以忍受比较细微的损坏。祁勇也并不可能出现大的拍摄事故，要知道，祁勇可是在好莱坞也能拿出手的摄影师。

谢兰生想自己有时大概真的过分敏感了，也不知道是好是坏。

“可是……”那边Nathan欲言又止，似乎觉得难以启齿。不过，半晌后，他终于又开了口，“谢导，是有这么一件事情……胶片在过澳洲海关时，负责检验包裹的海关官员对这一块比较了解，他见报关单上写的是‘胶片’，寄送地址也是一家电影后期处理公司，然而发件那栏却是一个个人地址而不是公司地址，便知道这是不正常的，于是，他认定了这个包裹里的物品是违禁物，是有问题的，毫不犹豫地进行了海关检查。”

谢兰生的呼吸一窒，道：“我在箱子侧面特意贴了说明！里面是胶片！不能见光！”应该不会出问题的！

“我知道，我看见了。”Nathan又继续道，“检查官员也看见了。他决定进行相关检查，对于‘胶片’这个说明有点儿注意，但也没太注意。他并没有直接开箱，而是拿去照了X光……想先大致看看里面物品类型，再做定夺。哎，澳洲海关这回可能也是过于自信了。”

听到这话，谢兰生呆了。

一般人只知道胶片不能暴露在亮光中，却并不会知道，X光对于胶片来说同样是致命的。高辐射的X光扫描会让图像立刻出现过度曝光和颗粒感，深色或者黑色图像则会被显示为绿色，其他地方也会雾化，而且无法后期修补。甚至可以说，X光比亮光还要致命，因为它是穿透性的，可以毁灭所有胶片，而不只是外面几层。

谢兰生的嗓子发紧，他的右手攥住自己握着话筒的手指头，仿佛正在碰触什么不祥之物，这不祥物让他浑身战栗发抖。

刚刚接到电话时那股让他酥麻的兴奋凝结成了冰冷的失落，并且一路滑到脚尖，令他四肢轻轻颤抖。

“谢导，”对面，Nathan 语气沉痛地说，“胶片受到辐射，废了。”

挂断电话，谢兰生去洗了洗手。他打开了水龙头，不断地洗，好像希望提话筒的那个触感离他而去，可激烈的流水声却掩不住他脑海中的轰鸣声。

胶片废了。

胶片废了！胶片废了！胶片废了！

他大脑发麻，太阳穴也突突地跳。

那现在呢，他究竟要怎么办？胶片以及拍摄资金一个月前就用光了，团队散了，祁勇已经回美国了，囡囡、莘野也不在了，整整半年都白干了。

他不该去澳大利亚做这电影的后期的，他也不该为省经费把胶片放一起寄的，他起码该以防万一把胶片分开来……然而一切没有“如果”，最坏的事已经发生了。

他没寄过国际包裹，也不知道还有“清关”。他只觉得，反正不能查看样片，拍好拍坏都只能认，先后寄、一起寄，全都是一样的。

谢兰生对自己的指责甚至已演变成锥心的痛悔。他的胸口好像是有一团火球，即将爆裂。

他想到了跟亲戚们“求资助”的那些画面，想到了和王老师借摄影机的那些画面，想到了扒火车去买胶片的那些画面，想到了邀莘野饰演“王福生”的那些画面，想到了与村主任喝到胃出血的那些场景，也想到了邀请岑晨、祁勇加入的那些日子……一幕一幕那样真实，然而全部是无用功，此刻想来真是讽刺。不仅他自己做无用功，囡囡、莘野、岑晨、祁勇等十几人也全都在做无用功。

谢兰生用手捂住脸。

他只是想当当导演，只是想拍拍电影，这怎么就这么难呢？

他甚至都忍不住想，如果他像千千万万的普通人一样工作，没有理想，没有野心，是不是会容易一点？他和别人一样，老老实实在南渊制片厂当副导演甚至场记，是不是会比较开心？或者，像他父母说的那样，当年根本不考北电，而是考科大，是不是会生活顺遂？

有几个人在工作上要经历这样多的波折，这样多的未知，这样多的不明，这样多的自责，这样多的懊悔呢？

说白了，大家都是一样地活着，就只有他如此矫情。

他知道，惶恐不安，一惊一乍，不是生活本来面目。

谢兰生在桌前坐着，浑身无力，大脑发麻。

他心头有千钧重物。它就躲在一片浓稠的黑暗中窥视，既不出来，也不离开，就只是在盯着他看。那重物的下面好像还拴着些什么，如果真提起来，他就不得不面对比之前的重物大得多的东西，那是挫折背后所象征的失败——他毕业后的前两年一部片子都没拍上，而折腾了又一年后他依旧是碌碌无为。

谢兰生觉得，如果某个家人朋友此刻见到他的表情，一定无法认得出来这是一贯乐观的他，估计会觉得这是一个拙劣画家在以他为模特儿，尽情挥洒本人的悲哀。

一直到了晚上十点，谢兰生还浑浑噩噩。

窗外路口有人烧纸。火焰本来蹿得极旺，一会儿过后便慢慢暗了下去，最后变成一堆灰屑，风一过，呼啦啦地舞起来，再纷纷扬扬地落下去。谢兰生觉得，特别像他的这一路，一开始热情高涨，最后了无痕迹。

谢兰生整整一天都没心情吃饭。

他就躺在自己床上，枕着小枕头，抱着小被子，对着天花板胡乱发呆，真恨不得长睡不醒。

这种状态一直持续到了次日的早晨。九点左右时，谢兰生接到了远在上影厂的莘野电话，问他胶片怎么样了，澳洲那边收到没有。

谢兰生说：“莘野……”

“嗯？怎么了？”

突然听到莘野的声音，谢兰生的委屈涌上来，有点儿像流浪狗，一头一脸湿漉漉的：“莘野……如果，我说如果，澳洲后期出现问题，胶片全都不能用了，一切努力都白费了，你认为，我还应该坚持下去吗？”再开机就是第三次了。正式开机是第一次，祁勇还有岑晨加盟后的开机是第二次，现在……

这是不是老天爷在阻止他做这件事情？

莘野声音冷静，透出微凉，却带着奇异的力量，他说：“那就重做。”

谢兰生却莫名觉得莘野站着说话不腰疼，他颓丧地道：“重做？说起来简单……”胶片废了，即使是他都有一点想逃避了。

“做起来也简单。”莘野还是八风不动，宛如能把一切看透，“兰生，再难，难道能比上次更难？只要你心里可以接受，重做只是重复劳动，不算难。”

好像也有一些道理。

因为胶片已经废了，后期公司并未开工，资金大头还在账上，大概不到十九万，他只花了六万六千块，未必不能想想办法，比如，他也刚刚想到，也许可以跟乐凯说请他们当赞助厂商，就能一下便宜将近五万……重建团队，重拍《生根》，怎么也比上次容易。

谢兰生想了想问：“莘野，你有没有过觉得要挺不下去了的时候？”

莘野说：“有。”

谢兰生又问："是什么？能说说吗？"

"嗯，"莘野的声音四平八稳然而却能安抚人心，"我在哈佛考注册金融分析师的时候几次有过这种感觉。"

"什么？什么金融分析师？"

"中文可能叫作特许金融分析师，想进投行就要拿到这个资格。我虽然是学经济的，但这个考试需要实际操作经验。"投行最爱名校学生，然而名校眼高于顶，在本科的培养阶段很少开设金融、商科，觉得太不够档次，太市侩，而金融本身并不难学，工作以后都能上手，于是投行非常青睐他们这些经济系的，毕竟也算相关专业。

"哦哦哦……"谢兰生不太懂。

莘野继续说："我那时候考了四次才终于通过了，跟它整整耗了两年。每天复习十五个小时，吃饭两个小时，睡觉七个小时，其他什么都不做。因为久坐，很少喝水，还患上了肾结石。"

谢兰生："咦？"莘野曾经竟然如此狼狈？

莘野继续沉浸在回忆中："任何时候都在复习。我是那时才知道的，一支0.5毫米的笔芯能写满25页的A4纸。"

"莘野……"听起来也挺惨的样子。

"四次以后，我通过了，一切都是有意义的，其他一起备考的人也全都是这个想法。所以兰生，不要着急，你一定会苦尽甘来，你追求的都会有的，只要最后能到终点也没谁会在意你是开汽车到的还是开拖拉机。相信我，我见过太多人了，凡是比较能成事的都远远比常人固执，甚至偏执，不达目的誓不罢休，而以平常心对待艰苦的态度也是这些人的特别之处。"

“我听说过，”谢兰生无端想到他读过的一篇文章，“你们大学图书馆凌晨四点还人满为患，所有的人都在努力，天才不是凭空出现的。”

“是，”莘野道，“所以他们大多数都成功了。”

“莘野……”谢兰生抹了一把脸，“谢谢，你说得对，只要一直坚持下去总有一天能拍出来的，刚才简直不像我了。”仔细想想，也许，最美的时候呢，就是当他卖掉电影，回首一路上的艰辛，想“幸亏我从未放弃过”的那一个瞬间了。

“嗯，那就好。”

“再拍一遍各个方面可能还能做得更好呢。说不定，如果直接送去参展，我最后会一无所获，但再改改，最终结果就会变得不一样了。一部电影，一个人，都有他自己的命运。嗯，摄影、录音等主创我们可以重新再选，小红、小绿可以帮忙，囡囡应该也能回来，”说到这里，谢兰生问，“莘野，你是不是没档期了？要拍上影那部戏了？”

“还好，”莘野回答，“明年开机。”

“那，你需要加多少工资？”

莘野则是低笑一声：“不用加。”

“可……”

“我是演员，不拿周薪，当初也说拍完为止。”

谢兰生想了想：“那，如果最后能卖出去，咳，我现在都不敢讲了……如果最后能卖出去，我会再给大家加50%的。”

听到这里，莘野问他：“又精神了？”

“对，谢谢了。”谢兰生说，“聊完以后好受多了。其实我本来也没打算放弃，就是觉得太难了，比预想的还要难。”

“好。”莘野点点头，“既然如此，那我也就说实话了，注册金融分析师的经历全是编的。”

“啊？”谢兰生蒙了。

莘野那边嫌弃地道：“注册金融分析师考试简单得要死，看几星期就考过了。另外，这个考试大四以后才能参加，一年也只举办两次，分别在12月和6月，而我6月都在中国了。”

谢兰生简直无语。

“还有，”莘野又道，“我们也不是凌晨四点去图书馆看书复习，开玩笑，凌晨四点图书馆还没开门呢。”

谢兰生又是无语，莘野真是满嘴跑火车，为达目的胡编乱造，自己明明在一开始就知道了这一点的。而且，撒谎大王还能编出诸多细节，什么“因为久坐，很少喝水，还患上了肾结石”“一支0.5毫米的笔芯能写满25页的A4纸”，听上去跟真的似的，服了。谢兰生觉得，莘野的特点一是爱骗人，二是能噎人，他爱说反话，永远都有理，永远都正确。

不过，谢兰生不得不承认，莘野这么一安慰，再这么一打诨，自己状态好多了。

是啊，至少他现在是自己在拍了，他说了算，只要自己不愿放弃就迟早能做出来的，他没必要深受打击。

“你现在是一个人吗？”那边莘野又继续说，“自己不要胡思乱想。我这边也结束了，现在就去机场回北京。”他本打算等一等的，现在却觉得越快越好。

“哎？”谢兰生说，“不用，莘野，你慢慢来。我现在好受多了……你回来也没什么用。”

听到这话莘野十分明显地沉默了一下，不过却还是道：“我回去。”

“哦……”谢兰生说，“那我期待着。”

觉得好受了一些后，谢兰生的肚子饿了，他给自己下了一碗葱花面，还卧了个鸡蛋进去，香气四溢。谢兰生把餐桌支开，坐在桌前，吸溜吸溜地吃着面，觉得一切也还好，没那么糟糕。

拍摄电影开销主要就是胶片的冲印，因此，资金大头还在，或者说，基本还在。他现在要想办法筹出重拍的资金，大约六七万。

莘野说他可以出演，囡囡应该也能叫回来。至于摄影师、录音师，总能请到合适的……一切还远远未到走投无路的时候。

谢兰生吃完葱花面，长长地舒了一口气，回到房间，拿起钢笔，开始筹划这部影片再一次的“重新出发”了。

结果，也不知道是否是上天对他这种心态的馈赠，下午四点，谢兰生又再次接到剪辑师Nathan的电话。

在电话中，Nathan的声音带着兴奋：“谢导！好消息！不，不算好消息，是坏消息中的好消息，不幸中的万幸。”

“嗯？”谢兰生的呼吸一窒，问，“什么消息？”

“我检查了所有胶片，竟然发现只有三本电影胶片被X射线损毁了，而剩下的都是完好的！我联系了这边的运输员，让他去向海关确认，刚拿到了一些反馈。澳洲海关用的设备比较类似医用的CT，先用低能X射线扫描整个包裹，再使用高能X射线扫描特定区域。谢导，大概，您使用的胶片感光度比较低，未被高能射线扫到的那六本胶片感觉还好。”

谢兰生这时根本不管被拿去照X光的悲惨了，他欣喜若狂：“只有三本？真的只有三本？！”

“对，”Nathan说，“我在暗房全都看了，其余六本并未雾化，感谢上帝。”

从大悲到大喜，谢兰生有一种劫后余生的感觉。他购买的35mm胶片全部都是1000英寸的，差不多是25米，可以拍摄10分钟整。电影不到90分钟，三本只是三分之一。也就是说，他们补拍三分之一就可以了。

谢兰生顿了顿：“那，被损毁的是哪几本呢？”

Nathan显然已经查过，对着本子缓缓地念：“第51场，第52场……最后一个是第160场。”

听到场数，谢兰生又高兴了些：“这些相对比较容易。”

“是啊，我没看到很复杂的拍摄场景。”Nathan道，“谢导，总算是没前功尽弃，我们可以继续做了。”

“嗯，”谢兰生也十分开心，“谢谢您知道后立刻打电话来，我一整天都六神无主的。那这样吧，Nathan，您先剪其他内容，可以吗？我们这边一补拍完就会立即送过去的。我申请了几个影展，现在时间有些紧了。”

“OK。”Nathan顿了顿，又继续说道，“另外，谢导，还有一些诡异问题，比如，第五本里有两分钟图像反了，没办法用。”

谢兰生挺蒙的：“反了？”

“嗯，齿孔正确，可图像反了，这段肯定没办法用，也要重拍。”

怎么会有这种问题？

“还有，”Nathan的声音冷酷无情，“第四本的尾端胶片突然裂了，也要补。”

谢兰生没吱声。

“谢导，”最后，Nathan挺严肃地教训他，“不要以为导演可以知道一切，控制一切。摄制中的意外很多，必须谨慎再谨慎，图像反了这个问题我们也是第一次见，但是，我们总能遇到‘第一次见’的现象。”

“我明白了，谢谢了，Nathan。”谢兰生也严肃起来。他这回是长教训了，知道自己太托大了。以后不论资金多少他都必须边拍边寄，即时查验、随时重拍。

结束和Nathan的通话，谢兰生十分雀跃。他给助理小红、小绿拨打电话说明情况，又给囡囡等演员写信邀请他们回来，最后，他联系了已经回到洛杉矶的摄影师祁勇。

谢兰生把状况一讲，祁勇当场就骂开了，等骂完了才想起来：“这到底是怎么回事？”

“就、就是这样。”谢兰生也磕磕巴巴的，“现在因为这个意外我们必须重拍40场。祁大摄，您回不回来？”

“难道还有别的选择？！”祁勇明显地暴躁了，又骂了一串脏话，“我的名字在主创上！现在时间紧成这样，你找一个烂摄影师来肯定会砸我的招牌，让人以为也是我拍的！我跟别人解释得清吗？”他已经被骗上贼船，想跳下去都不可能了。

谢兰生顺着说：“解释不清。那是绝对解释不清的。”

“你还知道！”祁勇发狂了，唰唰唰地似乎是在翻桌子上的日历，“幸亏我还没接工作……这样，机票、住宿费由你来出，周薪也要照常支付，我就当是再赚点了，过去一趟。”

谢兰生说："谢谢了祁大摄。"

祁勇又是一串抱怨："你太背了。我以后再也不会跟你们打交道了。"

"哦……"谢兰生也无力辩解。

挂断电话，谢兰生又开始想"钱"。

抱着之前那个想法，他甚至都没等莘野就急急地到保定去了，找到胶片厂的负责人，说他们这部独立电影会去欧美参加影展，希望能够得到赞助，四本胶片就可以了，他到时候会把胶片厂名写进鸣谢。

对负责人，谢兰生道："你们胶片厂拍过几个电影，被业内说质量不行，颜色不对，什么都不对……"

"嗯，"负责人道，"我们承认。它不是为电影而制作出来的，我们胶片厂的专长也不在这，我们打算不再生产制作电影的胶片了，只做民用的胶片。"

"嗯……别放弃呀……再试一次？"谢兰生说，"大制片厂拍的电影肯定会用柯达胶片，能让你们胶片品牌走出国门的机会就只有这回了。你们的胶片确实有些偏色，但未必就不能用了。是，它饱和低，有些灰，色差小，但是对于某些题材更加合适也说不定。我这部是农村背景，这个色调更有感觉。您想，假如《生根》可以获奖，大家就能注意你们胶片品牌了。你们厂生产的电影胶片被人发现也有好处，就未必要停产了。"

拍摄《生根》，他用的胶片是国产的，价格是柯达的一半。谢兰生没考虑过柯达，一是因为过于昂贵，会让预算多出五万；二是因为太精细了，反而会失去味道。

胶片厂的负责人想了想，觉得四本胶片也无所谓，便给谢兰生打了对折，只收了生产成本价。

谢兰生觉得，他已经被形势逼得越来越像一个商人了。

从胶片厂出来以后，为了挣出额外的胶片钱，以及交通、住宿、伙食，还有片场的水电费等拍电影的必须开销，谢兰生又再次开始脑筋急转弯的游戏。

Nathan之前跟澳洲海关曾沟通过赔偿的事。对方明明犯下错误可是依然十分傲慢。他得到的信息是，可以拿到一些赔偿，但不多，让对方赔一切费用包括祁勇来回机票是根本不现实的。

“唔，有朋友说转卖东西——”谢兰生在心里算算，不行不行，毙掉。

把攒了十年的邮票卖了？那也没法搞定两万啊。

而且，再想想，两万其实也不保险。钱钱钱，总是钱，突然需要一笔钱的情况简直层出不穷，谢兰生真无法保证后面能不出任何问题。

谢兰生心里知道，如果接受莘野帮忙，这两万块不是问题。此前，莘野曾经提出可以先给他点渡过难关，零利率，谢兰生都回绝了。与过去的每次一样，他不想拿演员的钱。这些东西是导演该操心的，不是演员该操心的。如果片子卖不出去，他不知道猴年马月才能还上这两万块钱，太别扭了。亲戚那钱是投资款，跟借的钱还不一样。他答应过收益对分，也不想因自己失误再拉一个投资人来把亲戚的份额降低。

嗯……谢兰生在火车上面抱着胶片沉沉发呆。

怎么办呢？后期还能再省省吗？

正常来说，电影洗印需要经过五个步骤：底片冲洗、底片剪接、配光、印片、正片冲洗。冲印厂用底片洗片机让原本黑乎乎的底片显现出来负像，再用这些底片剪辑，而后配光，接着根据配光师的印片要求再用负像底片印出正像胶片（反转片），最后用正片洗片机冲洗这些正片，让其显影，做成发行拷贝。

他一步步开始思考。

底片冲洗……不行；底片剪接……不行；配光……不行；印片……不行；正片冲洗……

谢兰生忽地坐直了身子。

正片冲洗……正片冲洗……正片冲洗！

他仔细地回忆了下在学校里冲的胶片。学院需要节省成本，自然不会每洗一次就把药水倒掉一次。他们全班9个同学分成三组拍摄作品，共用一个洗片槽，你洗好片子我洗，我洗好片子他洗，不大正规，因此，最后一组冲出来的片子就有些许昏暗，发灰，显影不足够，跟电影院的并不同。他们拍的都是短片，60分钟一部，因此，同一锅药水至少能冲180分钟的片子，就是后面的会发灰。

可是，谢兰生想，对于《生根》内容来说，这个色调未尝不可。甚至可以说更完美！

对啊，他可以用别人洗剩的药水！

想到这里，他有些激动。

是啊，对于冲洗底片、剪接底片，还有配光、印片等需要谨慎态度和高超技术的步骤呢，就按计划请ABC-LAB公司来做，但正片冲洗可以自己做！底片都被洗完和剪好了，最后一步“正片冲洗”有点儿失误也没大碍，重新冲洗就可以了，与此同时，因为是别人用剩下的，药水配方药水质量这些肯定也没问题。

那，怎么才能沾沾别人的光，用别人剩的药水洗片子呢？

谢兰生知道ABC-LAB公司不会答应这个要求，即使付钱也不可能，因为这样太不正规了，人家都有工作流程。况且，作为一家企业，ABC-LAB公司会在《生根》片尾字幕里添加后期制作公司的名字，包括剪辑、配光、冲印等，如果色彩太不对了会砸自家的招牌的，ABC-LAB公司那边绝不会同意因为省钱就做这事。

谢兰生在火车上琢磨了两个小时，而后，一下火车，都等不及先回家，他就在北京站用卖剩的电话卡给在北影的老同学们打电话。其中有导演系的同学，也有摄影系的同学，这些同学在制片厂都会接触冲印工人，有很多人甚至会在冲印时就站在一边，等成片。

最后，谢兰生的某个室友说了一位冲印师傅，觉得对方挺好说话。

谢兰生忙请他牵线，室友应了。

室友办事干脆利落，在谢兰生刚到家时便打来了一个电话，说今晚上就吃一顿。

“谢谢！”谢兰生忙不迭地道，“兄弟，够意思，谢谢了！”

“咳，不客气，说什么谢。咱们都是哥们儿，你当时也挺照顾我们。”

“哈哈，”谢兰生说，“你们最好记一辈子。”谢兰生是本地学生，常请室友到自己家吃菜喝酒加看电视。因为有单缸洗衣机，他偶尔还帮大家洗衣服。

“滚蛋。”室友问，“不过到底啥事啊？我刚只跟张师傅说一个朋友有事咨询他，没说具体的。”

“也不需要说具体的。”谢兰生又笑着回答，“你晚上也一起听吧。我现在说两遍嫌累。”

室友：“瞅你那德行！”

晚上，谢兰生对父母嘱咐，如果一个叫莘野的来电话说他回京了，就告诉对方自己因为重要的事出门了。李井柔没说话，给了谢兰生好几个大白眼。谢兰生只摸摸鼻子，灰溜溜地跑出去了。

到了东来顺，谢兰生发现他室友以及一个矮壮男人已经坐在角落里了。

“嗨！”谢兰生手提着烟酒——又是红塔山和茅台酒，穿越重重火锅热气，到桌子的对面坐下，把菜单先递给陌生人说，“来来来，随便点，这顿我请！多吃点肉！”

不一会儿，羊肉上来了，谢兰生又张罗着下。东来顺是清真火锅，锅子中间有个“烟囱”，他把羊肉下在四周，又提防着沾在“烟囱”上，十分热心。

他一边说，一边与冲印工人说起当年他读书时参观厂子的事，问剪辑台是不是在这儿，配光台是不是在那儿，拉近距离。

等到气氛差不多了，谢兰生把筷子放下，两手紧张地撑着膝盖说：“其实今天请大哥来，是有这么一个事儿……”

冲印工人也不吃了，看着谢兰生。

“您吃，您吃！”谢兰生又赶紧帮着把另一盘肉也下下去了，重新放下筷子，把红塔山和茅台酒全提到了桌子边上说，“我呢，正在制作一部电影，但没资金做冲印了。我们已经做完剪辑，马上着手配光和印片，现在只剩最后一步‘正片冲洗’没有着落。大哥看看……您能不能在下班后用白天剩的药水冲冲？

就是说，白天剩的先别倒，把我这部也洗出来。”谢兰生知道，正片冲洗并不费时，一两小时就能完成。

冲印工人有些犹豫。

谢兰生又推推东西:“大哥，求求您了，我这边是真没法子了。”

这位大哥把那些好烟好酒往自己这头揽了揽问：“什么时候？”

“十一月。”

冲印工人低头想想说：“行吧。”

“谢谢大哥！”

“你这也是真凑巧了。”冲印工人吃着羊肉，还发出了吸溜的声音，“那时正好有个片子要在厂里冲印出来，现在正要做配光呢。”

“哎？”谢兰生继续聊天，“云京厂的？”

“不是，”对方回答，“南渊制片厂的，导演叫池中鹤。南渊制片厂还蛮重视的，特意送到北京做了。”

突然听到这个久违的名字，谢兰生呆了呆。

往事重新翻涌上来，他想到了自己去年决定接《乱世儿女》时，池中鹤对他的嘲讽：“我们丢了的烂骨头，你居然还捡起来啃？”

当时他还说过什么？

对了，他将手里一个肉包搁在自己的饭盆上说：“你是要去食堂对吧？食堂包子被抢没了。我这正好还剩一个，既然谢导这么喜欢我挑剩下的东西，那这个也拿去吧！”

这简直是一语成谶，池中鹤还真说对了，而自己却是没了当时扔掉肉包的决心。

他与池中鹤，一个地下一个天上。

谢兰生很清楚，虽然大牌老导演和1982年以后本科毕业并受到重视的新导演一齐封锁了上片机会，但是，如果自己愿意留在厂里，那么过五年，过十年，过二十年，他总能当上总导演的。可自己呢，因为希望能早几年拍自己的故事，同时尽快执导尽快进步而不只是选选演员，才走了这样一条艰难的路。

可以想象，若池中鹤以后得知自己在用他冲剩下的药水做片子，自己一定免不了要受一番羞辱。

对面的冲印工人见谢兰生忽然之间变得沉默，纳闷地问：“怎么了？还冲不冲了？”

“啊，”谢兰生反应过来，连忙又是赔上笑脸，“冲！麻烦您了……我用池导冲剩下的。”

回到家里，谢兰生还觉得委屈，老妈一骂，他心里就更委屈了。

李井柔说：“你一天到晚就没个正事！”

谢兰生又努力辩解：“摄制电影就是正事。”

“甭老跟我这吊腰子！”李井柔一口北京话，“对了，有个男人来过电话，那声儿还挺沉稳的。”说着，她拍出来一张稿纸，“这是他酒店的电话号！”

“哦，谢谢妈。”谢兰生接过一看，发现竟是北京饭店贵宾楼的总台号码，也是现在整个北京最豪华的大酒店，心想莘野真是阔绰，拿起电话拨了过去。

电话被转进了房间，一个男声响了起来：“嗯？”

谢兰生说：“是我啦。”

“听出来了。”莘野问，“吃过了？”

“吃过了。”

“没大事。”莘野说，“本来觉着你比较……沮丧？想带着你吃顿好的。”

谢兰生仍感到委屈，问：“那你也吃完了吗？”

“我还没，在等你回电话。”

谢兰生在东来顺就没吃上几口羊肉，净照顾冲印工人了，此时又想吃东西，又想见莘野：“我没吃饱。我想吃顿好的，我要吃‘香港美食城’！”

莘野笑了：“成，等着。”

“嗯。”

于是，虽然已是晚上八点，谢兰生还是在母亲李井柔的抱怨声中开门出去续摊儿了。

走出去没见到莘野，却是听到“滴”的一声！他刚想骂神经病啊，就看清了主驾驶上他熟悉的莘野的脸！

谢兰生钻进车子，问：“又是哪儿弄来的车？”也不知道怎么回事，一看见莘野，他的委屈消散多了。这是《生根》的男主角，是他的同伴、他的战友，他们有着相同的电影DNA，他不孤独。

“租的。”莘野声音懒洋洋的，打了一个左转向灯，看看后视镜，又瞥了一眼盲点，便将豪车十分平滑地驶入了街道主路。

谢兰生问：“租？”

“嗯，”莘野长指按下车窗，一只手搭挡把上，另一只手轻轻握着方向盘，每次转弯便将手掌按在方向盘上一抹，动作游刃有余，“北京现在能租车了，今年才有的。”

“租车……”谢兰生想想，“那，你在北京这段时间都要自己租车开吗？”

“应该是。”

谢兰生用眼睛看他，非常认真地问莘野：“选面包车会贵很多吗？感觉面包车更实用些，又能拉人，又能拉货。”说完赶紧又解释道：“我不是说这车可以拉剧组和拉道具啊，去梨树乡挺简单的，打个‘大发’就能去了。我意思是，你方便些。”

莘野正在等红灯，一只胳膊搭在车窗边，听到这话，没忍住，笑了：“行，我考虑考虑。”

谢兰生见帮上忙了，还挺自豪：“好呢！”

从东四十条到东华门开车只要十五分钟，莘野的方向感又好，没一会儿就到地方了。

“香港美食城”主打粤菜，作为“三刀一斧”的三刀之首，谢兰生还从没来过，不知道比“大三元”如何。几年前，粤菜进京无比火爆，那些能吃海鲜的人牛到不能再牛，也让北京百姓头回知道吃一顿饭能这么贵。

美食城里果然金碧辉煌，每桌食客的身后都站着一位女服务员，想喝酒服务员就倒在杯里、想吃菜服务员就夹到盘里，只差喂到嘴里去了，老北京的大小饭庄可全都没这个阵仗。

“嚯……”谢兰生被震着了。

莘野则是无动于衷，大大咧咧地坐下了，翻开菜单，垂着眸子，一下点了四五个菜。

菜一道道陆续上来。鱼翅翅针透明柔软，又韧又脆、浓而不腻，十分鲜美。

谢兰生吃好了，也高兴了些，把这几天发生的事都跟莘野叙述了一遍，最后说：“竟然要用池中鹤用过的，这简直是电影剧情。”

莘野听着，只觉有些震撼。他甚至能想象得到刚才他们在“东来顺”那沉默中滋生出的尴尬以及难堪，它们复杂微妙，在食客的熙攘声中越来越粘越来越稠。

这个家伙四处碰壁，早就已经头破血流但却仍然不知悔改，他喜欢笑，对谁都笑，笑到两边腮都酸了，然而一口牙是冷的。他深陷在泥潭当中，却自顾自地擦擦汗，自顾自地走过去，在一天内就做好了重新拍摄的方案，只为去寻他心目中草肥水美的那片绿洲。

莘野说：“对不起。我不知道胶片不能过X射线。”

“跟你又有什么关系，是我自己没研究透。”把面前一桌子菜风卷残云般吃掉一半，谢兰生用手帕抹嘴，“行了，倒霉事都讲完了。那我说说两星期后要补拍的40个场次？”

“嗯。”

“喏，全都在这张纸上，我给囡囡也寄去了。我对其中几个场次又有了一些新的想法，想跟你讨论讨论。”

“好，”莘野吃了一口烤乳鸽，“说。”

在随后的时间里，谢兰生把几个场景都拿出来说了说，与莘野探究，莘野感觉确实不错，把新剧本拿在手里，还又招手给谢兰生叫了一个乌鱼蛋汤，谢兰生还是一口都没剩下，觉得自己吃完这顿回去也能吹上半年。

出来已是晚上十点多。漫天星斗竞相闪烁，好似能压上来一般。

莘野一边走，一边问谢兰生："那股闷气都出去了？"

"吃完一顿好了不少。"谢兰生答，"不过，还有点儿郁闷。"

说着，谢兰生把烟掏出来，抽出一根叼在嘴里，问莘野："来一根不？"

莘野摇头。

谢兰生并没有烟瘾。除了写本和应酬，他从来不主动抽烟，然而今天这个时候，因心理上受的屈辱，他有点儿想来根烟，让胸膛中那口闷气肉眼可见地被带出去，也让尼古丁刺激刺激多巴胺，令他开心些。抽完这根，他就会好了。

今天晚上有些冷，风有点大，谢兰生手拢着香烟，半天都没打着火。打火机打出的火花在北京街头星星点点一闪即逝，"咔嚓咔嚓"的，声音磨人。

谢兰生又有些烦躁，没多想，就叼着烟，扳住莘野两只胳膊把他挡在自己面前，替自己遮风。

打了几次还是都灭了。谢兰生用牙咬着烟，还是没太想，说："莘野，麻烦了，用衣襟帮忙挡挡风。"

几下以后，烟终于被点着了，而他刚才为了点火用力深吸了一大口，此时看见烟点着了，便用牙齿轻轻咬着，一边退后，一边把那口烟缓缓地吐出去。

一口轻烟扩散开来，袅袅上升，在两个人之间盘旋。

谢兰生突然想到莘野可能讨厌这个味，有些抱歉，连忙去看。

两个人都沉默了一会儿，半晌，谢兰生又狠狠吐了口烟，努力打破沉默："啊，抽两口烟，好受多了，抽完这根就没事了！

至少一切都在正轨上。”

莘野则是慢条斯理整理好了外套跟上。他想，谢兰生的快乐如此简单，不是财富，不是地位，而只是拍一部电影。

谢兰生一边抽烟，一边跟莘野随意地说说话，说读书时的事，说报考时的事，也说小时候的事。谢兰生自己都不知道他为什么对着莘野可以讲出这么多的过往，仿佛是依稀觉得，莘野他是不一样的，他一定能稍微理解自己这些或疯或癫的经历。

香烟抽了大半根，两个人走到公交车站，一辆公交车缓缓驶入。谢兰生一看说：“行了莘野，我坐公交车回家去了，你往东走我往西走，不顺路。都挺晚了。”

莘野点点头。

谢兰生把嘴里香烟在一根柱子上摁熄了，到处看看，没见着哪有垃圾桶。这个年头北京设施还不完善，垃圾桶并非到处都有。

“行了，”莘野猜到谢兰生的意图，“给我，你上车吧。”

谢兰生在心里觉得这太麻烦莘野了，可也没有其他办法，只好伸出夹着烟蒂的食指中指，道：“那好，谢谢了。”

莘野接过烟蒂：“嗯。”

“那30号早8点到招待所来，咱们开始《生根》的补拍。”

莘野一笑：“放心。”

谢兰生嘱咐过了，也没其他要说的了，于是挥挥手，转身跑向公交车的方向。他的身影在门前一闪，就上去了，公交车门“砰”的一声关闭了，车子缓缓启动。

第　六　章

邀　请

一周以后，囡囡他们陆续赶到，谢兰生又道歉又致谢，组织大家重启拍摄，这回一切都很顺利。甚至说，因为重拍了四十几场最终效果还要更好，谢兰生又高兴起来。他一直认为，灵感犹如汪洋大海，取之不尽用之不竭，思考越多，收获越多。“首次表演就是巅峰”这个东西并不存在。在拍摄的同一时间，谢兰生把约20万元交给一个来内地的香港剧组，并请他们从香港将等值澳币汇到澳洲。

拍完以后，因为一朝被蛇咬十年怕井绳，谢兰生也不敢寄胶片了，经过多次辗转以后才托到人带去澳洲，还在包裹上面写了“不能见光，不能过X光”。LAB公司如期收到，Nathan还打电话说，在过去的四个星期他们已经基本完成对其余部分的初剪了。

谢兰生又等了一周，Nathan宣布完成定剪，LAB公司的人又来电话跟谢兰生商量配光。

配光师的名字叫Hunter Hunt，乍听上去有点儿怪，然而却是这家公司最好的配光师之一，他出身世家，在这一行已经干了二十年了。LAB公司非常专业，并不会看人下菜，没有因为谢兰生是十八流导演就分给他新手剪辑新手配光。

配光也是电影后期很重要的一项工作。电影拍摄、胶片冲洗的过程中总会遇到一些不确定的因素，比如曝光多了一点少了一点，或者药水多了一点少了一点，而对这些问题后期都要尽可能地修正、弥补。即使导演非常幸运，拍摄冲洗都没问题，他也无法轻易保证整部影片颜色统一，因为，即便两本胶片出自同一厂家同一型号，批次轴号、保存条件的不同也会导致最终画面呈现效果的不同，会有偏色。如果导演在他拍摄某一场时换过胶片，那观众们就会发现，虽然有同样的背景以及同样的演员，然而影片的颜色却“欻”地一下就变了！出于这个原因，配光师们会在配光灯箱上用色片或者灰片一个镜头一个镜头地做叠加以及调整，在达到目的以后记录光号等等数据，再制定好每一张的印片条件、冲洗条件，这样，用印片机翻正像时，后期人员就能根据配光师的指挥调整光谱，使影片的颜色一致了。另外，一部电影的导演也肯定会有创作意图，配光师们就会根据导演要求渲染氛围。

谢兰生的问题还是那个——没钱。

“喂，Hunter，”谢兰生跟Hunter打电话，感觉自己这张脸皮早就已经刀枪不入了，“那个，您可能也听说过了，我们这边没资金了……所以，请用底片直接配光，动作务必小心一点，麻烦了……”

“底片？一般都是用复制片！”那边Hunter也吓到了，“底片素材太重要了，配光师们不太方便拿着色片盖来盖去。会损坏的。”

“所以不要盖来盖去，”谢兰生央求道，“根据经验想好计划，然后争取一次成功。”他没资金做复制片，太贵了，几万几万的。他不可能管莘野借，他还不上，在电影节卖出版权也并不是能指望上的。

Hunter Hunt一阵沉默。

“我们知道您的意思。底片万一出现划痕我们这边会负全责，但恳请您小心一点。”谢兰生说。

Hunter轻轻叹气：“好吧。那我们签个免责声明。配光之前我告知过使用底片的风险，一切后果LAB公司概不负责。”

“可以的。”谢兰生顿了顿，又给Hunter丢过去一重磅炸弹，“我们这边的预算呢，也只够做一次配光……”

到这时候，面对极品甲方，Hunter都已经没脾气了：“谢导，一般少说也要三遍，我经手的都五六遍。”配光效果一定是要冲洗出来才能看到的，因此一部电影往往要进行好几遍配光。配光师先配过一遍，而后展示效果，再跟电影主创团队探讨未来的修改方向，在一次次的调整中逐步得到理想配色。

“真的只能做一遍了。”谢兰生说，“一遍配光一遍冲洗加起来要两万澳币，您不知道两万澳币对于一个普普通通的中国人来说意味着什么。”

Hunter没说话。

“您、您把底片画面投影，根据经验好好配，行吗？把影片的颜色统一，再做一做气氛渲染，出来是什么样，就什么样了。您要还有一些时间，我就讲讲这个故事以及最后我想要的风格以及颜色、亮度。”

谢兰生想最好只用一次配光就能搞定。当然，如果收到拷贝以后发现效果实在不行，他也只有再去凑钱，凑几年，然后再次邀请Hunter为这部片子做配光了。假若需要二次配光，他也不敢再用底片了，复制底片又是一笔钱。

Hunter叹气：“谢导，您说吧，我尽量。”

“谢谢，”谢兰生挺真诚地说，“以后如果有资金了，我一定把我的片子全都交给你们公司做后期。”

Hunter不置可否，觉得未免太遥远了：“好，我准备好了，现在开始讨论颜色吧。”

“好的。”

他们说了两个小时，谢兰生把能想到的全都对Hunter仔细说了，主要照着莘野的稿念。最后Hunter又重复了一遍，跟谢兰生要求一致。

谢兰生便只有等待了。

又是三个星期以后，谢兰生收到了LAB公司冲出来的发行拷贝，他把拷贝拿去送给云京厂的冲印工人，冲印工人在下班后帮谢兰生冲出来了。谢兰生又嘱咐对方不要跟人提起自己，尤其是对池中鹤。

接着，他把《生根》拷贝背在包里，回到北电，请王先进用放映机播放电影，给他看看。

在播放时，谢兰生的神经紧绷，特别担心下一秒就看到灾难性的画面，比如剪辑出现错误，比如颜色呈现跳跃。他实在是太焦虑了，甚至无法老实坐着，一边看，一边走来走去。

然而竟然没有问题。

谢兰生都看得呆了，太好了！

Nathan只剪了一遍，Hunter也只配了一遍，可是效果趋于完美。

当然，如果Hunter能再配几遍电影画面会更舒服，只是到了这个程度已经无法再苛求了。由于用了池中鹤冲片子剩的药水，整体色调略略发暗，却反而更有味道。

整部电影的画面和声音也百分之百地保持一致了。

实际操作远比想象中要复杂得多，ABC-LAB公司是真的非常靠谱。电影里的画面、声音是要印到生胶片上的。供片画面底片、供片声音底片必须通过印片机同步印制，而后得到收片画面底片、收片声音底片，在冲洗后制作成有画和声的发行拷贝。因为35毫米放映机还音头的位置要比放映窗的位置滞后20个画格，在印片时，所有供片声音底片还需提前20个画格，用以确保音画同步。在放映时，通过机器，画面会被投上银幕，而声音则会用放映机的还音装置来播放。

看着片子，谢兰生的鼻子发酸。他想到了自己，想到了莘野，想到了囡囡，想到了祁勇、岑晨，也想到了所有人对它付出的心血以及满怀的期待。

Nathan、Hunter都是他的贵人。

当最终场在屏幕上播放完后，谢兰生的系主任王先进也沉默了，半晌才说："兰生，也许你没走错路，你更适合独立制作。这个题材，我看完……非常感动。"

“老师……”谢兰生有点儿想哭，“谢谢。”

他得到了认可，而且还是得到了在这个领域最权威的专家认可。

说起来他本来也并不知道自己叫“独立电影人”，是王先进这个教授告诉他的这个名词。王先进说，在美国，有八大电影公司垄断好莱坞并形成了严格套路，一切瞄准受众市场，以期获得最大利润，于是一批电影人就自筹资金自己摄制，摆脱了八大公司的控制，拍出许多与商业片截然不同的电影来，他们被称为“独立电影人”。

谢兰生也不大知道百年后的电影史会如何书写他这种人。

是热血还是莽撞？是正面的还是负面的？

其实，平心而论，谢兰生也不知该如何评价自己。

然而可以肯定的是，现在想要创作空间更宽阔，就需要有人站出来，去冲击，去博弈，一点一点地向前走，看看结果，试探边界。或者说，有些东西在现阶段是有苦衷或没办法的，因此需要有人争取，以期达到一个平衡，虽然，这也许要用几十年，甚至更久。

总有一天，人们会在大银幕上看到这一类影片的，也一定会赞叹那些镁光灯前的导演们，可谢兰生也真的希望，到那时，人们可以看看他，看看孙凤毛，看看他们这一代的独立电影人也许早已远去了的单薄背影。

谢兰生在收到拷贝的当晚就跑去邮局，把它发给都灵电影节的选片委员会。他不认识要去意大利的人，也办不来意大利的签证。

事实上，11月29日就开幕的都灵电影节报名工作一个月前就截止了。谢兰生也报了名字，但来不及邮寄拷贝，一度打算退出来的，可是祁勇上部电影的导演正好是选片委员会的成员，给谢兰生宽限了下，让他可以延期寄送。

祁勇他们的意思是，都灵电影节主旨是扶持青年、鼓励新人，谢兰生去比较合适。它只接受电影导演的前三部长片作品，而在过去许多年里，有众多知名的电影人都曾经在这里起步。如果谢兰生错过都灵影展，他能参加的对新人比较友好的就只剩下荷兰的鹿特丹电影节了，西班牙的圣塞巴斯蒂安电影节都比较勉强。对于他们给的原因谢兰生也觉得有理，就拜托人申请延交了。

因为只有一份拷贝，谢兰生又神经质般日夜不安，生怕再次出现问题。他焦虑着，直到11月8日，他接到了来自都灵电影节官方的电话。

“谢导，”电话那边一个男人用蹩脚的英文说，“我是都灵国际电影节的主席Matteo De Sciglio。”

“您好，我是谢兰生。”谢兰生动都不敢动，专心地听。

“好，好。”对方继续说，“谢导，我们希望邀请您的电影《生根》到都灵来参加主竞赛单元，您愿意吗？”

“愿意愿意，当然愿意！”谢兰生连说三个愿意。他虽然在没有人时偷偷想过这个可能，但当入围变成现实时，他却感到难以置信。

他本以为他要参加七八个电影节才能够拥有一个面对购买者的机会来着。

“好。”大概见了太多谢兰生这种初出茅庐的青年导演了，Matteo De Sciglio语气温和，“那我们会寄出正式的邀请函，请您带着来。另外，请在入围名单公布之前对电话的内容保密。”

“好的，我一定会严格保密。谢谢，辛苦您了。现在拿着邀请函去办理签证来得及吗？”

“应该可以申请加急。”

“好的好的。”谢兰生又突然想到一个问题，急忙出声拦住对方似乎就要挂断电话的手，“那个，不好意思，实在有些难以启齿，就是……我还想问，组委会会报销导演的机票和住宿费吗？”要是都灵不给报销他就需要再为钱发愁了。

Matteo De Sciglio笑了，似乎觉得这个导演关心的事挺有意思：“对于导演，我们报销来回机票和三天的住宿费用，其他的人需要自费。”

“明白了……”谢兰生想，那就只能自己去了。他没资金带别人了，虽然很想让囡囡也出一次国见见世面。那个活泼的女孩子肯定会很开心。

“最后，还有一件重要的事。”Matteo De Sciglio又道，“参加都灵电影节主竞赛单元的所有电影必须要有英文和意大利文双语字幕。《生根》已经有英文字幕了，现在还缺意大利文。请在正式展映之前为拷贝加上字幕。”

听到这个硬性要求，谢兰生傻眼了，他问：“这个绝对不能通融吗？”

Matteo De Sciglio笑道：“这是规定。要让观众看懂才行啊。”

“好的，谢谢。”

“那咱们就电影节见了。”

“嗯，电影节见。”

谢兰生放下电话，又焦虑了。他哪有钱加意大利文字幕?

本来以为钱够了，谁知意料外的支出竟源源不断地出现。

对于胶片电影来说印制字幕十分复杂。后期人员要用手把译文写在玻璃板上，一屏一张，而后印出黑底白字的反转片来，这样，后期人员便可以在用印片机翻正片时把底片和字幕重叠，让印片机一起做翻转，最终得到有字幕的电影拷贝。听说已经有公司正在尝试激光字幕，也就是把所有字幕直接打在底片上面，但还不成熟，且十分昂贵。

《生根》全片英文字幕基本上是莘野翻译的。作为哈佛的高才生他的英文最地道了，LAB公司则只是负责后期手写、添加字幕，然而即使这样也很贵，花费上万元。字幕、配光同时进行，也花了两个星期的时间。

如果再做一个多了意大利语的电影拷贝……那不仅要花拷贝的钱，还要花翻译的钱、字幕的钱，可能需要N万了。

乖乖啊！谢兰生知道莘野并不会说意大利语。莘野会讲英语、德语、西班牙语，但偏偏对意大利语不通。

谢兰生并不想放弃，他手拿着橙色话筒，在电话旁坐了一夜，把知道的二十来家字幕公司都问了问。这里有些是王先进介绍的，有些是ABC-LAB公司介绍的，有些是张富贵介绍的，有在中国的，有在澳洲的，有在意大利的，还有在美国、英国的。

其中最便宜的是一家位于英国的小公司，全套下来报价6000英镑。

谢兰生说这部影片已经入围都灵电影节的主竞赛单元了，对于对方也是宣传。字幕公司的销售代表思考片刻，最终报价4000英镑。

可4000英镑仍然是一大笔费用。谢兰生因用池中鹤剩的药水冲洗胶片，省了一些，还剩一些钱。也就是说，如果想加意大利语，他还缺好几万。

怎么什么都要钱呢！

要不然……不去了？谢兰生的大脑当中一个念头一闪而过：等着以后专门参加英国、美国的电影节？

可这次的机会又很好……毕竟都灵电影节是扶持青年的电影节，国际知名，祁勇认识的导演又能直接送片到委员会。更加重要的事情是《生根》已经入围主竞赛单元了。要知道，评价艺术非常主观，你说好他说烂十分正常，这次可以入围都灵电影节并不说明太多问题，也许将来都会折戟。

全是赌。要么参加都灵电影节，赌能卖掉一些版权，要么不参加都灵电影节，赌能入围其他竞赛。

选哪头呢……

谢兰生是倾向于去。因为，如果再也不能入围他会后悔一辈子的。

时间如此紧迫，谢兰生知道，他已经没有其他选择了，只能向莘野借钱，再做苦工尽早还上。谢兰生意识到，也许因为有莘野在，他从不曾完全绝望。内心深处其实知道他并不会山穷水尽。如果没有莘野，他就只能跪着求爸妈拿出全部存款来了，而他实在不想那样。

不过，当然，在计划前，谢兰生要问问莘野可不可以借，这毕竟是一个大数目。

莘野大概刚刚睡醒，电话里的声音慵懒："可以。"

"我不知道哪时能还……"

莘野一笑："那你就拿自己抵吧。"

"怎、怎么拿自己抵？做牛做马？"

"不用做牛马。"

谢兰生问："那当什么？"

莘野明显地顿了顿，道："当什么……到时再说。"

"好。"谢兰生不觉得自己还不上这好几万，顶多迟些，也看出莘野不在意了。

"还有，"挂电话前莘野又道，"把英国那家字幕公司的电话号给我一个。也许可以便宜一些，用不了4000英镑。"

"我问过了，"谢兰生挺认真地道，"这个已经有折扣了，本来要花5000英镑呢。"

"说。"莘野那边不耐烦了。

谢兰生想莘野毕竟在哈佛是学经济的，字幕公司真的可以再便宜点儿也说不定，于是道："好，听好了，英国区号是44，后边是……"

莘野点头："行，我知道了。"

挂断电话，谢兰生也没太指望字幕公司能再优惠，却没想到，仅仅隔了十来分钟，那个销售代表就来电话了！还说可以打原价的对折！

那个销售员道："这样，你们不要选择在美国的那家公司，我们可以只要2500英镑，但是你们要在都灵电影节上帮忙宣传。听说你们想把预算全都用于买广告位，那到时候请把我们公司名字一并写上。”

谢兰生在心里大喜，忙不迭地答应对方，又定好了交片时间，心想莘野真不愧是哈佛经济学院的毕业生，牛！

除了自己的余钱，这下只缺2000英镑了，应该很快就能还上了！谢兰生不知道的是，字幕公司根本没有再给《生根》优惠打折，对方突然打电话来只是因为莘野刚刚给他们转了1500英镑。

所谓“打折”是个谎言。直接打到无须借钱看起来会比较可疑，莘野认为这样就好。

接着，谢兰生又去了北京饭店的贵宾楼，找莘野借钱。

北京饭店是五星级的，十分气派。谢兰生穿破洞的鞋踢踢踏踏地走过大堂，来到一侧的小酒吧。

酒吧里，莘野正在靠窗独酌，桌子上还摆放着几样小食品，大多是干果。

谢兰生到对面坐下：“莘野。”发现莘野给自己也点了一杯红葡萄酒。

莘野问：“来了？”

“嗯。”

“要2000英镑？”

“是借 2000。”谢兰生认真地纠正道，“马上就会还的。”

“行，”莘野轻笑，“借你2000。”

莘野抬手，用修长的几根手指把左手边桌子上的一张卡片推了过去说：“这是我在美国的visa，可以支付国际货币。”

“谢谢……”谢兰生把卡片拿来，细细地看。

他还没有亲眼见过这个叫作“银行卡”的物件呢。前年中国银行才发行了长城卡，后来工商银行也发行了牡丹卡，可谢兰生并没去办，还在使用银行存折。

莘野继续说：“字幕公司肯定会问持卡人的名字、卡号，过期年月。你就回答……我在用的这张卡片是莘野的，姓莘，名野。”

“嗯？”谢兰生的耳朵一动，“不是Yves？”

“不是，定国籍时改过名字。”

“哦哦……”

“还有，”莘野又推过去一张卡片，“这张里面是人民币，可以支付来回机票。”

“哦，对。”谢兰生都差点忘了，他还要购买机票。都灵电影节组委会只管报销不管买票。

莘野问：“还是你要现金支票？”

谢兰生忙说：“不用不用！”现金支票太高级了，只在港片里面见过，会烫手的。

等谢兰生揣好了卡，莘野一指对面酒杯：“喝完再走吧，来这地方不喝一口显得有点儿格格不入。”

“好的。”谢兰生也正好馋酒了，说了声谢谢，就学着港片里的样子，将细长的杯脚卡在中指以及无名指间，往上一滑，手掌托起杯身：“这样？”

“不是，放下。”

莘野一边给他做示范，一边解释道：“正常拿这个杯子，不要碰到它的杯身，否则人的身体温度会影响到酒的味道。”

“嗯嗯。”

“晃一晃是可以的。”

“嗯嗯。”谢兰生小心地抿了一口，又抿了一口，觉得味道果然醇厚，一口干果一口红酒，不知不觉全喝光了。

莘野一直慢条斯理，靠着椅背，十分轻松，淡淡笑着，看着谢兰生。到最后，谢兰生突然又想到一个非常重要的问题，连忙又问：“对了，莘野，用银行卡去取现金是不是也需要密码？存折要密码，银行卡应该也要密码吧？”

“当然。我在中国就一张卡，怎么可能没有密码。”

“一、一张？唯一一张？再也没有其他卡了？那我取完立刻还回来。”听说莘野就一张卡，谢兰生傻了，“所以，密码是？”

莘野却没立刻回答。他喝光了最后一口，把玻璃杯撂在桌上。他跷着长腿，一手搭在沙发扶手上，一手捏着玻璃杯脚，垂眸看了会儿，才回答。

12月初，谢兰生终于踏上了去意大利的国际航班。因主办方只能报销他一个人的交通住宿，谢兰生没打算带人，但莘野说也想去看看，可以自费过去。谢兰生还挺奇怪的，毕竟莘野在“三大”上都拿过影帝头衔，不应该对都灵电影节感兴趣，可谢兰生同时觉得莘野这人十分神经，干出什么来都不稀奇。

他早前买机票用的是莘野的那张卡片。机票竟然十分昂贵，他很庆幸可以报销。祁勇当时在美国买往返中国的机票才花了3000，可是在中国买去欧美的却远远不止这些。谢兰生把银行卡还给莘野时还挺感激地说：“莘野，谢谢。”

这是谢兰生第三次坐飞机，他依旧好奇。也幸亏他在南渊厂时去过美国，办过护照，这回才能成功出境。申请护照异常复杂，必须拿出境外邀请、单位证明、亲属关系公证书、经济担保书、派出所意见等材料，单位、街道、派出所、公安局层层审核以后才会下发护照。

比较奇特的是，莘野竟然也要办理签证。莘野也持中国护照，不过是在中国驻洛杉矶总领事馆办的，据说不难拿到。

机场安检的队排得颇长，谢兰生却死死握着他手里的金属罐子。罐子里是电影胶片。装胶片的金属罐子是王先进帮他借的，有十几斤重，谢兰生每走一步，细把手都割他的手，可他不同意莘野帮忙，也不同意放在地上踢着走，一定要亲自提着。

都灵电影节组委会只给报销经济舱票，他们便坐经济舱去，不过谢兰生总觉得莘大影帝不太舒服，两条长腿伸展不开。

飞机冲上云霄那刻，谢兰生挺兴奋地道："起飞啦！"只觉自己似一只鸟，正在飞往富饶的远方，又像一只大鹏，扶摇直上了九万里。

莘野觉得好笑说："嗯。"

"莘野，你听说过那个笑话吗？"谢兰生的大脑思维一向都是比较发散，他说，"一只鸟儿，从A地呢往B地飞，去的时候一共花了两个小时，可回来的时候却是花了四个小时，请问，这是为什么？"

莘野皱眉："为什么？"他作为哈佛经济学院的高才生竟不会做这道题。

"因为啊，它从A地到B地去，是背着太阳的，用两只翅膀飞的，”谢兰生说着，伸出两手扑腾扑腾，又继续道，“而从B地回A地呢，就是迎着太阳了。它只用一只翅膀飞，用另一只翅膀挡光，就花了四个小时咯！”谢兰生在说这话时，把一只手遮在额前，另一只手上下扇扇，看着莘野，因为开心眼睛很亮。

飞机这时飞平稳了，谢兰生就扒着玻璃看天和云。蓝天白云在脚下走，边际处是道道金光。

“莘野，”在云端上，谢兰生又有些感怀，对莘野说，“这趟航班起飞以后，我觉得，一切都值了。”

“嗯？”

“我结识了你，结识了欧阳囡囡，结识了祁勇、岑晨，还结识了小红、小绿。我们这群人聚在一起，制作出了第一部由民间资本拍的电影，它还入围了都灵电影节的主竞赛单元，走到外面，一切都值了。”

“嗯。”莘野偏头看谢兰生，他的声音有些轻柔。

“罗大经虽是个混账，”谢兰生又想起电影梦开始的那个时候，“但我永远都忘不了第一次被人叫‘谢导’的感觉。”那种战栗直到现在还依然是清晰如昨。

“谢导，”莘野回应，“会有越来越多的人叫你‘谢导’的。”

“真希望如此啊……”他的声音逐渐变小，似在憧憬遥远的未来。

他本来想一直这样，看十几个小时的云——云，一朵朵都不一样，有大有小，有宽有窄，有薄有厚，有的像动物，有的似植物，都好看，可机组的工作人员显然并不想满足他，没多一会儿，就叫乘客拉下遮光板，还关上灯让大家休息，机舱顷刻安静下来。

谢兰生想翻开书看，但见莘野阖着眼，于是担心小灯太亮会让莘野睡不踏实，便没开，也打算补眠了。

他换了四五个姿势，一会儿靠着窗子，一会儿靠着椅背，最后发现，稍稍歪着，把自己的大圆脑袋卡进两个座的缝隙是最舒服的姿势了。补眠的同时他还抱着胶片罐子，用绳子把罐子把手跟手腕儿缠在一起。

飞机这时颠簸了下。谢兰生的脑袋一垂，醒了，又躺回了他刚觉得十分舒服的地方。

他把大背包从前座的凳子腿间扯了出来："对了莘野，你这次带杯子了吗？我怕你没带，在家洗了两个出来，这样咱们在电影节一逛一天也不会渴了……背着就好了！"

"洗？"莘野想说主会场的内部都有直饮水龙头，最不济也可以买，但见对方掏掏掏掏，便没说话，只是看着。

十几秒后，谢兰生总算掏出来了，递给莘野："这个行吗？"

他的手里擎着一个装桃罐头的玻璃瓶。

莘野见了一阵无语。

谢兰生又道："我在洛杉矶就这么喝水，觉得还是挺方便的。在房间里可以烧水，灌进瓶子就能带了。"

在谢兰生的心目中，"水"要自己烧开来喝。矿泉水瓶会被烫瘪，玻璃瓶子最合适了。他家也有大保温壶，但是只有一个，不够，而且还要原样带回，麻烦，于是，他还是选择了洗出两个罐头瓶子来，就和周围千千万万的中国人一个做法。至于回回买矿泉水根本就不在选项内，一瓶矿泉水在北京都卖三毛多钱，在都灵会更离谱的。

莘野又是无语，但他并没多说什么，而是接过罐头瓶，拿在手里掂掂说："挺好。"

"嗯，先揣着吧，我没有背包。"

"好！"谢兰生傻乎乎地说，"莘野，咱们都是黄桃罐头瓶，商店只剩这两个了。"

"嗯……"

因为没有直达航班，谢兰生与莘野两人花了两天才到都灵。

谢兰生本应当很累，但他却坐不住，非常兴奋，到了酒店把东西一放，就去楼下酒吧喝酒了。

这是都灵电影节的官方酒店，上上下下来来往往的是来自全球各地的电影人。

谢兰生在酒吧坐下，用两只手端端正正拿着酒单瞅了半天，最后点了最便宜的。

这位子是精心选的，因为旁边桌上全部都是亚洲脸孔，谢兰生想跟人说话、讨论电影，他觉得，与各个国家的电影人讨论电影一定会是一个特别开心的经历。

于是，落座以后，谢兰生把脖子一抻，往左边看了一眼，又往右边看了一眼，对邻座的六个人说："嗨！"

那六个人全都看向他。

谢兰生也有点儿紧张，不过还是用他十分蹩脚的英语打招呼道："Attend Torino International Film Festival?（来参加都灵电影节？）"

有人听懂他的话了，回应道：“Yes.Yes.You?（是，是，你呢？）”

“Me too! I am a director!（我也是，我是个导演！）”

见对方也是亚洲人，最靠边的女士问他：“Where are you from?（你从哪里来？）”

谢兰生说：“China!（中国！）”

“Oh!”那个女士左手画圆，包含她的所有同伴说：“Japan!（日本！）”

接着，用比谢兰生还蹩脚的英文问，“Ah…What is…your…movie's…name?（你的电影叫什么名字？）”

“Root!”谢兰生把自己桌子哐当一下并了过去，想说一下电影内容，却发现舌头打结——跟Nathan和Hunter描述《生根》是两个月前的事了，而且当时还能念稿，现在，他的英语水平不够用了。

对面莘野叹了口气，也移过来，用流利纯正的英语替谢兰生讲述《生根》。

然而，他讲完了一大段后，却发现那六个日本人都沉默地看着他，一个字儿也没听懂。

完了，谢兰生想，语言不通。他不会日语，对方不会中文，同时，这六个日本人的英语比他还要烂，无法交流。

对面，莘野还在努力尝试，一字一句十分缓慢：“It follows the life of a couple, from the heady days just after their marriage to the austere hardship of……（它讲述了一对夫妇的生活，从刚结婚不久的令人兴奋的日子到家庭的艰苦生活……）”

“莘野，行了。”谢兰生道，“你说的连我都听不懂。”

莘野闭嘴了。

按理说，语言不通，谢兰生该打声招呼而后径直打道回府，可他非常兴奋，不愿放弃与其他人对电影的沟通交流，他想了想，突然招手，向酒店的服务生要了一套纸笔过来。

他攥着笔，指指自己的胸脯，说：“My name！”而后在那白纸上写：谢兰生。

“Oh！”日本人全明白了——他们虽然不通语言，可是都能看懂汉字！

于是他们也拿过纸，一个一个地写名字。

在谢兰生身边的是森田小姐，再那边的是樱野先生……

介绍过后，谢兰生又在纸上写“黑泽明”，然后用手戳戳汉字，又戳戳自己，说：“I like！”

日本人也明白了，纷纷地说“me too”“me too”。谢兰生又在纸上写《七武士》《乱》《战国英豪》《影子武士》，说明这是他最爱的黑泽明的几部电影，其他人也一个个写，气氛欢快。

“聊”完黑泽明，他们又“聊”起了小林正树，还有今村昌平。当谢兰生用笔写下今村昌平的名言“我将书写蛆虫，至死方止”的时候，对面的人都看懂了，有些感慨，直说“Yes”“Yes”……

说完这些日本大导，又说到了中国导演。对面几人都写出了各自喜欢的电影导演和电影作品，还说会记住谢兰生，会去看《生根》的展映。

即使他们语言不通，然而通过这种方式竟然可以相谈甚欢，气氛越来越开心越来越热烈，一个小时很快过去，可是谁都不愿离开。

莘野只在一边看着，知道自己融不进去。

那是一个与这俗世相隔绝的、深爱电影的世界。他们看电影、拍电影，滔滔不绝地谈着，用电影来支撑生命。

莘野过去一直认为人生单调岁岁枯荣，然而谢兰生这样的人让他惊讶不已，内心深处有了绿洲，辽阔深远、葳蕤繁茂。

一直到了晚上12点，谢兰生与那几个日本人才恋恋不舍地告别，临别前还交换了房间号码和电话号码。

“真开心啊！”谢兰生脸红扑扑的，“电影节可真好玩！”

莘野轻笑：“才第一天。”其实是他们到的第一天，而不是电影节的第一天，事实上，电影节三天前就已经开幕了。

“嗯！”谢兰生如醉了一般，走路都一颠一颠的，头顶黑发一颤一颤的。他乘电梯上了10楼，打开房间迈步进去，从箱子里扯出一个大白背心，一条四角内裤，就进浴室了，嘴里面还哼着歌。

他现在在都灵电影节。他的电影入围主竞赛单元了。

而且，他欠莘野的钱也不算太多。

如此美好，做梦一样。

长途跋涉其实挺累，但谢兰生大脑兴奋，这个晚上翻来覆去也只睡了三四个小时。

第二天一早，谢兰生在官方酒店啃完自己带的面包，用小水壶烧了开水装在两个玻璃罐里，凉了一会儿，拧紧瓶盖，用毛线兜提着，就独自出门参加活动了。

都灵国际电影节是国际B类的电影节，也会举办大量活动，比如聚焦有趣故事的主题电影聚会、午夜单元、致敬单元……何况，都灵国际电影节虽然是B类的电影节，却并不比一些A类差。

A、B、C、D只是类别，不是等级。由37个制片人机构组成的国际电影制片人协会的下属机构国际电影节委员会把电影节分成了A、B、C、D四大类：其中A类是竞赛型非专门类电影节，一个国家只能认证一个；B类是竞赛型专门类电影节，都灵电影节的类型就是“新导演”；C类是非竞赛型电影节，只能提供展映和交易；D类则是短片电影节。不过呢，虽然没有高下之分，戛纳国际电影节、柏林国际电影节、威尼斯国际电影节却是国际电影制片人协会承认的世界三大电影节。意大利是艺术殿堂，因此，“屈居其次”的都灵电影节也具备相当的影响力，谢兰生对影展活动已经期待一个月了。

他乘电梯到了一楼，电梯门“叮”的一声打开，谢兰生惊讶地发现，对面那台同一时间到一楼的电梯里出现了森田小姐的身影！

她显然也看见了谢兰生，打招呼道：“Hi！”

谢兰生也说：“嗨！”

森田小姐还想说话，然而中文不会，英文不好，吭哧半天，又说：“Hi！”

谢兰生也说：“嗨！”

他们两人“Hi”了足足三个来回，森田小姐想起什么，却问不出，两手张开嗯啊半天也没说出所以然来，谢兰生便跑到前台向服务生要了纸笔，递给森田。

森田把本垫在手心，写：杂志广告？

谢兰生："啊？"

森田一边点着汉字，一边说："买了吗？买了吗？"她就只会最基本的英语单词。

谢兰生茫然地摇了摇头。

森田小姐皱皱眉头，一边在"杂志广告"两个词上拼命画圆，一边做动作。她指指字，又摆摆手，对谢兰生说："不好，非常糟糕！"

"啊？"

森田小姐有些着急，走到前台比画了一通，官方酒店的服务生帮她拨通了一个房间的电话。

谢兰生只静静等着。

过了两三分钟，一个日本随团翻译乘着电梯落到一层，看见森田迈步过来。森田对他说了什么，他便转头看谢兰生，用还算流利的英语说："谢导，昨天晚上告别以后森田小姐回去查了，发现《生根》竟是入选了主竞赛单元'国际剧情片'的作品。森田建议一定要在场刊上买一个广告，否则媒体记者、大影评人都不会看它的展映，也不会产生兴趣。若到时门庭冷落，销售公司和组委会便会认为它没市场，就很难卖出版权，也很难获得奖项了。"

谢兰生想，原来还有这些门道。

那个翻译又接着说："电影节的入围名单上面只有作品、导演以及国籍，《生根》是个中国作品，很少有观众关注，可以想见的，以后也很难卖出版权。因此，媒体记者、大影评人很可能直接跳过不看，销售公司销售主管也会忙着与别人谈，要知道，电影节这一个星期有上千部片子展映呢。场刊是在电影节的主会场前免费发的，你可以在官方场刊的广告页描述梗概、吸引眼球，让人去看。如果热度能上去，就有可能获得奖项了，也更容易卖出版权。在电影节，造势是非常重要的。”

谢兰生十分感动，对森田和翻译道谢：“谢谢，我还真不知道电影节有这些说道。”

森田又用日语回应，翻译听了，转述说：“大家都是亚洲来的。我们比较了解亚洲电影人的实际困境，别人还真未必知道。森田也是看到你从电梯出来之后突然感觉你可能并不懂这些的。”

谢兰生想，可能因为自己拎着开水太老土了，看着实在不像懂行的，森田才会担心这个。他想了想，又问：“这些广告多少钱呢？”

森田的翻译答：“最便宜的一万美金。”

听到这个恐怖数字，谢兰生就立即哑火了。

他甚至都不用再问怎么才能打上广告了，微笑着说：“谢谢，谢谢二位，帮大忙了。”

“嗯。”森田小姐微微点头，对谢兰生也笑着道，“Bye-bye！”

“拜拜。”

冷不丁儿地得知这个，谢兰生又有些焦虑。

距离《生根》正式展映只有两天的时间了，可他没钱购买广告，那……还能吸引媒体记者、大影评人以及国外销售公司到会场看他的电影吗？

如果到时整个房间空无一人……他不敢想。

在这之前，他还以为，热爱电影的那群人会一天到晚泡在会场呢。

因为宣传时间有限，谢兰生也没有时间再去参加官方活动了，他提溜着罐头瓶子沿着街道向会场走，一边走，一边思考要怎么办。

一万美金一个广告，杀了他吧……

那不打广告要怎么办？难道只能等死了吗？

不，他好不容易站在这里了。

谢兰生听祁勇说过，电影节选片委员会看片工作十分繁重，同时报酬也非常少，很多时候委员只看一个开头就淘汰掉一部片子。因为人手实在有限，有些影片甚至只有一个委员在家看过，而这个人喜欢与否就决定了影片命运。选片成员五花八门，喜好更是南辕北辙，他根本就不能保证以后还能入围影展。

可是……他还能再拼出路来吗？

他沉默地思考着。

天还真无绝人之路，走着走着，谢兰生突然发现了这地方的一大特点——路线单一。

两排树木夹着马路，宽大的枝条直接天际，任何人想参加活动都必须经过这条马路。

马路……

嗯？对啊，马路！

谢兰生的脚步定住，突然有了一个主意。

他走到头，细细观察，渐渐感觉有些激动，血液加速，心跳变快，一下一下宛如可以顶到咽喉。他立即掉头回酒店了。

莘野这时已经起床，正在镜前刮着胡子。

可谢兰生没工夫理他，径直走到桌前坐下，扯出一张16开的纸，开始撰写《生根》的广告。

唔……先写一句广告语，好，再写一段内容概括，行，然后写四个电影的特点，最后来个行动号召——“12月5日观看《生根》”这句应该就挺不错……

几分钟后，他又翻出分镜头脚本，把自己觉得最震撼的几张图剪了下来，打算用作广告配图。

莘野刮完胡子，清清爽爽地走过来问：“干什么呢？”

“莘野，你来得正好！”谢兰生站起身，按着莘野坐在桌前，“快快快，把这些话翻成英文，我要出去打广告了。”

“嗯？”

“森田小姐刚才说了，亚洲电影非常冷门，媒体记者、大影评人，还有那些销售公司根本不会去看展映。我需要在场刊上打广告，介绍自己，引起注意，把讨论度给拉上去才能取得好的结果。”

“所以？”

谢兰生笑：“我没钱打广告啊。可我发现参展的人都要经过一条马路，这样的话……我可以在马路边上举起广告介绍《生根》！”

莘野抬眸看着谢兰生，只觉得，自己永远在低估他。

谢兰生又着急地催，莘野垂下眼，拿起钢笔，把谢兰生的广告词一句一句翻成英语。作为哈佛经济系的毕业生，他还略微修改了文本，让广告愈发吸引人。

拿到翻译，谢兰生非常开心，甚至没与莘野道谢就风风火火地跑出去，请酒店的服务生介绍了家复印店，又是一路小跑过去，买了几张最大的纸，而后在旁边的咖啡厅里，仗着自己学导演的美术功底，誊写英文、粘贴配图、设计边框、制作广告。

画完，他又跑到隔壁超市买了一卷大透明胶，在《生根》海报的背面一行一行紧挨着粘，让纸变硬，这样广告就能使用很长时间，不会轻易破损。

正式执行计划之前，谢兰生又想起之前买纸的复印社还能印制带图案的T恤，噔噔噔再折回去，印了一件正反两面全都写着“12月5日观看《生根》”的T恤，穿上后自己觉得还挺带劲儿的。

终于，一切准备就绪了。

谢兰生穿着T恤，抱着广告，拎着凳子，一瘸一拐气喘吁吁地跑到会场前的路上，站上凳子，深吸一口气，而后呼啦一下，便把《生根》广告抖落开来了！

马上就有不少人围过来，一边看，一边念：“Root…from China…”

事实证明这招有效，谢兰生还挺高兴的。

过往的人时不时与谢兰生攀谈攀谈，谢兰生就一边举，一边扭头回答：“我是《生根》导演本人！我的作品已经入围主竞赛单元了，我想邀请你们去看！”

一会儿后，谢兰生的手酸了，可他实在不想错过任何一个潜在客户，于是咬紧牙，硬撑着自己，继续举。又是一会儿后，他两只细瘦的胳膊开始发抖了，而且还越抖越厉害。

于是谢兰生把手收回到了自己胸前，还是提着广告，歇十几秒，再继续举起来——如果不这样高高举起来，就只有马路最内侧的人才能看得到了。

谢兰生整整举了两个小时，感觉手都不是自己的了。谢兰生就把凳子寄存在路边店里，又风风火火地跑回了电影节的官方酒店，一手抓着一个面包，一手拉着莘野，得意扬扬地给莘野看他打的《生根》广告。

也不知道怎么回事，他就是想让莘野看看。

结果，到了地方，谢兰生吓了一跳！

有一大堆导演照葫芦画瓢抄袭了他！

那儿站着好几个人！

谢兰生一看，这里面有印度导演，有伊朗导演，有希腊导演，有捷克斯洛伐克导演……

天……他掀起了一股风潮。

作为广告鼻祖，谢兰生自然是不甘心就这样被别人压过去的，他想了想，转过头，上下打量起身高一米八七的莘野来。

“莘野，”谢兰生说，“咱们可以两个人扯，把广告再放大些。”

莘野原本想，他是一个“三大”影帝，如果被人当场认出他真的是没脸出门。然而，也不知道怎么回事，鬼使神差一般，莘野嘴角扬了扬，说：“好。”

他自我安慰：自己只拍过两部电影，拿过一个奖项，也未必有谁真认识他了。

两个人在酒店房间把几张纸拼在一起，重新做了一张海报，将重要的字都放大。接着，兰生又从官方酒店搬了一张凳子出来，他们一人站上一张，一人扯着一边，让路人看。

又是两个小时过去，谢兰生觉得差不多应该可以达到效果了。停车场在几十米外，前来参加电影节的都应该能看到广告。

因为广告还剩不少，晚上，谢兰生又想出一个“骚扰”大家的主意来。

他就住在官方酒店，知道目前这个时候这家酒店里住的全都是电影行业的从业者，有制片，有导演，有演员，有销售公司的销售主管……

而且，不只这家酒店，旁边一家、对面两家住的应该也都是电影人。虽然肯定有很多人住在别处，比如市中心，但也一定有很多人住在附近，比例大概一半一半。

他想到了这一层后，又赶在那家复印店关门之前印了1100张《生根》的宣传单，刷的是莘野在美国的Visa国际信用卡。这回他还十分仗义，把同在都灵的孙凤毛那部电影也印上了，就在背面。说起来，孙凤毛的筹备工作比谢兰生完成得早，可孙凤毛用广告公司的摄影机来拍电影，那家公司只有周日才借给孙凤毛机器，加上孙凤毛自己剪辑，也耽搁了不少时间。另外，孙凤毛的电影《玩耍》也重拍过，跟谢兰生是难兄难弟——因为没有冲印资质，孙凤毛请一家早已不冲电影的胶卷厂翻出废弃的洗片槽让他下班后过去用用，对方答应了，可没想到，那洗片槽年久失修，洗到半路竟然卡住了，孙凤毛拼了老命也没救回他的胶片，一整本在药水里面泡了足足一个小时，也废了，孙凤毛也只得重新筹备、拍摄那一大段。孙凤毛的那部电影虽未入围主竞赛单元，却进入了其他单元，也有机会卖掉版权。谢兰生自然是希望大家都能走出路来，便把孙凤毛的电影也带上了。

谢兰生手捧着宣传单，没吃晚饭，而是在正常人应该吃完晚饭的时间点，站在各大酒店门口，对看着像电影人的各国游客派发宣传单。他穿着《生根》的T恤衫，一边发，一边向对方宣传："您好！我是中国的电影人，我的电影《生根》入围都灵主竞赛单元了，5日展映，欢迎观看！"到了最后干脆就是："请来看看我的电影！""请来看看我的电影！"

有人对他十分鄙夷，可更多人报以微笑，接过传单看上面的字，其中几个穿西装的甚至与他聊了几句，问他为何作为导演却亲自来派宣传单，谢兰生总不卑不亢，都笑着答："我没资金做宣传了！但是非常希望《生根》可以被人们看到。"对方总能表示理解。

谢兰生在隔壁酒店还有对面酒店门口发了好大一波广告，回到官方酒店的时间是晚上9点。他深感这里作为官方酒店才应该是主要战场，于是偷偷摸摸爬上顶楼，把宣传单从每间房间的门缝里偷偷地塞入。

他做贼似的，有服务生经过时就老老实实装在走路，没有任何人看他时就拼命地塞宣传单。酒店一共500个房间，他想着，能塞多少就塞多少，被赶出去就被赶出去吧，反正后天就展映完毕了……如果被谁正好看到，被赶出去的可能性还真是不能小看的。

他要小心谨慎，小心谨慎……

到某一个房间前面，谢兰生正撅着屁股往门缝里塞宣传单呢，就冷不丁听到身后传来一个地道英音："Who are You（你是谁）？"

被抓包了！即使是谢兰生，也被吓得跳了起来！

他忙不迭转过身子，露出一个讨好的笑，说："我是中国的电影人，我的电影《生根》入围都灵主竞赛单元了……但我没资金在场刊上打广告让大家去看，只能自己印宣传单，希望得到一点关注……”说着，谢兰生将他手里的《生根》宣传单递上一张，还指指背面，道，“唔，背面是另外一部中国导演拍的电影，叫《玩耍》。”

身材高大的英国男人接过宣传单，脸色稍霁，他低头看了看手里的宣传单，又抬眸看了看谢兰生的眼睛，抬起手，从怀兜里拿出一个银色金属的名片夹，抽出一张，递给谢兰生说：“Bill。”

“嗨，Bill，我叫谢兰生，能认识你非常高兴。”谢兰生把名片接过，仔细瞅瞅，发现上面的名字是“William Wilson”，名号是“文艺复兴国际”的销售总监。

谢兰生不知道“文艺复兴国际”究竟是个什么公司，他好像从来没听说过。

“嗯。”Bill冷淡地点了点头，上前一步，谢兰生忙退开半尺。Bill刷卡进屋，关上门，房门发出“咔嗒”一声。

“呼，好险……差点儿就被叫服务生了。”谢兰生惊魂未定，拍拍胸脯，继续塞。

到了大约晚上十一点时，谢兰生手里的宣传单终于只剩最后一张，大功即将告成。

然而，他刚想塞，手就猛地顿在那里。

片刻以后，他“唰”的一下把宣传单收回，仔仔细细叠了一折，带着回了他和莘野位于五楼的标准间。

莘野为他把门打开问：“宣传单全都发完了？”

“没，”谢兰生的眼睛很亮，他用双手仔细擎着最后一张

《生根》传单说，“还剩一张。”

莘野挑挑眉：“干吗剩一张？”

“因为啊……”谢兰生走进去，到了桌前，拿起一支纯蓝墨水的英雄笔，在广告的左上角写了几个字，又再一次折好纸页，郑重递到莘野胸前说，“因为……莘野，最后一张《生根》邀请，我想送你。”

莘野低头：“嗯？”

“我想起来，这电影节在最开始是你主动要参加的，我本来想一个人来。但是……嗯……莘野，我从来没邀请你来观看《生根》的首映礼，但是现在，我诚挚地邀请你到现场参加电影的展映，这对我非常重要。嗯，你是导演邀请去的，不是自己非要看的。”

莘野好像有点惊讶，几秒后，才伸手接过那张简陋的宣传单，轻笑道：“行，我接受这邀请了，我会去的。”

“谢谢！”谢兰生说，“那，我先去洗澡了。”

“行。”

在谢兰生离开以后，莘野打开那张宣传单，看着谢兰生刚才无比认真一笔一画写下的“To：莘野”这几个字，不由得回忆起一起拍《生根》时的点点滴滴，终于没忍住，自顾自地笑出了声。

第　七　章

怅　惘

由于《生根》参赛晚了，自然字幕也做晚了，谢兰生一直等到影片展映的前一天才收到了最终拷贝，这还是被连夜快递来的。谢兰生在拆开包后甚至感觉拷贝还是热乎的。

因为交送时间太晚，谢兰生的作品《生根》被排到凌晨四点技术检查。对电影的画幅、字幕、声音等电影节有官方要求，因此，每部电影在放映前必须接受技术检查，再由导演本人签字。同时，导演也要确认这个拷贝就是最终要放映的影片内容，所有细节分毫不差，避免导演糊里糊涂交上去个错误版本。

莘野陪着他的谢导一起去做技术检查。

检查人员一番准备，五点左右鉴定才开始。

谢兰生知道，自己没法儿回去睡觉了——《生根》片长90分钟，这个鉴定少说也要七点左右才能结束。电影节上，每部电影在该片展映日都会放映多场，而第一场也就是记者会上的放映通常是在上午10点。这个场次十分重要，媒体记者、众影评人，还有各家销售公司可能出席的代表就是看这场，谢兰生作为导演必须出席活动。算算，如果提前一小时到，他八点钟就要起床了，还睡什么呢?

可谢兰生是真的困。31日到1日整整坐了两天飞机，2日晚上由于兴奋只睡着了四个小时，3日晚上强忍着累在大厅里宣传电影，本来想着今晚休息，可又被通知凌晨四点去做电影技术检查……

谢兰生的两只上眼皮一刻不停地往下搭，莘野自然注意到了，拍拍对方胳膊，说：“睡会儿吧，我来盯着，真有问题了再商量。”

谢兰生问：“莘野?”

“无字幕版你看过了，英文字幕我盯就好。”

“明天要打一整天仗。”莘野刻意压住声音说，“将就将就，睡会儿。”

“莘野?”

“电影展映最后一场要到零点才能结束，不睡会儿你扛不住。明天可能会有买家表现出对《生根》的兴趣，你昏头昏脑的可不行。”

谢兰生想想也有道理。技术检查绝对不算一个困难的活儿，他本人很相信莘野，知道对方肯定不会在这上面出岔子。“好……谢谢了……”

谢兰生闭上眼，明明已经困到极致，却还是用了好几分钟才进入梦境。

谢兰生是在电影的“乡村血夜”中醒过来的，也许是因为声音太大。谢兰生直起腰，看着屏幕。在都灵的氛围当中一切感觉都被放大了，对着屏幕上的彩凤和她的女儿们，谢兰生有点儿难过。

都灵时间凌晨六点半左右，技术检查终于完毕，第一排的工作人员让谢兰生签字同意，而后全都挺友好地祝谢兰生展映顺利，谢兰生也谢谢他们并且表示希望如此。

“啊……”出来后，谢兰生对莘野说，“再回去睡一个小时！”

莘野淡笑：“嗯。成。”

然而，觉并没有睡成。

谢兰生和莘野二人全都没有想到的是，他们刚一回到房间床头电话就响起来了！在意大利冬日清晨宛如声声催人的钟。

“干吗呀，一大早的，催命鬼吗？”谢兰生一边抱怨，一边接起电话来。

听了两句，发现电话的另一端竟然是电影节组委会！

唔，是要嘱咐展映须知吗？

谢兰生的不满没了。

“谢导，”对方声音严肃而紧张，“请您立即过来一趟，到组委会的办公室。”

谢兰生问：“现在？我能不能在展映前十五分钟再过去呢？这样我们就不需要一天两次往返会场了。”

“最好现在就来谈谈。”对方语气不大对劲，“越快越好，不要耽搁。组委会的办公室在一楼走廊的最右边。”

谢兰生也有些紧张了：“好的，我马上到。”

怎么了？他们要跟自己说什么呢？

郑重地放下电话以后，谢兰生对莘野说，电影节的组委会刚十万火急叫他过去，一分钟都不让耽搁。

莘野问：“什么事？”

谢兰生说：“不知道。”

莘野转身拿上大衣，下颌紧绷：“走，去看看。我陪你。”

“嗯。”

二人路上都没说话，自顾自地匆匆前行。可是他们都很明白那个电话不是好的征兆。

都到这步了，还能如何呢？

谢兰生抬头。远处，阿尔卑斯山被白雪层层覆盖，群峰相连，玉带一般地拥抱着这座城市。它静静地巍巍耸立，纯净、美丽、沉默、永恒。都灵好美，不愧被人称作是“阿尔卑斯山的城市”。

一路赶到组委会办公室的红木门前，谢兰生想抬手敲门，却又忽地缩了回来，看看莘野，又抬手，又缩回，烦躁不安，仿佛一推开这扇门就会踏入地狱一样。

“好了。”见谢兰生这样不安，莘野站在他的身后，又用力拍拍他的背，说，“没事啊。”

“嗯……”

莘野一向气场强大、内敛冷静，他在谢兰生的耳边声音带磁地劝慰说：“顶多就是电影拷贝出了问题不能放映，咱们再去参加别的电影展映就可以了，嗯？”

谢兰生也稍微好了些：“也对。”

还能有什么更糟的呢？

莘野说完，又整了整谢兰生的衬衫，让他精精神神漂漂亮亮的，接着，让谢兰生重新面对组委会的房间大门，十指用力地掐了掐他瘦弱的肩胛骨，给他力量，在他上方说了一句：“有我……有我们呢，别担心。”而后，轻轻在门板上敲了几下，又替他拧开门，把他推进去。

谢兰生将大门关了，一抬头，却赫然发现房间里面坐着黑压压的一大群人，连组委会的主席都在！

整个房间气氛严肃，与电影节完全不符！

真是出现意外了吗？拷贝丢了？一个B类的电影节还能出现这种错误？

不过，没事的……就如刚才莘野说的，顶多再去别的影展。

谢兰生深深呼吸，告诉自己必须镇定，而后强迫自己抬起脚来，用正常的步子走过去，一边抽出椅子坐下，一边问：“我猜猜看，是拷贝发生问题了吗？”

“不是。”组委会的主席Matteo De Sciglio把一份传真递了过来，“谢导，你先看看这个。”

“这是什么？”谢兰生用目光轻扫，发现竟是中英双语的。

大意是希望电影节停止放映《生根》《玩耍》，同时，要求他和孙凤毛二人主动撤片。

谢兰生万万没想到！他口干舌燥，却又没有一口水喝，只能忍着，十指僵硬。

“谢导，”Matteo De Sciglio 主席说，“这件事情非常重大，它关系到你的未来。”

谢兰生说：“我知道……”

“我们希望你们两个可以理性地做抉择。当然，现在距离《生根》展映只剩不到三个小时了，也不知道是否足够做出一个好的决定。”

谢兰生小声说：“可以的。”

“谢导，”Matteo De Sciglio 又道，“我们已经讨论过了。都灵国际电影节不会停止放映《生根》，这主要看你和孙导是不是想主动撤片。我们理解你们的困难，不论你们二位做出什么样的最终决定，我们都会尊重并且支持。”

谢兰生紧咬嘴唇。

这个时候，他多希望莘野也在一旁。

“谢导，”对面 Matteo De Sciglio 又问，“你是不是需要一点时间来做最终决定？需要我们先出去吗？”

“不用。”谢兰生摇摇头。

撤片吗？可都已经到这里了啊。

他想到了莘野、祁勇，也想到了在等待着这片子的欧阳囡囡以及岑晨……如果就这样回去了，他拿什么面对大家？他又想到了自己那天在马路上打的广告，想到了他之前在酒店里面发的宣传单，想到了森田小姐等人说的“我们一定去看片子”，想到了发传单时一些人十分感兴趣的眼神，也想到了当时几个来自各大洲的男女说，好，他们肯定会到场的……

此时，众人正在大厅外面，手拿着票，准备进去，猜测着，期待着。

他幻想着展映现场他的作品被放出来，黑压压的一整屋人屏息静气认真观看，其中有记者，有影评人，有销售公司，也有普通观众。而后，他们思考、评价。

脑中片段一幕一幕走马灯似的闪过去，谢兰生想着在展映厅外面等候着的人，握紧双拳，咬了咬牙说："放。"

听到答案，Matteo De Sciglio很冷静，他问："谢导，想清楚了吗？"

"想清楚了。"谢兰生的两只眼睛不再逃避，他突然抬起头，又坚定地道，"放。"

"我们知道了。"Matteo De Sciglio点点头，"《生根》今天照常展映。"

"嗯。"谢兰生全身的力气都在刚才被用光了，他用两手撑着桌子，站起身来，"那我也去准备准备，谢谢电影节的支持。"

"应该的。"

谢兰生把房门打开，看到莘野，也不知道怎么回事，就轻轻地叹了口气，闭上眼睛，一动不动，用力地汲取能量。

莘野问："怎么了？说什么了？拷贝坏了？"

"没。"谢兰生摇摇头，呵呵笑了两声，"照常放映，没什么。"

莘野知道谢兰生刚刚绝对经历了什么，但谢兰生不想提，他也只能默不作声。谢兰生就是这样，他从不会显出脆弱，他只会在过了坎后云淡风轻地说一说他那时候曾蹚过了怎么样的一片沼泽。

就这么着，1991年12月5日，《生根》照常亮相了。

上午10点是记者会的展映。这几年，各电影节都会设置记者、片商的专场。因为他们太忙了，对不感兴趣的片子可能只看15分钟，而观众的纷纷离席会摧毁导演的信心，于是，电影节用“专场”表示，这些不是普通观众，别想太多。

出乎谢兰生的意料，他的广告起了作用，媒体记者和影评人竟有不少来到现场。大电影节在一周内都会展映上千部影片，观众只能挑选着看，《生根》能有这个场面已经算是一个奇迹了。

整个会场十分沉默。谢兰生分明听到有一些人轻轻叹气，那个声音十分幽微，整个房间压抑、沉默，仿佛空气都变黏稠了，叫人喘不过气来，放映室的黑暗牢牢攀附着每个人。

最后，片尾字幕升起的时候，谢兰生流下泪来。他不住地哭，眼泪无论如何都抹不干。

他的电影放映完毕，他等到了这个时刻。

会场的灯重新亮起，有不少媒体记者和影评人过来致意，谢兰生一一握手，一一感谢。

晚上正式放映时也进来了不少观众，几乎坐满了后半场。当放映到高潮情节时，有些女性尖叫起来，会场里面也出现了好几声“啊”的声音，证明观众在全情投入。

谢兰生发现，都灵电影节的观众非常专业，他们可以看懂电影，非常知道在哪里鼓掌、在哪里沉默。

最后放完，全场鼓掌。国际上各大电影节约定俗成的规矩是，对好片子鼓掌，对烂片子跺脚。

23点30分，《生根》在都灵的所有放映场次全部结束。

谢兰生在会场门口连续抽了三根香烟，才慢腾腾地回酒店。

谢兰生非常清楚，从今以后，他的路会更加难走。

可一切才刚刚开始。

从此，他将与电影相依为命。

谢兰生整理思绪，一步步往电梯间挪。

正好之前被熟人拦住说话的莘野也回到了酒店。对谢兰生被禁的事他也已经得到消息，事实上，刚才几个记者还是莘野先认识的，他拍那部赌神电影时接受过各家的采访。

“谢兰生！”莘野双手插在兜里，站在远处，冲谢兰生叫了一声。

“嗯？”

莘野看了眼他，又看了眼面前的地，让他过去，谢兰生则乖乖听话，心想这人够霸道的。

莘野压根没有提起那张禁令，只问：“去吃个冰激凌？”

“啊？”

莘野嘴角一扬：“意大利的冰激凌在全世界都挺有名的，去尝尝？我过来时顺便看了，有好几家零点关门。”

“嗯……”谢兰生说，“好。”他想，虽然还是担心未来，但冰激凌也可以吃，下回再来意大利就不知道是猴年马月了。

听到答允，莘野转身向门口走，谢兰生则亦步亦趋地跟在莘野的身后。

因为已经要关门了，莘野两手插在外套兜里，步子很大，穿过酒店旁边的小巷，走到相邻的马路上。

路灯映着他高大的身影。他一步步走，腿很长，而他身边来来往往的欧洲人比他都要矮半个头、瘦一大圈，气质上也差几个档次。

莘野走到冰激凌店，在台阶上站定了，伸出骨节硬朗的手指，拉开门，瞥了一眼身后的人。谢兰生则赶紧进去。

莘野推荐了意大利最有名的开心果味的冰激凌，而后想了想，又推荐了巧克力味的："都灵的巧克力不错，被称为巧克力之都，每年还有巧克力节。知道费列罗吗？原产地就在这儿。"

"不知道。"谢兰生用手紧紧握着店家打的两份冰激凌，觉得好神奇，跟他吃的雪糕完全不同啊。

二人坐在圆桌两边，谢兰生用勺子舀起一口冰激凌送进嘴里，觉得可真软，入口即化，跟北京的区别好大。过去，他吃过的最好吃的是哈尔滨的"马迭尔"，这个就是开心果味吗？

莘野用手支着下巴："开心果能除郁安神，挺好的。"

"嗯。"

他又去尝巧克力味的，据说也能让人放松。柔软、丝滑，又甜又苦，醇厚深远，有点像他这一路走来。

其实谢兰生虽担心未来可却并未过分焦躁。风风雨雨地走过来，他也不太大悲大喜了，而是可以比较客观地思考当前状况。

他无法离开电影。

也就是说，下部电影对资金的要求只会更加庞大。

他这几天必须卖掉《生根》，别无他法。

见谢兰生双眉微皱，莘野问："在想什么？"

谢兰生被打断思路，一愣，对莘野说了实话，最后道："我必须要卖掉版权。”他用了曲折的修辞，微妙的省略，把一切说得云淡风轻，因为这些滋味真的只能自斟自饮。

莘野盯着谢兰生的一双眼睛看了半天，才终于说：“行，我知道了，只是最后确认一下。”

听到莘野这个回复谢兰生还挺莫名的：什么叫“行，我知道了”？

莘野淡笑，没打算继续说下去。

事实上，就算谢兰生不打广告，他也可以联系公关邀影评人去看展映，也可以帮谢兰生把电影的版权出手，可谢兰生要自己宣传，他便陪着痴陪着癫。

现在……如果谢兰生有需要，他会出手的。

上回寄送是他疏忽，没有想到电影胶片是不能过X光机的，但他不会再犯错了。

对面，谢兰生把两个口味的冰激凌都吃光了，在用勺子刮小碗四周，一勺一勺抹在舌头上。

也不知道是因为开心果还是因为巧克力，吃完两盒意大利“Gelato”，谢兰生的担心少多了。

先走一步看一步吧，畏首畏尾的也没用。

大约那个冰激凌还真的可以除郁安神，谢兰生在这个夜里竟然睡得还算不错。

第二天，谢兰生在他房间的电话前苦等一天，连吃饭都不敢出门，总是担心错过买家。森田小姐告诉过他，展映后，24小时内要有报价。

然而电话死一般安静。

莘野虽然打算出手帮他搜寻国际买家，然而八字还没一撇，他不习惯把话说太早。

一直到了晚上六点，在谢兰生就要绝望时，电话终于响起来了！

谢兰生从床上手脚并用地爬下来，小狗一样跪在地毯上，劈手就把电话接起来！

“谢导，您好，”对面是个美国男人，“我是美国环球影业执行总监Brian Harbin。请问《生根》美国地区的版权还在手上吗？”

谢兰生跪在床头柜前说：“美国版权？在的在的！”

“那，可不可以今晚八点在楼下的咖啡厅见？那家叫作‘Passion Cafe’的地方，我们可以当面聊聊。”

“可以可以！当然可以！”谢兰生忙不迭地道。

“那晚上见。”

“嗯！晚上见！”

放下电话，谢兰生的“绝处逢生”就要实现了。他跳起来，一把捉住莘野的胳膊：“莘野！美国环球影业！环球影业想买版权！”

莘野淡笑：“好。咱们一起跟他谈谈。”这还真不是他寻来的。

“嗯！”

“有心理价位吗？”

“给钱就卖！”

“胡说什么。”莘野想想，“20万美元。”

“这会不会太多了……”

“不多。”莘野说，“自信点。”

“好哦……”

于是，晚上八点，谢兰生与莘野到“Passion Cafe”与Brian Harbin讨论版权销售。

环球影业并非一家销售公司，而是发行公司，可以直接发行电影。

一般来说，在电影节当“伯乐”的都是各大销售公司。销售公司拿走版权，再转卖给发行公司，并且针对特定区域的发行权进行谈判，其中包括国家、价格、媒介等。销售公司通常会与制片方面签署协议，商量要价还有底价——后者是指最低价格，而后，销售公司每一次把版权卖到新的地区，都需要给制作方抽成。而推销的宣传材料也是销售公司自行筹备，毕竟他们比较专业。通常来说，一部电影若能卖到20个国家和地区去，就一定能有好结果，可也因为目标市场是全球的各个国家，独立电影的制片人很难亲自进行谈判，交给一家销售公司是最常见的做法。不过，销售公司眼光也高，不会轻易浪费资源——销售人员会到各大电影节上观看影片，然后撰写这部电影的市场适应性报告，再看是否要“下手”。目前，全球两大电影销售中心是洛杉矶和伦敦，前者有独立电影贸易协会，后者也有自己的协会。

莘野初步打听过了，大的电影销售公司一年会运作20到25部电影，中等公司一年会运作10到15部，如果多于这个数字对谢兰生会比较不利，因为公司的推销会过于分散，毕竟，销售公司并不会向制作方付初始费用，而是要等成功转卖电影的版权到某地区以后，才会分成给制作方，一个地区一份钱。

不过，对于美国这样的大市场，绕过这些销售公司直接对接发行公司也是一个好的选择，这样，版权费用会百分之百归制作方，《生根》的制作方就是谢兰生。

Brian Harbin身材高大，几乎就要赶上莘野了。

他与二人一一握手，而后重新坐在凳子上，抽出名片递给他们，又把两杯拿铁推到对面："我点了拿铁，可以喝吗？"

谢兰生说："可以可以，太谢谢了。"

几句寒暄过后，Brian Harbin不再做更多客套，而是选择单刀直入。这是一桩好的生意，他有资本开门见山，而不用像想压价的小公司般东拉西扯。

Brian Harbin道："谢导，Yves，是这样的，这几年来中国发展非常迅速，一些美国的电影观众也希望能了解中国。基于这个特殊背景我对《生根》很感兴趣。我昨天在电影节上看了《生根》的第一场，印象很深，虽然手法略显粗糙，但它没有宏观叙事，没有说历史、文化，而是把镜头的焦点对准一个普通家庭，这是我们想看到的。"

谢兰生还挺高兴的，他说："谢谢！"他感觉Brian Harbin眼光很毒，一下就能说到要害，这个正是自己、孙凤毛与国内其他大导的不同之处。

Brian Harbin又说："在美国，比起亚洲的商业片，观众更爱看文艺片，必须是细腻的那一种，有亚洲的独特味道。所以，如果条件全都合适，咱们就能走流程了。版权购买需要总部那边开会并且过会，但不会花太长时间。"

“嗯嗯……”谢兰生问出了最关键的问题，“过会的概率有多少呢？”

“说实话，”Brian Harbin道，“我是公司大制片人。迄今为止，我看中的电影版权还没有过买不成的。我可以把话撂在这，百分之百，没有意外。”

谢兰生的心情激动：他真的要成功了吗？

他离目标如此之近！

“谢导，”Brian Harbin又问了重点问题，“《生根》，美国地区，电影院、录像带、VOD点播、付费电视、免费电视、航空系统应用六个媒介，您报个价。”

谢兰生刚想说20万，莘野却挥手拦住了他。莘野上身略略前倾，给人的压迫感极重，道：“您给一个您认为与《生根》匹配的价位吧。您认为，它值多少？”

Brian Harbin一愣，然后笑了：“我都忘记Yves你可是哈佛经济系的毕业生了。”

但Brian Harbin也没有反套路，他想了想问：“Yves，压来压去也没意思，咱们双方都真诚些。20万美金，应该够了吧？”

莘野靠近座椅背里，淡笑一声：“这么痛快，看来是有附加条件？”

“厉害。”Brian Harbin的笑非常真诚，让人亲近，“放心，不是什么大的要求。”

“说说看？”

Brian Harbin似乎真的完全不认为这个要求会被拒绝，道：“昨天，我跟公司几个大导整夜讨论这部片子，最后我们共同的结论是，结尾要改。”

谢兰生好看的眉毛立即微微地皱起来。

Brian Harbin自认已经给了个非常好的合作条件：“《生根》结尾太悲惨了，这不符合美国市场，会让观众失去兴趣，也会让我们失去利润。我们希望，谢导可以为美国版单独拍摄一个结尾，即陈彩凤带两个女儿到深圳去重新生活，并遇到了全新的感情，王福生虽心痛后悔却也无法挽回她了。”

“不，这不符合影片主旨！”谢兰生激烈地抗议道，“彩凤不是这样的人！她意识到她的悲惨，可并没有可以主动摆脱家庭的能力，也没有这个眼界学识。按照彩凤的经历，她能醒悟的就只有‘当个女人太辛苦了’，这是她在观察周围以后所得出的一个论断，她无法意识到深圳还有新的世界。她就是这样的女人。”

“不行。”Brian Harbin却十分坚持观点，“Bad Ending（悲惨的结尾）是没有市场的。谢导，我们的条件足够有诚意。经过整宿的讨论后，我们这边的提议是，《生根》结尾需要重拍。环球影业提供资金，您不需要担心补拍所产生的额外费用。影片《生根》同时发行原先版本和美国版本，这是一个双赢策略。”

末了，Brian Harbin又来一记重锤，“谢导，如果不能修改结尾，那么抱歉，我会说，《生根》不仅会失去环球影业的兴趣，还会失去其他潜在买家的兴趣。”

几秒之后，谢兰生问：“意思是，如果不想修改结尾，环球影业就不买了？”

“很遗憾地说，是的。如果《生根》维持原版，那就说明，我们双方在关键问题上无法达成一致，谈判只能宣告破裂。”

旁边莘野没给建议，想看谢兰生会怎么做。

谢兰生又攥紧手指。

要改吗？

要让美国的观众们看到一场“皆大欢喜”吗？

可那不是他的人物，也不是他的故事。

谢兰生知道，自己已经等了整整一天，这是唯一的潜在买家。按理说，在经过了一整天的展映以后，如果有人真的想买这会儿应该已经行动了。

而且，这唯一的一个买家还是“巨无霸”环球影业。

他现在被禁了，比上一次更需要钱。他本人的个性让他无法欺骗亲戚朋友，如果再去拉投资，他肯定要实话实说，那谁会在有关部门已经明确下禁令的情况下还把资金投给他用呢？而且，如果这次回本失败，没能卖掉任何版权，那下一次肯定没有谁会愿意让他再试了。

而所谓的“海外基金”听上去也挺不靠谱，他会走到死胡同的。

20万美金啊。一闭眼，一咬牙，给美国版重拍一个结尾，他就有钱拍下部了，甚至下下部，下下下部。

何乐而不为呢？傻子才会不同意呢。也正由于这些原因，环球影业的执行总监Brian Harbin才会胸有成竹吧。

谢兰生的目光转到他带来的黄桃罐子上。因为担心要谈很久却又没钱买咖啡喝，谢兰生把他的开水一同带到Passion Cafe里边来了。

这个东西远道而来，跋山涉水辗转颠簸，如今却是静静蜷缩在咖啡桌的一个角，对着香浓的拿铁，卑微、怯懦、惴惴不安，怪可怜的。

咖啡馆内人声喧哗，谢兰生却觉得金灯银灯满地乱走，他却一个都抓不住。

半晌以后，谢兰生终于下了决定，他抬起头，看着Brian Harbin说："抱歉，Brian，我是不会改结局的。"

他只想尊重自己的想法，于是只能回去继续思考"绝处逢生"的办法了。

听到这话，Brian Harbin的脸上展现出了显而易见的惊讶："谢导，你要不要再考虑下？"

谢兰生则轻轻摇头："我没什么好考虑的。但是，我诚挚地恳请环球影业再想一想……这部片子之所以能入围都灵主竞赛单元，正是因为这结尾啊。如果实在不能接受原版，那我们虽然互相欣赏，但只能一拍两散了。"

Brian Harbin看着谢兰生，半晌，他低下头，对着桌面仔细思考良久良久，右手几根手指飞速地在咖啡桌上敲动，显得十分犹豫纠结。足足过了半分多钟，Brian Harbin才再一次抬起头来道："对不起，谢导，我们认为要改结局，美国市场和电影节选片标准完全不同。"

谢兰生想，没戏了。

谢兰生站起来，与Brian Harbin再次握手说："还是非常感谢环球影业对《生根》的欣赏，希望咱们下次能有真正合作的机会。"

“嗯，我们期待着。”

在咖啡的香气当中，双方谈判正式破裂。

Brian Harbin走了，谢兰生也带着莘野一步一步走出大门。

目前为止唯一一家要买版权的公司被他亲手撵走了。

他不后悔，可他真的不太清楚自己这样是对是错。

刚刚走回酒店门口，谢兰生就眼前一花，因为一个男人猛地从天而降拥住了他，还高兴地叫：“兰生！兰生！啊啊啊啊我太兴奋了！”

谢兰生把人扯下去才看出来是孙凤毛。他被对方情绪感染，也笑着问：“怎么了？有好消息跟兄弟分享吗？”

“对！”孙凤毛太过激动，连唾沫都喷了出去，“兰生，兄弟，我要卖掉美国版权了！20万！美金！”

谢兰生说：“恭喜恭喜！是哪一家？”

“真带劲啊！”孙凤毛的两手挥舞，“环球影业！你能想象吗？！”

谢兰生在听到名字后心里有点酸溜溜的，只能感慨时运不济，他不无羡慕地说：“真好……环球影业的Brian Harbin刚刚在咖啡馆也跟我谈过了。但跟《玩耍》不同，对于《生根》他们要求替换结尾，我实在是不能接受，就谈崩了，崩得嘁里咔嚓的。”

“啊？”孙凤毛听到这里露出一脸的不理解来，“Brian也同样要求《玩耍》修改最后的结尾了，要happy ending（喜剧的结尾），我觉得这问题不大，就答应了。”他的《玩耍》与谢兰生的《生根》一样，都是描述家庭的，不过，谢兰生关注的重点是压抑的女人，他关注的重点是压抑的孩子，结尾，与谢兰生思路相似，主角孩童在大雨天奔跑出去却惨遭车祸，环球影业则要求改成孩子父母幡然悔悟一大家人其乐融融的结局。

谢兰生没指责孙凤毛，只笑着说："唉，羡慕，你太利落了，我就不行，纠结了半天还是没同意。"谢兰生知道，对于这种问题他们谁都说服不了谁。

他很清楚孙凤毛也是真心爱电影的。孙凤毛说过，他中学时每周都去工人文化宫当卖票员，只因为卖完票后卖票员能进去看片。

"不是，兰生，"孙凤毛的性子却一向是直来直去，"你傻啊？咱们两个都……任何个人还有单位都不可以再支持我们了！想拍下部电影就必须有大把的钱！"

谢兰生说："我知道。"

"这是20万美金啊！不是，这么多钱都没办法让你稍稍改动一下？美国人爱看那种，还花钱看，那就让他们去看呗！收下钱！咱们虽然是拍电影的，但也真的犯不着跟钱过不去，反正，我一开始就想好了，卖版权是最重要的，我手里必须得有钱。"

谢兰生则沉默一秒，而后再次夸张地笑："哎，不说了！我过不去这个坎儿！我爸妈说我是死犟！我也觉得自己这样挺有病的，可以看医生了。"

谢兰生并不想争吵，他笑着，推了推孙凤毛的肩："恭喜恭喜！等收到了版权费后不要忘记请客喝酒啊！"

"那必须的！"

"行了，那我先回房间去了，回聊。"

“嗯，回聊。”

在告别了孙凤毛后，谢兰生有一点惆怅，还有对自己的一点怀疑。

“用不着理那什么毛。”见谢兰生垂着脑袋，莘野语气有些懒散，“会后悔的，那什么毛。”

谢兰生：“嗯？”都到手20万美金了，还会后悔？而且，人家叫凤毛，好好的名字。

莘野继续漫不经心地说：“为了迎合市场改掉自己最大的特色，把自己的产品变成庸庸碌碌的东西，他总有一天会后悔的。”

是吗……

谢兰生没再吱声了。

他自己只是从原则上面看问题，可莘野……似乎是从商业角度看这件事的。

谢兰生便不纠结了。

他现在最信任莘野。既然莘野说他做得对，那就权当做得对吧，莘野跟他是一伙儿的。

回到酒店，谢兰生在小酒吧里再次遇到森田小姐，又是打了一个招呼。

森田小姐指手画脚：“Sold（卖掉了吗）？Sold（卖掉了吗）？”

谢兰生则沉默摇头。

这回那个日本翻译也在现场一同喝酒。谢兰生请莘野说了刚才拿到的坏结果，森田小姐听完翻译，叹息道：“这是经常会发生的……与他们谈版权销售最后只有10%能成呢，不用过于放在心上了。”

谢兰生很感激森田对自己的宽慰鼓励。

森田又问：“那你打算怎么办呢？”

谢兰生说：“如果不能卖掉版权，以后的路就很难走了，也许只能向电影节官方申请扶持基金。森田小姐，您能不能帮忙引见几个好的销售公司？会对亚洲电影感兴趣的？”这是谢兰生在回来路上想出的一个办法——森田肯定也要卖片，她的资源肯定靠谱。

一旁莘野瞥了他一眼。这就是谢兰生，但凡还有一线生机他必然要力劈混沌，绝对不会坐以待毙于大千世界中的渺渺一隅。

难道真的不用自己为他搜寻国际买家？这可能吗？

森田小姐想了想，与其他的人商量了下，又回过头对谢兰生说：“我们明天晚上有个聚会，为日本几部电影宣传。你可以来。我到时候会比较忙，可能无法帮着引见，但你可以自己认识一些好的销售主管。明天会来这个聚会的应该喜欢亚洲电影，至少喜欢日本电影。”

谢兰生大喜说：“谢谢！谢谢森田！太感谢你了！”

森田已经40岁了，听到这话大笑起来：“明天的聚会上，每位导演都会上台介绍自己带来的片子。在这环节的最后，我们会说还有一位中国朋友也想讲讲，你那时候就走上台说说《生根》这部电影。”

“太好了！”谢兰生手扒着桌沿，“太好了！这是真的救了我了！”

“加油。”告知聚会的时间地点后，森田握拳示意了下，是典型的日本动作，“我们都去看了《生根》，我很喜欢。”同桌几个日本来的电影人也都看着他，说“加油”！

“谢谢！谢谢！那明晚见！”谢兰生也略略点头，笑着挥手，离开了。

森田小姐是制片人，果然是有一些资源。她的电影同样入围了主竞赛单元，不过，森田电影入围的是“纪录片”，《生根》入围的是“国际剧情片”，并无直接竞争关系。那天认识的六人中，樱野先生是森田电影的导演，另几人是其他片子的制片人与导演，其中一人入围了“试验电影”单元，其余的则并未入选而只是来出售版权。

谢兰生本来只希望能让森田小姐帮忙引见，没想到，对方竟然直接叫他去参加他们的聚会了，谢兰生有点儿感动。他这一路走过来，虽遇到过池中鹤、关厂长、罗大经、张继先、澳洲海关那样的人和事，可也遇到了王先进、张富贵、Nathan、Hunter、森田小姐这样的人，更不要说还有莘野、欧阳囡囡、祁勇、岑晨……

他是幸福的。

与森田等告别以后，莘野轻瞥谢兰生说：“明天去买一身正装。”

“啊？”

“这白衬衫够邋遢的。”莘野又道，“白天出门买身西装，应付应付，现在定制来不及了。”

谢兰生问：“不贵吧？”

“不贵，贵什么？”谢兰生的大脑里面现在只有钱钱钱钱，莘野简直要无语了，“就当是个新年礼物，刷我那张visa卡就行了。”

听说莘野要付账单谢兰生略一犹豫：“这……”

莘野按着他的后脑一把把他推到电梯里：“还想不想卖片子了？”

“想……”谢兰生并不觉得穿得好看非常重要，不过莘野既然让穿正装那他就去买一套好了。他扑棱着自己的头发，心想穿的衣服能贵哪去，它又不是冰箱彩电，顶多回去打打苦工再给莘野买份礼物。

于是，第二天一大早，莘野带着谢兰生到了十分有名的罗马街。谢兰生发现，这些店铺不似商场，一家家的竟然全都单独占了一个门面，还挺新鲜的。

莘野走进了一家店，让谢兰生不要乱跑，而后一路目不斜视地走上二楼服装区域。他们俩在走进店时一个身着西装的男子帮着拉门，谢兰生又长见识了，感觉自己像大老爷。

服装全都没有价签，谢兰生也无从知晓，但他感觉到不会便宜了，只希望不要上千，最高不要上两千。

250美元应该够了吧？谢兰生想：算西装150，鞋子100，应该足够了。

莘野扯出一套西装，看看号码，38号的，应该正好。他又看中一双皮鞋，让营业员去拿谢兰生的号，回来再打开一间试衣间带谢兰生进去换上。他想了想，又嘱咐营业员不用告诉谢兰生这东西的价格，谢兰生要开口问了就说自己已经知道了。

而后莘野便坐在了一张沙发上静静等待，营业员给他端来一杯水。他跷着长腿，一手捏着纸杯一手轻叩沙发扶手。

没过多久，谢兰生出来了。他并没有害羞不安，相反，穿上新衣服了他还觉得挺高兴的，在镜子前扭来扭去，又回过头看莘野，问："莘野，好看不？"

莘野目光缓缓转过。

谢兰生的颈子纤长，腰背挺直。这套西装有些收腰，他的蝴蝶骨那儿略略有些凸了出来，而后下方又平滑地收回去。高级的西装裤管里两条长腿笔直笔直的，西装的下摆呈现出很好看的幅度。

俗话说人靠衣装。穿着一身笔挺西装，谢兰生感觉自己跟平日里也不一样了，精英似的，他扬着下巴，挺着胸膛，两手插在裤兜里面，左右看看，说："都不像是导戏的了，还真像是去社交的……我想起来那些大导出席颁奖的场面来了。"

莘野笑了，说："嗯。"

他也看出谢兰生与平日不同的气质了。

莘野上下打量了一圈，用英语对一边的营业员说："再来一条领带吧。夜蓝色的，斜条纹，真丝的，有吗？""我去看看。"

营业员快步走回来，手里提着一条领带："这个行吗？挺搭配的。"

莘野看了看："也行。"

说罢，他帮谢兰生系领带。

谢兰生不会系这个，只能弯着脖子干瞅。

莘野让谢兰生把西装穿上，把扣子系好，然后叫他转过身去，面对镜子问："还可以？"

"挺、挺好的。"

"那直接就这一身了。"

"嗯……"

"去试衣间换回来吧。"

"好……"

谢兰生在试衣间里浑浑噩噩换回衣服，又糊里糊涂地走下楼，跟着莘野出了店门，沿着大路走了一阵，才猛然间想起什么："莘野，你刚付完账了？"

莘野轻轻瞥他一眼说："没付，抢的。"

谢兰生想，莘野这人……

他又问："一共多少？"

莘野回答："不到2000。"随口胡诌。

"人民币？"

"废话。"

谢兰生叹："好贵啊。"

晚上，谢兰生又穿上西装，去参加日方的聚会，或者说，去蹭日方的聚会了。森田没请莘野过去，谢兰生也不好带着他，毕竟是去白吃白喝的。

日方的聚会十分典雅。大厅铺着柔软的地毯，九张桌子散布其中，巨大吊灯倾泻而下，四周墙壁装修考究。大厅正前方有一个台子，背景全是电影海报。森田小姐和其他人全在忙着招呼客人，谢兰生则挥了挥手，并没有过去叨扰。

他看见了一个洋人而且感觉脸孔很熟，回忆半天，终于想起来了——原来是Bill，文艺复兴国际的销售总监，他在酒店塞广告时曾被那人当场抓包。

聚会的餐食都是日式的，而且看着十分高档，有寿司、刺身、牡丹虾、蒲烧鳗鱼、炭烤和牛，还有静冈甜瓜，都用精致的盘子盛着。谢兰生对生的东西其实还是挺发愁的，只能蘸蘸酱料，夹进嘴里，一抻脖吞下去，不带嚼的，感觉还没有家里的西红柿炒鸡蛋好吃呢。

当聚会将要到高潮时，森田小姐端着酒杯上台。她穿着条黑色长裙，十分优雅，欢迎、致谢并对到场的客人们举杯敬酒，在作品的大海报前介绍她的作品《人生》，最后说，希望能与有实力的销售公司达成合作，把版权卖到全球去，旁边的翻译逐句翻译。森田小姐那部电影还没正式公开展映，她便邀请台下的人明天都去现场观看。

森田小姐下来以后，另一个人走上台子，同样敬酒、介绍作品，他还带了整个日本最有名的女明星来，说由美子是女主演，邀请众人去看放映。

一个一个说完以后，终于轮到谢兰生了。谢兰生一边走过去，一边背稿子，虽然，从知道要参加聚会起他已经在心里背过二三十遍稿子了。他还请莘野纠正发音，以免演讲遭人耻笑。

森田小姐带谢兰生一起走到麦克风前说："大家好，最后，我们这边还有一位中国朋友！他的《生根》入围了主竞赛单元的国际剧情片，前天已经展映完毕，相信在座的很多人都观看过这部片子了。谢导他是来自中国的一名独立电影人，没有人脉，也没有资金，他甚至不知道如何才能认识国际销售，所以，同为亚洲的电影人，我们也把谢导请来宣传他的电影《生根》了，如果有谁感兴趣，可以直接约谢导哦！”翻译原样翻译出来。

谢兰生则执酒杯上去，因为紧张动作僵硬。他强自镇定，笑了笑，看着森田道：“谢谢森田小姐，谢谢您邀请我来认识大家。我是电影《生根》的导演，叫谢兰生。《生根》是入围了主竞赛单元的剧情长片，前天已经展映完毕。嗯，为了防止有人漏看，我还是想先说一说它的内容还有特点……”

谢兰生挺努力地说了一会儿，发现，这聚会上的销售公司非常明显地……不感兴趣。

他们不再注视台上，而是继续吃日料了，还有几桌的销售们干脆互相聊起天来。他们脸上挂着笑容，绝对不是在讲《生根》。偶有几人因为礼貌时不时地看他一眼，也都是心不在焉——只因这是一部华语片。

谢兰生想起，祁勇说过，亚洲只有日本电影在欧美是有市场的。

见没有人在关注自己，谢兰生又有些无措。

他脑中有一个主意，但不大敢豁得出去，于是只有硬着头皮继续按照原来的说。

然而就在几分钟后，因为被忽视得过于明显，满场甚至没一个人想认真地听他说话，毫无办法的谢兰生终于还是忍不住了，再次决定拼上一把！

他半转过身，擎起酒杯，一扬脖子，把葡萄酒一饮而尽，接着，他又再次面对场内，一抬手，把那杯子猛地砸下，只听“砰”的一声巨响，玻璃碎片四处崩飞！

谢兰生把杯子摔了！

满场在干其他事的销售人员全都一震，刹那间就变精神了，纷纷看向谢兰生。

谢兰生的双手掐胯，还挺镇定地说：“众位……别人一直都跟我说，欧洲市场对华语片是不喜欢的不感兴趣的，亚洲电影只有日本可以卖出国际版权，市场只爱那类片子。我说一句冒犯的话，在刚才的讲述当中我充分地体会到了。大家时间都很宝贵，我被忽略是必然的，我能理解。可是……可是……大家看啊，我刚才跟前面几位导演一样宣传电影，却没人想听，可是当我突然之间把玻璃杯摔在地上，大家兴趣就起来了！为什么呢？因为我吸引了大家的注意力，大家会继续听我说话，是因为我要给大家介绍的，是一部和以往参赛作品都不同的电影。就如同在电影市场，当观众的选择只有美国片和欧洲片时，他们可能就麻木了，要知道，什么题材都没办法一个一个连续看的。然而，如果这时出现一部从没见过的中国片，观众也许会留意起来的，就和大家刚才一样。”

谢兰生顿了顿，又说：“大家都说华语片子在欧洲会没有市场，可是谁都没试过啊。那为什么不试试呢？销售公司并不直接出资购买电影版权，而是卖出去后再拿抽成，就算损失，也只有资源啊，也就是一些时间，一些宣传。所以，难道不能稍微试试其他类型的影片吗？我知道，这有风险，可好的机会不都是在风险中得到的吗？”

他知道自己英语不太地道，于是徐徐地说。莘野说了，英语不好的人聊天最忌讳强装“流利”——就跟洋人说中文一样，只要慢，发音不准也能被听懂。

台下的人都没说话，也不知道是真感兴趣了，还是不好意思再接着吃了，但是总之，销售主管都安静地面对舞台，听他继续说了。

谢兰生又深吸口气道：“我下面就说一说电影《生根》的特色吧。”

“第一，这几年来中国经济发展很快，也取得了全球瞩目，《生根》并没再从历史角度讲述中国，而是将镜头对准了中国一个农村家庭。这部片子里面既有主角在农村的生活，也有他们对城市的惊奇，欧洲观众可以从中看出当今中国农村的样子，了解它的过去与现在。事实上，就是昨晚，美国一家‘巨无霸’的执行总监还找到我，说美国在关注中国，希望买走《生根》的版权，可他希望更改结局，所以我们最后没达成合作，很遗憾。”

听到这，一些高傲的欧洲人发出几声了然的笑。

“第二，”谢兰生又再次开口，“柏林影帝莘野在《生根》中演男主角。他现在在好莱坞的片约不少，或者说很多，其中还有大投资的又或者是大导演的。《生根》的版权代理合同一签几年，《生根》可以借助明星卖版权的概率很大。”

他接着说：“第三，这片子背后故事很多，销售起来会比较方便。”

原来，仔细听听，这个英语蹩脚的中国导演讲得还挺有趣。

讲完第四第五第六，谢兰生说：“在《生根》的展映之后，各方好评如潮。欧洲国家的影评人与观众有共同背景，既然他们觉得好看，那应该……观众也会觉得好看。”谢兰生把他裤兜里的一张白纸缓缓展开，“我昨晚上抄了很多知名杂志和大影评人的看法，在这念一下：‘Leonardo Chiellini说，谢兰生的《生根》讲了中国式的家庭崩碎……与西方不同，冲突不是相叠加的，而是突然爆发，这种冲突是毁灭性的，触目惊心的，让人看到中国家庭很特殊的相处模式。’另一位业内人士则说：‘它描述了中国家庭五千年的一个观念——传宗接代。这听起来非常奇怪，可《生根》却不疾不徐地剖析了它的背景……在遥远的中国，女性意识也在觉醒，谢兰生用他的镜头捕捉到了一个事实，并且还用惨烈的结尾给人以猛烈敲击。’”

他一句句地讲出来。

等到全部都说完了，谢兰生又深深鞠躬：“我很希望能与世界分享这样一个故事。”

下面有人鼓起掌来，不知道是对他的作品，还是对他摔杯子的做法，抑或对他刚刚讲的故事。

参加聚会的一干人重新开始吃吃喝喝，谢兰生叫服务生来把碎玻璃一一扫了，忙不迭地弯腰道歉，很久后才回到了他在中间桌的位置上。

而后，让谢兰生意外的是，还没等聚会结束便有好几个人到这桌来，要了他的电话号码，其中几个甚至约了谢兰生今晚就谈一谈！

谢兰生只觉赌对了。

聚会落下帷幕后，谢兰生在咖啡厅里跟好几家销售公司都谈了谈，不过，这些公司全都没有到现场去看过《生根》，有些犹豫，而谢兰生也并没有录像带等可以提供。他是个独立电影人，缺乏正规的商业运作。

最后一个来的是Bill，文艺复兴国际的销售总监。Bill身材高大健壮，皮肤很白，金发，有一双海蓝色的眼睛。

他坐下来道："谢导，《生根》展映我看过了。"

谢兰生望着Bill，没说话。多亏他的小广告了，还是有人去看过的。

"我本来没打算去看。作为公司销售总监我要看的片子太多了。不过，你那天在房间门缝塞的宣传单让我个人对它产生了一点兴趣。在今天前我是认为，《生根》虽是好的作品，然而文艺复兴国际没运作过华语电影，打算放弃的。"

谢兰生没说话，只看着他。

"不过今晚又见面了，"Bill的语气冰冰凉凉，十分职业，"听了你的发言以后，我觉着……倒也可以试试。《生根》的拍摄非常波折，这是个好的卖点。我想了想，电影也许比较适合文艺影院。"

谢兰生有一些疑惑："文艺影院？"

Bill一笑："欧洲有些专门放映文艺电影的电影院。它的受众一般来说学历较好、收入较高，对在崛起的亚洲大国感兴趣。他们一般悲天悯人，如果听到《生根》拍摄的背后故事说不定会感兴趣并且买票。欧洲还与美国不同，不要求皆大欢喜。对了，录像带和收费电视两个媒介也可以试试。"

"嗯。"

“我们可以运作一下。”Bill又说，“我先介绍一下文艺复兴国际吧。文艺复兴国际是家销售公司，位于伦敦，前身是文艺复兴电影的海外销售公司。我们可以代理英国地区，也可以代理全欧地区。如果达成协议，文艺复兴国际会抽15%的佣金，我们双方签署五年的销售代理协议，以及一份协议备忘录，标明你希望的要价，和你能接受的底价。若是进行全欧代理，文艺复兴国际目前能运作的是这几个垂直划分的区域：英国及北爱尔兰，法国及比利时的法语地区，德国及奥地利、西班牙、荷兰……”文艺复兴国际只是一家英国销售公司，无须购买版权，签下《生根》未尝不可。

谢兰生的脑子发晕，幸好这时救星莘野推开Passion Cafe的门走进来。他穿着酒红色的衬衫，像只孔雀。

Bill不以为意，重复了一遍刚才讲的，又继续说：“代理合同必须独家。签署协议以后，文艺复兴国际就会着手制作电影海报、广告片、预告片、新闻发布会，也会参加更多影展。我们公司有实力让《生根》最后出场展映。要知道，除非电影非常出彩，能一直在评委脑海中晃荡，否则早出场都是劣势。”

谢兰生没想到竟然还有这些门道。他的《生根》在都灵是中间出场的，算劣势吗？

Bill继续说：“胶片拷贝、影片字幕都由我们负责筹备，不过，给发行商做推销的内容简介、电影剧本、原始正片等需要谢导方面按时提供。”

谢兰生晕了，索性全部交给莘野。

莘野和Bill越说越快，谢兰生开始听不懂了。

只见莘野十指交叉，微微前倾，气场十足，一双眼睛老鹰一样。他和Bill本来谈得好好的，却突然间因为什么新的话题争吵起来，两人语气都硬邦邦的，Bill一直重复着“No”“No”，桌子周围气氛紧绷，落针可闻。

莘野说的一字一句全都带着攻击性，最后，在他又说了些什么东西后，Bill的脸色变得非常不悦。

谢兰生特怕莘野搞黄了，理性觉得应当制止，可实际上却没动作，完完全全地把对他来说相当于命的版权谈判交给莘野了。

Bill紧绷下颌，脸色很不好看，他盯着莘野看了会儿，十几秒后突然间就换了态度，挺有魅力地笑了笑，抬起自己的两只手，手掌向外做投降状：“OK，OK，you win（你赢了）。”

莘野轻笑。

而后他们就开始计算，谢兰生则茫然地看着。好像一张纸上是预计拷贝、预计录像带、电影估值——全都分为高中低三档，另一张纸上是制作费用、广告费用、营销费，甚至还带银行利息。最后，他们俩为每个欧洲的垂直地区都定下了一两个版权价格，Bill拿出销售代理协议的模板，莘野则对影片附属产品开发、商标注册、影片版权材料使用和违约金等几条做出了修改。

Bill都接受了，最后道：“我必须和法务、财务针对修改确认一下，再去酒店商务中心打印终版，麻烦等等。”

“嗯，”莘野喝了一口咖啡，“别忘了加最重要的，一个字也别差了。”

Bill无奈地笑：“知道了。”

“喂，”Bill暂时离开后，谢兰生问，“你们刚才吵起来了？”

莘野笑笑：“因为加了一个条款。”

“什么条款？”

“把无保证的销售协议变成有保证的销售协议。”

谢兰生问：“什么是有保证的销售协议？”

“就是……”莘野拉了一个长音，“五年以内，文艺复兴国际必须完成20万的销售额，其中首年至少5万，后边四年15万，英镑。如果不能完成指标他们需要赔款未完成部分的50%。”

20万英镑！谢兰生倒吸凉气：“还能这样？！这世界上还有什么‘有保证的销售协议’？Bill怎么可能答应？”

“作为交换，他的抽成从15%变成20%。也就是说，就算他们一分没卖出去，我们也能拿到10万英镑。”

“可是那也……”

莘野还是在笑：“我告诉他，我这边有内幕消息，《生根》会获最终大奖。到那时候，也许就不会只有一家‘文艺复兴国际’想试试了。”

谢兰生则是出离惊讶：“你、你骗Bill？咱们哪有内幕消息？”他想，莘野这人也太不要脸了！谁能想到这么大的一个影帝在咖啡馆骗人？

莘野却高深莫测：“反正合同已经签了，他们也是做生意的，想要赚钱或不赔钱就肯定要推荐《生根》。”

谢兰生无语，天下竟有这种事情。

事实上，莘野只是与Bill分析了《生根》获奖的可能性，最后认为大约有50%。电影节会寻求平衡，而《生根》的中国背景让它有可能摘得桂冠。莘野提出各退一步，分担风险——谢兰生就直接从了“文艺复兴国际”公司，签条件为20万销售额、20%代理费的合同，因为一旦《生根》获奖，也许就有40万销售额、20%的代理费合同在等着他签了。

谢兰生与Bill和莘野从晚上9点钟谈到凌晨1点30分，终于把合同签了。他很感激莘野——他给自己当男主演，帮自己解决最后做字幕的费用，现在又为自己敲定版权事宜，而他自己……看着厉害，其实说不定只会拍电影。

他长长地舒了口气，一块大石终于落下。

他把版权卖出去了。最少也能挣到10万英镑。15万人民币还给投资人，剩下来的按说好的对半分后也还有剩，够他继续紧紧巴巴地拍摄下部电影了。

在与Bill签订销售合同不久之后还有一家日本的发行商也要买版权，销售范围是全日本，不过只有5万美金，谢兰生也点头应了。这回收益又多了些，足够满足他下部电影的成本了。

放下心上大石头的谢兰生没回酒店，他告别莘野，独自一人出去走走。

他依然是那样文艺，想静静地回顾回顾。

他来到了都灵地标——Antonelliana（安托内利尖塔），两分硬币背面的图案。

这座尖塔威严矗立，是都灵的标志建筑，也是都灵城唯一一个高点，大家只要抬起头来就能看到它尖尖的顶。它是20世纪全世界最高的建筑物，而现在，它高高的塔内是意大利国家电影博物馆。

这座城市在二战前是意大利电影中心，还有意大利第一座电影院。而意大利人把电影博物馆设在塔里，足见电影在这里地位之高。

谢兰生两手插兜，一步一步地走近它。

在塔尖下，谢兰生仰起头来，看向中间电影博物馆那黑漆漆的影子。

良久，久到谢兰生都觉得有些冷了，才发出了一声叹息。

在过去的一年当中，谢兰生一直以为《生根》版权卖出那天他一定会雀跃欢呼，深深地为自己感到骄傲。可事实上，他发出的竟然不是一声欢呼，而是一声叹息。

在都灵的寒冬夜色中，他突然间便想起了经典电影《毕业生》的最后一段。一向软弱的霍夫曼轰轰烈烈地抢回新娘，然而电影最后一幕，霍夫曼却坐在黄色巴士车的最后一排，笑容渐收，最后只剩满脸空茫。

一如他此刻。

衔沙为影

下

Superpanda

著

山东城市出版传媒集团·济南出版社

目　录

第　八　章

礼　物

12月9日是都灵国际电影节的颁奖典礼兼闭幕式。

12月8日是星期日，各项活动都是人山人海，之前Bill说获奖电影一般会在这时出场也是因为容易造势，而谢兰生以及莘野则必须要更换酒店——因为寄送拷贝迟了，谢兰生订房间也晚了，那个时候，酒店说，8日早就没有剩余房间可以订了。莘野订的另一个酒店在市中心，也是五星，莘野自己花钱享受，谢兰生只是蹭蹭而已。

这电影节的组委会只给报销三天住宿，而谢兰生若想看完就必须再自费四天，如果是他自己的话肯定会选最便宜的，50美元的汽车旅馆，虽然连这200美元可能都要管朋友借，甚至说，他可能因囊中羞涩而选择提前回家。现在谢兰生觉得，幸好莘野喜欢热闹而且非要看完晚会……

就这么着，12月8日的一大早谢兰生就去退房间，按照莘野的指示把行李寄存在了前台，告诉对方6点来拿，而后便去观看电影展映了。

一天下来十分开心，然而十分乌龙的是，晚上6点，当谢兰生回到酒店要拿行李的时候，竟然冷不丁在大堂里看到了几个组委会的人，而且似乎还是在等他！

他们一见谢兰生便齐刷刷地走了过来。

谢兰生蒙了。

“谢导，”组委会的一个男人说，“您是打算去机场吗？今天就要回中国了？”

“是……”

“我们知道，资金不足的电影人不会留到最后一天，但是，我们诚挚地邀请您参加明天的闭幕式。”

谢兰生：“啊？”

“资金要是实在困难……我们会再报销两晚。”

“不是不是，你们误会了。”谢兰生赶紧解释，“我订酒店下手晚了，周日就已经满房了。现在是要换一家住，并没打算离开都灵。”

“哦哦哦哦……”组委会的人松口气，“那太好了，咱们明晚再见了！”

“嗯，明晚见。”

送走几个人，谢兰生还是完全摸不着头脑，他转过头面对莘野，十分茫然：“组委会来……就说这个？还是说，对每一个要走的人组委会都会挽留一下？咱们正好是最后一个，所以他们说完就离开了？”

莘野两手插在兜里，似笑非笑：“谢导，恭喜，你要拿大奖了。”

“啊？”

莘野迈步走向前台：“如果没获奖，他们不会专门过来叫你参加颁奖典礼的。”

“是、是这样吗？”谢兰生想装作冷淡，然而脸上却没绷住，在弯腰看行李签时嘴用力地闭了闭。他把笑容藏起来，不想让莘野看了笑话。

而后谢兰生有些开心，又有一些因为太好的东西还没有兑现而生出的紧张忐忑。

他带着东西，坐着莘野租来的车一路到了新的酒店，发现这回住的竟是一个套房——外间可以会客、办公，里间用来休息睡觉，盥洗室里还有一个超级巨大的按摩浴缸。

他们出门吃了晚餐，回来以后谢兰生就钻进浴缸大泡特泡，感觉自己在演电影。中间有回莘野突然拉开木门去上厕所，谢兰生赶紧扯过旁边的白毛巾盖在腰下，感觉还挺不好意思。

第二天晚上就是电影节的重头戏了——颁奖典礼兼闭幕式。

谢兰生又穿上那套莘野买的西装皮鞋，还人生中头一回用吹风机吹了头发，觉得自己这堆头发都一瞬间变金贵了。

因主会场早已水泄不通，谢兰生与莘野先乘计程车到官方酒店，又从酒店一路走去。

谢兰生穿着新买来的西装，顶着吹过了的头发，潇洒地走进场地，又潇洒地坐下身子。

7点，都灵国际电影节闭幕式正式开始。

一个声音十分低沉：“Ladies and gentlemen, welcome to（女

士们、先生们，欢迎大家）……”说完英语，又切换成意大利语。接着，女主持人款款上台，观众席上掌声雷动。女主持人风格幽默，开场白引发笑声不断。

因为主持人的英语明显带着意大利口音，谢兰生听不大明白，只能呆呆地坐着看。

一项一项地走流程，所有嘉宾都很能说。也不知道过了多久，闭幕式才终于到了颁奖典礼的环节。

而谢兰生因为事先已经知道自己要拿大奖，一切期待全都没了。

他只觉得特别紧张，心脏一直咚咚地跳，空气仿佛有压迫感，让谢兰生呼吸困难。他不断地在心里面背诵他写的致谢词，希望时间能慢一点，再慢一点，因为他还没准备好面对这么多人的注目。

而同时，谢兰生也忍不住猜：他会得的是最佳影片？还是最佳导演？还是评审团奖？或是小奖？又或者是……莘野说错了，他今晚要空手而归？那可真是太无语了。

他回想着他这几天在电影节看的片子。唔……昨天一个美国片子十分感人也很深刻，比自己强；前天一个意大利的本土片子也非常好，也比自己强。那，它们俩一个拿最佳影片，一个最佳导演？《生根》获得评审团奖？大约如此……

都灵国际电影节的奖项其实并不多。在纪录片单元，每进入到一个奖项，谢兰生都希望可以花落森田他们的《人生》，然而最终事与愿违，各大奖项一一揭晓，没有《人生》。一个一个高兴的人走上舞台接受荣誉，失败者的苦涩只能他们自己心里品味。也许只是差之毫厘，可焦点只属于“第一”。

国际剧情片单元中，第一个被开奖的是“最佳剧本”，给了一部西德片子……不，应该说是德国片子，谢兰生想，西德东德去年统一了。

接着是最佳男演员、最佳女演员，一个来自苏联，一个来自捷克斯洛伐克。

至此，都灵国际电影节还剩的只有三项大奖了。

先公布的是评审团奖。都灵国际电影节与奥斯卡金像奖不同，并不针对每个奖项专门设置提名影片，也就是说，所有入围的片子对所有奖项自动角逐。一个嘉宾缓步上台，打开信封，谢兰生的一颗心脏顿时怦怦怦地加速跳动起来！

会是《生根》吗？

这个可能性是最大的。

结果，嘉宾念出了美国片子。

接着公布最佳导演。

他的心再次咯噔一下，谢兰生真希望是他。若再没被念到，他就只剩一次机会了，唯一一个机会——因为除了“最佳影片”所有奖项都有得主了。他的希望太渺茫了。

结果，那位嘉宾红唇轻启，却说出了来自印度的电影《舅舅》。

谢兰生则在一瞬间感觉全身如坠冰窟。

什么啊，竟是《舅舅》？！意大利片呢？

在谢兰生的心目当中，《舅舅》《生根》是一个水准的，是要竞争“评审团奖”的。

他觉得，他的作品真不如那部意大利片，看来，最终大奖会是那部意大利的本土电影，《生根》则注定是要铩羽而归一无所获了，而且还输给那个《舅舅》了。看来，评委们把“最佳导演”给了《舅舅》，没给《生根》。

他虽然有些不甘心，但想了想，又觉得自己至少已经卖掉《生根》的版权了，也收获了好的结果，他应该满足才是，做人不能太贪心了。

他渐渐又平静下来，继续观看台上颁奖，打算不管怎么样都要好好享受这一盛会。

最佳影片即将揭晓，一位具有绅士风度的男演员大步迈向了主持人，与之握手，接过信封。

他把信封轻轻打开，凑近话筒，英语也不怎么样：“The best film，for Torino International Film Festival，goes to（都灵国际电影节最佳影片）……”

观众们都静静等待。

“Root，from China（《生根》，中国）。”

谢兰生简直不敢相信自己刚才所听到的！

怎么可能会是自己？！不对啊，这完全不对啊。

在他心里《生根》和《舅舅》不如美国片和意大利片，可结果在评委心中，美国片和意大利片不如《生根》还有《舅舅》？！审美能差这么多吗？

谢兰生是晕头晕脑地走上去致感谢词的。

他本能地走上舞台，对着话筒竟卡壳了。

因为刚才已经放弃，一直念叨的感谢词被丢到了爪哇国了。

第一句是什么来着……糟糕，想不起来第一句了，也顺不下来后面的了。

他强撑了十来秒钟，遵循本能地说出“谢谢主席和众评委”之后就又没词了，下边观众全都发出十分善意的笑声来。

然而就在这时，谢兰生看到观众席上有一只手挥了一瞬，他凝神望过去，发现手的主人竟是莘野。莘野温柔地看着他，两只手掌向下压了压，示意冷静。

谢兰生便深深呼吸，挺突然地就平静了些，他不看观众，而是看着脚下，专心地想，终于想起来了。

“抱歉，我太紧张了。”谢兰生笑，“感谢主席和众评委。这是一个莫大的荣耀，能拿到它我很幸福。嗯，大家知道，我是来自中国的独立电影人。我们经历很多困难才拍出了《生根》，每个人都非常孤独，每个人也都非常勇敢。因此，我衷心地感谢摄影师祁勇，录音师岑晨，助理甄红、贾绿，还有演员莘野、欧阳囡囡，还有……我尤其要感谢莘野，在《生根》的摄制当中他提供了很多帮助，不仅仅是本职上的，还有其他各方面上的。比如，多亏他的500美金我才能够站在这里。当主席Matteo De Sciglio说参赛要加意大利语字幕时，我想的是完了完了，我没有钱。”

众人都笑了。

“总之，”谢兰生又说，“感谢都灵，感谢莘野，也感谢大家。”

谢兰生把奖杯举了举，与主持人示意告别，下了领奖台。

他看到莘野眼睛很亮。这番话是自己写的，并没有请莘野翻译，他希望，到这一刻时，莘野可以亲耳听到他对《生根》有多重要，对自己这一路有多重要。

本来，谢兰生还有点害怕“独立电影人”这个词，觉得自己只是想拍片而已，然而现在他也不遮掩了——又有什么可遮掩的呢？他就是“独立电影人”，无论如何只能接受。

下来后，谢兰生又仔细想想，觉得自己能拿这个奖项还是因为“来自中国”。而中国正在受到世界关注。

当然，作品实在差也不行。

可《生根》有好莱坞的摄影师，有北广毕业的录音师，有影帝莘野，有澳大利亚的ABC-LAB公司，还有……呃，池中鹤冲完片子剩下来的冲片药水。而且，因为海关扫X光，他反而把几个片段补拍到接近完美。

如果不是罗大经、张继先同时跑路，如果不是澳大利亚海关自以为是，还未必有这个结局。

也许一切在冥冥中自有天意。

在谢兰生的胡思乱想之间典礼结束了，他也跟着人流一步一步走出大堂。

今天都灵一直有雪。意大利的大半地区都是从来不下雪的，只有北部几个城市比如都灵以及米兰会下雪。

顶着雪花，谢兰生把自己带的大羽绒服翻出来，披在身上，一边穿，一边下台阶。

结果，突然地，就有一个年轻男人很大力地扯他脖领，谢兰生还没来得及做出任何反应呢，手里头的衣襟就没了！他居然被那个男人把大羽绒服剥下去了！

谢兰生想：神经病啊！

他刚要骂，哗啦一下，就感觉一件黑色呢子大衣罩了上来，与此同时，身后有个声音传来："谢导，我是中国的留学生，正在这边当志愿者，有记者在下边等你，你的羽绒服太破旧了，会让人家看笑话的！咱们两个身材差不多，你穿我的大衣过去，做完采访再换回来，我先给你拿着衣服。"

"啊！"谢兰生恍然大悟，谢谢对方，让男生穿上羽绒服，自己披着大衣，匆匆忙忙下台阶了。

果然，一众记者在等着他。

他磕绊着回答问题，被堵了近一个小时，被闪光灯给晃到连眼睛都睁不开了。

而等最后应付完记者，谢兰生再找到那个中国来的留学生时，却惊讶地发现对方并未穿他带过来的羽绒服，而是在雪花中发抖，一个接一个地打喷嚏。

谢兰生还挺感动的，他努力地向前奔跑，路上总有这样的人。

把羽绒服换回来后已是晚上10点30分了。谢兰生并不想回酒店睡觉，望着眼前飘飞的雪，对莘野说："莘野，咱们沿着波河走走？"

莘野听了，略一颔首："好。"

波河是意大利最长的河，发源于阿尔卑斯山，在威尼斯注入大海，它流经都灵，清澈美丽。

莘野走进路边小店，买了一把黑色的伞。

因为波河距离不远，莘野、谢兰生一路走过。马上就要11点了，小巷里边空空荡荡，他们撑着伞在人行道上走，两边都是欧式建筑，华丽、庄严。黑伞并非折叠式的，而是直把的，伞面很大，伞柄下是“L”形把手，莘野此时正在握着，漂亮的手骨节分明，充满男人的力量感。因为姿势，衬衫露出一截袖子，上面的袖扣闪闪发光。

终于走到波河边了。一边是河，一边是树，他们走在波河河岸上面，踏着无比柔软的雪，听着脚下温柔的声音。雪纷纷地落在伞上，再化去，河对面的远方就是巍峨的阿尔卑斯雪山。

山体像被蚊帐笼罩起来了一般。

波河上面有座大桥，两人随意地拐上去。

桥很长，横跨波河，上面还有有轨电车。

两人走到一半左右，一辆橙色的有轨电车缓缓地经过他们。有两个窗口是开着的，两个当地六七十岁的老头儿在向外看。

终于见到人了，谢兰生很高兴，就喊：“嗨！”

他们两个也笑着回：“嗨！”

谢兰生吼：“Come！ Get off！ Walk with us！”

两个老人则大声回：“NO！”

谢兰生：“哈哈哈哈！”

莘野看着他，也笑了起来。

谢兰生真的……像个精灵。他拿到了“最佳影片”，是出色的新人导演，有天真的一面，又有圆滑的一面，两种截然不同的气质在他身上竟然能完美统一。

两个人一路悠闲地走，一边随意聊天，到了大桥尽头的时候，谢兰生蹲下身子，挺失落地小声念叨：“明天就要离开了啊……”而后伸出手指，用食指在栏杆下面干干净净的雪上写：“谢兰生到此一游。”

莘野一看，笑了，也半蹲下来，在“谢兰生”三个字后画了一个添加符号，添上“莘野”两个字。

谢兰生又傻乎乎地笑：“嘿嘿嘿，这样呢，等到明天，它化成水，渗进土里，这行字就永远留在这座城市的中心了。”

莘野说：“嗯。”

撑着膝盖站起身来，他们两人又在对岸撑着雨伞继续闲走。皮鞋鞋尖上沾满了雪，洇湿一片。

“莘野，”谢兰生又文艺病发作，“咱们把伞收起来吧？就在雪里走一会儿。”

对谢兰生提的要求莘野自然没有不从，他颔首，收起黑伞，却没握紧，而是挺闲散地勾着伞把，拖着它在河岸上走。

雪还在下。谢兰生把双手张开，让雪落在掌心，融化，再落在掌心，再融化，觉得自己能温暖一切似的。莘野只是微微笑着，偶尔看看一侧深沉的阿尔卑斯山，或另一侧温柔的波河，一步一步地往前走，不知不觉便白了头，地上的雪被雨伞尖拖出一道长长的痕。

一直到12点30分，谢兰生才觉得够了，对莘野叹道：“行啦，回去吧！”

“嗯。”

他们从河岸走上大路，莘野拦下一辆车来，看看谢兰生，掸了掸他身上的雪。

第二天竟还是有雪。雪花落在大街小巷，静谧美好。

谢兰生与莘野早早离开酒店游览都灵。在电影节举办期间他们展映电影、参加活动，没有一天是闲着的，现在终于可以看看这座美丽的城市了。

两个人先登上了安托内利尖塔，尖塔里面是意大利国家电影博物馆。因为今晚就要回国，谢兰生想抓紧时间先把重要的东西看了。

一进尖塔，谢兰生就被电影博物馆吸引住了。大显示屏到处都是，显示屏的周围是经典道具、经典场景。大厅放着电影配乐，谢兰生只觉得熟悉。

电影博物馆共有五层，很大。一楼展示摄制原理，并且详细地介绍了世界电影史和意大利电影史。它从光学原理、照相机原理和摄影机原理开始不疾不徐地讲，用一代代的摄影机、洗片机和放映机来展示电影的发展。整个展厅都是机器，其中有些还十分珍贵——在“默片”的那个区域谢兰生就看到了卓别林的电影样片。

博物馆的三层则是经典电影的展映厅。从环形的楼梯上去，谢兰生发现，楼梯两边全部都是经典片的原版海报，他看到了《乱世佳人》，也看到了《星球大战》，还看到了演员照片墙。

三楼大厅有几十张整齐排列的红色躺椅，而大屏幕此时正在放映的是《乱世佳人》。大厅两边还有几个小厅在放特定主题，谢兰生去看了看，感觉还行，便决定先逛四楼五楼，等回来后再专心品味。

四楼有海报馆还有道具馆，后者集中摆放珍贵道具。有一个区游人挺多，谢兰生钻进去，发现该区正陈列的是梦露的黑色内衣以及她的化妆工具。谢兰生叹了口气，这是世界上最性感的人，可谢兰生也记得《彗星美人》导演说的：“她是世界上最孤独的人。”这个馆中还有很多其他电影的道具，比如“劳伦斯”的白色长袍。与其他人完全不同，谢兰生在每个展台前都细细地观摩。

五楼则是电影制作馆。它是一个互动区域，游客可以自己在这实现“演员”的梦想，被摄影机捕捉、拍摄，被做效果，被放映在大屏幕上。

谢兰生只觉得，他也正在电影世界当中。

扶着扶手重回三楼，《乱世佳人》刚好播完。这部电影谢兰生在北电曾经看过多次，于是并未驻足停留，而是直接走向大厅左右两边的小展厅。

最后一个展厅十分与众不同。人要躺着观看电影。

正圆形的“床”在最里面，是红色的，软绵绵的。凹凸起伏波浪样的红色床帐直直垂下，拢了一圈，遮着里面，非常漂亮。而游客若是伸手挑起红色床帐便能发现这块床帐竟是遮光帘——它的里面，有一块圆形的大屏幕正在播放电影主题。大屏幕被钉在天花板上，与下面的床一般大小一般形状，都是圆的，游客仰面就能看到，而因为在床帐里看也能暂时“与世隔绝”，完全处在电影的世界中。谢兰生能明白这些小展厅的设计意图——告诉人们，无论何时都可以看电影。这个展厅是躺着看，前面几个展厅还有许许多多其他姿势，有一个厅的座椅竟然全是马桶的样子。

也许因为今天有雪，整个厅里竟然只有谢兰生与莘野两人。

谢兰生说："进去看吧？"

莘野点头，谢兰生便钻了进去。

红色床帐的高度只有整个房间的一半，没垂到床面，于是，谢兰生人虽在床上，膝盖却是支了出去，小腿竖着，脚踩地，没脱鞋。

他与莘野睡成60度角，一个从左边看屏幕，一个从右边看。莘野人高腿长，一条小腿支在地上，左脚搭在右膝上，动作随意，有些懒散。

谢兰生在床帐当中睁大眼睛说："莘野，开始了。"

莘野随口应："嗯。"

这个展厅这一天的电影主题竟然是……吻。

它把世界著名电影的经典吻戏做成合集了，谢兰生的呼吸变急。

他依然是那样矫情——当第一个接吻镜头被放映在屏幕上时，谢兰生就掉下泪来了——是《卡萨布兰卡》，全片唯一的亲吻。

英格丽·褒曼在这部片子当中美到不可方物，让人觉得，若她能给自己一个亲吻，自己愿意赴汤蹈火。

她饰演的Ilsa在卡萨布兰卡再次见到Rick，无法自拔。此时二战正到中期，德国铁蹄踏破欧洲，而Rick手里有着一张能去美国的过境证。Ilsa决定与丈夫分手，于是，她到酒吧寻到了Rick，对他说，她希望与他在一起。

他们两个商量好了，他们两人留在这里，让作为反纳粹领袖的丈夫Victor用过境证逃去美国。

他们两人在这儿接吻。Ilsa说，希望Rick能感受得到自己始终在爱着他：“How much I still love you。”

谢兰生在床上看着，眼泪宛如珠子一样。他想起了片中台词：“世界上的咖啡馆有那么多，你却偏偏要走进我这一个。”

与单纯的游客不同，作为一个电影导演他知道这电影的结局——Rick在说谎，他知道Ilsa对Victor有多么重要，他不能因他的爱让反纳粹领袖失去妻子，他们需要打赢战争，只是，如果不先说谎Ilsa是不会去美国的。在电影的最后五分钟，只有一张过境证的Rick把警长骗到警局，用黑洞洞的枪口指着警长，叫对方安排飞机。他让Ilsa与丈夫离开，那么深情地看着她说：“我们都知道，你属于Victor，你是Victor的精神支柱，如果飞机离开这里而你不在飞机上面，你一定会后悔的。也许不是今天，也许不是明天，不过肯定会是某天，而且必定后悔一生。”面对Ilsa的“那我们呢”的询问，Rick的回答是：“我们永远拥有巴黎，我们昨晚重拾了它。”最后，Ilsa陪丈夫上了飞机，而Rick则是开枪打死追过来的德国上校，独自一人承担一切，目送着他这一辈子最爱的人奔向自由。

战火中的一场爱情。它之所以能够成为最经典的爱情电影，是因为男女主角并没有选择爱情。作为1942年的片子，它的逻辑是自由高于爱情，高于一切。

这合集的第二场是《魂断蓝桥》，费雯丽在这部片中的美同样可以穿越漫长时光。

Robert与Myra坠入爱河。在盛大的舞会之后，Myra发现Robert

在暴雨中等了一夜，立刻拔足跑入庭院，于是有了“雨中接吻”，深情至极。

谢兰生的泪愈加汹涌，他知道，此后剧情急转直下——Robert突然被派上战场，Myra担心以后再也见不到Robert，不顾芭蕾舞团的规定到车站送别，却未料到芭蕾舞团因此将她永久除名。Myra在战乱的岁月里无法找到新的工作，又得知Robert已经战死，连遭打击，一病不起，而在几个月后，Myra发现，原来她的好友在当妓女照顾自己。Myra当然无法心安理得，于是为了生活，美丽的Myra也成了妓女。

在影片的最后，Robert回来了，原来，他只是被俘，并未死去，可看着Robert和他的父母，Myra还是无法接受因自己“不光彩”的过去让Robert家族蒙羞，便在婚礼的前一夜，对Robert母亲说出实情，在大桥上走向死亡。

谢兰生想起北电老师王先进说过，看这片子能不哭的全部都是铁石心肠。

合集的第三场是《罗马假日》。

奥黛丽·赫本饰演的公主与乔拥抱、接吻，转身离开，结束了她这一天来作为“平民”的生活，回去继续她的职责。这个亲吻缠绵悱恻，带着珍惜以及不舍。

谢兰生也知道结尾——在公主的记者会上深爱的人再次见面，然而他们不能说话，只能无声地告别，结束只有一天的爱恋。

电影经典的吻被一个一个给放映出来，谢兰生便无声流泪。因为姿势，他的眼泪顺着眼角一直流到黑发当中，接着消失。

他会猜测还有哪些电影片段可能出现，而后，只要是他认为该有的，全部都在后边出场了。

各种亲吻，各种爱情，谢兰生看得目不转睛。

最后一个亲吻镜头是去年上映的《人鬼情未了》。

在影片的最后一幕，Carl被玻璃刺穿胸膛，因车祸而变成幽灵的男孩Sam保护了Molly，完成心愿，即将去天堂。Molly终于能看见Sam，她哭着与Sam交换了没有实感的亲吻，背景音乐是经典的*Unchained Melody*。

整个短片播放完毕后，谢兰生还沉浸其中，有些怔然，有些恍惚。

他还在默默流泪，连发丝都湿了一片，因为仰面而且在哭，他呼吸困难，一抽一抽的。

好一会儿，谢兰生才平静下来，用手掌把脸上抹干，又用袖子把头发也抹了抹，整理发型，穿上大衣道："莘野，咱们上塔顶吧！只有塔顶还没去了！"

莘野看着他，点点头："走吧。"

安托内利尖塔有167.5米高，游客可以从博物馆一楼乘电梯直接上塔顶。在塔顶，能看到都灵全景，还能看到阿尔卑斯山。

他们乘电梯"嗖"地上去，谢兰生还有点超重感，只觉自己头晕眼花——他在中国还没坐过这个速度的电梯呢。

到了塔尖，天空依然在飘雪花。纷纷扬扬，缓缓飘落。可能由于这个原因塔尖上的游客不多，某侧甚至空无一人，谢兰生便走了过去。

他走到栏杆边，把手腕搭在栏杆上，眯起眼睛，看着这座在小雪中模糊不清的欧洲城市，轻轻发出一声叹息。

旁边莘野见谢兰生刚才开始就没说话，过去与他并肩站着。

从塔尖下来，二人继续游览都灵。

这里还有非常有名的意大利汽车博物馆，不过谢兰生兴趣不大，没有去。意大利汽车制造业很强，有法拉利、兰博基尼等顶级汽车品牌，但谢兰生实在不懂，也只听说过法拉利。他问莘野："法拉利是真厉害吗？"莘野似乎回忆了下，答："有一款F40还可以吧。40周年的纪念跑车，造型设计比较激进，在动力上是极限了。"谢兰生在听了以后却依然没什么概念，毕竟平时都打"大发"，只在北京还有都灵搭过莘野的顺风车，不过因为一直聊天也并没有注意太多。

尤文图斯的主场谢兰生也没有去。他想，如果岑晨也在这儿肯定要去看一看的，甚至可能会想搭车一个小时去看AC米兰，看他的最爱。

而在剩余的景点中，谢兰生先去了皇宫。它在两大广场之一的卡斯特罗广场上。这个广场非常漂亮，像意大利电影海报，西面是都灵主教堂。东面是主宫殿，即1861年至1946年萨伏伊王朝的宫殿，南北两面则是另外两座宫殿，其中之一是意大利首个议会的所在地。

皇宫建筑非常奢华。天花板和墙壁镀金，中间嵌着精美油画。到处都是金器、银器，还有中国的瓷器，谢兰生都看傻眼了。

它还有个武器库，拥有世界规模最大的古武器等收藏品，还有不少来自中国。它还有个著名花园，是凡尔赛花园那个设计师设计的。

从皇宫出来，谢兰生、莘野沿罗马街到第二个大型广场，圣卡罗广场。这有两座大型教堂，都挺漂亮，庄严肃穆，另两面一个是埃及博物馆，一个是美术馆。谢兰生在埃及博物馆里走走停停两个小时，有些感慨——这是除开罗国家博物馆外最大的埃及博物馆，收藏有最古老的地图。

出来时太阳刚刚落下，时间比预计的要早一点儿。他们本来打算6点去餐厅吃意大利面，然后回去提上东西就直接奔机场去的，可现在才刚过5点……

莘野问："不然吃个好点的餐厅？虽然这儿也没太好的。Del Cambio？你不是喜欢那个扇贝和海莴苣吗？或者Vintage1977？你说喜欢鱿鱼沙拉和百香果蛋糕。不过上回提前订了，这会儿去可能没位子。"这两顿饭，一次是谢兰生请的，感谢莘野帮着谈判，一次是莘野请的，"安慰"谢兰生被禁了。

"不了，"谢兰生说，"我就想吃意大利面！而且餐券都没用完呢！"他在中国没吃到过，只是觉得意大利面在电影里非常不错，就想吃。酒店的人推荐了个做意大利海鲜面的餐厅——面被放在面包里头，有鱼有虾还有花甲，而电影节给的餐券正好包含这家餐厅。

话说回来，他在酒店也吃过几回意大利面，感觉一般，今天这家再不好吃的话，他的幻想就破灭了。

"那……"莘野想想，"去巧克力店？听人说这有一家店刚刚拿了世界金奖。”

“哎！”谢兰生的眼睛亮了，“走走走，去吃吃！”

莘野笑了，略一点头。

都灵是座巧克力城，据说还要办巧克力节，世界知名的费列罗就是产自这里的。谢兰生并没听说过，不过莘野说，那巧克力有好几层，最外层是硬巧克力和碎榛子，第二层是威化，第三层是软巧克力，中心是完整的榛子仁，让谢兰生心驰神往。

莘野记忆力很惊人，听人说过一次地址就看地图摸过去了。

可能还是因为正在下雪，此时小店有些冷清。柜台摆着不同口味的巧克力，各式各样，而店的最里面，整整齐齐的咖啡桌正靠窗子放置着。

谢兰生大步过去，对着店家老爷爷就大声说：“Ciao！”他来都灵也几天了，知道“你好”就是“Ciao”，于是到处跟人说，到处打招呼。他最开始没看明白，没看到“i”，以为是“Cao”，还觉得意大利人跟中国人见面肯定得打起来——一个说“您好”，一个说“Cao”。

老爷爷看看他，也笑了：“Ciao！”

莘野操着一口英语跟老爷爷要了个Bicerin。这是都灵著名饮品，由巧克力、意式浓缩咖啡、奶油等调制而成，味道很好。

把 Bicerin 递给谢兰生后，莘野一扬下巴：“想吃哪些？自己挑。”

“嗯！”谢兰生看也不大贵，指指点点，抠抠索索指了三四个，加上自己手里的Bicerin一共是200元人民币。他心里也有点悲哀——自己才刚出国一周，竟觉得200块都不算啥了，出国前向好朋友们借来的1000块要花光了，幸好张世杰、王中敏的广告公司生意不错。莘野本来想一起付，但见谢兰生又是如此疏远，便没说话。

谢兰生一边等，一边喝他手里的Bicerin。真好喝，又香又甜。

因为是热饮，在喝过了几口以后谢兰生的唇上就都是了。

旁边莘野也点好单，在等店家一一装盘。

谢兰生便转过身子，端着盘子等着莘野，与此同时无意识地探出舌尖舔上下唇。

“对了，莘野！”舔干净唇，谢兰生又想起自己一项可以显摆的技能问，“你能舔到自己鼻尖吗？”

“啊？”莘野说，“不知道。”

“我能！”谢兰生说完表演起来，用力探出他的舌头，使劲勾着，在自己的小鼻尖上蜻蜓点水地碰了碰，留下一点湿润的痕迹。

“怎么样？”谢兰生问，“牛不牛？！”

莘野避开目光，不看他了。

谢兰生见莘野这样，以为他不服，故意舔着自己鼻尖又转到了莘野面前，给他看：“牛不牛？！”

莘野一下被气笑了：“拿上盘子赶紧走人。”

“哦……”

他们端着各自的食盘走到靠窗的方桌旁，隔着木桌坐下了。

小雪还是轻轻下着。扑在窗上，再静静化去，谢兰生能看见它们六个棱的精巧形状，薄薄一片，晶莹剔透。

谢兰生先拿起一个都灵产的Gianduiotto巧克力。巧克力中完美混着牛奶还有榛仁等，含在嘴里丝绸一般，香香甜甜，醇厚深远。

真的是比“金帝”好吃，也比足球巧克力、金币巧克力、酒心巧克力都好吃。

一个一个品尝过去，谢兰生发现，它们都有各自的味道，有的里边有草莓，有的里边有花生，他一边吃一边报告。

而吃到拿到金奖的那一款巧克力时，谢兰生的大脑炸了！

难怪那个老爷爷极力推荐买这个呢！

作为1969年出生的人，谢兰生少时生活条件不太好，于是，他总倾向于把最好的一直留到最后再吃，让期待值到顶点后再全心体会它的味道，可这样做的结果是只要东西名不副实他就会非常失望，然而此时，他却一点“上当受骗”的感觉都没产生。

“莘野，莘野！”谢兰生道，“太好吃了！”

“嗯？”莘野挑出一个鼻音。

“你刚怎么没有买呢？”

“我不喜欢那个馅。”

“这太傻了！大错特错！”谢兰生认真推荐，“真的真的超级好吃，你一定要尝一尝。”

莘野没说话。

“它绝对值一个金奖。”

“好吧。”见谢兰生极力推荐，莘野迤迤然站起来，迈着长腿走到柜台，垂眸一看，却发现它……卖光了。

他用英语进行询问，然而店家英语一般，无法交流，莘野伸手指指格子，老爷爷才终于懂了，两手用力向外一挥：“售完了！售完了！”

莘野点头，两手揣兜又走回到谢兰生的对面坐下，谢兰生疑惑地看着他。

“卖光了。”莘野说着，看了一眼后面那桌，“那一对儿买走的吧。”那是一对年轻情侣。

“啊？”谢兰生叹，“太可惜了……这个真的超级好吃……跟前边的完全不同。太可惜了，你这来的……唉，早知道我就留下来一半给你，不全吃了。”

莘野看看他，突然问：“真的那么好吃？”

“绝对。”

窗外的雪还是在下，木桌子上的两杯Bicerin正缓缓地散发着甜香，身后一对年轻男女用浪漫的大舌音在低低地诉说着情话，有个顾客刚好出门，有风吹得风铃轻响。

莘野顿了顿，想起一个问题：“你很喜欢巧克力吗？那在机场可以买点Baci巧克力带回去。”

谢兰生问：“什么是Baci？”

“意大利的国宝巧克力，很有名，产自另外一个巧克力城佩鲁贾。这品牌还挺特别的，它在每个巧克力里都会塞上一张字条，写上情话，据说这是因为它的创始人制作Baci并送给男朋友时都会附上一张字条，于是，Baci……就变成了爱的象征，每一年的情人节前必定会被抢购一空。”

“好好好，”喜欢这个浪漫故事的谢兰生立即道，“那到机场买上一盒，贵吗？”

“不贵，平价。”莘野道。

谢兰生则傻乎乎地笑：“不贵就行！”

“嗯。”莘野望向窗外，又用修长的手指端起杯子，喝了一口Bicerin。

热巧克力又暖又甜，回味悠长。

第　九　章

别　离

晚上，谢兰生与莘野二人到某餐厅吃了意面，又给欧阳囡囡、岑晨等人买了一些小纪念品。谢兰生最宠欧阳囡囡，总是希望她能开心，为她买了一堆杂七杂八的东西。谢兰生本来想给岑晨买AC米兰的纪念品，不想都灵根本没有卖的，于是买了AC米兰的死对头尤文图斯的。

零点左右，他们飞离这座城市。谢兰生趴在飞机窗玻璃上向外面看，有些伤感。此时雪已经停了，安托内利尖塔清晰可见，它的四周几乎都是星星点点的灯火，偶尔有汽车洪流一般在城市的动脉穿梭。远方，阿尔卑斯雪山依旧沉默矗立。

谢兰生在心里说："Bye-bye，Torino（再见，都灵）。"

飞机越飞越高，都灵，终于看不见了。

经过两天的舟车劳顿，谢兰生和莘野终于回到首都国际机场，两个人都疲惫不堪。不过幸好，他们马上就能回到各自的家睡个痛快了。

在入境处，当谢兰生把自己的红色护照递过去后，边检看了看他，又看了看护照，似在确认什么。

谢兰生不解，发生什么事情了吗？

他其实也有些紧张。

难道，难道……会不让他进国境吗？这肯定是不能的吧？他是中国公民，他还能到哪里去呢？呃，在机场里度过余生？

好半晌后，边检对谢兰生点了点头："好，进去吧。"

"啊，谢谢。"谢兰生长舒口气：看来一切担心只是多余。

他把自己手掌翻开，撂在桌上，等着边检还他护照。然而没想到的是，对方却把护照合上而后放在桌子一角，抬起头来，看着谢兰生，不急不缓地说："进去吧，可以回家了。"

谢兰生完全没想过他的护照会被收回。也就是说，他不可以再出国了。《生根》在都灵展映之后，他本打算继续拍片，争取再送去国外参展，再卖掉版权，再继续自己的导演梦……

可是现在……他不能出国了。

那他还怎么参加展映？又怎么卖掉版权呢？

《生根》可以赚到几十万，但也只够再拍一两部片子。再以后呢？

莘野看出谢兰生的措手不及，轻声安慰："没事，不影响的。我可以去参加展映，也可以去谈版权的事。"

"嗯……"对于莘野的这番话，谢兰生没放在心上——莘野只是他的朋友，怎么可能为了自己鞍前马后到这种程度？他又不会出演自己接下来的每部电影。不过，莘野至少有一点没讲错，就是，他虽然不能自己出国却能委托别人出国。只是，委托别人去卖版权这个终究不大保险，因为对作品最上心的只有导演本人，对作品最了解的也只有导演本人，卖版权这个活儿还是导演最为合适。何况，经过这次的电影节他已经有经验了，不是生手了。本来他以为下一次去卖版权会顺利些，看来，是会更难。

人生真是总有“惊喜”。

谢兰生想，看来以后要请一个比较机灵的制片人了。那些欧美销售公司可不会跟阿猫阿狗谈，他们只见导演或者制片人，随随便便地派人去最后肯定一无所获。这回如果没有自己出马，十有八九在“打广告”的那一关就栽了。

可上哪去找这种制片人呢？以前南渊厂的制片主任基本全是中年阿姨，管钱，管人，嗓门很大。

本来就难的“拍电影”再次变得更艰难了——他还需要拉到一个很厉害的制片人。

天啊！哎，头疼，算了，明天再想吧。

谢兰生到家以后跟母亲说他获大奖了，还赚到了好几十万，李井柔却毫不动心，再次说：“在国营厂工作多好，你看谁有铁饭碗捧却还要自己单干的？人家傻吗？大国企什么都有保障，你出来单干吃完上顿就没下顿，找对象都困难死！我昨天问邻居阿姨还有没有姑娘介绍，人说没有！一听就是敷衍人的！”

谢兰生想，又来了又来了，消停十天后又来了。

不过谢兰生还是哄她道：“可是，我卖一部电影出去够别人挣二十年了，以后谁再说您儿子，就把事实甩他脸上。”

“行了行了，不是那事。吃的住的和退休金里里外外都没着落的。大国企能分配房子，你呢？”

谢兰生也没有话讲。这两年刚有“商品房”，然而数量非常稀少，平均价格1000块一平方米，北京还要更高，他肯定是买不了的。

李井柔又数落他一阵，最后道：“哦，对了，你北电的那个教授王先进刚来过电话，叫你回来后就回电。”

“王老师说什么事了吗？”

李井柔又没好气道：“那谁知道！”

谢兰生看看挂钟，发现此时是晚上十一点。

“睡觉了吗？要不要打呢？”谢兰生在犹豫之后还是决定回个电话，因为如果没有急事那顶多是不大礼貌，如果真有急事那可能会后患无穷。

王先进还真没睡觉：“兰生，恭喜，听说《生根》在电影节拿到‘最佳影片’的大奖了。”

“嗯，谢谢老师，我自己也没太想到。日本版权卖了出去，欧洲则是签了代理，文艺复兴国际公司五年内要卖出20万英镑，否则赔50%。”

“哎，也是一个好的结局。文艺复兴国际公司运作能力是很强的。”恭喜过后，王先进在话筒那边突然沉默了一会儿，才又开口，“兰生啊，是有这么一件事情，方副局长说希望与你谈一谈。”

“谈一谈？”谢兰生的声音充满委屈，像抱怨，又像撒娇，

“谈什么，还有什么好谈的。我连护照都被收走了。”

王先进又思忖片刻，才继续说：“兰生，你也不要太担心了。处罚决定已经下了，不会变得更严重的。方副局长和我讲了，他只是想跟你谈谈，没别的意思，你不要害怕。”

“怕倒不怕……”好吧，伸头是一刀，缩头也是一刀，死猪不怕开水烫，他认了。

“明早八点就过去吧。你等领导，别让领导等你。”王先进说，“地址知道吗？是在……进门说你叫谢兰生，找方副局长就好。”

“我知道的。”

“聊完来个电话汇报。”

“好，我会的，谢谢王老师的关心。”

“应该的。那希望你一切顺利。”

“嗯。”

放下电话，谢兰生想方副局长究竟是想“谈”些什么，想不出个所以然来，最后竟然睡过去了，还算平静。

梦里他又回到都灵。

翌日清晨，谢兰生把在都灵穿的那套近2000块的西装穿上，他想显得重视一点、紧张一点，然后“死”得容易一点。

谢兰生知道，是福是祸都躲不过，他也只能冷静面对。

方副局长60多岁，有些白，有些胖，梳着背头，戴着眼镜，嘴角边的两大块肉挺明显地坠了下来。他办公室非常宽大，一排书架靠墙摆着，大班台在书架前面，房间东侧有一张大皮沙发和一个黑色茶几，茶几上面铺满报纸。

方副局长让谢兰生坐在班台的正对面，十指交叉，微微笑着，其实还是挺和蔼的："兰生啊，知道自己犯错了吗？"

谢兰生说："知道。"

方副局长长叹一口气："那，知道处罚结果了吗？"

"也知道，"谢兰生答道，"8年内不可以做电影摄制的工作了。"

"嗯，对。"方副局长还保持着十指交叉的姿势，却垂下眼看着桌面，似乎在想要怎么说，半晌以后才又开口，"兰生啊，我呢，虽然还没机会见到《生根》这部片子，但是知道它拿了奖，想来它是具备了相当的思想境界和艺术水平的。"

谢兰生有一些疑惑了，他本来已做好了被痛斥的准备，没想到，方副局长竟然突然夸奖起他的片子来。

人都喜欢被承认，室内紧张的气氛一下子就缓和了很多。

方副局长又继续道："我也看了报纸上对《生根》的报道。说实话，我也认为它跟现在很多电影不大一样，有你们年轻导演要表达的一些东西，有你们年轻导演对社会的一些看法，挺好。这个主题这个内容，我个人觉得倒也还好。"

不是，这是怎么一个状况？

"兰生啊，你是一个有才华的年轻导演，"方副局长又继续说道，"虽然犯了一个大错，但以后改正了，还是会有很多机会的。我们还是非常希望你和凤毛两个导演不要轻易放弃电影。在这段时间里，你们可以让自己沉淀一下，也可以当当助理，做做场记，甚至还可以写写剧本，继续学习继续钻研，不要荒废本职专业。这样一想，这个时间说长也长说短也短。而且你看，你已经拍了一部片子，所以，不要灰心，也不要有太大的思想负担，只要可以改正错误，依然会有大好前途。”

谢兰生明白方副局长惜才，电影局的领导也不希望他轻易离开电影行业，他也确实应该为自己的行为负责，甚至付出代价，但是，他还是担心。

他担心在等待中会荒废他的专业，他学到的一切都会随着时间烟消云散。电影摄制需要练习，就和学画画、写作这些一样，只看不练必定会不断退步。况且，他常常感到时间紧迫，人的一生也就几十年，他需要总结需要进步，没有办法苦苦等待。同时，谢兰生也认为，在漫长的等待中，他的热情、激情、创造力、灵感，一切都会被消磨掉。他想用影片呈现某一时刻的思考，而时间无法为他驻足，等待会改变一切。

但是，这些话他不知该怎样说出口。

两个人又聊了一会儿，谢兰生的态度良好，终于，到了要告辞的时间。

方副局长其实已看出谢兰生是委屈的，并没有因自己的和颜悦色而好过些，他张张口，欲言又止，几经犹豫几次反复，最后终于长长叹气：“兰生啊，其实，我们都知道你的想法。”

“嗯？”感觉到了气氛不同，谢兰生抬起头。

方副局长接着说：“我们知道这些做导演的个个都有创作热情，想搞创作，想拍电影。”

谢兰生默认。

他把创作当作生命，最开始单纯是想拍片子。关厂长让他再等五年，可经过了许多事后，谢兰生已无法相信关厂长的任何话了，那是压垮他的最后一根稻草。

话匣已经被打开了，方副局长又长叹道：“其实，我们……也想给年轻导演一些路走。”

“嗯？”听到这话，谢兰生被震撼住了。

他本以为对方不知他们这些年轻人的满腹心酸，可原来……他竟是理解的吗？

一切都与想象中不同。

“但是，对于这种事情，我们不可能不闻不问。”方副局长一边说着，一边用右手在旁边的几份稿纸上拍了拍，有些痛心地道，“希望你不要灰心丧气，好好沉淀，以后一定还有大展宏图的机会。”

谢兰生点点头，其实，他都理解。

从大门出来，谢兰生在一个路口竟见到了李贤导演。

李贤在南渊厂时带着谢兰生拍过《财运亨通》，当时对谢兰生十分耐心，也肯教。不过，谢兰生因觉得自己与李贤的风格不同，当面一套背后一套，并未真的照着去做。李贤说他太残忍了，直勾勾的，而他则想正对真实、直面人性，接受人的一切善恶。

李贤导演突然出现，谢兰生还挺开心：“李导！李导！”

李贤回头，也没想到：“兰生？”

“对啊，是我！”谢兰生到对方面前绽出一个大大的笑，傻里傻气的，“李导，您也去了电影局吗？”

“嗯，”李贤点头，“有部片子迟迟没批，我自己来争取争取。”

谢兰生叹：“希望能有好的结果。”

“兰生，你呢？”

“这个事情说来话长……”

李贤看看谢兰生，笑着说：“不然一起吃个中饭？”

在大门口足足等了两个小时，进去后跟方副局长又整整聊了一个小时，谢兰生也觉得累了，再加上想跟李贤导演聊聊天和叙叙旧，点头应了。

两人进了一家饭馆，点了些家常菜，谢兰生问：“李导，您母亲的病好些了吗？”他在南渊厂时知道李贤母亲生了重病，一直在化疗。

说到这个，李贤有些黯然了：“现在感觉还可以吧，六次化疗都做完了。医生说，每半年要复查一次，十次以后改成一年，因为癌症头五年的复发率是最高的。”

“嗯，”谢兰生说，“多带伯母出去走走！我听说，天天有个好心情特别重要！”

李贤听了有些沉默，半晌以后才回答道：“是。”

因为说到家人病情，聊天出现短暂空白，几秒以后，李贤才又道：“不说她了，说别的，我7月份结婚了。7月1日。”

“嗯？”谢兰生说，“哇，恭喜恭喜！新娘是谁？”

李贤还是温文尔雅，并未显得非常激动：“她是人艺的女演员，叫柳摇，没演过主角，不大有名。”

谢兰生点点头——他还真的没听说过。不过话说回来，对于人艺的女演员他本来也不大知道。

李贤导演这算闪婚吗?

李贤看出谢兰生的无声困惑，主动答了："去年春节才认识的。因为当时还不稳定就没有让大家知道。后来一看，各个方面都很合适，就领证了。"

谢兰生："哦哦哦哦！"怪不得。他三月末就辞职了，当时李贤跟他老婆也才认识一个半月，自然不会到处嚷嚷。

两个人的话题最后又转回到谢兰生身上。谢兰生也没瞒对方，说了他的一切经历，包括拍摄、剪辑、冲洗，参加都灵电影节，卖出日本版权，被官方给禁拍数年……李贤听得礼貌、认真，最后叹道："这条路真不容易走。"

谢兰生则笑道："但我喜欢！只要可以拍摄电影，再辛苦都是开心的！"

李贤看他半晌，最后道："嗯，也对。"

两人吃了一个小时，李贤掏钱付了账单。出来以后谢兰生挺不舍地跟李贤告别，觉得这是他在南渊厂仅有的两个依然感谢的人了——另一个是张富贵。今日一别，又不知道哪年能见了。他们一个在长沙，一个在北京，关系又不是特别亲密，如果不是今天正好碰到，可能从此就杳无音信了。

谢兰生没把约谈的事告诉莘野，也没告诉别人。他觉得，自己承担就可以了。

直到12月18日，莘大影帝自己"作死"。

那天，莘野到香港去参加一个大型活动。他年初参演的《赌神》拿了全年票房冠军，于是他作为电影主演高调出席这个活动。

在活动中，有个记者问出了他们非常好奇的问题：“莘野先生，您今年的另一部片子《生根》导演刚被禁了，您对此的态度是？”

莘野看着那个记者，长长的睫毛一颤。

既然他被问到这个了……他可以跟小红、小绿他们一样模棱两可，既不支持谢导被禁，也不反对谢导被禁，说“不知道”，置身事外，不冷不热不咸不淡。

然而他没办法作壁上观，让谢兰生独自挣扎，或被误会是“为拍电影对剧组人信口雌黄，自己拿了最佳导演，别人却有一身风险”——现在外界对谢兰生全部都是这个感觉，他以后的路会更难走。

那样的话……

莘野想想，淡笑一声，说：“我始终支持谢导。”

莘野的这些话引起了风波，被第一时间传回内地，他在内地的工作当然不可避免地也受到了影响。一些采访被临时取消，之后的一些工作，也需要重新调整。至于下一步的工作安排，可能都需要重新规划。

谢兰生的心里知道莘野究竟在想什么。

他一方面在帮自己——他用这番公开的话逼人开始思考。到底怎样才能给年轻的导演和电影人更多的机会，让他们能在当打之年，用影片呈现出自己对人生和世界的反思，也让更多的观众和他们一起思考。

而另一方面——作为一个演员，一个电影人，莘野无时无刻不希望中国电影产业能够发展壮大，希望唤起观众对于电影的热情，也期待有一天，中国电影能够真正地走向世界，不管是从经济上，还是从文化上。

谢兰生再次感觉莘野真是学经济的。莘野说的这些东西背后的深意自己绝对猜不透。

可是……他为自己好，为国产电影好，他本人呢？他怎么想起一出就是一出？

他太嚣张了。

那……估计，莘野此前谈好了的两部电影也会黄吧……

莘野以后怎么办呢？总不可能只跟自己躲躲闪闪拍电影吧，那会彻底毁了他的。

这正是他作为影帝事业起飞的当口啊。

何况，自己下面两部想要拍的电影男主角也不适合他，同时自己根本无法预计以后还能不能再次入围、还能不能再次得奖、还能不能再次卖出版权了——他只是个小小的导演而已，他以后也许会一无所获。

谢兰生还记得，莘野曾经说过，他一共有两件想做的事，当演员是其中一件，此外还有另外一件。

当时莘野还说：“其实刚从哈佛毕业时觉得演戏挺无聊的，不过这四个月相处下来我的看法已经变了。参与电影很有意思，我的水准还远不够。”

如果护照也被收回，那莘野就完了，他就会被扣在这了，不能再回洛杉矶了。虽然感觉这个可能性并不是很大，或者极小，但还是别心存侥幸。莘野跟他还不一样——家人朋友都在美国，莘野无法承受日复一日、年复一年的漫长等待。演员的生命短暂，二十出头是最好的年华，不经耗，不能等。

谢兰生想来想去，觉得莘野最好回美国去，接那两个大导演的鸿篇巨制，而且暂时别回来了，好好去经营自己的事业。谢兰生知道，电影马上就要开机了，莘野立即回洛杉矶勉勉强强还能赶上，完完全全没有必要在这等着被封。华人在洛杉矶可以参演的好电影其实不多，莘野本来一直觉得上影厂那片子挺有趣，可现在的情况不同了。

得到答案，谢兰生给莘野打电话，还是北京饭店的贵宾楼。

那边莘野声音慵懒："嗯？"

"莘野，"谢兰生道，"我有些重要的话想跟你讲。"

莘野沉默一瞬，轻笑："好，见面说吧。兰生，整个北京，你有没有什么特别喜欢的地方？"

"特别喜欢的地方……"谢兰生沉吟了一下，回答，"我很喜欢景山日落。"

"那好，"莘野声音低沉有磁性，"咱们见面说吧。明天下午四点，我来接你看景山日落，互相交代'重要的事'，然后去吃一顿'顺峰'。"

谢兰生想想，觉得这样也不错，于是没有直接说让莘野回美国的话，只是应道："好。"

翌日，莘野开着他的奔驰来接谢兰生去景山公园。

见到莘野，谢兰生还有些伤感，但他努力压制下去。他钻进车，牢牢系好了安全带，又握紧了窗上把手。在坐车时扶住把手是谢兰生的一个习惯，他担心在转弯时会随着惯性左摇右晃。

坐好以后，转过眸子，谢兰生看向莘野的脸，想努力记住对方的样貌。他明白莘野走后他就再也见不着了——这是《生根》的男主角，是艰难的亲历者，是荣耀的见证者。

莘野眉眼非常英俊，额头光洁，眼睛深邃鼻梁高挺，嘴唇轻薄，下颌线条利落分明。

想到自己最好的朋友可能很快就会离开，谢兰生不禁有些伤感，他转头望向窗外的路。车来车往，急匆匆的。

二人一路到了景山公园。景山公园在故宫旁，是北京中轴线的最高点。这里明朝时叫“煤山”，永乐大帝迁都时曾在此堆放大量煤炭，清朝时才改名叫“景山”的，意为帝后御景之处，算是皇家的后花园。

这山不高，四五十米，二人缓缓地走上去。

在经过一处路口时，谢兰生说：“崇祯自杀处就在那边。”

莘野问：“崇祯？”崇祯是谁？这超出他知识范畴。

谢兰生又感到好笑：“明末，李自成军攻入北京，明朝的最后一位皇帝明思宗崇祯自缢于老槐树。清军把它叫作罪槐，还用铁链给圈住了。不过原树在前几年被砍了，现在槐树是新栽的。”

莘野点头：“嗯。”

谢兰生觉得，这个美丽的地方却总是带着悲伤意味。

谢兰生想想，又说：“哎，我出生的两三年后这个公园还关闭了呢，不让大家进来玩了，几年后才重新开放。”

身边有人上上下下。谢兰生总觉得，那些人都可亲可爱的。他们生活在一个城市，登着一座山，呼吸一样的空气，喝一样的水。他走着走着，忽然微微一笑。

二人踏上景山山顶，太阳正好开始落山。在萧瑟的北京冬日，它带着些柔和光晕，仿佛古装电影里面罩着绢布的红灯笼。

莘野掏出一个东西，一捏，“砰”的一声过后，莘野把它递给谢兰生：“太阳马上落下去了，冷，拿着。”

“哦哦……”谢兰生在心里又叹：莘野真是心细极了。不过，这个玩意被捏爆后竟然开始发热，好神奇。

谢兰生坐上了亭子一边，十根细瘦的手指来来回回地捏着发热包，向远方遥遥望去。这亭子叫万春亭，还是乾隆那时造的，和千秋亭是一对。

云被映成橙色、红色。半空中，光直直向两边铺开，为北京城增添了艳色。故宫的墙变了颜色，在夕阳中显得雍容华贵，而另一边，北海公园的白塔被夕阳染成一片金红，它下面的湖水也是，周围那些树木则如一扇扇的金箔屏风。

谢兰生的声音在冬日里有些苍凉：“你要不要先回美国？”

谢兰生又继续说道：“这个就是我要说的。”

莘野站起来，看向谢兰生，两手插兜问：“这是为了我的事业？”

“对。”谢兰生道，“你真应该回美国了。”

“为什么？”莘野问。

“不然呢？”谢兰生的声音冷淡，“那你说说，你对未来有什么具体打算？”

“拍拍你的电影，拍拍那个什么毛的。而且，你在都灵拿了大奖，还会有人走这条路的。我喜欢跟你们一起做电影。”莘野果然无所谓。

谢兰生却“扑哧”一声笑了出来：“不现实的。我下部片的男主角开篇就是50多岁了，而孙凤毛的男主角会继续是‘小孩子’，再下部片也差不多。”

谢兰生顿了顿，又接着说：“等其他人……这靠谱吗？变数太多了！莘野，你不要说，任何新人的你都接，太可笑了。而且，每个导演都有自己心目中的男主角，莘野，就算你的演技再好也不适合拍所有电影——你知道别人要拍什么？”

莘野扬头看看天空：“你说的这些我也想过。在当演员的间歇期做做制片人也是个选择，我能帮着卖掉版权。”

谢兰生毫不犹豫，再一次打断莘野：“别扯了。莘野，你明明不喜欢卖版权，更不喜欢整整几年光给一个人卖版权。那对你来说太大材小用了。莘野，你能说，你真心爱卖版权吗？”

莘野无法回答。

当然不。

“你真心爱的是表演，我还记得你说的话。”谢兰生道，“在把胶片寄到澳洲时，你说，你刚毕业时觉得演戏挺无聊的，但四个月相处下来你的看法已经变了。你还说，你的水准还远不够，你还需要再去观察形形色色的各类人，理解各自不同的立场，再用自己琢磨出的技巧进行夸张、放大，这很有意思。那么现在，就满足于蹉跎时间给我当当制片人吗？

“莘野，我的水准有限，你再去跟知名大导拍拍戏吧，学习学习。既然想要当个演员，你就趁着这个年纪尽可能地磨炼演技吧。那些大导是不同的，他们比我更能帮到你。”他只是个北电学生，自己尚且年轻稚嫩，他又能让莘野的事业进展到哪儿去呢？

“谢兰生……”

“莘野，”谢兰生依然看着黄土说，“你赶紧回美国吧。”

莘野还是无法回应。

“回去就别回来了。”谢兰生又继续说，“好好拍那些电影，别总惦记来这边了。”

“我……”

“莘野，”谢兰生再下狠心，“我不会见你了，绝对。你来中国也没有用。你知道我的，我说到做到。”

末了，他又说：“好莱坞的那部电影马上就要开机了吧？据说需要拍摄一年？赶紧签吧，别犹豫了。”

莘野愿意将就将就，可谢兰生没办法让莘野跟自己混着。

如果自己同意他来，莘野会用各种各样的理由长期留在中国的，而在美国拍片也会心里长草不得安生，跟不走也无甚差别，顶多只是程度不同。而且，依莘野这“想起一出是一出”的离奇性子，谢兰生是真的怕他再作出些什么妖来。

折腾人家干什么呢？为了莘野好，最近几年，他不会见莘野了。

对面，莘野看着谢兰生问：“这就是你希望的吗？”

谢兰生说：“嗯。”

莘野听了，很久很久都没说话。

莘野只觉胃里沉甸甸的。

谢兰生也干挺着，不露出来一丝退让。他只看着面前黄土，平静着，绝情着，一点目光都不给对方。

万春亭前，有一大群小孩子跑跑跳跳，笑声天真，宛如无数小皮球儿，刹那之间从这边滚到那边，再从那边滚回这边，无忧无虑。

五分钟过去了，谢兰生还是没抬起眼睛，莘野知道他的决心，明白自己无论如何都没办法挽回什么。平生，他第一次感觉如此无助。

太阳彻底落下去了。莘野眼中反射出的金红色光也一点点黯淡下去，最后变成一片深黑。

在静谧的气氛当中，故宫变得层次不清，显得有些黑苍苍的，白天那样金碧辉煌，此时却隐在了浓重的夜色当中。北边，白塔下的湖也暗了，只反射着灯光，在城中心像圆睁的一只眼睛在望着天。

黑漆漆的天幕当中仿佛正栖息着群神，对方早就已经知晓他们两个此刻的命运。

太阳落山，天也骤然变得寒冷。冬季的风尖声叫着，宛如夹带了哨子，山顶的土聚到一起在地上滚，在地上蹿，好似一群小黑蛇。山上，树木距离天空很近，磨着天，咯吱咯吱的，像扫帚在呲啦呲啦地扫。刚刚漂亮的云彩这会儿却如大黑块，挤压着，翻滚着，像急于要办大事似的，千军万马一般地由远至近奔腾而来。谢兰生的小发热包此刻已经凉透了，像冰。偶尔有风吹过脸颊，吹得他痛肤彻骨。

这段时间对谢兰生来说的确度秒如年。最后，当游人都散去了，谢兰生才听见莘野在他头上说了一句：“我知道了。”

而后莘野转身下山。

莘野回了美国，或者说，被谢兰生逼回了美国。

那是1991年12月21日，谢兰生记得很清楚。

谢兰生也忍不住想：红尘俗世，合合分分，人聚人散，没有什么是永恒的。

这个世界看着挺大，其实道理就那么多，无非是能在一起、不能在一起，十分简单，早该习惯，矫情的文人才会一茬儿接一茬儿地伤春悲秋，唏嘘感怀，用不同的话讲同样的事。

莘野很快就会忘记他了。

第　十　章

重　逢

1992年到1994年，中国社会、中国电影都发生了巨大变化。

1992年年初，邓小平的南方谈话加速了改革，确立了社会主义市场经济，要“解放生产力，发展生产力”，中国发生重大转折，社会进入新的阶段。在后来的中国历史上，仿佛这一整年都是春天。

在电影这个领域，令谢兰生高兴的是，中国也有电影节了。8月23日，首届中国长春电影节开幕，评出了一个“长春金杯”，三个“长春银杯”。

接着是1993年。

跨国公司涌入中国，开分公司——宝洁开了多家工厂，通用生产合资轿车。9月，“北京·93跨国公司与中国国际研讨会”的会议在北京召开。《中华人民共和国公司法》通过，《消费者权益保护法》通过，粮票退出历史舞台。不过，也是在这一年，因两票的微弱差距，北京首次申奥失败，全城人人垂头丧气。

种种变化也让谢兰生的两个投资人都松了口气。

在这一年，中国第一次过上了“情人节”。到处都在卖巧克力，王府井的麦当劳店则打出了“温馨浪漫情人夜”的商业广告。

而5月份，豪华品牌法拉利在中国卖出第一辆车，还在天坛的祈年殿举办新车交付仪式，谢兰生想到莘野曾经说的“有一款F40还可以吧”“40周年的纪念跑车”。

在电影方面，国家广播电影电视部进行了一次改革，而且还是大刀阔斧的改革。

因为电视普及，电影受到巨大冲击，观影人次从1979年的高峰290亿骤然暴跌到1991年的140多亿，而且，若非一些现象级电影带来的观影热潮，这个数字还会更惨，要知道，1979年，平均每位中国观众一年会看30场电影，独步全球。放映网络土崩瓦解，曾经遍布大中城市的电影院逐渐凋敝，大约一半都变成了其他用途的娱乐场所，如歌舞厅、台球厅。

在这样的状况之下，1993年1月5日，《关于当前深化电影行业机制改革的若干意见》（以下简称《意见》）正式施行。

为了适应市场经济，它首次提出了“票房”的概念，而在过去，是没有“票房”这一概念的，只有观影人次。《意见》上的第二条是，电影票价原则上放开，各省政府自行把控，换句话说是可以涨价。

另外，它也改变了国产电影统购统销的方式。原先，电影必须由中影公司统一购买统一发行，而《意见》施行后，制片厂与各省的发行单位直接对接，各制片厂可以通过票房分成等获利，而不再是1985年后“一万块钱一个拷贝”了。

还有就是，要积极参与电视台供片和录像带制作。制片厂被推向市场，它们需要自负盈亏。

在此后的1994年，社会再次发生改变。

新《劳动法》正式颁布，“双休日”被正式实施。足球同样市场化了，有了“甲A”“甲B”联赛。谢兰生被岑晨拉着去看了场北京国安的比赛。

在电影领域当中，独立电影人的动静很大。1994年鹿特丹电影节，中国七个导演因违反国家有关规定，私自带片参加电影节被吊销导演资格。

谢兰生觉得，两边都有道理，谁是谁非他也想不明白。不过，从现实的角度出发，他不希望双方矛盾继续这样激化下去，他总认为沟通、谈判才是现代的解决方式。

在电影领域当中，官方又有重大改革。这密集的改革频率在过去是从未有过的。

因为票价突然放开，电影票价大幅上涨，于是，观影人次还有人均观影次数遭到前所未有的史诗级的重创。同时，因为早习惯了中影公司“统购统销”，16家国营的制片厂根本不懂电影发行，找不对人，卖不出片，继续萧条，只能卖地、卖房、拍广告。对于电影，除了北影比较坚持，其他家都拍得少了，一年最多一两部。

在这样的背景之下，一两家民营公司悄悄成立，对国营的电影“投资”。民营公司构思电影，再在审核通过以后，从制片厂购买指标，与制片厂合作拍摄，也就是说，用制片厂的厂标，挂制片厂的名头，民营资本渐渐进入行业。

与此同时，为了挽救电影市场，1994年8月，广电部出台了《关于进一步深化电影发行机制改革的通知》，通知决定，除各制片厂可直接向各省各级发行电影，每一年由中影公司以票房分账的方式进口10部“基本反映世界优秀文明成果以及当代电影艺术、技术成就”的影片，于是，好莱坞电影在阔别中国40年后杀回中国。而在此之前，中国人除中国电影，就只能看到比如朝鲜的《卖花姑娘》、罗马尼亚的《多瑙河之波》等影片，谢兰生看的欧美片都是学校的“内参片”。

就这么着，1994年11月12日，中国进口的首部美国大片《亡命天涯》正式上映。它的主演是哈里森·福特，这部影片在北京、上海、广州、天津、重庆、郑州六大城市进行了放映，不过，作为“第一个吃螃蟹的人”，它的发行困难重重。公映的六个城市阻力较小，可其他的所有省市都不同意放映此片。

《亡命天涯》的上映，登时掀起滔天巨浪。有一部分业界人士认为这是引虎下山，会击垮脆弱的中国国产电影，于是，在一大片抵制声中，《亡命天涯》被逼提前下线。然而，即便是在这种情况下，该片还是创造了3000万的票房奇迹。

《亡命天涯》上映期间，门庭冷落的电影院门口重新排起长队，甚至还催生了“黄牛党”，把15元的电影票炒到50元都还不止！

谢兰生又想起莘野，觉得对方预测真准——美国大片真的来了，而且就是“两三年内”，国产电影也真的是丝毫没有还手之力。

下一年，好莱坞的黄金年，《真实的谎言》《狮子王》《阿甘正传》等7部影片接踵而来连番上映，对中国观众进行了一番长久的轰炸。

其中，阿诺德·施瓦辛格主演的谍战片《真实的谎言》，在这个城镇居民人均年收入只有3893元的年份，票房破亿。

一向只看本土中国片的观众，因大银幕上突如其来的一切而震惊不已，他们睁大了眼睛，眼瞳中映着满满的好莱坞式的爱恨情仇。

1992年到1994年，谢兰生的电影拍摄也经历了起起落落。

1992年，文艺复兴国际的Bill卖出一次《生根》版权。法国巴黎的某公司用10万英镑买走了它，文艺复兴按照合同收取了20%的中介费。谢兰生想，即使没有莘野那份“有保证的销售协议”，Bill大约也能卖出去，他感觉自己似乎少欠莘野一点点了。当年的外汇管制，“官方价”“市场价”不一样，谢兰生把部分英镑交给几个移民家庭，对方父母把人民币打到谢兰生的账户上。

日本、法国版权费用支付后，谢兰生有21万美元了（当时英镑兑换美元还是1:2）。谢兰生把投资人的15万本金先偿还了，又按当初答应好的打给对方一半“收益”，自己拿着另外一半用来拍摄下部电影。做完这些以后，谢兰生把欠莘野的钱直接打进那张visa卡，又请祁勇帮忙转告一声。

同年，谢兰生又拍了一部《美丽的海》。录音师是那个岑晨——他早从西影辞职了，电影局也管不到他，摄影师是拍广告的，而主演则是在香港寻求发展的台湾人。《生根》在都灵拿奖以后，谢兰生的资源广了，有不少香港记者的电话号码。小红、小绿还是助理。

《美丽的海》在1993年竟入围了戛纳电影节，这让谢兰生非常震惊。尽管它最终没能获奖，但让已经花光本金的谢兰生卖了版权，而且还是同时卖到美国、英国、日本三地，赚到大约45万美元，谢兰生腰间鼓鼓，虽然资金回国还是个问题。

谢兰生因没有护照并未出席颁奖典礼，而且，因为再次不“乖”，原本8年的禁令延长到2001年年末了，不过他也并不在意。

1993年6月到1994年6月，自觉“非常富有”的谢兰生一下拍了两部片子，一部叫作《山坎》，一部叫作《黑白》。

他自己更喜欢《山坎》，觉得自己拍《山坎》时各方面的状态都好，而在《黑白》那部片子里却显出了一些疲态。

之所以起名《山坎》，是因为，这个故事发生在某山坎上的小庄子里。影片最后，在被警察带离以前，哑巴姑娘看着那些早已麻木的乡里人，跑上山坎，注视着千万个同样的庄子，想要唤醒却做不到。

出于对它的偏爱，谢兰生用它去参赛。

可他完全没有想到，刚刚换了选片主席的电影节的组委会竟然认为最后警察救出哑巴姑娘这个片段似乎在为政府宣传，希望谢兰生能改一改，最好别让警察出现，甚至可以直接换成《黑白》参加主竞赛单元。

谢兰生真的呆了。

他跟对方努力解释，这是一个真实的故事，在故事里，哑巴姑娘真的是被当地警察带出来的。

然而对方软硬不吃，就是觉得有政治宣传。

谢兰生也非常失望，两边最后吵了起来，谢兰生问："如果一部美国电影最后出现美国警察，您也认为不可以吗？如果一部美国电影最后出现美国法官，是不是也不可以呢？中国怎么就不一样了？您是不是有偏见呢？"

他们两边吵来吵去，对方最后盖棺论定："如果不能换《黑白》，那今年就干脆别来了。"

谢兰生也生了气，说："不去就不去！"

他顿了顿，又道："您有偏见，您当选片主席的这几年我都不会再想去了！拜拜！！"

哼！

谢兰生知道，虽然说戛纳电影节选片团由10人组成，其中5人看外国片，最后电影节主席、选片主席、一名导演、一名记者、一名电影爱好者共同决定入围名单，可实际上，主席或者选片主席经常自己决定一切，一个人在家就看完了。如果他们实在不爱《山坎》，就算了。

放下电话，谢兰生也觉得好累。

他怕自己妥协多了，棱角就没了。

他觉得，电影这样好的东西，应该是造福人类的工具，他可能是太天真了。

谢兰生忍不住想，你们是否太敏感了？一部中国文艺电影究竟能有多少人看？真会因为一部中国电影喜欢中国、讨厌中国吗？警察"好"于是喜欢，警察"不好"于是讨厌？喜欢讨厌又能怎样？还有，如果有人因为电影就喜欢或讨厌某个国家，错的是他本人，还是电影导演？

电影变成这个样子，最后，一群导演讨好这边，一群导演讨好那边，好多事全变味了。

谢兰生真想不明白。

经过这样一遭事，谢兰生也懒得再带《山坎》参加电影节了，包括其他电影节，他可不想再次经历戛纳电影节前的那些争吵了。

说不定，他以后都懒得去了。

反正，他还有钱，而且不少，可以再拍好几部呢。文艺复兴国际的Bill又把《生根》卖出10万英镑，也就是英镑贬值后的15万美元。

决定不去电影节的谢兰生便开始带着《山坎》在中国转悠。

1994年，在中国的大中城市，咖啡厅如雨后春笋般涌现。

谢兰生想咖啡厅的顾客大多比较“文艺”，说不定会喜欢电影，于是他便带着《山坎》一家一家咖啡厅谈，说帮对方打造特色、吸引顾客、赢取竞争、增加利润。他说，自己可以放映电影，这样，文艺青年在他们的咖啡厅里便能看到电影院里看不到、市面上也买不到的三四部文艺电影，其中《生根》曾在都灵电影节一举拿下最佳影片奖，《美丽的海》则在戛纳电影节一路杀进竞赛单元，而且，这些都是中国片子。谢兰生还说，如果有人想看电影，那他一坐90分钟肯定还要再点些东西，再消费消费。

他说动了挺多老板。

这些老板同意谢兰生支个白布放映电影，用以吸引文艺青年。来咖啡厅的顾客想看电影就看电影，想自己聊就自己聊，不耽搁。谢兰生并不缺资金，还给电影做了字幕，因此，他可以调小音量，让感兴趣的人坐得近些，不感兴趣的人坐得远些，自己聊天。

放映效果竟然很好。

不少顾客非常喜欢，尤其是年轻女孩子。他们看得非常入迷，有些人还轻轻抽泣。

谢兰生觉得，果然，电影还是要给人看的。

他最开始就只想拍，一切源于创作冲动。可这几年下来以后谢兰生又不满足了。

电影何其有魅力。他希望他的电影不仅欧美人能看到，中国人也能看到，后者意义才更加大。

往小了说，谢兰生想受到肯定、受到赞扬；往大了说，也是为了影片中的人和影片外的人。影片中人受到关注从而渐渐走出困境；影片外的人得到思考、得到改变、得到成长。谢兰生一直认为，人这一生最重要的是内心不断成长。

可咖啡厅毕竟不是专门用来放电影的，在被人看到的同时谢兰生也非常辛苦。

谢兰生必须根据实际状况调整设备，于是最后，有的幕布高有的幕布低，有的幕布大有的幕布小。一些合作咖啡厅的窗子太大光线太亮，谢兰生还必须去遮光。

让谢兰生最无奈的是咖啡厅开有天窗。

这个时候，他就必须爬上梯子用大纸板去遮天窗。

用大纸板去遮天窗时一定要用两只手，一只手盖，一只手贴，谢兰生每一回在梯子上都颤悠悠的。

一次，因为那家咖啡厅的大玻璃窗特别高，他只有站在梯子最高的一级上才能遮到。

谢兰生的脚踝发抖，然而他却坚持着，按住纸板，遮住光线，只为给咖啡厅的四五个人看他的电影。

然而，就在谢兰生贴最后一块透明胶时，一个孩子竟然抬腿对着梯子猛地一踹，想看他跌下去！

如那孩子所愿，在即将大功告成时，谢兰生真跌下去了。

他怕伤到内脏器官，在落地时用右腿在地砖上面撑了一下，可虽然立刻用手扶地，谢兰生却还是听到腿上传来“咔”的一声，与此同时小腿一阵剧痛！

他当时就跌在地上，抱住右腿，大口大口地抽凉气。他捂住折了的腿，只觉得自己像一条狗，在地上爬，在地上滚，还听到孩子咯咯的笑声。

那孩子的爸爸妈妈把谢兰生送到医院。拍过X光片后，医生诊断的结果是：骨折。

谢兰生在那家医院做了手术、打了钢钉，医生说腿可以恢复，但必须卧床三月，所谓伤筋动骨一百天。

当麻药劲过了以后，谢兰生疼到睡不着觉。

他不明白，他不过是想给四五个人看看自己拍的电影而已，为什么还骨折了呢?

想让大家看看他拍的电影，怎么就这么难呢?

他不敢让父母知道，怕李井柔说他活该，他也不能告诉朋友——张世杰、王忠敏，他们同样不会明白他的，而且，朋友毕竟只是朋友，总归隔着一层东西，大家都忙，没办法把众多朋友中的一个看得如同自己本身一般重要。

就在那个时候，谢兰生收到了曾经的战友孙凤毛发给他的消息。

他们两个在都灵对环球影业改结局的要求做了不同回应，之后关系变淡了些，不过联系也一直有。

谢兰生把摩托罗拉的BP机给按亮了，见孙凤毛连发了几条消息。

一条是：我后悔了。

另一条是：《玩耍》砸了。

谢兰生：“……”

在孙凤毛发消息前他已经听Bill说了。《玩耍》为美国版重新拍了一个结局，从“主角孩童在大雨天奔跑出去却惨遭车祸”改成了“孩子父母幡然悔悟，一家人重新其乐融融”。然而，孙凤毛没想到的是，美国版在改结局后竟被定成儿童影片，环球影业带着《玩耍》参加了在波士顿的电影节，可组委会却让《玩耍》入围了“儿童片单元”，最终，文艺影院都没购买，美国票房惨淡，而欧洲的销售公司看到以后失去了兴趣，没有继续宣传《玩耍》，而是选择宣传别的了，《玩耍》被扔进仓库。

而谢兰生的《生根》则在文艺影院颇受好评。

谢兰生把BP机放下，暂时不想回孙凤毛，转而想到莘野。

他想起来，莘野曾经对他说过“会后悔的，那什么毛”，莘野再次说中了，和以往一样。

小腿的伤康复以后，1995年，谢兰生又拍了一部电影，而后照例在咖啡厅一场场地放给顾客看，他现在对于参赛兴趣不大，反而是他南渊厂的老师李贤在威尼斯拿下一座“金狮奖”。

也是在1995年，电影导演出路多了。1993年1月电影改革并没能挽回颓势，当年观影人次下降了60%，电影票房再次下降了40%，一些国营的制片厂纷纷裁员、卖地卖房，同时，为与大片直接竞争，各制片厂先后“合拍”，或与香港合拍，或与美国合拍，可玩资本又玩不过人家，收款困难，举步维艰。于是，民营公司悄悄出现，与电影厂合作——民营公司想赌票房，国营大厂想求生存，双方可谓一拍即合。

在这样的背景下，针对一些民营资本参与电影的现象，广播电影电视部下发了《关于改革故事影片摄制管理工作的规定》，规定从1995年1月1日起，社会法人投资额达70%的可与具有出品权的制片厂联合拍摄，也就是说，官方认可民营资本与制片厂联合拍摄电影。

这一年，“美国大片”联手“民营电影”，整体票房市场终于停止了持续数年的雪崩。

制片以外，发行也改革了。以往各省发行公司统一安排统一上映，可7月时，根据去年的通知，上海率先成立了首家院线公司“东方院线”，由上影的发行公司与23家影院签约组成，成为上海市的第二条发行渠道。各省发行不再是由指定公司垄断了，大制片厂可以与任何一个发行机构合作。制片厂由“听从中影统一安排”到1993年后的“可与各省直接对接”再到1995年后的“可以选择对接单位”，越来越自由了。

谢兰生还挺高兴的，这说明，虽然厂标依然有限，可是众多民营公司为了可以拍好电影、获取利润，会给大家竞争机会。大制片厂就一两个招牌导演，不敢得罪，民营公司可不是，全国导演多了去了，可以随时招聘。

当然了，这些改革与谢兰生本人无关。谢兰生被禁到2001年，他没办法当上导演，也没办法拿到厂标，只能继续自己干。

谢兰生忍不住想，如果当初等四五年，他会不会也有机会？是否现在也能光明正大？

最后的结论是他不后悔。早四五年是值得的。只要想到《生根》《美丽的海》《山坎》《黑白》以及《天火》，他就感觉是值得的。只要想想这五部片子从未出现的样子，他就心痛。

他想，仅四五年，新人就能拥有当上导演的机会了，也不知道他们12个被禁拍的电影导演还会不会有“追随者”，还会不会有新同侪。

感觉答案是肯定的，指标有限而且宝贵，还是无法照顾到所有人。

可是，他们的路该怎么走呢？一直躲在咖啡厅里给顾客们放电影吗？

究竟如何才可以让中国观众看到他们的作品呢？

在咖啡厅晃悠一年半，一直到了1995年8月，谢兰生才再次决定带片出去参加比赛，因为一切又变化了。

VCD机出货井喷增长。北京一个调查表明，1994年知道VCD

的人不足0.1%，而1995年6月末，这一数字增长到了5%。此后，全国顾客疯狂抢购，1994年VCD的销量才两万台，可1995年预计会暴涨到60万台，生产企业从“万燕”一家增至100多家，各大品牌血腥厮杀。

在这样的背景下，盗版碟片应运而生。30元一张，50元两张，这时碟片售价很高，然而大家还是在买、在看。

谢兰生就突发奇想：自己若能拿到“三大”，盗版碟片的生产商应当也会盗一盗吧？！

这样，就不只是咖啡厅的几个顾客能看到了，这巨大的潜在市场里有足足60万人啊！而且，专家说了，1996年全国应该可以卖出1000万台VCD机！

1000万！

也就是说，如果可以被人盗版，全国就有1000万人可能会看他的电影！

谢兰生实在是无法抵抗“1000万”的诱惑，这对一个独立导演来说无疑是致命的。

世界变化得太快了。1990年到1992年那三年，他们拍的文艺电影只可以在欧美放映，南方谈话发表以后，就可以在咖啡厅播了，多了点路子，而现在呢，VCD来了，它可以走进千家万户……虽然是被盗版光盘给带进千家万户的。

然而也叫千家万户。

决定好了的谢兰生打算拍摄剧本《圆满》。本子早就写好了，既没说谁好，也没说谁不好，比较适合参加影展。

谢兰生对中国家庭一直以来情有独钟。他喜欢人，喜欢人与人的相处，而家庭是人类社会最基本的构成单位。

《圆满》里的两个主角都属于边缘群体。

这几年，谢兰生总不自觉地就会思考这群人在中国社会所面对的种种压力，包括来自父母的压力，来自家族的压力，来自同学的压力，来自同事的压力，还有来自陌生人的压力，最后写了这个故事。

它描述了对中国人来说最重要的一个东西——脸面，自己的脸面、父母的脸面。人生下来便要攀比，地位、财富、配偶、子女，只要一个拿到零分便是在让全家蒙羞，便是不孝。

片子定好，剧本改完，谢兰生把剧组建起。

助理还是小红、小绿，录音师是岑晨，摄影师是以前合作过的。

此外，谢兰生还招来一个执行导演和两个副导演，其中演员副导叫华国光，也是谢兰生之前那部文艺电影的副导演。

他画分镜、勘景、制作道具，还有选演员，一天一天十分忙碌。

几个配角顺利到位，可是主角却迟迟定不下来。甚至可说无比难找，谢兰生请各路朋友积极帮忙招募演员，包括在影视公司问，在制片厂问，在北京人艺问，在国家话剧院问，在北电、中戏问，甚至在群头里问。谢兰生把华国光的联系方式给了朋友们，这样，有兴趣的男演员便可以直接联系华国光，由他逐一安排面谈。

谢兰生想，反正最后人不会多，干脆全都见见算了。

华国光的能力挺强，很快做好了时间表，让谢兰生先见他认为最合适的，再见他认为一般般的，最后见他认为是凑数的。

10月4日是谢兰生为新电影《圆满》接洽有合作意向的演员的首日。

第一个人是在早上7:55敲门的，敲的是谢兰生工作室的大门——这一年半，谢兰生在某小区里租了一套两室一厅当办公室，一间用来工作，一间用来开会，客厅则做吃饭、休息、看片之用，在面积上刚刚好。

华国光把大门打开，见到来人忙迎进来："欢迎欢迎！"

男人面色有些冷淡："嗯。"

华国光的一双眼睛偷偷地瞄着来人——竟然是莘野。

好高，好俊，气场好压人。

他穿着件英伦风格的双排扣纯黑风衣，满满的禁欲感。虽然神色十分冷淡，可存在感非常强大，眼神犀利，仿佛可以看穿自己，却又有些与这年龄不太相符的平静深沉，很黑，潭水一般。

"来来来！"华国光道，"我带您去见见谢导！"

听到"谢导"这两个字，男人睫毛不易觉察地颤了颤，他点头道："谢了。"

华国光把木门推开，发现谢兰生不在里面，伸出手在鼻子前面拼命挥了挥，说："嚯！谢导又在放毒了！这烟味！"

说完他又对身边人解释："谢导平时并不抽烟的，就写剧本时喜欢抽抽，一年也就一两个月吧，忍忍就好。"

男人点头。

"谢导可能吃早点去了，应该马上就回来。不然，您先等等？谢导说过想在这儿谈，会议室里都是资料，太乱了。”华国光用手指了指屋子一侧的长沙发。

“嗯。”

“啊，我先把窗户打开，咱们通通风。”华国光一边说，一边走到窗边，伸手搭上窗户把手，“谢导这人就是影痴……别提了！他写东西喜欢安静，不开窗，也不开门！一捂能捂三四天！喏，这张沙发可以打开，变成床，谢导最近都睡在这儿。”这是一张折叠沙发，白天折起来是沙发，晚上打开后就是床了，被褥都在柜子里面。

男人看看，没说话。

华国光说：“嚯，这屋……还有新鲜氧气吗，都是他的二氧化碳……还有他的二手烟。不好意思，抱歉抱歉。”

然而华国光没想到的是，就在他要打开窗时，莘野大步过来，侧对着窗，一把把窗又推上了。

华国光：“怎么了？”

莘野右手骨节分明，按着窗子，说：“不用开窗。”

“那好吧，”华国光也不管他了，“那您先在这儿等会儿，谢导马上就上来了。你们两个可以针对‘郎英’一角探讨探讨。”

“行，麻烦了。”

在华国光离开以后，莘野让他把门带上，自己一人等谢兰生。

八点整时，办公室的电话响了。

华国光去接起电话，发现竟然是谢兰生。

“喂，国光，”谢兰生问，“第一个人已经到了吗？”

华国光答：“刚才到了。”

谢兰生笑了：“我吃完了才想起来，我走之前忘开窗了，有味，在那儿面谈不太礼貌，让别人也跟着抽烟，唉，我这脑子。而且想想，好像也太中规中矩了，无聊。”

华国光问：“那？”

“咱们改在公园谈吧。”谢兰生说，“就咱后头那破公园……我现在已经在里边了。你们俩从东门进来，走银杏大道，过水榭，到湖心岛的‘爱晚亭’，咱们在这儿谈《圆满》吧。”

华国光说：“您……”

无语，华国光想，这个谢导还真讨厌“中规中矩”，也真喜欢浪漫喜欢美。

“今天是工作日，还是一大早，湖心岛上空空荡荡的。”谢兰生又道，“华国光，你不是说这个人选非常适合演‘郎英’吗？那就定在‘爱晚亭’吧，风景好，能畅所欲言。等到10点看看公园人多人少，要是人少，咱可以把二号演员也带过来在这边聊。等烟味完全散了，再让后面来人去工作室。”

“好吧……那我们这就出发了。”华国光想，幸亏他给头两个人都预留了两个小时，要不然不够折腾的。

“行，别忘记了是爱晚亭。跟男演员好好说说，先道歉。”

“行行行，知道了。”

谢兰生又最后嘱咐：“把剧本也带过来。”

“知道了！”

撂下电话，华国光跟莘大影帝讲了谢导的主意，挺不好意思，说：“谢导也是临时起意，想在那边好好谈谈，激发灵感。”他跟谢兰生是好朋友，但对别人十分客气。

“没事，”莘野颔首，“走吧。”

“走走走。”华国光把风衣拿上，把大门锁了，带莘野去小公园。

其实，他们后头的小公园根本不是小公园，而是陶然亭公园，在太平街上，其中最大的陶然亭更是中国四大名亭之一，与醉翁亭等齐名，康熙年间就兴建了，大匾额是齐白石写的。

这儿还是个约会圣地，北京有句顺口溜叫“要想成，陶然亭；要想散，紫竹院”。

两个人从东门进去，入眼便是银杏大道。

此时已经进入10月，而且由于剧烈降温，银杏已经开始泛黄。四分之三还是绿的，四分之一变成黄的，有些叶子飘落在地，透着秋意。

不知是不是错觉，华国光总依稀觉得，莘野走路步子极大，仿佛已经等不及了。

一路踏过银杏大道，穿过水榭，走过拱桥，华国光和莘野二人终于来到了湖心岛，爱晚亭。

谢兰生却没在里边。华国光又有些纳闷：“嗯？谢导呢？他又跑到哪儿去了啊……那个，我去找找，您先在这儿等一等啊。”华国光是北京人，对谁都用“您”。

莘野点头，走到亭前的湖水边，望向远处，让湖光山色来压抑悸动。

蓝的水，黄的叶子，绿的草，红的亭子，不似等闲山水。

另外一边，华国光刚刚走进爱晚亭后的银杏林，就见谢兰生手里捏着几片叶子晃悠过来。

“谢导！”华国光叫，“干吗去了？”

谢兰生忙加大步子：“你们两个已经到了？这么快？我以为还得一会儿，捡了几片漂亮叶子想拿回去夹在书里。”

“您可真是浪漫到死……”华国光说，“快点吧，人都到了。”

“嗯，好。”

谢兰生手拿着叶子几个大步穿过亭子，看见一个高高大大的人影正对着湖面，便叫：“嘿！”

他事先没问过华国光面试演员的名字，也没看过每个演员的履历，因此，他不知道对方是谁。《圆满》是他自己写的，他在创作的过程中已在大脑里无数次地构建形象，无数次地想象人物，剧中的人物才宽、郎英与李芳芳早就宛如活了一样，有自己的经历，有自己的性格，有自己的样貌，有自己的气质，这些东西由内而外，因此，一个演员对不对路、符不符合，谢兰生在见到他的第一眼就能感觉出来。他并不想因演员们的过往角色先入为主，人是会变的。感觉对了，就试试戏，技巧如果也没问题，他就会当场签合同。谢兰生有时候也看作品，不过一般只做辅助。

听到这声“嘿”，那个男人转过身来。

他背后是早上的湖，碧波荡漾，清澈见底，几只鸟儿正飞过去，他两边是高大的银杏，这世界上最古老的树的树叶正渐渐变成金色，每一片的边都是黄的，一些叶子在他脚下，亮澄澄的。

谢兰生腿迈不动了，整个人都钉在原处。他愕然地望着对方。

那是……莘野……

莘野！

莘野眉眼还是和以前一样，可有些东西却不同了，谢兰生也说不太出来，却细腻得能感觉到。莘野还是威压感强，骄傲，锋利，但似乎又……深沉了些。

谢兰生的眼前好像再次扬起片场的沙、都灵的雪，也再次看到景山落日，红彤彤的，刺人眼目。他就站在爱晚亭里，雕塑一般。

好一会儿，谢兰生才口舌干涩，道："莘……莘野。"

莘野静静地看着他。

谢兰生想直冲过去，问莘野这四年在干什么，再说说自己怎么过的，说他的喜，说他的悲，如从前般互相抱慰。

但谢兰生又想起来：莘野现在的想法是什么呢？

他为什么竞争郎英这个角色？是因为喜欢《圆满》吗？是因为喜欢这个角色吗？

两人对视片刻，华国光却不觉有异，插入中间，道："好了好了！咱们都去亭子里吧！够用了，一个石桌四个石凳！"

谢兰生把思绪收回，拔脚往回走："嗯。"

三人围着石桌坐下，谢兰生的腹稿打好，终于开口问出来了："莘野，那个，你解禁了？"

莘野抬眸，语气竟然不亲不疏，就如演员对着演员：“解了，前几个月被采访了。”

“嗯。”

谢兰生顿了顿，又问：“莘野，你这几年在做什么呢？我看了你两部片子，一部是……另一部是……都演得好。”前者是个好莱坞片，历史片，1993年上映的，莘野还凭那个角色被提名了金像奖；后者是个香港片子，票房很好。

莘野语气可谓和善，甚至谦逊，却无端地给谢兰生带来一些生疏感，他说：“演了两部美国片子，还有一部香港电影，都还算是有些意思，最后一年因为没有更好的角色，去演了话剧，在纽约。”

“啊……”谢兰生知道，很多演员会用话剧磨炼演技。在话剧里，演员每一分钟、每一秒钟都暴露在观众的目光当中，而对一个演员来说，最考验功力的就是当观众的“焦点”是别人时他要如何表现。如果是演电影电视剧，只要镜头不拍到他，他爱干什么就干什么，可演话剧却不可以——他依然在舞台上面。同时，话剧演员360度曝光，每秒都被全身特写，从头到脚都要有戏。另外，后期技巧也不管用，他的表演是纯粹的。

谢兰生对莘野这么喜欢表演还挺惊讶的。

对面，莘野又继续讲他过去的四年：“另外，也在继父公司干干，帮帮忙。”

“嗯。”谢兰生点点头，犹豫了下，最后决定豁出去了，终于还是咬牙问对方，“那现在是……什么打算？”

莘野笑笑，回答：“想回中国发展。华人演员在好莱坞肯定会有一些限制，而香港……现在电影太同质化了，也太商业化了。《圆满》剧本挺有意思，郎英这个角色有挑战性，不像香港电影里的那些角色那么简单，是最近我最感兴趣的一个角色。”

“嗯……”

这时一旁的华国光说：“谢导！他太适合郎英一角了！两个人的感觉太像了！连描述的外形都像！”

谢兰生说：“我知道了，你闭嘴吧。”

他有一些恼羞成怒。

废话，能不像吗？

谢兰生在塑造“郎英”这个角色时，下意识地希望莘野能出演，因此，对郎英的外形、气质，甚至说话方式、行动方式，包括口头禅和习惯动作，他都参照了莘野。

华国光无端被骂，十分莫名其妙，只得道：“哦。”

“行了。”谢兰生也公事公办，对莘野说，“能讲一讲对郎英的个人理解吗？”

“可以。”莘野仪态相当礼貌，仿佛湖边相对一望全是谢兰生的错觉。四年前莘野总是靠着椅背跷二郎腿，这会儿却微微前倾，十指交叉，给了导演十足的面子，甚至时不时地看看华国光，简直让人如沐春风。

谢兰生又拿出几段让莘野来试“郎英”的戏，对方的表现无可挑剔。

最后，轮到谢兰生来做决定了。

谢兰生在犹豫之后还是把合同给拿出来了。

从《圆满》的角度来说，再没有人比莘野更合适了。郎英一角本是照着莘野写的，一模一样，而且，莘野本身演技极佳，态度又好，能把握住人物心理，是郎英的不二人选。

另外，从他自己的角度来说，莘野在他的生命中是浓墨重彩的一大笔，虽然分别了四年，莘野对他也有些生疏，但是朋友还是可以做的。

谢兰生把合同翻开，填了几个名字，就递给莘野。

莘野看看，签了。

“喂！”华国光突然用左手手背“啪”地一打右手手心，“我这脑袋才想起来，你们两个合作过啊！那怪不得刚才你们一见面就开始寒暄！”

谢兰生：“……”

“嘿！”华国光说，“我一直记得，莘野在某个采访里，替一个导演说了不少好话，那个导演是谁来着，后来啊，我发现，哈哈哈哈……是谢导啊！”在电话里，莘野没提演过《生根》。

谢兰生不理华国光了，对莘野说：“我还要选演才宽的演员，想留下来一起看吗？”

莘野略一点头。

“那行，”谢兰生把东西收了，“那咱们就回工作室。”

“好。”

谢兰生把手腕抬起，看了一眼“上海牌”手表，发现还有一些时间，便问莘野：“莘野，你来看过陶然亭吗？”

莘野摇头：“没有。”

“那我带你看看去吧，陶然亭是中国四大名亭之一，就在那边，喏，那个角上，三面是水。”

他们沿着银杏大道向陶然亭和慈悲庵走去。谢兰生与莘野并排，副导演华国光知道他们两个想说说话，缀在后面。

谢兰生一路走一路说："陶然亭的名字取自白居易的一个名句：共君一醉一陶然。"

莘野沉默，问："什么意思？"

谢兰生笑了，十分入戏，两只手做捧酒盅状，对莘野一拱手："就是说，与君同醉，无比喜悦，说两个人高山流水，是知己。"

莘野点头，表示明白了。

他们走着走着，慈悲庵就在眼前了，陶然亭则在它里面。

从元朝起，慈悲庵就一直都是文人名士聚会之所，一代一代的文人名士在这里聚会，甚至包括戊戌变法、五四运动的文人名士。那些人事已经过去了，可这建筑从未变过。

也许因为历史变幻而生出了莫名的沧桑，谢兰生叹了口气，说："莘野，真没想到，咱们还能再次见面，还能一起拍戏。"

"嗯。"

"我们多久没见了？"

莘野想了一会儿，才回答："快四年了吧。"

第　十　一　章

人　选

从陶然亭回来以后，谢兰生、华国光、摄影师和莘野继续面谈别人。

两天面了22个人，综合各方面因素考虑，大家认为一个明星最为适合“才宽”一角。他叫史严，主要是演电视剧的，在好几部台湾作家的爱情剧里当男二，颇受欢迎。因为总演同类角色，他觉得那些导演带着偏见，有点儿想大胆突破，才加入《圆满》剧组，希望自己能因此拿大奖，一飞冲天。谢兰生的能力很强，史严认为这是好机会，并不介意这是一部地下电影。

心里有了倾向以后，谢兰生问莘野的态度：“你对史严感觉如何？能对戏吗？”

莘野看看他，想说什么，然而终究是忍住了。他心里说要专业、要职业，这个史严确实不错，于是紧紧绷着下颌，回答：“可以。都一样的。”

谢兰生笑了笑：“行。”

于是演“才宽”的演员就这样定下来了，是史严。

接下来的两天当中谢兰生都在挑选女主角。李芳芳是关键角色，谢兰生又极为认真。他让其他人先离开，自己单独面谈演员，问对方对爱的理解以及对婚姻的理解，而在这个过程当中可能会有隐私出现。

这些东西没有对错，可谢兰生觉得，演员能否“懂”李芳芳这一点是至关重要的。对方在说真话还是假话他一眼就能看出来，因为，如果真的有过思考，对方的话通常会有很多枝节、亮点、论据，而敷衍的则比较笼统、比较模糊。他觉得自己像个情感法官，能感知到真心假意，还能发现“经历”“想法”二者之间在逻辑上的不自洽。

副导演华国光力推的几个人都不太行，反倒是最后，一个叫作柳摇的女演员引起了他的注意。

这个女人温柔、熨帖，让谢兰生挺矫情地想起了“岁月静好”这个词来。

她34岁，以前演的都是配角，对于《圆满》非常喜欢。

谢兰生点点头，也能理解一个演员想当主角的心情。为当主角，大概，是可以辞职的。只要别跟莘野一样大放厥词，官方一般都不会管，不少明星都喜欢跟被禁了的导演合作，觉得可以拿奖，而后去拍电视剧，或者去拍民营电影。

谢兰生总觉得“柳摇”这个名字在哪儿听过，想了半天却想不起来。这也正常，他是一个电影导演，曾听过的演员名字没有一千也有八百，哪儿能个个都对上号。

“柳摇，”谢兰生也对对方说，“能不能简单讲讲自己对爱情的理解以及对婚姻的理解？还有，为什么会产生这样的想法？”

“……”听到谢兰生这个问题，柳摇明显地犹豫了。

谢兰生又温和地道：“放心，我不会与任何人讲。也是出于这个原因我没有让别人在场。我比较喜欢演员、角色的内在有一些重叠——有的时候光靠想象是做不出正确反应的。”莘野可能比较特别，他是去看，而后模仿，而且本身就是天才。

柳摇：“……”

看到对方难以开口，谢兰生也不想勉强：“不想说就不说，没事，经历只是一个辅助。那就说说为什么会对李芳芳感兴趣吧。”

“不，没事，都是真实发生的事，也没什么不能承认。我非常想要拿到角色……非常想。”柳摇缓缓摇了摇头，说，“我对爱情没有期待。或者说，以前有，现在没了。”她的声音又哀又伤，可嘴角仍挂着微笑，很知性，很有气质。

谢兰生问：“可以说说为什么会产生这样的想法吗？”

柳摇沉默了一会儿，又抬头，说：“7月31日，我离婚了。”

“抱歉……”

“没事。”柳摇眸子轻轻眨眨，“我三岁时母亲去世，我四岁时父亲续弦。他们不久便有了孩子，我在家里非常……多余。我努力地讨好大家，却没用处。天生缺爱。”她还记得有回过年弟弟突然说回不来了，于是，继母便把一桌子菜一样一样地放回冰箱，只留下了两个素菜。

谢兰生也比较明白她为什么如此温柔敏感了。

柳摇声音又轻又飘，有点细："后来我认识了我的丈夫，他是一个……文艺工作者，性格细腻，文笔很好。他那时候每天都写一封长信，是情书，里面充满了炙热的文字，于是，1991年7月1日，在相识整半年时我们两个举行了婚礼。"

"然后呢？"

"然后？今年7月1日，我们结婚五周年时，我发现，一切都是一场骗局，他从来没喜欢过我。"

谢兰生呆了。

柳摇继续道："他的母亲6月30日去世，他次日就提出离婚。"柳摇苦笑，"他之所以猛烈追求，全是因为……他患癌症的母亲非常厌恶他原来的女人。那位……女性，"即使到了现在，柳摇也还是骂不出口，只管她叫"那位女性"。柳摇继续道，"她有遗传病，地中海贫血，是中度，只能活到四十岁左右，而且可能遗传。可能因为这个病症，她的性子比较泼辣，直来直去，跟他的母亲冲突不断。他的母亲不同意他们两个在一起，他抗争了整整两年……直到他的母亲被查出患了癌症。"

谢兰生已预想到几个人的悲剧结局。

"他的母亲在病床上叫他娶个好妻子，否则就不治疗……于是，他下跪在病床前面，应了，我是经过别人介绍才认识的。我一直都觉得幸福，却没想到……却没想到……他从来没喜欢过我，甚至说，当初那些万字长信，他也是想着别人写的。在我们的五年婚姻中，我一个人付出一切，而他跟她……藕断丝连。他娶我，只是因为心里觉得他的母亲会喜欢，其实，他爱慕的从来不是我这种类型的女人。"

“你……”谢兰生手足无措，只能莽撞地安慰道，“你前面有新的人生。”

“不会了。”柳摇声音轻轻地说，“我很了解我自己，我不敢再尝试什么了……一旦失败，太痛苦了……而世界上真有个人非我不可的概率太小，再来一次我绝对是没有办法承受住的……可是，如果继续孤独下去，也同样是太痛苦了……”柳摇用手撑住额头，似乎想要保持清醒，不让自己失控。

她偶尔也真的觉得，与其拼尽一切、耗尽所有，在几年后绝望、崩溃，被折磨着凌迟死亡，还不如一了百了，简单痛快。

谢兰生只感到空气凝重到了仿佛可以将人之血肉碾碎的地步。

几秒钟后，柳摇闭上眼睛，独自强撑着。

第一次跟别人讲这些，她摘下了远视眼镜——其实那个动作不能叫摘，而是扯，接着手腕一垂，几根手指一松，好像就连好好地将它放在桌上都做不到，眼镜掉在木质桌子上面发出哐的一声，最后倒下不动，那个声音在安静的办公室中有些刺耳。

柳摇用手遮住眼睛，纤细的手完全没有血色。她说：“对不起……”

没想到会这样，谢兰生被她吓到了，忙不迭道：“不不，我应该道歉才是，揭伤疤了。”谢兰生也开始反思某些问法是否太残忍，然而不可否认的是柳摇的确非常适合，在《圆满》中，李芳芳同样经历过发现被骗而后心死的过程，虽然，柳摇年纪比李芳芳要大上一些。

“不，”柳摇却是非常体贴，“谢导，您别感到愧疚，讲出来后……反而好些了。”

“谢谢。”谢兰生顿了顿，想转移话题，他拿出了一张白纸，道，“那，柳摇是吧？来试一试这段戏吧。”谢兰生觉得，今天他们需要试戏，不大适合深入交谈，等以后再熟悉一点他会努力帮帮对方的。

柳摇道：“好。”

这段戏是李芳芳在男友走后打电话去挽回的情节。谢兰生念男友对白，柳摇则念李芳芳的，她在桌前拿着电话，面部表情十分细腻，紧张、焦灼，拼命挽回，就像拿着一个破旧皮囊，水一滴一滴地落下去，她着急地用手去捞，却什么都留不下。她甚至还流下眼泪来，到最后被“判死刑”时，泪在脸上刚好凉了，紧绷绷的，像个面具。

谢兰生决定就用她了。

他拿出两份合同。看得出来，对于得到这个角色柳摇心中极为欢喜。

她抿抿唇，而后笑了，如朗月星空。柳摇眼睛是单眼皮，却自带着一股风情。

至此，三个主演全都定了。史严饰演才宽，莘野饰演郎英，柳摇饰演才宽妻子李芳芳。

几个主演刚签好约谢兰生就让他们进组了。《圆满》片场就在北京，谢兰生早就订好宾馆了——他自己住单间，执行导演和华国光一间屋子，现场副导以及小绿一间屋子，摄影师、录音师一间屋子，莘野、史严两个男主一间屋子，柳摇则与小红一起。谢兰生一直认为大家应该住在一块儿，买买道具、背背剧本，随时见面随时沟通，他从不相信演员会自觉。

宾馆看到电影剧组要来长住十分高兴，一方面是因为收入，另一方面是因为热闹。

但谢兰生见得多了，他知道，宾馆现在无比热情，可过不了几天就会烦他烦得要死了。“剧组”是这星球上面最脏最乱的一个存在——几个房间全是东西，而且还会越来越多，地上根本就找不到可以下脚的地方，服务生想收拾收拾都不知道从何下手，而且剧组天天早出晚归，五更起，三更回，容易吵着其他客人，有时候，房间里的水壶等物品还会出现在片场里，被当成道具！谢兰生已经很小心了，告诉大家尽量保持整洁、安静，可他还是避免不了每一回去前台结账都被甩上几个白眼。

房间全都分配好后，10月8日，剧组人员拎箱入住。除了史严因为手头的戏要过几天才能杀青不能进组，其他人都到了宾馆。

谢兰生也没管别人，自己闷在房间筹备《圆满》。

不过，有些人会来打招呼。

比如岑晨。

吃过晚饭，他走进谢兰生的房间，叫：“谢导！好久没见！”

谢兰生停笔，望向门口：“嘿，岑晨，来啦。”

“嗯！”

岑晨长相白净，性子却是直来直去，跟谢兰生把剧组的主创和演员一顿评论，每个新人都没落下，最后突然神秘地道：“对了，谢导，莘大影帝好诡异啊。”

谢兰生在此之前一直是有一搭没一搭地听，这会儿岑晨提到莘野，谢兰生才终于停下笔，抻着脖子看向岑晨，问：“莘野怎么了？”

“哈哈哈哈，”岑晨说，“我刚才去他那屋转了转，想打个招呼，结果发现……谢导，你知道的，莘大影帝一直很摩登，可他现在用来喝水的那个杯子好诡异啊。”

谢兰生见不是大事，便没在意，随口应道：“美国洋货，太高级了吧。”

“倒不是……”岑晨想想，觉得还是想让谢导也亲自感受一下冲击，道，“你去看看就知道了。”

“好啊，等写完就去。”

“行吧。”

两小时后，小绿过来串门儿时竟也提到了“莘野的杯子”，他说：“这是真的格格不入……他连名片夹都带钻石，可喝水却……哈哈哈哈！”

连着两人过来嘲笑大影帝的喝水工具，谢兰生也真好奇了，于是，他站起身推开椅子，穿好拖鞋，带上房门，趿拉着鞋，一路走到了莘野的房间。

莘野房门是开着的，他正在挂他的衬衫。

谢兰生一走进房间眼神就往桌子上瞟，搜寻那个“诡异的杯子”，想看看到底是怎么个诡异法。

才刚刚瞥到一眼，谢兰生就乐了。

——那是一个黄桃罐头瓶。

在去都灵的飞机上，自己带给莘野的玻璃瓶子。

当时他说：“你这次带杯子了吗？我怕你没带，在家洗了两个出来，这样咱们在电影节一逛一天也不会渴了！”还有，“莘野，咱们都是黄桃罐头瓶，商店只剩这两个了。”

谢兰生走进房间，拿起那个罐头瓶子。里面装着一些水。而正面的商标上，在使用者长达几年地拿起来和放下去当中，成分等黑色小字已被蹭得有些模糊了。

莘野正在挂他的衬衫，见谢兰生没动静了，手下微顿，眼睛瞥过去。

谢兰生把黄桃罐头瓶又轻轻地放回桌上。

莘野拔脚走了过去，手指按在玻璃罐盖上，食指中指有韵律般地点了点，垂眼看着，用气音笑着说：“这罐子是你上次送我的。”

谢兰生平时挺健谈的，此时却是讷讷无言，半晌以后才说了句：“对不起。”

莘野挑眉，收回手指揣进裤兜，问：“对不起什么？”

谢兰生也不太知道自己对不起什么。他能对不起的就只有……

谢兰生想了想说：“我当初如果不硬拉你加盟《生根》演王福生，你应该会非常好。”

莘野说：“没觉得。”

“嗯？”

莘野说：“我是幸福的，不是不幸的。”

“啊……”谢兰生一时愣住了，过了一会儿才道，“莘野，晚上大家一起聚会。”

“行。”

“那到时候小绿叫你。”

“嗯。”

晚上，剧组的十个人在“大地西餐”吃聚头饭。大地西餐消费不低，也是西餐的老字号，卖俄国菜，被人称为“城中小老莫”，其中“莫”是莫斯科的意思。

谢兰生基于店员推荐点了几个招牌大菜，比如火腿沙拉、奶汁鳜鱼、罐焖牛肉、黄油鸡卷、炸猪排，东西上来香气四溢，每一个都好大分量。

众人本来不太熟的，聊着聊着也就熟稔起来。大家都爱偷看莘野，因为后者虽然话少，气场却怪压人的。

小红、小绿叽叽呱呱，讲了很多谢兰生拍前几部戏时的趣事，拉近与众人的距离，莘野只在一旁听着，不断拼凑自己不在的那几年谢兰生的生活。

不知不觉到了十点，桌上盘子也都空了。最后，《圆满》的摄影师把照相机掏了出来，说：“好了好了，要结账了，人家马上就打烊了！咱们头回聚会，留点儿照片吧！”谢兰生和执行导演以及助理小红、小绿全都说好。

于是他们先请餐厅的服务生拍摄合影，接着，比较活泼的几个人就开始拉别人单拍了。比如小红，就跟小绿拍，跟谢兰生拍，跟执行导演拍，跟华国光拍，跟莘野拍，跟柳摇拍……没完没了。

一大群人闹来闹去，而作为“主角”的莘野和柳摇二人自然要被重点照顾——这两个人可是明星。

闹着闹着，连摄影师都被感染了，把照相机一把塞给也会摄影的谢兰生，让谢兰生给他自己和莘野等人拍些合影。谢兰生自然应了。他是学导演的，摄影技术肯定过关。

在谢兰生拍完以后，摄影师又把照相机顺手递给身边的莘野，说："来来，莘大影帝，给我和谢导也来一张！"

莘野接了，一手端着相机底座，一手捏着相机机身，从取景窗望了出去，四五秒后，照片便拍好了。

等与摄影师合影完毕，谢兰生去前台结账，摄影师等得无聊，又让莘野拍了几张，有跟小红的，有跟小绿的。

最后，胶卷全用完了。

谢兰生结完账回来，带着剧组回宾馆了。

接下来的10月9日，谢兰生带莘野、柳摇到西单买《圆满》的服装。他打量着两人气质，给莘野买了衬衫长裤，给柳摇买了连衣裙。柳摇看着更温柔了，明眸皓齿，顾盼生辉。

到了晚上，谢兰生叫莘野、柳摇抓紧时间背背剧本。谢兰生叫他们两个从头到尾先翻一遍，再不卡壳地念一遍，最后，每次读到自己台词时都用该有的语气说，一回不行就两回，两回不行就三回，可以搭配表情、动作，直到自己满意为止。如果对哪儿觉得不太满意谢兰生的门随时敞开，对哪儿进入不了状态谢兰生也欢迎他们来讨论。

他的方式比较贴近好莱坞。

在好莱坞，有些演员都是有话就说有事就问，只要觉得某处不对就开口问为什么要这样，战斗力爆棚，一些大牌的老导演都常感到难以招架。

谢兰生发现，柳摇真的非常拼命。在背台词时，她的表情严肃认真，两片嘴唇不断开合，甚至浑然忘我，与世界都隔离开了，小红叫她她都听不到。

一切进展都很顺利。

这天早上，谢兰生跟莘野两人在一楼餐厅吃早饭。他们到得晚了一点，摄影师刚喝完米粥，正打算回屋。

看见谢兰生和莘野，摄影师叫：“谢导！莘野！”

谢兰生笑：“嘿！”

摄影师低下头，把桌上的东西呼的一下归拢到一起，走到谢兰生桌子前，说：“咱们进组那天拍的照片刚洗出来了！咱这儿旁边就有一个叫金凤凰的照相馆，能洗！”

“哦哦，”谢兰生说，“有我们的吗？”

“有，”摄影师说，“每张上边有几个人我就让照相馆洗了几张，保证每人都有一份。”

“嗯，挺好。”

摄影师开始分配了：“这张是谢导您跟小红拍的，这张，跟小绿拍的，这张，跟柳摇拍的……这个是莘野跟华国光拍的，这个，莘野跟我……”

一直分到最后一张，摄影师“啪”的一声把一张相片拍在桌上，说：“莘大影帝啊莘大影帝，我跟谢导这张照片是我最想要的一张，您老人家给拍糊了！”

摄影师痛心疾首：“跟其他人就好好的！真白瞎了咱们谢导这个超级灿烂的笑啊！看看，多好看！你难道对谢导不满？哪里不满？”唉，倒霉，别人都有进组当天跟导演的合影，就他没有。

莘野只说："抱歉了。"

"哎哟，"听到莘野说对不起，摄影师却反而觉得不好意思起来，连忙说，"我这不是开玩笑呢吗，你怎么还道歉上了。没事没事，哈哈哈哈，我这个当摄影师的有时候都会拍糊呢。"

莘野点头："嗯。还是抱歉了。"

中午，谢兰生想找摄影师商量商量技术问题，然而里里外外找来找去也没见着半个人影。

"奇了……"谢兰生见录音师岑晨晃晃悠悠地走来走去，问，"岑晨，咱们摄影师呢？你的室友张硕呢？这几天几乎都没看见他。"

"啊，"岑晨说，"他在别处还有活，两三天才过来一趟。不过放心，张硕说了，开机那天肯定就位。"张硕提着机器出门室友当然是知道的，但岑晨肯定不会主动跟谢兰生打小报告，况且现在还没开机，这并不是什么大事，张硕也很清楚这点。

谢兰生的眉头皱了皱，道："可5日时张硕还说这两星期都没工作，可以直接进组呢。"

"嗯，对。"岑晨回答，"您那时说21日开机，张硕算算还有两周，就接了个别的活，先进剧组再溜出去干。张硕应该是看史严这个主角都不过来，觉得自己也不需要这么早就到位吧。"只要有人被允许缺席，那自己就也想缺席，非常正常的心理。

谢兰生问："张硕是去拍广告了吗？"摄影师去拍广告片是很普遍的一件事。

"应该不是。"岑晨回忆，"我感觉是拍摄电影。"

谢兰生竟愣了会儿，才问："什么电影两个星期就能拍完？"他拍片算相当快了，但最少也要六个星期。

"呃，"岑晨一向都有点憨，直来直去，没多想过，只道，"他说开机时肯定回来，就应该能回来。可能是个电影短片，20分钟到40分钟的。"

谢兰生不再说话了，转身出去，到自己的房间里用酒店电话给张硕的BP机发消息，让张硕立即回个电话。

并没有过太长时间张硕就打电话回来了。

他问："谢导，你找我？"

"张硕，"谢兰生问，"你现在在拍电影吗？"

"啊，对，"张硕本来也是打算谢兰生问就说实话，谢兰生不问就糊弄过去的，"我用空闲时间接个活，放心，10月21日肯定干完。"

"嗯。"这也的确不是大事，进组时间是主创们根据安排自己定的，闲着的人早点过来筹备拍摄，不闲的人晚点过来，谢兰生也不想强求，可谢兰生非常在意另外一件事情，他问，"这电影是刚接的吗？你5日时曾经说过这两星期都没工作。而且，10月1日到3日咱们两个还开过会。"

"嗯，对，我刚说完就被邀请了。那剧组的原摄影师去的路上出车祸，进医院了，逗吧？"张硕完全不疑有他，"因为您说21日开机，我看时间也还够用，就接下了，赚点小外快。"

谢兰生问："两个星期能拍完吗？一部电影？"

张硕以为谢兰生是担心自己耽误进度，立刻说："放心放心，绝对拍完！"

“为什么呢？”谢兰生追问，“你确定两个星期就能拍完一部电影？”

“用了一些小的手段。”

“什么手段？”

“呃……”见谢兰生完全不信，也知道谢兰生并不好骗，张硕只好说实话了，“那个导演是个新人，跟谢导您可不一样。他没主意，总是问我要怎么拍，觉得我比较有名。那正好，我把外景给去了去，改成内景，或者改成绿幕，这样不就简单了吗？我让剧组立刻开机，同时指导导演每天拍什么。放心，两个星期肯定拍完，不会耽误《圆满》进度的。”

“……”谢兰生说，“知道了，你们拍吧。”

放下电话，谢兰生在床边坐下，呆呆地想，犹豫不定，整个人都陷入焦躁。

张硕是他1992年拍摄第二部片的摄影师，技术很好，谢兰生也非常放心。他们有着美好的回忆，也是因为这份信任谢兰生才邀请他来拍摄重要的《圆满》的，要冲击“三大”的《圆满》。

可是，谢兰生很痛心地想，他变了。

1995年以后民营公司拍电影时撒的钞票，大把的钞票，让他变了。

钞票真有那么好吗？不是想如何拍好，而是想如何拍烂。

谢兰生也非常清楚张硕今年活很多，九个月里拍了四部电影，但没想到曾经赤诚的他居然变成这样。

谢兰生长长地叹气，到华国光的屋子里，告诉对方，让张硕尽早过来，然后立即协议解约，反正现在他有钱了。

华国光听了以后十分震惊，谢兰生也没多解释，只让华国光相信他。

而后，并没有过太长时间，谢兰生就听到华国光屋子里面传来争吵，张硕大声地吵吵着："凭什么？凭什么？我在电影没开机时去外边接个活，保证21日回来工作，这都不行？这都不行？！谢兰生太霸道了吧！谢兰生自己已经把分镜头全画完了，我在前期又没事干！他谢兰生还能管得着我开机前干什么去？"

华国光也不大明白，气势完全被压下去了。

谢兰生并没有多想，穿上拖鞋到了隔壁。

他一出现，张硕吵吵的声音就小了很多，不过很快又喊起来："解约，凭什么？"

"不用凭什么，"谢兰生说，"合同完全基于自愿，双方都能随时解约。张硕，解约不是因为你这两周又接活了。"他顿了顿，又失望地道，"而是因为，电影对你来说不神圣了。"

听到这话，张硕明显地愣住了。

谢兰生是真的痛心："张硕，你对电影失去敬畏了。"

潜台词是：你因为想多挣份钱把人家的电影故意拍砸。

张硕忽然说不出话。

他无法反驳。确实，这段时间，他只想着多挣点钱，并不想再反复磨了。

"祝好。在你找回初心以前我们暂时不要合作了。"谢兰生说完，转过身子，趿拉着拖鞋出去了。

在他心中，电影艺术至高无上，它用画面和大屏幕给所有人猛烈的冲击，是天才的产物，是这世界的瑰宝，无数信徒在此聚集，他们像去圣城朝拜，可多数人毕生都停留在距离起点的不远处，路上布满了英雄冢。

可现在，浮躁渐渐蔓延开来了。以前拍片动辄一年，精雕细琢，如今不是了。

张硕对电影已经失去敬畏了，为一份钱，就开始糟蹋电影了，真的还能拍出执着于艺术、执着于完美的片子吗?

张硕既然可以为了多赚份钱压缩一部电影的拍摄时间，那就可能会压缩第二部、第三部的拍摄时间。

要知道，他们这样的摄影师，薪酬是按一部电影来计算的，摄影师们多拍少拍全都是拿一样的钱。而摄影师，是主创里重要程度仅次于导演的存在，甚至能与导演并驾齐驱。这部《圆满》不光是自己的，还是莘野的、柳摇的、史严的……他不可以这样冒险。

谢兰生在画分镜时是参考了张硕意见的，然而现在他都有些无法相信张硕的话了。

他真的一心想拍好《圆满》吗?

张硕有无可能对其他的片子不认真，但对《圆满》非常认真？是有的，还不小，他说不定也想拿一个奖而后去赚更多钞票，可谢兰生却不想和他搭档拍《圆满》了。谢兰生始终认为抱着赚钱的想法是拍不出经典来的——经典电影的创作者需要固执甚至偏执，要超越天地之外，不入名利之中。也许他是太理想化了，可是他并不想赌博。

道不同不相为谋。在罗大经“叛逃”以后，谢兰生已非常明白摄影师要选志同道合的，可是如今张硕变了，他再一次走到这步。

在和张硕分道扬镳后，谢兰生把摄影师的候选名单过了一遍，最后抄起床头电话打了一个国际长途。

很快，对面响起一个粗犷的声音："Hello?"

"Hello，"谢兰生问，"Is Qi Yong available？"

"This is he."

"祁大摄！"谢兰生无比热情，"我谢兰生啊！"

祁勇："……"

"祁大摄，"谢兰生说，"又到年末休假时了哈。11月有感恩节，12月有圣诞节，您这会儿没工作吧？"好莱坞的电影一般不在这时开机的。

祁勇："你要干吗？"

谢兰生问："您这几年回国了吗？"

祁勇哼道："上次还是拍《生根》时了。"

"那正好。"谢兰生说，"祖国现在变化很大，日新月异，蒸蒸日上的，一年一个样，跟几年前完全不同了。"

"等等，"祁勇问，"又是这套，你连开头都不换吗？"

"真的。"谢兰生说，"1992年之后，国内各地全都嗖嗖地发展，比以前要迅猛多了，不只深圳，全国都是。《春天的故事》那首歌你在美国听过没有？"谢兰生还唱出来了，"1992年，又是一个春天，有一位老人……"

祁勇打断了谢兰生："你可拉倒吧！"

"嘿嘿。"谢兰生终于认真起来，"祁勇，我正在拍一部电影，叫《圆满》，想冲击‘三大’，现在只缺摄影师了。你也知道我的能力，这个剧本是这样的……还行吧？”末了，谢兰生说，“我付不起两万周薪，但可以给到一共一万，是别人的五到十倍了。”

“什么什么？”祁勇说，“周薪两万到一共一万，你还觉得很大方是吗？”

“来吧！”谢兰生说，“而且反正拍摄日期是11、12这两个月，美国那边都在后期呢，能挣一万就挣一万啊。有钱，有奖，不好吗？”他继续道，“莘野也在，是男主角。小红、小绿还是助理，岑晨是录音师，老搭档。小红、小绿您最宠了，现在进步相当大了。您不想再看看大家吗，小红、小绿、岑晨、莘野和我？”

祁勇想了足有半分钟，才做了决定，道：“没有你。”

“啊？”

“我想看的，没有你。”

“没我也行！”知道祁勇这就是同意过来的意思了，谢兰生笑，“那咱们就商量商量来中国的具体安排。”

太好了，谢兰生想。这回却又聚齐了。当然，之前一直没敢请的原因就是太贵，若非这回想冲冲奖还真未必狠得下心。

虽然一切还算顺利，不过，在经历了摄影师的临时换帅后，谢兰生才意识到“钱能改变一个人”这档子事。

过去他是“玩电影”的，跟一大群热爱电影的人一起拍摄电影，可这两年有些东西似乎悄然地改变了。

谢兰生突然有些担心起“才宽”那个角色来了。除去莘野，他在过去从没用过电影明星电视明星，全都用的欧阳囡囡这样的人，大家对于“一起表演”都感兴趣、都很欢喜。可史严是这两三年万千少女的梦中情人，会不会也“变了”呢?

才宽可是男主之一，疏忽不得。莘野的专业他知道，柳摇也是非常认真，目前，有变数的就剩史严了。

有些担心的谢兰生几经辗转要来了史严现在正在参演的那部电视剧的拍摄地地址，打算过去亲自看看史严演戏时的样子。

他有些担心自己的预感，希望自己是胡思乱想，可他天生比较敏感，预感又常常是正确的。才宽这个角色，合适的人非常难找，华国光用了挺长时间才选出史严。如果史严有严重的问题，那真不知如何是好了。主创人员全就位了，电影必须立刻开机，而且，再不开机就赶不上2月末的柏林电影节了。

谢兰生同时告诉自己别对演员过于苛刻。谢兰生想，史严演技是可以的，只要没有过分到会影响整个剧组的氛围的那种毛病，就可以用他。

史严拍摄的片场在昌平区的葡萄园，谢兰生是乘公交车一路赶到大门口的。他现在并不穷了，但也不爱随便乱花钱。他是居安思危，不管兜里有多少钱都尽可能地省着花——万一哪天资金断了，能挺一阵就是一阵。

他沿着路缓缓深入。

他的内心一向文艺，看着葡萄，竟也生出不少感怀。

葡萄总与艺术有关，凡·高生前唯一卖掉的画就叫作《红色葡萄园》。经典电影《云中漫步》也发生在葡萄园里，女主角

Victoria Aragon家里经营着一座美丽的葡萄园，男主角Paul Sutton和她就是在采摘的仪式上拥吻的。

它总象征好的结果，希望今天也是这样。

没多久，谢兰生就走到史严他们拍摄的片场旁了。

10月还是收获的季节，一串一串的大葡萄颗粒饱满，空气中都带着香甜。地上的草有些黄了，可两边的葡萄架上叶子还是绿油油的，中间坠着葡萄，把枝丫都压弯腰了。

谢兰生见史严他们正在拍摄，没吱声，站在后边静静地看，并没有被对方发现。

史严还是饰演男二，正在追求女二。他们摘下两串葡萄，拿在手里，一边说着什么，一边温柔地笑，非常有偶像剧的氛围。

谢兰生的心里觉得史严演技真的还可以，终于长长地松了口气。

“好！”这个电视剧的导演也是比较满意，喊，“Cut（停）！休息会儿！”

谢兰生刚想打招呼，便看见……

史严根本不想走路，只想歇着，剧组场务显然知道史严的脾气秉性，小跑着去接葡萄，可史严连一会儿都不愿意继续站了，觉得“等”跟要命一样，嗖地一扬手，就把葡萄扔了过去！

场务一把给接住了，然而葡萄这种水果一颗颗的十分脆弱，被人一接自然散了，葡萄满地乱滚，珠子一般。

场务不能影响片场，便一只手抱着葡萄，另一只手在地上捡。他撅着屁股，追着跑，十分狼狈。他一边捡还一边掉，那些散落下的葡萄在胳膊里也不老实，他捡了这个丢了那个，捡了那个又丢了这个，好半天才全收好了。

史严却无动于衷，径直走到一边坐着，而后冷眼旁观，一点儿都没不好意思。剧组里的工作人员似乎早就习以为常，甚至没人皱一皱眉。

谢兰生：“……”

从史严这一个动作谢兰生就发现了，对方既不尊重道具，也不尊重场务。

明明等等就可以了，他为什么要扔呢？为什么让人拾呢？而且，这是电影里面会出现的重要道具啊！一点感情都没有吗？

谢兰生把小红、小绿给代入了这场景里，气炸了。

紧接着，谢兰生又看见了更加让他震惊的一幕。

因为今天太阳较大，长相柔美的史严可能觉得晒到他了，又忘记了提前准备，于是，他让他的随身助理举起小伞给他遮阳！史严坐在葡萄树下，但葡萄树都比较矮，并不茂密，不遮的话阳光能从树叶间隙洒在史严的脸颊上。那个助理站在旁边顶着太阳给他遮阳，还要随时观察史严，跟随史严左顾右盼的动作调整角度。

谢兰生是真有点感觉自己请不动他了。

他要是在《圆满》剧组也是这样一副大爷样还得了？莘野这个“三大”影帝加金像奖的入围者都没让谁跟着伺候呢，史严……

剧组是工作的地方，不是享受的地方。你自己在这儿享受，让人看见成什么了？整个氛围还能好吗，还不得乌烟瘴气？

过了一会儿，谢兰生听见剧组导演招呼大家都起来，说：“来吧！复工！”

可史严却优哉游哉对他助理说了句话，那个助理频频点头，直起腰板，高声喊道："再等五分钟吧，史老师还没准备好！"

被如此地戗了回来，导演竟然没吱声。

谢兰生十分震惊，甚至感觉不可思议。

导演才是团队的头儿，剧组从来等级森严，连导演椅都是只有导演才有资格坐，别人没谁敢坐。导演决定开始拍了演员还能断然拒绝吗，而且态度如此高傲？平心而论，如果演员真没准备好，谢兰生会给他时间，但眼前的沟通方式显然不是正常的。

谢兰生感到导演应该是刚毕业，对当红演员束手无策，不敢得罪，只能忍着、让着，把电视剧先顺利拍完。

可新人导演也是导演啊。

他继续站在树后头，想看看史严还能干出什么来。

结果呢，再次开拍后一切都跟谢兰生想的差不多。

拍完一段对白以后，导演叫："那个……史严，少了句台词，再来一条！"

史严却回答说："我给删了，那句让我这个角色显得有些神神道道的。"

导演明显有些愤怒，但他竟然选择继续忍受，示意各方准备拍摄这一场的下个镜头。

谢兰生是真的晕了。

他想：什么玩意儿。一个演员竟然还能指挥导演干这干那，竟然还能决定自己要说什么词？台词那是编剧的事，有时导演都不敢乱动。演员只会从角色出发，而编剧是从剧情出发的，一句台词的设计是有深层的逻辑在的。

史严对别人有没有基本的尊重？他知不知他的定位？演什么、说什么，全都是主创的事，不是演员的事。他们可以随时沟通但不可以自作主张。

莘野……莘野从来不会这样。

史严，万千少女的梦中情人……呵，他真觉得很了不起？

谢兰生也不想看了，拔脚走出葡萄园。

回到剧组，他立即让演员副导华国光把名单拿来，眯起眼睛，看了一圈，有些头疼，说："才宽的演员也需要换。"

"啊？"华国光问，"也需要换？"

"对，"谢兰生说，"我今天去片场看了，这个明星是真不成，仗着自己长得好看，观众喜欢，资方也喜欢，颐指气使的！道具就直接扔过去，让人家场务撅着屁股捡。他的助理全程伺候他，又是遮阳又是什么的……这人最过分的是自作主张地改剧本！说这句不好了，那句不对了，对导演毫无尊重！"

"呃，这样吗……"华国光说，"其实，我昨儿晚上也听人说史严不太给别人配戏……如果对手演员地位不高，那，他的正脸要先拍完，对方正脸放后头，背影就用他的替身了。让史严出个背影，光给新人配戏搭戏，他经常是不愿意的。"

谢兰生："……"

真的，这都是什么玩意儿？谢兰生又长教训了。

他在心里暗暗决定，以后再签知名演员都要提前考察人品，不能因为演技不错就着急地定下来。

谢兰生手捏着名单说："时间已经来不及了，10月21日必须开机。否则绝对是赶不上2月末的电影节的。我不想等后年2月。”

华国光：“我知道。”

“怨我，”谢兰生说，“到现在才发现史严……唉。”谢兰生也不想说了，直接发出一声叹息。

他把名单扫了一遍：“当时觉得史严不错，也没再让更多演员过来面谈这个角色，现在咱们可能只能从看过的演员里选了。”不过话说回来，才宽这个角色是边缘人物，《圆满》又是地下电影，他吆喝了两个来月才吆喝来二十二个人，就算当时继续面试也未必就能多面几个。

华国光又点头：“嗯。”

谢兰生的眉头紧锁：“让这两个……小赵、小孙明天上午过来试试。我当时的感觉一般，没有很好，但是现在史严不成了，我明天再提点提点，教一教，看能不能挽救一下。”

华国光点头：“好。”

“我会继续发招募函，看有没有更合适的。”

“行。”华国光想想，问，“要是……小赵、小孙挽救不了，也没有更合适的呢？就只能在小赵、小孙里面拔个比较好的，凑合着用了吗？”他是演员副导演，他必须考虑各种情况。

谢兰生长长地呼气：“应该不至于。他们两个演技还好，应该可以挽救挽救。要是万一……我想一想，现在还没什么思路。”

那样可就完犊子了，想一想就觉得挣扎。

华国光说：“好吧。我给他们打电话去。”

“嗯嗯，快去快去。”

第二天，小赵、小孙如约到来，在宾馆的房间里面一个一个地试角色。

谢兰生挑出来的是“一天早上，才宽还没睁眼，而李芳芳并不在家，突然，才宽听见开锁的声音，他的母亲竟然来了……”这一场戏。在电影中，男主才宽心急如焚，拼命把人拦在客厅里，有喜剧效果。

小赵、小孙两人试戏时，谢兰生、华国光、莘野以及执行导演都在屋里。

谢兰生是总导演，华国光是演员副导演，对选演员比较专业，而莘野要扮演郎英，他的感觉也挺重要。执行导演则是暂替还没过来的祁勇的，主要负责从取景窗判断演员是否上镜。能挑大梁的一张脸是非常难以寻觅的，生活里的俊男美女就不一定能吸引观众，这个事很邪乎。莘野就具备一张让人沸腾的电影脸，他的眼睛清清亮亮，架势十足，气度不凡，很难得。

执行导演叫于千子，据说他的爸妈希望家族开枝散叶，繁荣昌盛，于是给他起名为“于千子”。他是谢兰生招聘来的，因为在制片厂拍纪录片的经验被看中了。谢兰生当时就想请一个会拍纪录片的，因为希望镜头能“贴近真实”，同时，纪录片的导演不会过分拘泥于分镜头，比较灵活，不受拘束，可以根据现场实际情况提出建议进行调整，是谢兰生比较喜欢的一类帮手。

于千子的个人履历是手写的，非常潦草，谢兰生在面谈时还以为对方叫“干干干”，纠结半晌，最后还是问：“干先生？”当时于千子呆了呆，问：“谁？”谢兰生又拿着简历左看右看琢磨半天，再次试探着问：“是叫……干……呃，干干干吗？还是……干干子？”他后两个字说的一声，算不错了。

那时，听了谢兰生叫的名字于千子直想掀桌子，吼道：“我叫于千子！于……千……子！”

因为这一档子事，后来，剧组的人在背地里全都叫他“干干干”，不过这回全是四声了。

小赵是先进来演的。

于千子从镜头一看便对谢兰生摇了摇头，意思是，不是一张电影的脸，不能让人印象深刻。小赵演技也挺一般，有些浮夸，于是被淘汰。

现在只剩小孙能演了。

小孙演得不过不失，对人物的理解到位，只是不太有想象力，表演充斥着大量空白。他只按照分镜来演，确确实实无法做到“每一秒钟都带着戏”。

但小孙是谢兰生这时候的救命稻草，于是，谢兰生开始上蹿下跳地给小孙做示范，让小孙照着演，想看一看这个演员照着他学能否学出来。

拍电影时导演示范是很正常的。有些时候，演员躺在床上演，导演躺在地上示范，翻来覆去，满地打滚。

为了示范，谢兰生哐的一下躺到宾馆的大床上，闭上眼睛，面容平和地说：“好……才宽妈妈开门锁了……”

说完，他演出被人吵醒的样子，皱着眉，缓缓地睁开眼皮，不大耐烦，而后突然想起什么似的，瞪大眼睛，瞬间清醒了，斜着眼珠，侧耳倾听，在确定了真有人后鲤鱼打挺般腾地坐起来，斜着眼睛盯着屋门口，对众人说：“才宽听到有人来了。他一开始迷迷糊糊地以为是李芳芳，但他很快就想起来李芳芳跟她男朋友在外地玩呢，不太可能这时候回来，在确定没听错后才宽就要试探着问——"

言毕，谢兰生对着房间大门紧张兮兮地出声问："李芳芳？"他连声带都发紧了。

问完，谢兰生从床上跳起，几个箭步蹿到门口，又分饰了才宽他妈，叉着腰，用挺重的北京腔对着床的方向喊："不是李芳芳！是你妈！"

喊完，谢兰生又冲回大床，砰地一下子坐回床上，再一次变成才宽，盯着门口，倒抽了一大口凉气，而后嗖地从床上跳下来，跑出去两步才发现他竟然忘穿拖鞋了，显得太慌张了，于是回来赶紧穿上，趿拉着奔出去，拉上房门，对外面笑着说："妈！您今天怎么来了？！"

演完了这一系列动作，谢兰生对小孙说："明白了吗？这才是段20秒的戏。你的表演要有细节。"

小孙说："明白了。"

谢兰生点点头："那好，咱们走一遍。"

小孙照着学了去，谢兰生又不大赞同地摇摇头，再次哐的一下躺到宾馆的大床上，盖上被子："这里还是有些问题！首先，清醒过来后，瞪大眼的同一时间就要往门的方向瞥，不要先看天花板，再看门！其次……再次……"

说完"床上"的问题，谢兰生又掀被跳起，走出两步："发现拖鞋没穿好时需要继续显得很急，不要正常地穿拖鞋，而是这样……这样……看到没有？站在这里，面对房门，不要转身，只回头，用一条腿向后头钩鞋，这样才显得着急！来，再做一次试试看。”谢兰生想，除了开始的“皱眉睁眼”，小孙几乎到处都有疏漏。

小孙又做了一次。

谢兰生看了，又伸出手揉揉眉心：“还有三个细节问题。”

小孙态度十分认真：“您说。”

谢兰生又躺回床上，对小孙示范了第三次。

整整一个小时，谢兰生都在不停地爬上跳下，跑来跑去，宾馆房间宛如带风。

幸好，一个小时过去以后小孙终于能演出谢兰生要的效果了。

可谢兰生感觉心累。难道，以后每一场每一镜，自己都要这样教吗？喋喋不休、苦口婆心、尽职尽责？

那两个月能拍完吗？

在小孙去上厕所后，谢兰生站在宾馆床头，两手叉腰，深深地叹气。

“谢导，怎么样？”演员副导演华国光问。

“先不要签。”谢兰生说，“看看有没有更好的，实在没有……小孙也行。”

“可……”华国光也有些忧愁，“一直这样手把手教也太耽误进度了啊。”这个小孙不太聪明，不是漏这儿就是漏那儿，但是演技确实可以，能记起来的就都还好。

“加班加点地拍吧。”谢兰生说，“最后肯定能出东西，这样就比史严好多了，史严甚至会影响到整个剧组的氛围。不过，咱们要准备花更多时间，还有胶片。”

“可是时间已经很紧了……”

“试试吧。”谢兰生道，“定时间时没有想到郎英会由莘野来演，按照平均每个镜头都NG一次算时间的，但他基本一次就能过。小孙那儿能宽松宽松，再加加班，也差不多。赶一赶吧。”

就在这时，听见他们的讨论后，摄影机后的于千子突然抬头并且插话：“我说，谢导您自己上去得了。”

谢兰生挺诧异地看向他：“啊？”

“您这张脸真挺上镜的，比王大好，比小孙也好。您的演技也不错啊，一遍就过，干脆利索，咔咔咔的，还省着再教小孙了。而且《圆满》是您写的，您本人最明白才宽，最能演出来。”

谢兰生被他说得愣了：“这……”

于千子又道：“很多导演自导自演啊，伍迪·艾伦的《安妮·霍尔》，凯文·科斯特纳的《与狼共舞》，梅尔·吉布森的《勇敢的心》，克林特·伊斯特伍德的《廊桥遗梦》，吉恩·凯利的《雨中曲》，全都拿过奥斯卡啊，而且还是最佳影片！奥森·威尔斯的《公民凯恩》也入围了奥斯卡吧？北野武都自导自演过，《花火》还得过金狮奖呢。”

他顿了顿，又问：“您不相信我这个当执行导演的？”

谢兰生说：“那倒没有。”于千子的能力很强，之前几部纪录长片都入围过重要奖项，而且，谢兰生在自己演时也能把控整个现场，同时把控其他演员，于千子看谢兰生就好。

谢兰生是非常肯定他自己比小孙强的。

可是……

谢兰生想了想，在对执行导演于千子“自导自演的”创意不断推敲后，他说：“如果没有更好的人选，就试试吧……我演才宽。”

第 十 二 章

开 机

在开机前一星期时祁勇终于到了北京。他看起来更艺术了，穿着摄影师的马甲，戴着黑色的方框眼镜，留着浓密的络腮胡。谢兰生围前围后，最后，祁勇实在忍不了了，怒骂：“你真讨厌！”祁勇觉得自己还挺有气势，可紧接着他就听见旁边莘野“啧”了一声，还说：“四十几岁的大老爷们，怎么一见谢导就又撒娇？”登时呆了。

带祁勇回宾馆后，谢兰生也没让他歇着，争分夺秒地讨论起《圆满》的分镜头脚本来。电影导演一般都会自己画分镜头脚本，也有请画师画的，但一般会大量参考摄影师的构图意见，非常强势地让摄影师照着拍的也不是没有，但比较少。当然，从来不画分镜头的大咖导演也有一些，他们相信自己的感觉。

到了晚上，因为祁勇还要倒时差，想睡觉，谢兰生便放过了他，自己走进一家酒吧去做采访。

它的名字叫“天堂酒吧”，谢兰生想和这里的顾客好好聊聊，收集信息。电影中的男主才宽比较特殊，谢兰生总担心自己对才宽的塑造、演绎会不到位，因此想来采风，听听其他人的经历、想法，看看他们的一言一行，深入这个边缘群体。

谢兰生没告诉莘野他到酒吧采风来了，此时也不着急回去，而是沿着大路行走。

他回想着自己刚才在酒吧里听到的话。

谢兰生是当导演的。导演都对人的本能、人的爱、人的思维等情有独钟，他默默地咂摸起来。

直到时间实在晚了，谢兰生才回去睡觉。

翌日，北京下了秋雨。

已经看过天气预报的谢兰生带着剧组出去拍摄《圆满》当中才宽、郎英最初相识的那场戏。才宽和郎英是在一个淅淅沥沥的小雨天认识对方的，10月的雨天已经不能说是非常多了，一个月就五六场，谢兰生担心21日正式开机之后的一两场都不合适，于是，他一看到这个天气就拉着剧组出去拍摄了。

祁勇时差没调过来，只睡着了三个小时，却也只能挂着两个大黑眼圈出发了。

电影正式开拍了。

再次招募过后还是没有很合适的演员出现，因此谢兰生只能自己出马了，演才宽。

剧组场记拿着板子一声大喊："十一场1A镜！Action（开始）！"今天有雨，他必须大声喊。谢导说了，在吵闹的地方就大点声，在安静的地方就小点声，别吓着演员。

镜头里，谢兰生在亭前站着。

莘野打伞缓缓走去。

两个人按照预定的走位，顺利地说着各自的台词，表演的状态比众人预料得更好。

这一组镜头一镜结束，执行导演于千子说：“好！完美！”

谢兰生也感觉不错，道：“好，下一镜。动作快点，不然雨势有变化了，就显得假了。”

于千子：“喏，知道！”

又拍摄了两段对话后，才宽、郎英肩并肩地走在公园的大道上。

于千子又喊：“好！可以了！谢导厉害！真的巨牛！”

正式开机的前一天，谢兰生又照例叫来全部演员围读剧本。谢兰生和莘野、柳摇以及“才宽父母”都到房间来了。有些小的配角演员谢兰生还没招募来，但问题不大。

谢兰生并不要求在场演员正襟危坐，他觉得，不用刻意追求技巧，大家自由自在地读就好了，如同平常念书一般。演员可以站着读、坐着读、躺着读、走着读，自己舒服就好了，他只要求一人读时其他演员用心聆听，不能觉得事不关己，同时找出自己角色的贯串线，随时提问，随时讨论，把本子全部吃透。

于是大家七扭八歪的。有几个人坐在床上，有几个人坐在地毯上，只有莘野坐在单人沙发上，背靠着沙发，跷着二郎腿，鞋尖对着房间门口，左手手肘支在扶手上，拿着剧本，整个上身微微倾斜，威压感强。

来对词的有个孩子，在《圆满》中饰演郎英的亲弟弟，才四五岁，十分调皮。他跟众人读着读着，突然看见了他左边演才宽爸爸的老先生手里的本，便用手一指，大喊一声：“啊！他的本子是黄色的！”

氛围顿时无比尴尬，整组的人全都顺着他的目光看了过去，而后发现那老先生手里的本子的的确确是黄乎乎的。对方明显是有手汗，还是严重的手汗，因此在他翻过以后本子边缘全都黄了。因为需要做些笔记，纸右半边也黄黄的。

即使是个老戏骨了，但被整组人注视汗手，那老先生也有一点目光茫然，不知所措。

剧本围读变成这样，谢兰生刚想打圆场，便忽然听到正巧坐在孩子右边的柳摇说：“因为爷爷很努力呀。”

“……”谢兰生就没说话。

柳摇说完，又拍了拍孩子的头：“因为爷爷总是在翻，那个本子才变黄的。这位爷爷演得超好，早就把角色台词给念得滚瓜烂熟了。牛牛如果想当好演员就要向爷爷学习哦。”

“啊！”那小孩子听明白了，看向那个老戏骨的眼神不再是先前那样了，而是带着一些敬意。

谢兰生却望着柳摇，觉得对方真是温柔。

谢兰生是北京土著，周围姑娘嗓门都大，一口京腔，吞字、连字，说话跟机关枪似的。这是谢兰生第一次见到“水做的女人”。

几个小时很快过去。大家朗读各自的台词，于千子则负责旁白。几个演员提问、讨论，梳理可能会有的问题，统一电影的创作思想，捋清角色的内在关系，谢兰生也根据反馈改了几个关键地方。

十二点钟，对完词后，柳摇竟然打开提包，拿出几盒见面礼来，这让谢兰生有些意外。柳摇拆开礼物包装，露出东西，谢兰生才发现原来里面是她老家苏州的特产，有老字号黄天源的糕团、糖果，还有采芝斋的苏式蜜饯。众人上去哄抢一空，柳摇只是柔柔地笑，气氛霎时间欢乐起来，本来还不十分熟的几个演员在“这个口味好吃”“那个口味也好吃”的唠嗑中距离近了。

围读结束后，谢兰生与莘野吃饭。

“莘野，”他说，“提前说一下，我现在跟四年以前对演员的要求不同了。”

“哦？具体说说？”

“比如，到片场后，演员需要提前默戏。”

“默戏？”

“嗯，演员必须提前三十分钟阅读剧本，培养感觉，进入状态。在这期间还有后面拍摄期间都不能出戏，BP机、手机全部上交，掌机等也不能带。”这个时候掌机流行，里面只有一个游戏叫什么“俄罗斯方块”，一些演员很喜欢带。

“行。”莘野说，“其实……现在想想，四年之前我太随意了，挥霍天赋。如果是现在，我会每天从早到晚穿着‘王福生’的戏服，体会角色。”

这四年来他成熟了。他知道，如果想为谢兰生的电影担当，他要更加勤勉才行。表演永远没有上限，要看，要学，也要反思。这四年来，他在片场都是十分投入的，在拍有冲突的场次前他会告诉对面的演员不要聊天、不要谈笑，否则可能影响状态。有的时候，直到一部电影拍完他跟反派都不大熟，在杀青宴上才会说：“抱歉了，在戏份全结束以前我不希望我们之间关系太好。”正是因为这些努力，他作为华人在国外才能被尊敬，而这一切，在最开始，只是为了脱胎换骨地出现在谢兰生面前。莘野想让他讶异，让他认同，让他觉得自己还在不断进步。莘野相信在《圆满》中谢兰生会看得到。

谢兰生说：“莘野……”

“我没问题……提前默戏。”莘野夹起一颗豌豆，“虽然三十分钟有些久了。”

“为什么？”

“因为……”莘野似笑非笑，“巧了，‘郎英’的很多习惯跟我还挺像的。”

谢兰生含含混混地承认说“当时确实参考了你的形象”，就急忙把话题引到对郎英的探讨上了。

他滔滔不绝甚至可以说是喋喋不休。手舞足蹈半小时后，莘野终于打断了他：“先吃饭。”

“啊？”

“饭要凉了，先吃再说，也不差这一会儿。”

莘野早就发现了，谢兰生在吃东西时也会一直谈论角色，他的大脑每分每秒都是电影、都是摄制，闲不下来，几乎顿顿要吃冷的。而晚上呢，因为神经过度兴奋，他睡不好，四个小时准会醒一次。电影消耗他的生命，也支撑他的生命。

“好……”

直到吃完进了电梯，谢兰生才把明天要注意的剩余几点全都说了。

说完，他甩门进屋。

到了下午，非常出乎意料，本想排演首日走位的谢兰生这边来了客人，而且还是他完全没想到的一个客人——他几年前在南渊厂时关系最好的一个人，也是他室友，四年多来他们两个时不时也有联系。

对方一直都在南渊厂，因此，突然接到拜访电话时，谢兰生是一脸蒙的。对方并没有说他是路过北京顺便想见一见，相反，他道："兰生，我在北京制作后期，突然知道了一件事，感觉必须要告诉你。今天下午有时间吗？这次见面越快越好。"谢兰生听对方这样说，便告诉了他地址。

于是，室友上门了。

谢兰生给对方斟茶，是柳摇带的碧螺春，问："在电话里着急忙慌的，说吧，要告诉我什么事？"

室友压低他的声音，道："我刚听说……你要拍部新的片子。"

谢兰生点头："对。"他大规模地招募演员，对方知道也不稀奇。这个圈子还挺小的，又讲人脉，谁跟谁都可能认识。

室友又向谢兰生确认："女主演名叫柳摇，对吗？"

"对。"

"果真是她。"室友发出长长的叹息，"电影马上要开机了？"

"明天。"

“明天……”室友倒抽一口冷气，几根手指按住谢兰生的手，“别开机。听老哥哥一句奉劝，把女主角赶紧换了。”

“啊？”谢兰生十分莫名其妙，“换女主角？为什么？”

室友指指自己的头，道：“她有病！精神病！”

“……”

“她跟老公离了。今年7月俩人离的。他们夫妻不合，生活一直非常勉强，她前夫提的离婚。”

谢兰生没说他已经知道了。

室友道：“她离婚后特别疯狂！周围的人都受不了！以她现在的精神状态根本不能正常工作。真的，兰生，她发疯的那个样子你老哥哥我亲眼见过，老哥可以对天发誓！刚才说的全是真的！不只我，你认识的小李、小周也都知道，你可以问他们。”他顿了顿，又强调道：“她的情绪不稳定！不要用！”

室友明显并不想说柳摇具体干了什么，谢兰生也不大想问。

片刻后，南渊厂的室友又劝说道：“兰生啊，《圆满》这部电影虽然有些小众，但女主角不会难请的。你这几年名气大了，想加盟的演员多了去了，真没必要冒着风险用柳摇这个定时炸弹。你要是急，赶着开机，我今天就能叫过来十个好的演员给你挑！二话不说马上就能进组的！凭咱们俩这个关系我肯定是为你着想的。”

谢兰生皱了皱眉。

室友接着说：“你要用了她当主演拍摄绝对会中断的。到那时候再换主演就难了！就麻烦了！你刚给完演员首款吧？那换掉她还不太吃亏。等拍一半发现不行，各项损失可就大了，要付整组人的工资，还有胶片、场地、道具……你听老哥的，柳摇这人后患无穷。咱们拍戏要讲稳妥，不要留着危险因素。”说着，他把自己的电话本从裤兜里掏了出来：“决定不了也不要紧。我叫几个演员过来，你先看看？她们肯定比柳摇好，柳摇在人艺十年了还是只能演配角。到时候你随便找个理由把人换掉就好了，或者先拍个两三场，再说不行，谁也不得罪。我想在你这部片里女主角不会太早出场，新人进组完全来得及。”室友说的是正确的。一般来说，导演不会把拍摄顺序给打得太乱，会按剧情的发展来。

出乎室友的意料，谢兰生却缓缓地摇头。

他想了想柳摇进组这两周的工作态度，对室友说：“老哥啊，谢谢关心。但是我们相处两星期了，我没看出什么问题。柳摇的态度、能力都很适合参演这部电影。”

室友：“兰生！”

谢兰生又说：“我会亲自跟她聊聊的，如果柳摇认为自己目前状态可以继续，同时我也认为她的工作能力足够胜任，就不会因为她的私人生活跟她解约。要是感觉不对，我可以陪她看医生，再做定夺。除非她也不想演了，否则我是不会换人的。”

对面的室友眨了眨眼，似乎完全没有想到谢兰生还挺情深义重，竟然没有不假思索地拆掉这颗定时炸弹。他本以为，谢兰生至少不会拒绝自己推荐的人，等看完了，他再来个顺水推舟柳摇应该就退场了。

他有一些措手不及，想了想，勉强道：“那个，你不用跟她商量了。她当时那精神状态知道的人也不太多，我是正好认识她。老哥可不想为你着想结果反而惹一身臊。”

谢兰生点点头。他也没打算直接去问柳摇进组以前的事，这太唐突了，知道对方认为自己可以胜任就可以了。

谢兰生的感觉很准。签史严时他就觉得不大对，但也没有其他选择，最后真的是不大对，而对柳摇，他的印象非常好。他相信他的直觉。

室友再次试图劝解："兰生，柳摇她——"

"别说了。"这回，谢兰生终于忍不下去了，他摇摇头，打断对方，"我不想听。抱歉了。"

"啊？"

谢兰生对他笑笑："没别的意思，我很感激你的担心。是兄弟才会特意过来，我心里都明白的。但是，她跟她前夫的那些事情是她的隐私，我在背后真不想听。"谢兰生觉得，她自己想拍这片子，与她前夫有什么干系？

室友："……"

他还想劝谢兰生，可谢兰生非常固执，一直说到天要黑了谢兰生也没改主意，最后，谢兰生问："五点了，咱们一起吃个晚饭？"

"不了。"室友起身，叹了口气，"我晚上还有点儿事，不打扰了，先走了。"

"嗯，"谢兰生也跟在后头，"那我送送你。"

"不用了，你留在这儿吧。明天开机，你肯定还有不少事，刚才已经耽误挺久了。"

"那行，谢谢了。"

谢兰生把室友送到自己房间的木门前，室友又挣扎地说："兰生，柳摇真的会坏事的，不，是肯定要坏事的。她有病，精神病！你最好把她给换掉，听老哥哥一句劝吧。”

谢兰生：“……”

一门之外，宾馆走廊上，刚好想来与谢兰生讨论剧本的柳摇准备敲门的手僵在原处。她听见了门内的对话，愣住了，维持着敲门的姿势，她不想偷听，却迈不开脚。

她被巨大的恐慌笼罩了。然而紧接着，她就听见谢兰生说：“柳摇是个职业演员，在两周的合作当中我很肯定她的专业能力。也许她在个人生活中做过你不认同的事——我不知道那是什么，但是，我想柳摇绝不会让个人生活影响工作的。”

柳摇听见谢兰生的话呆了呆，收回右手，在走廊上站了几秒，而后，在听见了门把手转动声后快步走回自己房间，轻轻掩上房间的门，靠着墙壁，看着虚空。

她不断咂摸着那句“我想柳摇绝不会让个人生活影响工作的”……

几秒钟后，柳摇咬咬唇，走回桌前打开剧本，又从第一页开始看，重新分析每句台词。

而另一边，送走室友后谢兰生也有些纳闷：室友是如何知道柳摇的？他说是在工作中认识的，真的吗？总觉得有些蹊跷。

而且，从第一次见柳摇起，谢兰生就一直感觉自己听过这个名字。

是在哪儿呢……

柳摇……南渊厂……

突然之间，仿佛一道闪电倏地划破长夜，谢兰生的大脑当中浮现出了一个场景！

那年他在拍完《生根》后被电影局叫去训话，出来正巧见到李贤，还跟李贤去吃午饭了……席间谈到两人近况时，李贤似乎曾经说过……说过……

什么来着？

对了。

“我7月份结婚了。7月1日。”“她是人艺的女演员，叫柳摇，没演过主角，不大有名。”“今年春节才认识的。因为当时还不稳定，就没有让大家知道。后来一看，各个方面都很合适，就扯证了。”

谢兰生呆了。

柳摇那个“人渣”前夫，是李贤？

他给当副导的李贤？他最敬重的李贤？南渊厂的大导李贤？拿过“三大”的……李贤？

不，不会的，“柳摇”也许只是重名。

可是，在面谈时柳摇说过，“1991年7月1日，在相识整半年时我们两个举行了婚礼”，这跟当时李贤讲的“我7月份结婚了。7月1日”完完全全地对上了，他没办法自欺欺人。

所以，柳摇说的“他之所以猛烈追求，全是因为……他患癌症的母亲非常厌恶他的女人。那位女性有遗传病，地中海贫血，是中度，只能活到四十岁左右，而且可能遗传。可能因为这个病症，她的性子比较泼辣，直来直去，跟他母亲冲突不断。他的母亲不同意他们两个在一起，他抗争了整整两年……直到他的母亲被查出患了癌症”当中那个“他母亲”，就是李贤的母亲？而自己曾全程见证他母亲患病、确诊。

而今年的7月1日，李贤的母亲刚去世一天，李贤就提出了离婚？还告知了柳摇全部真相，他从来没爱过柳摇的真相？

竟然有着如此的巧合。

李贤那么温文尔雅啊。

谢兰生又呆呆地想：难道室友是说客吗？李贤知道他跟自己在南渊厂时关系最好，派他当说客？为了不让柳摇演戏？

可是，为什么呢？

他为什么不想让柳摇演戏？

他怕什么？

翌日早晨，《圆满》按时开机。

室友离开以后，谢兰生与柳摇谈过，一切照旧。他问柳摇准备好没，会不会受离婚影响，柳摇则是坚定地说："我一定会尽最大努力演好这个角色，我知道自己天赋有限，但，希望留下一个经典。"

谢兰生也放下心来，让她不要压力太大。他还决定以后跟她多多说话多多谈心。

执行导演于千子在片场举办开机仪式，为摄影机盖上红绸，摆肉摆酒敬奉天神，还打出个"电影《圆满》开机大吉"的大横幅。谢兰生本不想弄的，觉得有些荒诞无稽，可于千子却对他说："谢导，咱们全组几十号人，您不能光考虑不信的人，您还要考虑信的人。"谢兰生觉得这话有理，还亲自去讲了几句，让大家都多吃点饭，准备开工。

上午九点，电影正式开拍了。

拍摄很顺利。

“好，”拍完两组镜头，谢兰生说，“莘野写字不够流畅，于千子来当个手替吧。”莘野的字谢兰生在四年以前是见过的，不能入镜，他之前看于千子在小本子上抄过歌词，觉得还不错，两人手形也比较像。

于千子：“啊？”

谢兰生说：“莘野是在美国出生长大的。”

于千子则恍然大悟：“哦！”

莘野依然坐在桌前，却突然间抬起眼睛，说：“手替……应该不用。”

谢兰生：“嗯？”

莘野捏着手中钢笔，是蓝黑的，在纸上写剧本里面郎英写给才宽的话。

谢兰生一看，呆了。

莘野手下写出的字与四年前的完全不同！

他的字笔力遒劲，一字见心，虽然有些潦草不羁，有些龙飞凤舞。

“这？”谢兰生问，“你在美国练过字了？练谁的字帖？庞中华的吗？”

莘野手里笔尖一顿：“没刻意练。”

“啊？”没刻意练能写成这样？

拍摄片场不好聊天，谢兰生也没再问了，抬头看看执行导演于千子和摄影师祁勇，笑了：“莘大影帝长本事了，有进步了，他亲自拍‘写信’特写。”

执行导演做了个“OK”的手势。

这一镜是“郎英写信”，谢兰生便走回了导演该在的位置上，说：“全场安静！十八场1A镜，一、二、三，走。”

于是莘野开始写字。

摄影机正对着他的手。写信镜头总是特写，顶多加上推拉摇移，但谢兰生用了探针摄影机——它离主体更近，显得更亲近，视觉效果也会更强。

让谢兰生惊喜的是，莘野化身的男二号郎英，写了一个字以后似乎感觉不够完美、不够好看，把第一张撕到一边，准备在第二张上重新写。他临落笔又顿了顿，把废稿纸再扯回来，足足练了好几次后才郑重地开始写信。

而谢兰生更没想到，他练习的几个字真的一个比一个好，在细节上无懈可击！

写到信中的第二句话，郎英仿佛再次觉得有个字写得不好，毫不犹豫地又换了纸，也再次做了练习。而后，每次写完一句，莘野的手都会顿顿，仿佛正在仔细思考、反复咂摸，最后终于确定文字，而不是像其他演员一样照着剧本狂写。

每一次，郎英只要觉得不满意——哪一个字写错了，哪一个字写丑了，哪一句话有病句了，哪一句话没文采了，都会选择重来，反反复复大约做了三四次这样的事。在拍收尾的镜头前，他甚至还打了草稿，放在一边，意为郎英后来甚至还写了草稿再做誊抄。草稿上面勾勾抹抹，有反复改的痕迹在，还有对一些复杂的字的反复练习。

另外，莘野还在草稿旁边又放上了几张废稿，意思是，郎英连誊抄都誊抄了两三遍。

几个镜头比预计的长，留给谢兰生的剪辑素材非常丰富非常充足。谢兰生能随意剪出一段非常好的“写信片段”。

谢兰生觉得，莘野真的太厉害了，一段小小的手部特写竟能演得这样精彩。

到最后停拍时，于千子对谢兰生说：“厉害……”

谢兰生：“嗯。”

莘野确实太厉害了，他对世界看得很透，对人性也看得很透，加上此前学的技巧，驾驭角色游刃有余。

导演对于顶尖演员肯定是非常钟爱的，欣赏、赞叹，感觉彼此相识相知。事实上，任何一个演员都不可能跟剧中的角色和导演想要的样子完全一致，总是会有差距的，导演需要说明意图而后力求比较相似，而当演员真的与某角色非常重合时，导演经常会有一种与之灵魂相通的奇妙感觉。

他看了看远处的祁勇：“好，小红、小绿把信收起来！咱们准备下一组镜头了！”

小红、小绿：“好咧！”

晚八点时，一天的拍摄工作顺利完成，大家一起吃了晚饭，谢兰生到莘野房间同他商量明天的戏。

明天是才宽、郎英的对手戏，十分重要。

他们两个非常认真，直到十点全说完后谢兰生才放松下来，突然想起“练字”的事，接着白天没聊完的对莘野开起玩笑来：

“没刻意练……写成那样，吃了什么灵丹妙药吗？”

莘野坐在单人沙发上，跷着二郎腿，左手指尖在扶手上弹琴似的敲了敲，似乎是在回忆什么，半晌，才看向坐在床边的谢兰生，颇自嘲地笑了声，说：“因为过去的四年里，我经常写信。”

“啊？”谢兰生问，“给谁？写什么？”

“一个人。”莘野还是那个坐姿，“我想告诉那个人我这星期看了什么，听了什么，想了什么，做了什么，这四年里，美国的电影行业有哪些发展和变化，我从中又收获了什么。但我从没寄出去过，那更像是我对自己的记录。”

晚些时候，谢兰生还是拿到了那些信。

这是一个普通的本子，是活页的，上面写着“Harvard（哈佛）”的名字，是美国“letter（信纸）”的尺寸，看着大约有一百五六十页。

他洗了手，缓缓打开。

第一封是1991年12月29日写的，后面还有一个括号，写着“补”。后面，1992年1月5日、1月12日的信上面也有“补”字，而从1月19日开始就没有了。

其实莘野只是非常克制地淡淡地平铺直叙，就像他说的那样“每个星期看了什么，听了什么，想了什么，做了什么。他写他新认识的人，叫什么名字，来自哪里，做什么工作，有几个小孩，是什么性格，说了什么，聊了什么。比如，继父今天更换了园丁，新园丁是墨西哥人，有四个儿子，也都是园丁……

他写他刚见到的事。比如，他们院子里来了只猫，黑的，四蹄踏雪。再比如，他去看了橄榄球赛，华盛顿赢了水牛城。

他写他刚去的地方。比如，他们一家三口在大溪地过了圣诞。

他写他刚吃的东西。比如，继父他们打了野猪，家里厨师用黄油做，味道还不错。

但写得最多的，是他新看的电影。他去看了不少首映，也看了不少Video CD，他写他的一些思考，还有一些启发。

他还会像写日记一样，记录他每星期做了什么。比如今天几点起的，几点睡的，都拍摄了哪几场戏，哪场顺利，哪场不顺利，导演跟他说了什么，他自己又做了什么，剧组发生了什么事，大家发生了什么事。这些电影谢兰生看过，一下子思绪就钻入日记中。

或者，有时他替继父暂管某酒店，或帮继父去盯着收购。谢兰生挺努力地读，但还是觉得，“××集团以3.5亿美元的总对价认购我们140万股可转优先股和1.2亿份普通股的购股权证”“可转优先股有4.5%的优先股息，期限六年”这些词句如天书一般。

或者……

谢兰生足足用了三个小时才看完信。

第二天一早，谢兰生去归还本子。

谢兰生用手敲了敲门，莘野很快过来开了。

“啊，莘野。”谢兰生用两只手郑重地握着那个本子，“就是，这个……我看完了。”

“那就拥抱一下吧。”莘野说，“咱们四年没联系了，再见面时竟然连个简单的拥抱都没有，这在美国是不可思议的，我都有些不习惯了。”

吃过早饭众人开工。

今天先拍几个外景，是郎英回北京以后的几段戏。

才宽、郎英两人约在西直门的车站见面，想到时候再决定去哪儿。

按照剧本里设定的场景，他们最后去了一个公园，那儿有个喷泉池子。

谢兰生早摸清楚了那个喷泉几点钟开，就等着拍。不过因为只有一次机会，他让众人严阵以待。

“才宽”会跑过去，再跑回来，对跟焦员的要求极高，不能糊了。

电影没有“傻瓜电影”，每一格都要跟上焦，跟焦员也一般都是摄影师的第一助理，而装片员一般都是第二助理，负责架机、装片、换镜头、标记站位等工作。拍《生根》时祁勇一直自己对焦自己装片，不过这回，他带来了他在美国常常合作的跟焦员，也是华人。这跟焦员非常厉害，比祁勇更擅长对焦，据说，他目测目标与摄影机的距离误差小于十厘米。谢兰生也学过跟焦，但他必须要用皮尺测量距离，再操纵机器。

最后真的一次通过了。

拍完，十几个人先填肚子，再转移片场。

这天晚上要拍的是才宽、郎英的重头戏，非常重要。

按照预先的设定，摄影机一点一点摇了过去。虽然已经拍了一整天，但从演员到拍摄，每个人都干劲十足。

至晚间，拍摄顺利收工。

谢兰生回到监视器前，看着这一整天的成果，内心相当满足。

第　十　三　章

风　波

其间接下来的几天当中他们继续拍摄《圆满》。

谢兰生中间病了一回，他就带病照常拍。他发着烧，红着脸，却不见一丝疲态，每天早上把针打上，而后拎着吊瓶回到片场继续拍别人的场次。他满场跑，一手提溜着吊瓶，一手横放在胸前，说说这个，骂骂那个，又为电影不顾自己。于千子让他打完再回来，说自己也可以拍，谢兰生却只是摇头——这是他的电影作品，他要亲自看每一镜。

而且，导演的活看着简单，做起来很难。他拍《山坎》时的副导老是有些看不上他，觉得自己能拍得更好。后来有回谢兰生要离开片场一上午，就把一段容易的戏给那副导拍一拍看，结果呢，中午他回去的时候发现对方居然还没动手，站在那儿跟摄影师商量来又商量去的，根本不敢拍板，被全组的好几十双眼睛一盯就蒙了，也不知道究竟应该如何统筹如何指挥了。谢兰生就接过手去，咔咔几下，十五分钟就把那段给拍完了。别人都笑那副导说："平时一套一套的，谢导不在就傻眼了吧！""咱们这才几十个人，有些剧组几千个人呢！"之后那个副导彻底服了，跟谢兰生说："导演真是太厉害了！要懂文字，要懂艺术，要懂社会，要懂人心，还要能管那么多人……大家都是临时组队，要让每个人服帖，太不容易了！"也正是从那次以后，谢兰生发现，别人拍进度会很慢，很费劲，从此以后半步都不敢离开片场了。

幸好，打了两天吊针，他的高烧就退去了。

在这期间，谢兰生发现，莘野也在到处打听。他四年没回中国来，对行业比较陌生。而谢兰生常年游离在制片厂的体系外。从他这里取不着经，莘野便跟几个副导问制片厂的一些东西——后者都是刚出来的。

谢兰生想，莘野应该是想自己开个电影公司的。四年前，他对电影缺少兴致，可是拍完《生根》以后，他说，他喜欢上这个地方了，也喜欢上这儿的故事了——他们自己的故事，与好莱坞的套路不同，虽不成熟，却熠熠生辉。

女主柳摇的第一镜是10月28日开拍的。

这段内容比较简单——李芳芳在西单商场看到她的同学才宽，彼时，才宽正在专柜小心翼翼地挑选戒指。才宽选了一枚戒指，非常喜欢，想拿出来看，对柜员说："嗯，我过来买给女友的求婚戒指。她的号是……"

柜员一脸的无所谓。

李芳芳见才宽在那儿，笑着上去："嘿！买戒指？"

"啊……"才宽支支吾吾，十分尴尬。

这一场的内容简单，柳摇表现也挺出色。

《圆满》剧组每一天的工作强度都非常大，下午的戏拍完以后剧组的人还挺饿的，谢兰生便请柳摇他们吃不远处的东北烧烤。

祁勇和跟焦员说带着设备不大方便，于是，吃烧烤的便只剩下谢兰生、于千子、柳摇三个人了。

“好！”于千子手拿着菜单，“咱们三个，先来九十串羊肉、六十串板筋、三十串菜卷、三十串鲜蘑、十五串香肠、六串烤面包、六串烤茄子、六份干豆腐，够不够？”

谢兰生：“……”

柳摇：“……”

于千子问谢兰生道：“是不是少了点？”

“一点都不少……”谢兰生说，“太多了吧？”于千子的饭量惊人他一直都是知道的，可还是被震撼了。于千子很喜欢吃饭，每回吃饭，都一直吃也不抬头。

“太多了吗？”于千子说，“三十串羊肉、二十串板筋你们两个吃不了吗？”

谢兰生说：“我吃不了。”

柳摇笑笑：“我也吃不了。”

“……”于千子再一次感到他在世上非常孤独。

因为柳摇是个女生，吃饭偏慢，吃完已经晚上十点了。谢兰生把账单结了，穿上他的呢子大衣，带着柳摇和于千子站起身来，向外头走。

变故就是这时发生的。

就在柳摇马上要出东北烧烤的大门时，两个男人刚好进来，看见柳摇，眼睛登时一亮。

柳摇是个女演员，眉清目秀，明眸皓齿，自然是少见的美女。虽然她在国内众多女演员堆里也算不上非常出众，但作为演员，生来就有的那种气质，绝对是普通男人日常生活里看不到的。

她的气质温柔而独特，被人盯上并不奇怪。

柳摇身材曼妙，胸脯高高耸着，走在前面那个男人正好和她打上照面，立刻变得满脸惊喜，他咧开嘴笑，表情猥琐，踏上一步，就要用自己胸膛狠狠去撞柳摇胸膛。

柳摇一惊，后退一步，被逼回到烧烤店内，没被对方真的撞上，眼里全是惊慌失措。

谢兰生是头一次见柳摇露出这种表情，在过去，她永远是微笑着的。

那个男人呵呵一笑，又往前一步，想再撞。他的眼睛大得犹如铜铃，两片唇却异常突出，脸颊瘦削，颧骨突出，像一只怪异的鸟儿，让人一看就记忆深刻。

谢兰生忙冲回店里，抓起柳摇手腕，一拉，把她掩在自己身后，问："干什么？！"

"哟！"对面的男人大笑道，"她是你的那什么呗？"

"不是，"谢兰生说，"是朋友。"

"哈哈哈哈！那好那好！"两个混混恶劣地笑了，"不是就好！来，让美女亲亲我们，我们就让你们走！”

谢兰生的脸色变得十分难看。

他摸不准对方是什么人。

对面男人放肆大笑，对谢兰生说：“不难，不用上床！舌吻几下就可以了！”他们常做这种事情，亲亲嘴，摸摸胸，才放人走。

谢兰生竟还笑得出来，说：“别了。我这朋友受不了的。您看能不能算了？”

“哈哈哈哈！我们看她很受得了哟！”

为首男人一边说，一边也不想再废话了，右手摸摸，竟然摸出一把三棱刀来！他用它指着谢兰生，另一只手朝柳摇勾勾，脸上全是恶劣的笑：“来，让大美女亲一个，完了你们立即走人！不然，哈哈！”

一般到了这个份儿上怕事者都会当场认㞞，推出女人，哄劝女人，让她自己忍忍委屈，让其他人能逃出去。

可谢兰生显然不是。

他浑身的肌肉紧绷，盯着那把三棱刀看。

这太恶毒了。

普通刀不可怕，但三棱刀非常可怕。说是刀，其实是刺，因为它有三个刀刃能把伤口豁得很大，只要被捅身上就会当场多出一个窟窿来，血流得很快，致死率比匕首还高。

可他不会送柳摇去。

柳摇是他的女演员。他不会让柳摇去做这样受辱的事，何况柳摇才经历了被李贤抛弃的情伤，并且还说过什么“我不敢再尝试什么了……一旦失败，太痛苦了……可是，如果继续孤独下去，也同样是太痛苦了……”，如果被人在这里……她一定会更加自卑，更加软弱，更加不敢尝试什么了。

谢兰生也不大确定对方是不是虚张声势，脱掉大衣，又想了想，对于千子说：“于千子，把剧本给我。”

“啊？”于千子不明所以，然而还是盯着那两个混混，把剧本给谢兰生了。

“谢了。”谢兰生说完，把厚厚的一沓剧本塞进自己裤腰带里，挡住腹部，又把腰带紧了一个扣。他的毛衣不算宽松，剧本贴得还挺严实。这样腹部不会被刺，注意心脏就可以了，谢兰生的心里觉得还是可以打一打的。

他这辈子没说过一句硬话，可也没干过一件软事。

谢兰生想，莘野要在这儿就好了。

他曾练过格斗术，应该可以帮不少忙。

可……唉。

因为手里没有武器，他便抄起一个木椅子。木椅一看质量就差，横杠嵌在两条腿间，摇摇晃晃，就要散了。谢兰生把一根木条从椅子腿中拔出来，接着又去抽另一边，没抽动，便把椅子咣地向着水泥地板猛地一砸，再抽，就拿出来了，还把剩下的破凳子一脚踢给于千子。

而后场面有些混乱。

对方也并没想真刺，吓唬人的成分更多，比比画画间，倒是谢兰生，一棍子把对方胳膊给打到了一边去。

他们终于恼羞成怒，持着刀，表情阴鸷，然而依然没有去刺。

东北烧烤店里闹闹哄哄的，客人全都跑了，其中不少人还没付钱，老板则是躲在柜台后头。

幸好，不多时，几个警察冲进屋子，看见他们，对为首的那混混说："又是你们！行了，再走一趟吧！"

谢兰生："……"

唉，进局子了。

"导演"真是这世界上意外最多的职业。

谢兰生还挺担心的。

两个混混没打着他，他倒是把别人打了。

他很担心会被行政拘留，这个最多能关十五天。谢兰生知道，对方两人没打着他，他的棍子却打着对方了，还打得不轻，考虑到这个状况他被拘的可能性不小。而且，警察对于这种事情经常是各打五十大板，对方手里有管制刀具，应该是要被关关的，那自己估计也好不到哪去。

可……

平时被关倒无所谓，可在如今这当口儿，他一天都不能浪费。

柏林电影节2月末就会正式拉开帷幕，他差不多在12月中旬就要提交参赛拷贝，而现在已经是10月28日了。因为兜里有资金了，他每拍完一本都会给澳大利亚那边直接寄去，他一边拍ABC-LAB公司一边剪，他可以在12月1日那天杀青，这样，12月15日前ABC-LAB公司就能完成粗剪，而柏林电影节允许使用粗剪版本参赛，只要到时能替换成正式版本就可以了，时间可以说刚刚好。

四年以前，他天天愁资金，现在他天天愁时间——8月，中国VCD的销量暴涨后他才决定出国参赛，此后每一分每一秒都宛如在打一场仗。

《圆满》适合柏林电影节。5月的戛纳电影节和9月的威尼斯电影节都不是很吃这套，能入围的可能性非常渺茫。

可眼下的这个状况……

如果真被行政拘留，他就……

拍不完了。

没才宽的场次也有，可他早在几年以前就决定不假手于人了。

到派出所，警察一边审讯一边做笔录。那两个小子一口咬定是谢兰生先动手的，说自己是开开玩笑，可谢兰生真打人了。他们两个一直在说自己根本没想干架，只是想吓吓对方，柳摇真来也会推开的。

而在谢兰生陈述经过时，警察有些受不了他，道："那个，谢兰生啊，用不着加环境描写，也用不着加太多比喻。"

谢兰生："哦……"

最后，因为谢兰生真的是先动手的那个人，而且对方身上有轻伤，谢兰生却好端端的，警察努力做调解，让谢兰生拿些赔款，包括医药费、误工费等等。

可两边都拒绝调解。

于是，不能达成赔偿协议，要拘留。

到第二天上午十点，派出所发《行政拘留处罚单》，罚款两百块，拘留五天。这时可以打电话了，谢兰生跟于千子说他要缺席整整五天，让大家都好好睡觉，等他回去疯狂加班。谢兰生还让执行导演领着演员排演、走位，争取到时练习一遍就能进入正式拍摄。最后，他说："对了，这里可以带内裤来。你挑一挑背心裤衩，送过来，我要穿的，哦，对了对了，还有拖鞋。"

随后他被带往拘留所。谢兰生在门口看到一大堆人举着牌子，上书："带东西，一次一百！有律师证！"他都呆了，才知道有一群律师靠送东西维持生计。

进门，他把东西全呈上去，紧接着更衣、体检、领取物品，被带进屋。

屋里有张大的通铺，跟电视里看到的差不太多。墙一侧是几个架子，另一侧是一道隔墙，想来后面是个蹲厕。

即使被审一整夜了谢兰生也不觉得困。算上他，一屋住满八个人，他一进去就跟人聊，发现有人打架，有人酒驾，有人嫖娼，有人发了色情广告……五花八门应有尽有。班长看着无比凶猛，剃着光头，长着横肉，说自己平均一年要来这里十二次左右。而老二呢，政法大学毕业，深受班长器重。据说老二巨能面壁，又巨能背守则，是个人才。

中午饭是两个馒头，还有一点菜。谢兰生觉得自己吃一个馒头就够够的了——太硬了，于是把碗放在一边。没想到另外七个兄弟直勾勾地盯着他看，问："你不吃了？"

谢兰生说："不吃了……"

话音刚落，那七个人一起来抢！谢兰生都被吓着了！

光头班长最为凶猛，一把就把馒头抓走了。

谢兰生心想：不至于吧。

中午有些时间睡觉，可谢兰生却睡不着。作为一个刚进来的，他的铺位在厕所边，一股一股的臊臭味一阵阵传到鼻端，他简直要被熏死了。

另外，他竟然在枕套上面看到铅笔写的一行字：1991年10月1日，北京王五到此一游。他当场呆住，因为发现这个枕套好像四年没洗过了。

谢兰生本来觉得五天还好过，可他现在笑不出了。在这地方睡上五天肯定是要完犊子的。

再起床是探视时间。他们不是刑事拘留，是行政拘留，亲属可以探望，包括父母、子女、配偶、祖父母、外祖父母等，不过需要提前预约，其他人来要被批准。谢兰生自是不会跟李井柔说自己进局子了的，那样会被当场打死，于是没人可以会见。

不过，他要的东西到了，背心、裤衩和拖鞋。

他一样样地翻东西，然而翻着翻着，手就顿住了。

一件新的白背心。

这种环境下，一件新衣服，也是难得的慰藉。

谢兰生再次知道莘野是个细心的人。谢兰生想了想，把背心收好，打算晚上蒙着脸睡。

这回他大概能睡着了吧。

晚饭还是馒头、咸菜，谢兰生又没有吃完，班长再次给抢走了，动作凶得像大老虎。

吃完饭大家看看电视、唠唠嗑、打扫卫生，十点就被撵去睡觉了，因为第二天要六点半起。

拘留所的牢房是不关灯的，只是光线被调暗了。谢兰生把大白背心从枕头下翻了出来，叠上一折，蒙在鼻子上。

谢兰生把眼睛闭上，不想别的，一切似乎被隔绝了。

接下来的两天时间，谢兰生也照常地过，只是由于饮食没有油水他上不出大号来了。

到第三天晚餐时间，大前天吃的那顿烧烤的油水全都没了，谢兰生竟觉得好饿！中饭晚饭加在一起四个馒头全啃光了，还是觉得饿！

他想吃馒头！好想吃馒头！！

他也终于明白别人抢食的心情了！

他的眼睛瞄着班长，想着自己傻兮兮白给了班长四个馒头，有些懊恼，垂头丧气。

注意到了他的目光，光头班长抬头看看，问："饿了？"

"嗯。"

"终于饿了。"光头班长从枕头下掏了几个馒头出来，一个一个扔给兰生，说，"呵……就知道你有这一天。前两天替你先攒着了。"

"啊？！"谢兰生还挺震惊的。

原来光头班长抢他馒头是想着再还给他的吗？替他先攒着的？蓦地，谢兰生觉得有这一幕，自己不算白被拘留了。他是一个感性的人，最喜欢看人性的善恶。

之后他跟光头班长非常明显地亲近了。光头班长说了他这回发广告被拘的经过，两人一直聊到十点被撵上床才分别睡觉。

谢兰生又蒙上背心。

谢兰生正有些埋怨怎么没人惦记自己，走廊便传来脚步声，在黑暗中啪嗒啪嗒地响。一个警察过来喊他，原来，是剧组的同事又送来了新的衣服。

太好了……

靠着新衣服的慰藉，五天时间终于过去。

在迈出去拥抱光明的一瞬间，谢兰生竟听到光头班长喊了一嗓子："谢兰生，别回来了啊！"

谢兰生把头转回去，笑着应："哎！您也是！这次出去别回来了！"他觉得，自己大概是忘不了给他馒头的光头班长了。

签字，画押，拿上东西，谢兰生再次自由了。

真郁闷！

那两个混混对女演员动手动脚想占便宜，结果却是他被扔进拘留所里住了几晚，虽然警察刚透露说对方也因管制刀具没捞着好。

办好手续，到接人区，谢兰生一眼就看到于千子在等着他了。于千子正搓着双手，来来回回踱着步子，像一只困兽。

见谢兰生终于出来，于千子也迎上前来，说："谢导！"

谢兰生挠挠额头，有一些不好意思："嘿。"

于千子却十分热情："我的谢导，您没事吧？"

谢兰生被对方感染，笑了："没，还挺好的。"

“那就好……”于千子把他往门口拉，“快走快走，快点走吧，这个地方我可真是一秒钟都不想多待了。对了，莘大影帝也过来了。他不想让人认出来，在门口那儿等着呢。”

谢兰生点头：“好。”

莘野竟然也来了吗？

也不知道怎么回事，一听到莘野的名字，谢兰生立马转身，大步地向门口走去，只想马上见到莘野。

通过空旷的小院子，出门他果然看到莘野。

谢兰生想几个大步跑过去，想赶快拉着莘野，分享自己这几天的所见、所闻、所想，以及在那些黑夜中，一闪而过的关于《圆满》的更多的灵感。

莘野却像读懂谢兰生一般，走上前一步，笑着说：“回剧组了，在里面什么感受？”

“嗯，终于回来了！”谢兰生也笑了，“我这几天光吃馒头了！”

莘野上下打量着他，开玩笑地问：“那瘦没瘦？”

谢兰生则傻笑着回应：“你觉得呢？我瘦了吗？”

“好像有点。”

“哈哈，那我回去吃点好的。还有啊，我都五天没刮胡子了，邋邋遢遢的。”

“嗯，快走吧。大家都在等你呢。”

回到宾馆，所有的人都在等谢兰生。

柳摇眼睛红红的："谢导……对不起……我……"

谢兰生则拍她肩膀，道："我没事，真没事，警察局里挺好玩的！"说完开始给众人讲拘留所的奇闻逸事，于千子等人直呼吓人，让女演员以后乔装出行。

闹闹哄哄到十二点半，莘野淡淡说了一句："都散了吧，各回各屋，谢导肯定想睡觉了。"

谢兰生再一次觉得莘野真的很会照顾人。拘留所里八人一屋，有人打呼，有人起夜，他被关的几个晚上一直都是睡睡醒醒，没个整觉。

等人离开，钻进宾馆的大被窝，谢兰生长舒了口气——太幸福了。能睡一张正常的床，太幸福了。他以前总觉得被关五天左右也无所谓，可事实是那个地方简直不是人能待的，五分钟就够够的了。

接下来的两天时间剧组都在正常拍片。

谢兰生把主创聚到一起，拍拍手喊："为了赶上电影评审，咱们必须再加加速！非常不好意思，可能还要多加班！"

众人都应："没问题！！"

第一天是几个内景。男主角才宽的妈妈要求儿子娶妻生子，甚至以死相逼。

饰演"母亲"的演员爆发力非常骇人，最后那句"我们老脸往哪儿搁？"又沙哑又尖厉，还破音了，让在场的每个演员都受到了巨大震撼。

在《圆满》中，这天的拍摄是个剧情高潮。

当天晚上的一顿饭一家三口非常沉默。到了夜里，男主才宽精疲力竭地走回房间，长长地叹气，掀被睡觉。他没开灯，也没觉得哪儿不对。然而，就在才宽要合眼时，一只手竟缓缓伸来并摸上了他的胸膛！才宽“啊”地尖叫起来，打开灯，发现自己的被窝里正躺着个赤身的女人！才宽真的被吓着了，他拿枕头挡在身前，大叫：“走！走！立刻出去！”小花满脸不屑，慢条斯理地穿上裙子，一扭一扭走出房间，又一扭一扭进入客厅，对才宽的父母说：“该不是个二傻子吧？”说罢便离开了。

才宽妈妈再次崩溃，问：“这个女人哪里不好了呀？！”

才宽只能沉默以对。这“不听话”刺激了才宽妈妈，她突然大叫：“我真的是没脸活了！”才宽妈妈在夜里跑出大门，到附近的烟囱下边手脚并用地开始爬，踩着上面一条一条用钢制的“台阶”。

她越爬越高，越爬越高。才宽担心她出问题，叫她下来，没有反应，才宽最终跪在冬日的夜里，说：“我去结婚！我去结婚还不成吗？不成吗？！”

到了这里夜景结束。

第二天是几个外景。

在剧本中，才宽做出承诺的第二天，他去某西餐厅听李芳芳说“重要的事”。李芳芳想见见他，才宽自然是答应了，不过费了挺大的劲才从家里溜了出去。

他在街上浑浑噩噩地往餐厅的方向走。

在这里，谢兰生用了600毫米的摄影镜头。大白天的北京街头熙熙攘攘，热热闹闹，才宽走在人群当中，可背景全被虚化了。才宽穿着红羽绒服，而周围的人面目模糊，没有一个是清晰的，只是跟在才宽身后上上下下起起伏伏，这象征着才宽此刻无比孤独，周围的人像一片海，而茫茫的人海当中，才宽就是一座孤岛。

才宽走进西餐厅，李芳芳已经到了。

她问才宽，可不可以跟学校领导说他们是恋人，这样，等过几天毕业分配她就有可能留京。20世纪90年代，人们鼓励自由恋爱，如果他们马上结婚，李芳芳就可能留京。李芳芳来自山里，她不想回去，她想留京，她说要给全家争脸。

这个创意是谢兰生毕业时的亲身经历。当时，他们班的某女同学与他故作暧昧，还跟学校说希望能跟男朋友分在一起，结果最后也被分到湖南去了，她做梦都没有想过谢兰生会主动要求去小厂，只为了能上片。

李芳芳本可以威胁，但她不愿那样去做，最后搞到鱼死网破对他们谁都不好看。

才宽听到这个要求，在一刹那间心中一动。

他说："如果咱们没有结婚……对师弟师妹特别不好，学校以后可能觉得大家都是骗分配的。"他说出了昨晚的事，问能不能真结两年，一人一屋互不干扰，他还可以不要房租。

才宽说完有些后悔，让李芳芳不要在意，但才宽也同时表示自己不想帮着她骗留京指标，这样风险太大了。

他没有想到，李芳芳想了想后，竟答应他了，愿用"结婚"来做交换，一是为了北京户口，二是为了给家里寄钱，显示自己过得很好。

在这年份，“离婚”不算太新鲜了。1990年全国的离婚率，大概是0.69‰，1995年则约为0.88‰，北京还要高得多。

于是他们开始商量……

谢兰生很注意细节。在这一场里，才宽和李芳芳是一同坐在窗户前的，然而他们身后的窗是常见的对开式的，窗中间的那道铁框正好竖在他们中间，把两个人的画面一分为二。画面前景的筷子筒同样分成两个部分，木筷子向两边倒着，预示他们虽要结婚，然而分属两个世界，中间有着巨大的隔阂。

对于连续的正反打，谢兰生也做了安排。他让祁勇小心拍摄，在摄影机拍才宽说话时永远不要带到李芳芳，在拍李芳芳说话时永远不要带到才宽，这对“夫妻”虽在说话，然而各自都是孤独的。

柳摇变得越发入戏。谢兰生知道，在《圆满》中，李芳芳的两个男人各似李贤的一半——才宽是为父母之言跟她结婚的前一半，“男友”则是不爱她却与她结合的后一半。

怪不得她那么想演。

又拍完了几场以后谢兰生叫众人收工，此时已是凌晨一点。

他坐莘野的车回去，小红、小绿二人同行，别人则要打个“大发”并且看好全部器材。

北京今天骤然降温，还先下雨然后下雪，窗玻璃上结了冰花，晶莹剔透，非常可爱。而且，因为谢兰生在来的路上没有摇死副驾车窗，他那边的玻璃内部也出现了薄薄一层窗花。

莘野皱眉，开了暖风吹车前窗，没管两边。

“哇。”谢兰生一向幼稚，见车玻璃结窗花了，便用右手焐那块冰花。

这个活不太容易，冰要挺久才能被焐穿，谢兰生就忍着凉气，嘴里边还咝咝咝的，过了足足半分多钟才在窗上留下手印。

他看一看，还挺满意。

莘野轻轻瞥他一眼，没说话，只笑了一声。

“莘野，中国主流的电影界对纪录片在进行大讨论呢。”

“哦？”

“就是，纪录片在多大程度上被要求是真实的。钟大年和杨田村在《现代传播》上吵起来了。钟大年的文章叫作《再论纪实不是真实》，他认为，主题意识是必然的，最真实的内容也能通过手法变成虚假，而不真实的内容也可通过手法传递真实。而杨田村呢，发了《传统现实主义和纪实主义不可通约》，强调界限，认为现实主义是现实主义，纪实主义是纪实主义，泾渭分明。”

“你认为呢？”

“我更同意钟大年吧……纪录片也需要技巧。”说到电影，谢兰生侃侃而谈。

片场距离酒店不远，路上又空，莘野把车开回酒店时才一点十分。

“行了，”莘野轻轻把挡摘了，“我去停车，等会儿回。这儿冷，你们三个先进去吧。”

“好。”谢兰生道，“早点睡，明天又跟打仗似的。”

“嗯，我看一眼剧本就睡。”

谢兰生点点头，招呼小红、小绿下车回房。

莘野把车开进酒店新建好的地下停车场，踩离合，踩刹车，停车，摘挡，熄火，一气呵成。

在车子中安静了好一会儿，他想着这几天的进度，以及将来的成片，不自觉地笑了。

第　十　四　章

魂　梦

接下来的两天拍了才宽以及才宽爸妈的几个场次。才宽见了李芳芳后回家对他的爸妈说，班里一个女生表白了，自己觉得对方不错，还说："我想过了，您二老的话非常对，爱不爱的太缥缈了，大家都是这样过的，上学上班，结婚生子，俩人只要真结婚了日子总能过下去的。"而在这个过程当中才宽父母一直说"对"——他们已经没心思管李芳芳是什么人了，催促才宽赶紧结婚。在老一辈心目当中，也确实是"真结婚了日子总能过下去的"，大家都会非常幸福。

这场有个长镜头，他们拍了四十多遍。因为轨道不是很好，摄影机会左右摇晃，画面总是显示不全，谢兰生也只能叫停。谢兰生的长镜头跟故作深沉的不一样，他在长镜头里每一帧画面都是很充实的，他会算好拍摄路线，连一秒都不放过。最后，好不容易，所有的人都拍到了，可谢兰生在停拍时竟然发现有穿帮，有根电线被踢进去了！谢兰生气得一脚踢飞了道具箱，大家全都被吓着了，说谢导有时吓死人。

不过当然，如果一点儿都不吓人也镇不住一个剧组。

这些剧情拍了一周。

某天，剧组移到新的外景。

婚后，一路沉默的小夫妻徒步去父母家，参加聚餐。在那里，他们会被第一次催生。

因为天气非常寒冷，一开始就不大顺利。

摄影机被冻得关机了。

“呃，”于千子说，“谢导，今儿这天太冷了，嚯……要不改成拍内景吧？”

“不行，”谢兰生说，“北京冬天越来越冷，咱们不能冒这个险。”说罢转眸，“小红、小绿，会拾柴吗？你们两个在三脚架前生一堆火，让祁大摄在后面拍。我看酒店的服务生天天拎着一个铁桶，借一个来。”今天天气凉飕飕的，却没有风，适合生火。不过，谢兰生还挺担心会突然来风刮走树枝的，放在桶里比较安全。

小红、小绿说：“不会……”

《圆满》的现场副导演正好是从乡下来的，她闻言喊：“我能帮忙！”这是一个泼辣的女生，叫贾婷，刚从北广毕业，也是学导演的，想过来攒攒经验。高三毕业后，因为数学太差劲了，她打算考美术院校，而后在美术高考班里认识了一个同学，那个男生要学导演，还说贾婷是考不上的，于是贾婷一怒之下也说要上广播学院，反正美术还是导演对她来说全都一样，最后她还真考上了，对方却没考上，这姑娘的性子可见一斑。

“等等。”谢兰生又想了想，“先别生火了，还是烧点热水来看看吧，用酒店的暖瓶装着。再买上两个大热水袋，到时候用毛巾捂好在摄影机两边按着，试一试。”如果有用就好了，这样总比生火容易。

小红、小绿：“行！”

祁勇把手揣在袖子里，说：“嗞……那咱们就等等他们。”

“不等，”谢兰生说，“他们回来都哪一年了？他们要先回酒店去，再烧热水、灌热水袋，太费劲了。”

祁勇蒙了：“那现在？”摄影机都冻关机了！

谢兰生把摄影机的遮光罩给拆下来，接着，他跪坐在地上，拉开自己的羽绒服，一手搂着摄影机，一手掀起毛衣，把摄影机往里头塞。

他的毛衣十分宽大，是他妈妈亲手织的。

勉勉强强塞了大半，谢兰生又合上羽绒服，几根细瘦的手指头用力拢着两边拉链。

冰冰凉凉的摄影机贴着肉，让他差点儿大叫出来。

“喂！谢导！”祁勇和于千子等看着谢兰生都惊呆了。

谢兰生仍跪在地上，低头看地，棕色毛衣被撑起来，有些滑稽，但众人却只觉震撼。

“一上午呢，能不耽误就不耽误。”谢兰生焐着设备说，“有干等着的时间，还不如把几个比较难的场景多拍几次，或者多给后期剪辑和配光留点时间，电影永远还能更好。于千子，你也是个当导演的，记着，不管是赶电影展览，还是赶电影公映，千万不要遇到困难就停机，就歇着了。要想办法克服克服，不要总是干等着，能多一天就是一天，能好一点就是一点。拍电影啊，就要经历九九八十一难，如果干等着，你到最后必定会发现你的电影拍不完了。”

于千子：“啊，我明白。谢谢谢导。”

抱着摄影机焐了会儿，谢兰生的肚子麻了。他把设备又拿出来，这回真的能开机了。

“嘿，”谢兰生说，“来，再拍一镜。”

于千子有一些严肃，说：“好。”

这一上午，谢兰生用他的体温把摄影机焐热三次，小红、小绿和贾婷才终于赶回来了。他们拎着一红一蓝两个画着牡丹的大暖瓶，灌满两个带斜纹的胶皮制的热水袋，一人选了一个边站，用热水袋贴摄影机。

而后，每回水变凉了，他们就捧起暖瓶倒水。

于千子给他们几个讲谢兰生舍身焐机器的事，小红、小绿和贾婷都有些被吓到了。

谢兰生想：以后都要备热水袋，不只是为摄影机，还是为胶片。零下十五摄氏度以后，赛璐珞会因低温度与低湿度带上静电，曝光过的胶片就会出现光痕，因此，对正在拍的胶片，还有已经拍完的胶片，导演都要严格保证胶片周围的温度，这是谢兰生几年前拍《黑白》时的经验教训。

拍电影，就是不停遇到意外，再解决意外。

录音师岑晨一如既往地专注和负责。

他戴着耳麦，动不动就大吼一句：“天上有鸟儿飞过去了！

重来！”“两个道具碰了一下！重来！”谢兰生没注意到的动静岑晨都听得到。

然而到了某个时间，岑晨表情明显不对，显得很犹豫，跟之前自信、果断的样子完完全全不一样了。

他皱着眉，抿着唇，紧张兮兮地听录音，又用手指按住耳麦。

谢兰生觉得不对，停下拍摄，问：“岑晨，怎么了？”

岑晨没说话，又从他的声音背包里拿出另外一副耳机，再次监听。最后，岑晨终于确认了什么，抬头，有些绝望地道：“谢导，录音机坏了。”

“啊？”谢兰生赶紧过去。

“真的，声音一直断断续续的，而且传来碎裂声，这可能是线材坏了，要重新焊里面的接头。”岑晨非常专业，一边说着，还一边用一块胶布贴在接头的套管上，做标记。

听完发现竟是真的，谢兰生的头皮一麻，问：“这玩意儿才用一年，为什么突然就坏了？”

“不好说，”岑晨道，“可能就是碰巧‘坏了’。”

“你能修？”

岑晨立即摇了摇头：“我不会修。一个人能开F1赛车，不代表能修F1赛车。我知道制片厂里很多录音师自己会修，自学成才，但我不会。”

“那哪儿能修？”

谢兰生想：太背了！他很需要录音机！

用摄影机只能录到最简单的原始声音，而录音机却能随时利用混音加上效果。若是别的也就算了，对《圆满》他要求很高。

岑晨表情更绝望了："不知道。录音设备太冷门了，跟摄影机不大一样。我可以去打听打听，但……谢导，我这边先打听着，您那边再借一台吧。"

"借，上哪儿借？"谢兰生用极大的毅力才压制了那股暴躁，"这不是摄影机，是录音机！只有电影制片厂用！拍广告的，拍MTV的，都不用！拍广告的用摄影机自己带的录音功能，拍MTV的用录音棚做出来的特殊效果，录音机就电影制片厂有！可谁会借给咱们剧组呢？"

又来了，谢兰生想，又来了。

在被禁的四年当中，因为那个"任何个人以及单位均不得支持或帮助以上二人摄制电影"的规定，没有单位敢帮他了，他的一切都是靠着他自己来安排布置的，不知受了多少折磨。

比如这个录音机，谢兰生自己不能出国，就请别人从美国带——各制片厂的录音机也是这样弄回来的。

其他几个独立导演都没买过高级设备，谢兰生最富，也就是说，特殊设备一旦坏了，他根本不能从国内的同行手里借一个来，也就只有摄影机这种常见器材可以借到。坏了就没了，这其实是个极大的考验。

岑晨说："那，您准备着再买一个？"

"谁去买？"谢兰生的头太疼了，"莘野？祁勇？去欧美吗？一来一回要多少天？"这个年代，摄影、录音设备都是欧美国家生产的，连日本都没有。而中国到美国只有两条航线，国航开的是北京—上海—旧金山—纽约，东航开的是北京—上海—洛杉矶，全都要先经停上海，而且每周只有两班！

谢兰生要头痛死了。东西坏了就必须到处找人跨洋采补，又花资金又花时间。偌大一个中国，没人可以稍微帮一帮他。

他在《圆满》开拍之前曾经想过再买一个录音机备用，但，中规中矩的录音机也至少要一万美元，好点的就更贵了，几乎赶上半部电影的成本。谢兰生卖《美丽的海》的钱只剩下一百万整了，不敢乱花。他这回去参加影展是打算买广告的。对杂志广告，他还记得森田的话——最便宜的一万美元，中等级别的三万美元。他还想聘媒体公关邀影评人以及记者去看他的电影展映。他又到必须卖出版权才能继续拍的时候了。

何况，录音机是去年买的，出故障的可能性几乎可以忽略不计，特意准备两台设备确实是小题大做。录音机能用好些年，产品换代也比较快，备用设备如果不用过几年就被淘汰了，钱就打水漂了。

而且，他最开始留出八天用来应对各种不测，本来时间也是够的，可谁知道因为混混闹事被拘留了几天，一下变得很被动。

那现在要怎么办呢？

谢兰生说：“那也只能……岑晨先去打听打听，我再想想谁能帮着买吧。莘野、祁勇都留在这儿。万一岑晨能修好呢。”

然而就在这时，北广导演系刚毕业的现场副导演贾婷说：“谢导，先别。”

谢兰生：“什么？”

“谢导，”贾婷突然道，“我去整台录音设备！”

“啊？”谢兰生呆了，问，“你认识制片厂厂长？”从制片厂借设备是必须要经过厂长同意的，没有人能偷偷把设备借给他们用一个月之久。

贾婷说："不认识。"

谢兰生问："那……你怎么整台录音设备？"

对"怎么整台录音设备"这个问题，贾婷根本没有回答，而是原地一个转身，直接跑着就离开了，跟只兔子似的。

谢兰生让岑晨去问哪儿能修录音设备，自己则坐下来寻思几个购买的方案。他实在是无法相信一个刚刚毕业的小丫头片子能弄一台录音机来。

结果事情出乎意料。

仅仅两个小时以后副导演贾婷就回来了，此时剧组的其他人正在一家小餐馆里一筹莫展。

"谢导！"她说着，一把扯开一个背包，谢兰生一眼望过去就看见了一台录音机，而且居然还是NAGRA（纳格拉）的！

谢兰生眼都瞪圆了，问："哪儿来的？"

"嘿！"贾婷声还挺大的，"北广的！"

谢兰生则皱皱眉头："你不是都毕业了吗？北广居然二话不说就把器材借给你用？还一借就是一个多月？"谢兰生拍《生根》时的摄影机是北电的，但它因为录音坏了早就已经被废弃了，经年累月躺在库房，王先进是明白这点才让他拿去用的。

"哈，老娘是谁！"贾婷说，"广播学院录音机多。给我上课的一个老师是录音艺术系的系主任，他认识我，我是跟他借出来的！我说我要拍个电影，可录音机不能用了！"

谢兰生被广播学院的自由度给震惊了，他问："你一说借，他就给了？”

“当然不！”贾婷瞪着两只杏眼，“张老头他不同意啊！我都保证不泄密了，他还是不同意！然后我就站在办公室前跟系主任撂下话，说我天天来！天天借！他要不答应，我就跑到走廊那边的大厅里静坐！我不动手，我就静坐！请求学校支持学生拍电影的创作自由！请求学校体现学校应该有的先锋性质！”

谢兰生是真的呆了，问：“然后呢？”

“然后他要烦死我了，就给了台录音机呗……让拍完了这部电影第一时间还给学校。”反正北广是大学，电影局又管不到它，据说明年毕业分配都要直接取消了。

谢兰生：“……”

原来是靠耍无赖吗？

他不知道说什么好了。

为拍电影，谢兰生本以为自己够野蛮的，也够匪气的了，结果，在一大群电影人里他似乎还是文明的，这不，贾婷直接撒泼打滚了。

他又想起一些别的独立电影人的经历。有人天天拍MTV用以筹资拍摄电影，有人求爷爷告奶奶拉投资……

他们有种矛盾的气质，敏感、矫情，还理想化，同时又有些叛逆，是主流的电影人无法认同的。他们一方面被说无病呻吟，一方面又被说不守规矩。

可这一路是精彩的。谢兰生会永远记得提供设备的王先进，把《生根》当自己电影的Nathan和Hunter两个人，叫他过去蹭日本发布会的森田小姐，还有，在他资金捉襟见肘只能购买九本胶片时，自掏腰包又送了他一本胶片的胶片厂工人。

谢兰生知道自己已经度过至艰至难的时刻了。在国际上获奖以后他有更多资金在手，而且，比较专业的演员们也愿意加盟他的影片了，要知道，在拍前面几部片时，基本上他只能请朋友出演，或者请朋友的朋友，比如欧阳囡囡，演成什么样就是什么样。

没一会儿，莘野来了。演员副导和莘野去面谈了几个配角，刚刚结束。华国光是演员副导，主要负责挑选演员，而莘野跟那些配角会有一些对手戏，也跟着去看看。这会儿华国光已经回酒店了，可是莘野即使没戏也想跟组，他担心会再次发生女演员被骚扰的事。

执行导演于千子在第一时间汇报一切，莘野听到谢兰生用自己身体焐摄影机时，有点苦涩地看着他说："我才离开几个小时。"

他真的是常常觉得电影在消耗谢兰生的生命。谢兰生写本子时烟不离手，到筹备时呢，又酒不离口——今天喝一顿，明天又喝一顿，为了场地，为了别的，总要应酬。等开拍了又不睡觉，一天最多睡四个小时，拍《生根》时蹲在门口叼着手电筒写写画画，拍《圆满》时就坐在桌前研究走位直到天亮……饭也有一顿没一顿的，有时一天就吃一次，也是就着汤扒拉扒拉，别人说他他还急，嫌人家打断他思路了。好不容易放个电影还要摔到小腿骨折。现在呢，居然又添加了一项——拍摄器材被冻关机了要自己拿肉体焐。

真是……

可矛盾的是，谢兰生并不感到苦。电影消耗他的生命，但要没电影的话，他连这点命都没了。

“莘野。”谢兰生两只手笼进袖子，好似东北的老大爷，给莘野把换录音机的前因后果讲了一遍，说，“贾婷真是太牛了……我本来还寻思呢，能不能请某个朋友买个器材带回中国，谁知道，贾婷直接撒泼打滚把北广的借出来了！”

莘野显然也没想到还能这样借来东西，抬头望望贾婷以及岑晨他们，却也没有非常在意，又看了看谢兰生的两只手，问：“很冷？”

“挺冷的……过不了几天就冬至了。我打算把我爸的军大衣给拿出来呢，那个特别暖和，你肯定没见过。”

莘野又问：“没戴手套？”

“没。”谢兰生说，“早上突然找不着了。”他对自己的生活一向粗心。

莘野叹气，将自己的皮手套摘了，递给谢兰生：“行了，戴着，你还需要看本子呢，拍完再还。”

谢兰生就把手指头都抻直，就势戴上了手套：“啊。谢了。”

手套里面暖烘烘的，有点大，谢兰生的心也热乎起来。

此后一切都挺顺利。

下午四点离开片场，剧组一行去吃了饭，接着晚上又拍了几场，终于收工，回宾馆。

谢兰生是不会歇的。他用锡兵排演走位，一会儿化身成角色

A，念A的台词，一会儿又化身成角色B，念B的台词，把整场戏再过一遍，看看时间，也看看感觉。谢兰生无比入戏，演女人时提着嗓子说话，演老人时哑着声音说话，偏偏表情还很正经，非常认真非常投入，见过的人都很震惊。

谢兰生觉得，作为导演，他一定要先进入角色，先打动自己，这样才能打动演员，再进一步打动观众。

排完差不多是十一点，谢兰生想跟柳摇、莘野再说一说明天的戏，于是走去柳摇房间。

柳摇的门半掩着，他敲了敲，轻轻推开，却惊讶地发现大家都在。

小绿大叫："谢导！"

谢兰生笑："干什么呢？"

"啊！"和柳摇在一间房的小红噌地跳起来，"我买了块橡皮泥！刚放暖气上烤软了！"

"哈？橡皮泥？"谢兰生走近了一看：果然，一盒采文橡皮泥板板正正地摆在地上，十二色的，一个颜色有一块。

呃，小红这么有童心呢？

"柳摇姐姐好厉害的！"小红说，"谢导谢导，您瞅瞅呀！"

谢兰生望过去。

真的。柳摇正用黑白两色一步一步地捏熊猫，可谓心灵手巧。她揉了个白色的球当头，又揉了个大小相似的球当身子，接着贴上黑的耳朵、白的鼻子、黑的鼻尖、白的尾巴，还有黑的眼圈、白的眼珠。接着柳摇又捏手，她把一块大一点的和三块小一点的白泥一一贴在黑的“手”上当脚垫，非常可爱。

“谢导，”小红说，“您会捏吗？”

“我不会。”谢兰生摇摇头，“这玩意儿开始流行时我大学都毕业了。我只会捏玫瑰花，还是陪我小表妹时她示范给我看的呢。”也就只有柳摇这样爱手工的人才会弄吧。柳摇还会剪纸，曾经送过谢兰生一只大老虎，挺威武的。据说布艺也很拿手。

小红问：“怎么弄？”

“我试试。来，腾个地儿。”谢兰生在地毯上坐下，把红色泥兑了点黄泥，接着搓出一堆圆球，拍扁了，又用彩笔压压边缘，把第一块卷在一根小牙签的顶端，当花心，又把剩下的卷在外围，一片片的，当花瓣。花瓣越往后面越是绽开，层层叠叠，非常好看。他一边粘，还一边哼经典电影《天涯歌女》的那首插曲，他没唱出歌词来，只是哼。

最后粘上两片叶子，红玫瑰花就完工了，谢兰生还算满意。

“哇！谢导！”小红赶紧接过来看，“这朵花能送我吗？”

谢兰生刚想答应“好”，想了想，他又把花拿回来了：“得了，你一个二十二的大姑娘，要让未来的男朋友知道你管其他男人要花，就嫁不掉了。”

小红翻着白眼说：“不至于吧？”

“有备无患嘛。”谢兰生依然是盘腿坐在地上，说完直起上身，撑着膝盖缓缓站起身来，看了一眼柳摇，又看了一眼莘野，转过身子往外面走，同时随意勾勾食指，说：“柳摇，莘野，来我房间，说说戏。”

柳摇连忙点头答应：“好。”

因为柳摇是位女士，谢兰生先跟她说戏：“柳摇，这段戏的重点是什么？这段戏的重点是……到时候，你从这里开始走，到这里，停顿一下，左右看看，然后继续走。这个镜头上一镜是……下一镜是……那为什么走这一段？因为女主走这一段，可以……还可以……”谢兰生讲戏非常细致，他会剖析他的意图，演员在他的手下能迅速成长。

十二点左右柳摇走了，谢兰生继续给莘野讲。

到一点时，谢兰生照例让大影帝坐在桌前摆摆锡兵，回忆一下走位，等等，要确定自己都明白了，有问题就及时问。他自己则靠在床头思考自己有无疏漏。他在脑中过电影般回忆刚才做过的事——他对影像最为敏感，这种方法非常好用。他用大脑过上一遍就基本能知道效果。

结果，因为睡眠严重不足，谢兰生实在是太困了，等着等着，他身体就向下一滑，躺在被罩上，只有头还靠着床头，“望”向莘野，睡着了。

谢兰生本来只想合上眼皮眯一下，休息一会儿就醒过来，没想到真睡过去了。

房间白天被收拾过，他就躺在被罩上面，穿着衬衫，睡成一个字母“L”，不过头的那边很短。

不知过了多长时间，谢兰生在睡梦当中迷迷糊糊地感到，有人给自己盖了件衣服。

谢兰生：“……”

谁？

想了想，没想明白，谢兰生把眼睛睁开，还迷迷瞪瞪的。

莘野问："弄醒你了？"

"没，"谢兰生半梦半醒的，"莘野，走时麻烦把灯关上。我接着睡。"

莘野问谢兰生："不洗脸吗？"

"算了。"

"你是不是天天不洗？"

"晚上不洗，没时间。"有那洗脸的工夫再琢磨琢磨台词多好。

"也不刷牙？"

"刷……偶尔不刷。"谢兰生又闭上眼睛。

莘野叹气，知道谢兰生一向糙。

第 十 五 章

杀 青

在《圆满》中，才宽婚后，女主柳摇出场的时间比莘大影帝还要多了。

才宽和李芳芳二人名是夫妻，实是室友。

在那天的“聚餐”之后，两家父母催生不断，然而才、李有名无实，并不可能。每回谈话，李芳芳都直直坐着沉默不语。就在这个让夫妻俩焦头烂额的时候，李芳芳与刚认识的一个男人陷入热恋。那男人是大学老师，英俊儒雅，风度翩翩。

巧合的是，饰演恋爱对象的这个演员与李贤还有些相像，都是传统的白马王子，很高、很瘦、很白，戴着一副金丝眼镜。

在谈恋爱的最开始阶段，柳摇的表演略带忧郁，一整天都没拍出来。

谢兰生就一直喊“Cut（停）”：“柳摇，你应该沉浸在幸福当中！”

当天晚上，柳摇回了家里一趟，取回来了……一本相册。

她在桌前默默地翻，看她自己当年的样子。几年前，她和李贤去过三亚、去过桂林，一起过过生日、过过纪念日。接着，柳摇站在镜子前面，看一眼照片里的表情，再看一眼镜子里的表情，努力地学、努力地记，直到二者一模一样。柳摇还注意到了自己在照片中的很多小动作、小细节——能充分地体现出来爱意、依赖等心思的一些小动作小细节，在镜子前一个一个不间断地重复出来。

柳摇翻着那些照片并且回想曾经的一幕一幕。她记起了当初的感觉，不断重现那种感觉。因为这是柳摇本人整整四年的感情，她印象深刻。

翌日重拍，柳摇回忆当初的氛围、当初的情绪，在心中不断地说："我叫柳摇，今年二十八岁，刚刚认识男友李贤……"终于透过时间的飞尘，穿越到了四年以前。在与往昔的自己合二为一时，柳摇心里咯噔一下。

《圆满》里，龙应仁带李芳芳去逛公园和看电影，送她鲜花，带她去吃精致的西餐，这对一个小地方的女孩子来说是致命的。柳摇重现当初的感觉，又搭配了她四年前呈现过的表情、动作，非常生动，非常精彩，那最后的一点忧郁在电影里也能解释，正好不多不少。

谢兰生本担心柳摇会撑不起来电影后半段，因为柳摇在人艺时的确多年没能出头。她的演技其实有限，这也是华国光一开始并不看好柳摇的原因。李芳芳这个角色前后形象相差很多——在与才宽、才宽父母相关的内容当中，李芳芳在电影里是演，演相爱、演结婚，在电影外也是演，演相爱演结婚，没差别，可在与

“龙应仁”相关的内容当中，李芳芳是真情实感的，谢兰生还挺担心的。

可李芳芳像是为柳摇量身定制的一般，柳摇“演”的是她自己，尽管经历不同，但被伤害后的创伤却是一样的。也是这个原因，她才如此渴望这个角色。

柳摇甚至把演对手戏的演员们也带动了。在柳摇的“喜欢”当中，演龙应仁的那个演员感觉自己真的在被爱着，作为男人不想自拔，甚至连演才宽父母的演员们都被影响了，见“儿媳妇”光彩照人，以为“儿子”幸福美满，发自内心地微笑着。他们都是配角演员，却个个超常发挥。

谢兰生觉得，这些可真是出乎意料。《圆满》这部电影一共有三个重要角色，莘野这种顶级演员能来一个都是巨大的惊喜和天大的福气，可柳摇竟能与他并驾齐驱，让这部戏震撼人心。而演才宽的他自己呢，一半的戏被莘野带动，另一半的戏被柳摇带动，竟然也有大师级发挥。

不过，偶尔，谢兰生在震撼之余觉得柳摇太拼命了。她愿意自揭伤疤、回忆伤痛、百分百地钻入角色，完全不顾伤到自己。一遍不行就两遍，两遍不行就三遍，甚至演十遍演百遍。有的时候，谢兰生都已经过了，柳摇还会小心地问：“我能不能再来一遍？我感觉能演得更好。我在刚才对这场戏又有了点儿新的体会。”

而每一天收工时柳摇都累到快虚脱，好像是把全部生命都投入到这部戏里了。

这天晚上临睡觉时谢兰生又照例开会。

小红又把当天买的《北京日报》放在桌上，谢兰生随手翻了翻。谢兰生让助理小红每天早上买份报纸，每晚送到他房间来，剧组的人想看就看。谢兰生觉得，他们一拍就两个月，几乎可说与世隔绝，让小红买份报纸大家看看也挺好的。不过除了谢兰生、小红以及柳摇外，别人很少会借去看。

翻着翻着，谢兰生手就顿住了。

在某一版，他看到了一条新闻——导演李贤今日大婚。

在正文里，这个记者详细列出了被邀的明星名字，有一大排。

这个新闻并不稀奇，李贤是拿过“三大”的南渊厂的大导演，名气极大，远远要比谢兰生大，他结婚被报道很正常。

谢兰生一个“三大”都没拿过，只入围过。

只是……谢兰生把全文看了，一字没提李贤前妻。甚至，全天下人都不知道李贤还有一个前妻。谢兰生听柳摇说过，他们当年只领了证，没办婚礼，也没声张，说等李贤妈妈的病好些再抽出空来筹备婚礼。而后，他们一个在长沙，一个在北京，在一起的时间不多，可是每天都打电话。柳摇自己在四年里感觉二人相处十分温馨。

谢兰生把这张报纸叠了叠并塞进口袋，不想让柳摇看见。

在开会的过程当中，谢兰生一直偷偷观察，见柳摇的神色如常才终于放下心来，觉得对方并未看到今天的《北京日报》。

可到了最后，在只有谢兰生、莘野和柳摇时，柳摇去洗手间却迟迟都没有出来。

谢兰生还是有些担心，蹑手蹑脚走到厕所前，敲敲门，问：“柳摇，还好吗？没事吧？”

好半天，柳摇的声音才传出来："嗯，谢导，没事。"

谢兰生用手按把手，发现门竟是开着的，看来柳摇进厕所时精神恍惚以致于忘了关门，于是道："我进来了？"

柳摇："……"柳摇不会拒绝别人。

谢兰生把门轻轻推开，一进去，就见柳摇正用一条毛巾捂住脸偷偷哭。

她应该是忍不住了，想用毛巾擦掉眼泪，最后却是用毛巾把声音捂着痛哭了一场。

谢兰生等她平静下来，才轻轻问："这是因为……李导吗？"

柳摇似乎十分惊讶，谢兰生又温柔地说："我在1991年见过李导，他曾提过你的名字。但我直到开机那天才想起来那段对话。"谢兰生没对柳摇说李贤希望自己换人，不录用她的事情。

柳摇呆呆地点点头。

谢兰生有些不忍心："你……"

"谢导，我真没事。"柳摇又是温柔地笑。

"可……"

"我平时都想不起来了。"柳摇眼睛弯弯的，"我也不知怎么回事，突然间就哭起来了，太没出息了……可能因为猛一听到前夫再婚，就气哭了吧。但我需要关注自己，而不是关注他，我现在的唯一目标就是把《圆满》拍到最好。"

谢兰生听完放下心来："好，柳摇，你知道就好。"

柳摇想得这么明白，应该不会有问题了。

"嗯，"柳摇又说，"这个角色太适合我了，我会抓住这个机会的。演员一生能碰到一个适合自己的角色太不容易。谢导，我知道自己天赋有限、演技不佳，可是作为一个演员，我也想塑造经典角色……也想留下经典作品。”

“别这么说，”谢兰生道，“能进步的，你还年轻。”

柳摇又是温柔地笑笑：“谢谢谢导，我会努力。”

几分钟后，柳摇终于回到房间。

莘野明显看出来柳摇刚才哭过了，却没提这茬，只开玩笑道：“柳摇小姐这两天的演技能竞争影后了，世界级的。”

柳摇两边嘴角一撩：“谢谢大影帝，听着还怪不好意思的。”

“真话。”

“柳摇，”谢兰生又趁热打铁，顺便转移话题，“你可必须要保持状态啊。我这几天每天晚上都梦到片场的事儿，做梦都在工作，可见我的压力有多大。”

其实谢兰生谁也没梦见，他只想说明他很重视，让柳摇这缺爱的人能感觉到是被需要的，可若只说柳摇的名字显得有些怪怪的，毕竟对方是个女的，所以谢兰生把另一主角莘野也给带进去了。

莘野说：“正好，谢导，我昨晚也梦见你了。”不服输似的。

“嗯？”谢兰生就礼貌地反问，“梦见我什么了？”

莘野笑笑，没回答。

看见莘野这个反应，柳摇小声笑道：“那肯定不是美梦，莘影帝不说肯定就是这样，比如谢导压榨演员。”

莘野点点头：“算是吧。”

柳摇已经开朗起来，没再继续开玩笑了，转向谢兰生问：“谢导，那您梦见我们什么了？”

谢兰生又信口胡诌道：“梦见演员们都跑了，撂挑子了，我和千子两个导演急得冒了一脑门汗。”

柳摇笑得十分清脆，银铃似的，足足过了十几秒钟，才说：“不会的，谢导，演好李芳芳，拍好《圆满》，可能是我这辈子最大的愿望了。”

“嗐，那我真的谢谢你了！”

“不客气，那咱们就继续说戏吧。”

“嗯。”

一小时后，谢兰生把次日的戏向两个人讲述完毕，从地毯上爬起来并送他们俩回房间去。此时已是凌晨一点，谢兰生也不大放心让女演员自己回去。

接下来的几天拍摄也基本以柳摇为主。

李芳芳的好景不长。仅在一起几个月后，龙应仁便“无奈”地分手。龙应仁对李芳芳说他要当访问学者去了，两年。因为机票十分昂贵，他没资金中途回来，中方的留学基金委只能保证他的基本生活。龙应仁说他没脸让李芳芳在中国等他，于是，电话分手。

拍这幕时，柳摇似又想起往昔，脸上带着一些空茫，可眼泪却本能地流淌。到最后，泪在脸上终于凉了，脸紧绷绷的，像个面具。

一把尖刀刺进心里。

那么利，那么狠。

对于这镜的最后，谢兰生打算使用最极端的场景切换——黑屏，而且，黑屏时间长达三秒。黑屏转场是猛烈的，是极致的，它象征着黑屏前后被彻底地分割开来，黑屏后的一切内容都是全新的东西了。

同时，黑屏强迫观众思考刚才的那一幕，给了观众回想场景的时间，是突出某一段剧情的好方法。

相比电视剧，电影内容表现更加细腻，是谢兰生爱电影的原因之一。电视剧必须捕捉眼球，防止观众换台，每时每刻都要精彩，基本不给观众思考的时间，可电影不是。谢兰生也有机会拍电视剧，但他都拒绝了，偏要死皮赖脸地留在电影圈，每隔一阵就被叫过去训训话，还被领导们概括为“虚心接受，坚决不改”。

拍完，柳摇趁着一个机会对谢兰生柔柔地道：“谢导……我刚看见这角色时……就感觉被击中了。”

谢兰生：“嗯？”

“我的前夫说分开时……他的理由也是两地，我是后来才发现了他从来没上心过。我从人艺都辞职了还是没能挽回什么。幸好后来又回人艺去了。”

“啊。”

“这种角色很难碰到，我当时就非常想演。”

谢兰生又看看柳摇问：“现在是真没事了吧？”

柳摇一愣，而后笑得无比灿烂：“当然。《圆满》剧组氛围很好，每个人都特别温暖。人不只有亲情爱情，我还可以有友情啊。”

谢兰生刚想说什么，小红就叫着开工了。

与龙应仁分手以后的李芳芳六神无主。她打电话去他学校，被告知他出国了。

而后，她决定等对方回来。

也正是在这个时候，李芳芳发现自己有身孕了。

因为不舍，她决定把孩子生下，“永远等他”。李芳芳想，龙应仁在美国两年应该不会再恋爱了——龙应仁只待两年，新的感情没有未来，何况学者又忙又穷，那两年后她再出现，而且带着他的骨肉，他们两个一定可以破镜重圆。自己那时也离婚了，他们可以永远幸福。

才宽还有点高兴。

因为有了这个孩子他就可以应付父母，他爸妈的苦口婆心已经让他左支右绌了。而且这样，即使以后合约期满，他与李芳芳分道扬镳，他也因为已经有后而不需要再结婚了——被逼时，他只要说自己儿子坚决反对就可以了。对老人来说，孙子总比儿媳重要。

电影《圆满》基调悲观，因为谢兰生不觉得，通过电影，能够解决什么问题，至少现在不能。

李芳芳在十个月里尽心尽力照顾自己和肚子里的宝宝，她觉得，这是她的爱情结晶。她付出了很多代价，生产时还一度垂危，最后终于产下一个十分健康的男婴来。才宽爸妈喜极而泣，在外头逢人便讲，而李芳芳，面对婴孩很像生父的眉眼也由衷地欣悦。

可这一切都是假象。

不久，李芳芳又认识了个龙应仁的同校老师。对方说，龙应仁从没出过国，一直在北京，而且已经结婚多年，夫妻恩爱，琴瑟和鸣。

晴天霹雳！李芳芳在心里一算，他们相处的大半年是他老婆的孕期。

李芳芳在求证过后发现对方所说是真的，而且，龙应仁是知道她的已婚身份才接近她的，因为这样容易摆脱，不会出丑闻。龙应仁在那个时候每个星期周末都“加班”一天，对李芳芳说周六加班，对妻子说周日加班，一天陪这个一天陪那个，得心应手，游刃有余。龙应仁从没爱过她，她的那些甜蜜、酸涩从头至尾充斥着谎言。

可她已经生了孩子。

李芳芳在确认一切的一刹那完全崩溃。

她把身子缩成一团，开始尖叫，那个尖叫像“啊”又不像，无比凄厉，好像某种鸟类死前最后一次高声鸣叫。

接着，李芳芳把视野内的一切东西都砸了！灶台上有几只碗，还有几只盘子，李芳芳一个一个高高举起，重重摔下，在一声声崩碎声当中，是婴儿的阵阵啼哭。

她的样子宛如恶鬼，头发披散，表情狰狞，而婴儿也声嘶力竭，惊吓不已。

谢兰生还挺吃惊的。柳摇一向十分温柔，如水，如纱，一旦爆发心中的愤懑竟然能到这个地步。

出乎众人意料，演李芳芳的柳摇在摔过东西发泄完后，站在原地猛烈地呼吸，胸膛起伏，而后，突然之间仿佛全身的力气都被抽干了，柳摇身子一软，膝盖一弯，竟跌在了碎瓷片里!

这个动作在剧本中是没有的，谢兰生本能想喊“cut”，可硬生生地忍住了，因为柳摇还在表演。

电影的这段内容是在夏天发生的，柳摇身上只穿着裙子。她并没有跪在瓷片上，而是侧着坐的，可大腿、小腿和手心却全都被划破了。

碗和盘子摔得很碎，成片的都迸飞了，只有碎碴留在地上，却依然触目惊心。

这镜拍完，谢兰生赶紧把柳摇从瓷片里拉了出来，细细检查，而柳摇却温柔地笑：“谢导，这一点伤没什么的。”

“你……”谢兰生说，“你自己比电影重要，知道吗？”

柳摇又笑：“知道啦。”

可后面的事实证明柳摇根本就不知道。

接下来的一段戏是，李芳芳把头脸扎进接满水的洗脸盆里，濒临死亡，再拔出来，她想窒息却又不敢。

谢兰生的意思是柳摇三秒就拔出来，他可以用后期剪辑把意思给表达清楚。

可他没想到……

柳摇双手掐着盆边，把她的脸埋进水中，而后一直都没出来，前后足足两分钟。

她吐出的小气泡一个一个浮上水面，而后，越来越慢，越来越小，表示肺里已没空气了。

谢兰生：“……”

就在谢兰生想把柳摇硬从水里拽起来时，柳摇“哗”的一下仰头，鼓风箱般哈哈喘气，宛如一条上岸的鱼，头发凌乱地披散着，脸到脖子全是红的。

仅仅过了十来秒钟，她就再次扎下头去。

这样过了两三次后谢兰生都看不下去了，对祁勇喊“卡卡卡卡”，命令柳摇别再演了。

这太拼了，没有这样的。

柳摇捂着自己的嘴，一边呛水一边说话：“我没事……真没事！还是演得像一点好。”

“柳摇小姐，你这真是……”祁勇说，“拍电影比命还重要啊？你这要把命搭进去啊！”

“哪儿就有那么夸张了。”柳摇喜欢漂亮，一手握着她的黑发，一手梳着，“比起后期剪的，演的肯定更加打动人呀。”

谢兰生也同意这点。

刚才看着柳摇表演，他真的被震撼到了。李芳芳的那种绝望简直把他给吞噬了。可想而知，经过一些镜头语言，比如特写，这一段在大屏幕上肯定非常触目惊心。

她是真的燃烧自己了。

收工以后，对剧中的感情变化谢兰生也有些伤感。

华国光回想刚才那段内容，对谢兰生说：“谢导，谢导，哈哈哈哈，您可真够懂男人的！”

谢兰生知道华国光三十六岁了还没结婚，一直都在游戏花丛。

“嗐，男人就是那么回事，他们爱得太一致了，就是年轻的、好看的。说白了吧，喜不喜欢，那全都是欲望作祟，没有谁是非她不可的，小姑娘们才会被电视剧给忽悠得昏头昏脑的。”

谢兰生：“……”

华国光又说道：“咱中国人还算好的。我有次说一个朋友追他老婆追了一年，几个老美都直咋舌，说他们会直接叫女孩去约会，对方不同意就换人了。”说完看了莘野一眼，觉得美国长大的他应该非常赞同自己。

可莘野只轻笑一声，没说话。

谢兰生也没说话。

随后，《圆满》进入整部电影最压抑的收尾部分。

在收尾的剧情当中，只有才宽那对父母觉得一切都很美好。他们的“孙子”可爱好看，才宽父母拿着照片在院子里逢人便讲。

20世纪90年代，单位的房常带院子，里面有假河、假山，还有凉亭，他们总在院里溜达，向邻居们展示幸福。

才宽以后即使离婚也摆不脱这个家庭。

因为李芳芳的那个孩子在身份上是才宽儿子，大概一辈子都会是。

而李芳芳对她的孩子态度复杂，又爱又恨。

婴儿非常像他生父，他时不时大声啼哭，李芳芳却置若罔闻，甚至还会大声喝止。婴儿几次哭到呕吐，胸前衣服洇湿一片。

有一次，李芳芳还想用枕头蒙他的头让他安静，幸亏才宽给拉住了。可有的时候，李芳芳也会生出母爱，照顾他，教育他，虽然随后她又非常厌恶自己、痛恨自己。

李芳芳也痛恨才宽——房子里的另一个人。她意识到她有孕时才宽希望她生下来。如果不是想要留京，如果没有这假结婚，她根本就不可能跟龙应仁有丝毫牵扯，更不可能给龙应仁生一个孩子。

这些情感柳摇也演到了极致。

在白天的亮光里面，李芳芳会整日发呆。她不想吃也不想喝，随随便便嚼点饼干一整天就过去了。有时，李芳芳会走到阳台，对着楼下看上很久。

谢兰生发现，柳摇在拍这些内容时连说话都变弱了。对着才宽，李芳芳的声音小了。这是谢兰生没注意的，多亏柳摇的表演了。

而在夜晚的黑暗当中，李芳芳会满眼空茫。

祁勇拍摄大特写时，突然，柳摇眼角落下泪来。

谢兰生没示意停止，摄影机在继续运作。

泪分别从两边滑下，柳摇的手捞过枕巾，偏过头，擦掉了，再次盯着天花板看，也再次涌出两行眼泪。最后，她意识到四下无人，渐渐哭出声音来了，一声接一声的，十分放肆，又悲又伤，在寂静的黑夜当中像个无助的小孩子。

摄影机在默默运作，众人又被震撼到了。

“谢导，谢导，”于千子说，“这个表演太厉害了。”

谢兰生：“嗯。”

谢兰生知道，柳摇实际是演自己。李芳芳恨两个男人：才宽父母以死相逼，才宽于是娶了自己；而龙应仁因妻子不在，把她当作了替代品，两个男人都有柳摇前夫的影子。谢兰生能想象出来，李贤虽然不爱柳摇，但理所当然地享受着她的付出。

说实在的，他没想到，因为柳摇，《圆满》效果比预期的好太多了。

世上最好的女演员也未必有这个能量。

她真的已投入一切，也真的在燃尽生命，不管是心理上的，还是生理上的——柳摇完全不在意自己会受伤害似的，伤心、绝望、压抑、痛苦，一丝希望一丝光明都没留给她自己，少有演员可以这样，谢兰生还挺担心的。演员不管如何投入，都应该有避风港的。同时呢，演浸水的那些内容时柳摇也是全不在意，透支生命，探及极限，实在有些太拼命了。

还有，为了演出女主角的伤心，柳摇在“崩溃”那场后几乎没有吃过东西！她不吃饭，只吃吃菜，甚至只喝煮菜的水，还每天都出门跑步，一个星期掉了十斤！谢兰生没要求这个，柳摇却注意到了，主动表示李芳芳在最后这段应该很瘦。谢兰生也曾听说过演员为戏减重的事，但那都是在开拍前，他没见过这么狠的，对健康太不好了。

柳摇甚至把在场的其他演员也带动了。演龙应仁、龙应仁妻子的演员以及才宽的父母亲个个都有超常发挥，不仅仅是演出了谢兰生要的感觉，甚至还能升华升华，让一切更触目惊心。

谢兰生觉得，前半段有莘野压着，后半段有柳摇压着，《圆满》这部独立电影从头到尾都挺炸的。而他自己也还不错。剧本是他本人写的，他最知道自己要的，本来还有点放不开，可在拍摄的过程中，莘野和柳摇却让他迅速入戏。

谢兰生是真没想到《圆满》可以拍成这样。莘影帝是一个意外，柳摇更是一个意外，他相信在展映之时它能震撼所有观众。

他本来对拿奖这事并没有太大信心，可现在，莘野、柳摇演完之后，谢兰生的把握大增。

拍完夜戏已是凌晨了，可谢兰生有些烦闷，抽出根烟叼在嘴里，拍拍裤兜，却没发现打火机。

莘野见了，向于千子借了火柴，走到谢兰生的面前，手指轻轻捏着，往回一划，点着了，红色火苗蹿升，跳动。

1995年，绝大部分人已经在用打火机了，可也有些人还是在用火柴。

谢兰生一愣，夹着香烟凑过脸去，猛吸一口，把烟点着。

莘野看着谢兰生的眼睛，缓缓收回火柴，手腕抖抖，把火熄了。

另外一边，柳摇回到她的房间，摘下手表，洗脸刷牙。

突然，她的室友助理小红敲门敲得震天响："柳摇姐姐！我想用一下洗手间！我一边方便你一边洗，行不行？"

柳摇一慌，把门开了，小红一下蹿进门里："不好意思不好意思！"

柳摇温柔地摇摇头："你先用吧，我出去了。"

小红："谢谢姐姐！"

因为洗脸刚洗一半，柳摇右手拿起毛巾在脸颊上胡乱擦擦，又放回架子上面，一回头，却见小红两道目光直勾勾地盯着她的手看。

柳摇意识到了什么，赶紧把手握在胸前。她白天都戴着手表，没人见过她的手腕。

“柳摇姐姐……”小红说，“那个……那个……那个伤疤……”

柳摇明显犹豫了下，最后知道瞒不过去，笑笑：“都是过去的事情了，那个时候傻得可以。”

小红也听柳摇说过她四个月前离婚了，只是不知具体原因，也不知道她前夫的身份，愣愣地问：“是因为……离婚吗？”

“是，也不是。”柳摇笑笑，“其实，我跟前夫结婚之前还有一段感情来着，大概三年。两段感情，一段是从二十四岁到二十七岁，一段是从二十九岁到三十四岁。”

小红：“啊？”

“那人后来变心了，或者早就不大对了……总之后来跟他妹妹在一起了，认的妹妹。在我们结婚前夕他突然间提出分手，在80年代……非常尴尬。”

小红：“姐姐……”

柳摇把手叠在小腹前：“连续两次被抛弃后我一时间犯傻了嘛。我三岁时母亲去世，我四岁时父亲续弦。他们不久有了孩子，我在家里非常……多余。三十年来我一直在渴望家人、渴望关心，所以有些受不了吧。周围朋友只是朋友，彼此没有那种羁绊，我就一直……非常孤独，于是，把整颗心都给他们了，像溺水之人看到空气，付出太多，牺牲太多，最后发现都是幻象的时候就受不了了……觉得自己这一辈子永永远远没盼头了，想着，与其一次次地失去，最后彻底绝望崩溃，还不如就死了算了。我也知道自己很傻，那些人和事过去就过去了，但是，人哪，会在追求的过程中渐渐变得非常偏执，得不到就特别痛苦，这个不是没追求过它的人能体会到的。不过，就像刚才说的，都是过去的事情了，时间可以治愈一切，我现在对于那些极端的感情都习惯了，也麻木了，没感觉了。而且，我现在还有事业呀，还有演戏呀。跟你们大家一起拍戏非常充实非常开心。”

“嗯，”小红眨眨她的眼睛，“真没事了？”

“真没事了，现在想想当初好傻。没有什么过不去的。”

“这就好。”

“小红，”柳摇在给对方关门前，不经意似的又说了句，“我手腕上的那个伤别让谢导他们知道，行吗？”

小红：“啊？”

“谢导就爱瞎操心，我怕他又东问西问，太烦了。”

“哦哦哦哦，我知道了！”

柳摇还是握着把手，没关门，又问一遍：“小红，行吗？”

“嗯，”小红坐在马桶上，提着裤子，说，“行呀。”

12月1日，电影开机六周以后，谢兰生拍最终场了，是才宽儿子的周岁宴。

周岁宴上，李芳芳与才宽家人欢聚一堂共同庆祝，旁人眼里充满艳羡，两家父母笑声连连。

在电影中，周岁宴的欢声笑语后是才宽家的死寂。李芳芳的双目空茫，她的儿子安静地睡着。才宽、李芳芳各怀心事。

作为导演的谢兰生到这儿终于松了口气。拍电影像西天取经，要经历八十一难，如今他可终于站在塔克西拉的大门口了。只要今天拍完，寄出，ABC-LAB公司那边说没问题，他第六部电影《圆满》就能正式杀青了。

总算没有超出预计时间。

谢兰生共留了八天用来处理各种意外，结果，因柳摇被混混骚扰他蹲拘留所蹲掉五天，另外一些杂七杂八又耗尽了最后三天，到这进度正正好，一天不多一天不少，可以说是幸运的了，并没有耽误什么。

“周岁宴”的拍摄场地是北京的一家酒店。谢兰生已订好餐位，群演会在十一点就位。他到时候会讲讲戏，十二点钟正式开拍，并在饭店三点收工前把这场全部拍完。

群众演员自然也是副导演华国光负责的。他通过当地群头招募到了六十个人。

谢兰生指挥小红、小绿把现场全布置好了。墙上贴着“生日快乐”以及可爱的小装饰，还张贴着今天的小寿星的照片。蛋糕也准备好了，放在一旁的桌上。

“行了！”又检查了一遍，谢兰生见小红、小绿爬上爬下的也很辛苦，道，“就这样吧。”

小红、小绿：“好咧！”

眼看时间差不多了，谢兰生去厕所换衣服。在儿子的周岁宴上才宽必须身着正装。

谢兰生就一套西装——四年之前在都灵时莘野带他去店里买

的，也是莘野送他的，两千来块。白衬衫他后来穿过，穿旧了，现在搭的是后来买的。

谢兰生把衬衫穿上，而后拎着领带顿住了。

没太多想，他就走到莘野面前，跟莘野说：“来，帮帮忙。”他很清楚莘野会系，当年就是莘野系的，这个时候让莘野帮忙无疑就是最方便的。

莘野垂眸看看领带，显然认出它的来历了，手指缓缓滑过真丝，像回到了四年以前，回到了都灵的冬天。

莘野调整好了领带，开始打圈，说：“才宽只是一个老师，用最简单的系法吧。”其实这件西装对“老师”这个身份来说也显得太贵了，但谢兰生不知道。

谢兰生是头回知道领带还有不同系法，完全任由对方摆布，点头说：“好。”

莘野眼眸向下一扫，挺明显地顿了顿，而后再次看着领带，漫不经心地随口道：“这白衬衫也太透了。”

“啊？”谢兰生垂头看看，感觉真是有一点。

他并不在意穿着，买衣服时随便拿随便买，他今天才发现这个白衬衫有点透。

莘野知道，谢兰生是没意识到的。和四年前一样，在有些事情上，谢兰生总是有些木讷和迟钝。

这个家伙只爱电影，根本注意不到别的。剧组上周曾经聊到每个人的兴趣爱好：祁勇喜欢喝酒蹦迪，岑晨喜欢足球，柳摇喜欢做小手工，而谢大导却笑着说：“喜欢电影。”当时一大圈人围着他问：“除了电影呢？”谢兰生想了想，回答：“没了。”

电影占据了他全部的生命，他没时间去干别的，也不想去干别的，他很投入也很快乐，从没腻过也没累过，这些年来从未有过一分一秒觉得其他事情比电影更有趣。

莘野灵活地打好领带，最后，在收结时又把谢兰生的后颈领子理了理。又给谢兰生把衬衫下摆也拽了拽，看看对方，道：“多喝点水。”

“啊？”

“别为了电影不顾自己。”莘野说，“嘴唇都起皮了。”

“是吗？”谢兰生也没太多想，用舌尖找了找，找到了，接着，舌尖收回嘴里，隔着下唇一顶，一拱，用大门牙磕住死皮，使劲一扯，就把那块死皮撕了，还二话没说直接咽了，一气呵成，非常熟练。被撕开的那个地方顿时冒出鲜血来，殷红一点，像梅花瓣，圆圆的，亮亮的，又顺着唇纹向四边爬，谢兰生舔掉了，血又冒出来，他再次舔掉了。

莘野不再看了，问谢兰生：“这回学会了吗，系领带？”

谢兰生一愣，说：“没有。”

他潜意识里也没想学，觉得自己什么时候想跟莘野学都可以，他甚至都没意识到今天就是最终场了，他和莘野拍完这幕就应该要分道扬镳了，下次再合作，还不知要到什么时候。

莘野说完他才注意到这一点的，如果悲观一些，在理论上，这一别，就该山高水长了。

可他没有这种预感。

换好衣服，谢兰生看了看手表，发现已经十点三刻了，还有大约十五分钟群众演员就该到位了。

他默默地等。

没有想到，就在这个时候，刚才BP机响过之后就去前台打电话的华国光突然急匆匆地跑了过来，说："谢导，完了！又出事了！"

"啊？"谢兰生的心中一凛，迎过去，问，"怎么了？"

"唉，谢导，定好了的群众演员来的路上出车祸了，小车祸，没人受伤，但是，但是，他们都说这个电影很不吉利，又回去了！据说，今天早上出发之前那个群头还拉肚子了，有人说，这是老天不让他们给这电影当群演咧！"

谢兰生："什么？"

"嗐，"华国光叹着气说，"群众演员不签合同，拍一天戏算一天钱。人家突然不想拍了剧组也是真没办法。这帮群演也真是的，有没有点责任心啊……"

谢兰生："……"

他也知道，群众演员加入剧组基本只有口头约定。而群头与群众演员的关系比包工头与建筑工人的还要松散。

"这帮群演本来就嫌咱的电影不能上映，一直不满意，现在路上这场车祸又让他们有忌讳了，唉……他们最多只有几秒钟的镜头、一句话的台词，却也想在大屏幕上看到自己的表演呢！"

谢兰生还挺镇静的。

事实上，谢兰生在过去几年经常遇到剧组减员。人一边拍一边走，拍《美丽的海》时，到杀青时剧组人数只有开机时的一半了，连小红、小绿都先后因家里的事而离开了。那部电影需要深入一个无人的地区，谢兰生聘了个司机，结果中途摄影助理嫌太辛苦撒腿跑了，谢兰生也没有资金让全剧组耽搁在那儿，就让司机临时顶上，手把手教，最后效果居然不错。

他一直觉得，只要自己还站在这儿，只要导演还站在这儿，一切问题都能解决，虽然群演集体跑了这种事他也是第一次见。

对面的华国光急得团团转："谢导，这怎么办？就算现在联系群头今天中午也拍不上了。明天群演应该能就位，但接下来是周六周日，又不一定有场子，一般来说想办活动是要提前跟饭店订的。况且咱们也没时间了，ABC-LAB公司正等着最后一本胶片呢。"

看华国光非常自责，谢兰生说："别急啊。我想办法。"

见谢兰生轻描淡写，华国光有些纳闷："那上哪儿找群演呢？"

谢兰生一手掐腰："你去门口贴个告示，就说，有个电影在这儿拍摄，我们现在临时招募群众演员，包吃包喝，参与的人还有酬劳，一天十块。数量有限。"

他本来想压根儿不说他们是在拍电影，只请来往的过路人"参加孩子的周岁宴"，拍最真实的周岁宴，但紧接着便想起了欧美常说的"肖像权"，觉得还是不要先拍再说先斩后奏的好。黑泽明的《乱》就因为误拍到了一个路人而在电影上映以后赔了人家一大笔钱。

"可……"华国光说，"临时招的不会演啊！"

"嗯，"谢兰生把他手里的分镜表举起来，看了看，而后手一甩，就把本子给合上了，扔在一边的桌子上，"咱们不按分镜拍了。”

“啊？”

“现在的这个状况不可能按分镜拍了，咱们就用最基本的一些操作把这场拍完。”谢兰生相信祁勇可以承担这个重任。

华国光却有些犹豫：“这能行吗？”

“行，”谢兰生道，“电影里的重点宾客咱们就让剧组的人上。”

“这……”

“行了，去贴吧。”

华国光也只得点头：“好。”

没过多久，华国光就招募到了应聘群演的六十个人。谢兰生则根据他们的性别年龄以及穿着气质、从事职业、教育程度等把他们与片中会出现的角色一一对应，给予他们新的身份，比如李芳芳的室友、李芳芳的舅舅、李芳芳的叔叔、才宽的高中同学……最后剔掉了六个人，让华国光继续招募。

谢兰生非常认真，他甚至给周岁宴的所有宾客都安排了人物经历，写了人物小传。

等群演全部到位后，谢兰生让其中一半到洗手间里更换服装。参加别人的周岁宴穿着肯定不能过于随便了。谢兰生早让小红、小绿帮群演们备了服装，可现在一看，有一些人自己穿得更符合这个场景，而且，大家风格不尽相同反而显得比较真实。

直到众人都落座了，《圆满》最后一场开拍。

对于几个重点宾客，谢兰生让自己人来演。小红、小绿、华国光和贾婷等人全都要上场。

他自己先化身才宽走上台子描述幸福的生活，却身心俱疲，“李芳芳”则抱着孩子浑浑噩噩。两边父母喜上眉梢，直说：“这一辈子心愿了了！”

一杯一杯黄汤下肚，才宽夫妻挨桌敬酒。李芳芳在哺乳期，才宽一人代劳全家。他在父母的带领下一桌一桌地转过去，才宽父母喜笑颜开，一位一位地介绍着，而每一个宾客都说：“您儿媳妇真好看哎！”“你小孙子真可爱哟！”这一幕是才宽父母几十年来最渴望的——他们家是众人眼中让人羡慕的一家。

他们其实依稀感到儿子、儿媳并不开心，可是这又怎么样呢？生活已经这样圆满，他们只是幼稚罢了。

两家父母笑声连连，人人眼里充满艳羡，华国光的那个角色点出电影的主题来：“才宽，芳芳，你们两个都在北京，夫妻恩爱，孩子可爱，是多圆满的一家人！”

谢兰生发现，相比原来，现在的电影效果竟然更好。

首先，因为群演是临时招的，谢兰生没发过简介，他们全都当真以为电影主角非常圆满。

其次，其实谢兰生并不是非常擅长表现不同人的不同特质。或者说，想象的永远不及真实的。

现在，在免费的“周岁宴”上，有一些人因为免费拼命吃饭拼命喝酒，酒酣饭饱要走时，竟还有人把几张桌剩下的酒兑在一起，揣在怀里打算等会儿偷偷带走！祁勇不用谢兰生示意就赶紧抓拍。

还有些人非常明显素质很高气质很好，应该是来看拍电影的，谢兰生早把这样的人分到一桌演同学们，他们一看就跟普通的群众演员不一样。

这段拍摄有条不紊，很快就进行到了全片的最后一镜——在周岁宴临结束时，夸过夫妻神仙眷侣后，大家发现孩子竟有一根白发，爆发出了阵阵哄笑：“你才一岁，就老了呀！”“你有什么好愁的呢！”

就这样，在欢乐的笑声当中，电影《圆满》正式杀青了。

谢兰生在场地中间对“群演”们表示感谢，让华国光给参与群演的人每人十块作为薪酬，华国光也照着做了。

谢兰生本来以为接下来就没他事了，群众演员拿完工钱就全都会离开这儿了，于是退到台子边上。可没想到，谢兰生看见，一个学生拿完钱后犹犹豫豫地走过来，问他：“请问您是导演吗？”

“嗯，”谢兰生说，“对，我是导演。”

得到答案，那个男生高兴地道：“拍电影可真有意思！这个钱我不会花的！会当纪念！”

听到这话，谢兰生呆了。

对方又问：“导演，您能不能签个名啊？我想留念！”

摄制电影五年以来头一回被人要签名，谢兰生的胸膛热了，他动情地道：“当然可以。”

说完，谢兰生就走到一旁铺着红布的桌子前，弓下腰，在纸上一笔一画地写下了“谢兰生《圆满》”这几个字。对方明显不认识他，可是依然非常高兴。

而其他人看见男生拿到导演的签名后也都攥着纸拥来，对谢兰生说：“导演导演，也在这上面签个好吗？”

谢兰生就一一应了，趴在桌上直不起腰，给群演们一个个签，同时嘴角含着笑。

这些普通的中国人不是为钱，不是为名，他们单单觉得电影有趣，觉得此刻珍贵，想要留下一生的记忆，多好啊。

来签名的越来越多，最后，谢兰生签了好几十份，手指头都有些酸痛，但很开心。

他作为一名导演，还是头一回感受到被那么多人尊重的滋味。

这天晚上，在散伙前，剧组照例吃杀青宴，谢兰生请大家去了刚开的罗杰斯餐厅。

谢兰生一边吃，一边说杀青后的工作安排："明天莘野会亲自去澳大利亚的ABC-LAB公司盯后期。从这里寄胶片过去最快也要一个星期，莘野是有签证的，可以亲眼看看效果。"

小红、小绿："哦哦哦哦……"

从美国回来的跟焦员问："为什么去澳大利亚做呢？"

谢兰生笑："一方面是效果更好，另一方面，如果没有拍摄许可是找不到冲印厂的。我第一部片子就是送到澳大利亚去做后期的，那时候资金有限，剪辑、配光等步骤全都只够做一遍的。"

"原来如此，"众人十分感兴趣，而后又和谢兰生的过往同伴们一样，继续问，"谢导，您最开始为啥从制片厂辞职了呢？"

"我啊？"谢兰生又喝了口酒，"还是因为不能上片。其他人也差不多了，张凯他是领到首月的工资后辞职的，因为……”想到这儿谢兰生又“扑哧”一下笑了，“工资单上张凯排在最后一个，他数了数，发现前面还有七十个当导演的，而厂标一年只有三四个。”

“哈哈哈哈！”

谢兰生有点哀伤：“即使现在年轻导演的处境比以前好些，也依然是几乎没人可以真正当上导演。民营公司有点机会，提供竞争，可是厂标就那么多，还是大导们在垄断。区别就是，大导不在制片厂拍片了，被制片厂借出去到民营公司拍了。”现在，投资额达70%以上的民营公司可以买标——从制片厂买标，可每年拍出的电影数量仍然有限。

导演专业毕业的几个人听见了都轻轻叹气。

“好了，”谢兰生再斟了一杯，“我选择了不同的路，现在，也还有些人同样在选择这条路。”谢兰生又兴奋起来了，“不过呢，以前我们拍的电影就外国人可以看到，现在，如果能被盗版碟商给看中了，盗上一盗，就可以进中国来了！”

从美国回来的跟焦员说：“指望盗版，好悲伤啊。”

“没什么的，”谢兰生却觉得这已经是巨大的幸福了，说，“要是能……在中国传播了就好了。在大屏幕与人见面……太遥远了，我不敢想。”在谢兰生看来，很多年轻导演几乎只有这个出路。参加参加欧美影展，如果能像自己一样卖掉部分国际版权还能小规模地上映，如果不能，影展就是他们电影唯一的亮相机会了。因此，如果盗版的VCD可以成为新的渠道，他个人也是高兴的。

他厉兵秣马，磨刀霍霍，只是为了被盗一盗。

听完这话，于千子和华国光等都长长地叹息，说：“您的水平那么高，拍得那么细腻，那么好，却不能被大家知道。”

“哎哟，谢谢，不敢当了。”谢兰生的眼神明亮，“总之，这部《圆满》的目标就是被盗版商盗上一盗，让国内的观众也有机会看。”

莘野转眸看他，只觉得心惊：谢兰生在这些年间经历遍了“电影”带给他的人世间的山重水复，却还保留着一颗赤子之心。

“嗯，”小红、小绿举起酒杯，“那祝谢导达成心愿！”

谢兰生爱听这话，一扬脖子把酒喝了。

接着，于千子也说：“同祝谢导达成心愿！”

谢兰生又说谢谢，同样扬脖子把酒喝了。

大家敬了一大圈后，谢兰生的脸全红了，连脖子都红了，一双眼睛荡着酒意，手攥成拳拢在自己的嘴巴前咳了几声，说：“够了够了，不喝了不喝了。”

于千子说：“您可真的喝了不少。”

最后，晚上十点左右，于千子拿相机出来给全剧组拍摄合影。祁勇是不拍照的，只摄影，因为祁勇说，摄影的构图和拍照的构图是完全不一样的，是两回事，他不想碰照相机，怕相机的构图方式会影响到他的专业。谢兰生也再次觉得拉到祁勇太幸运了——这个家伙虽然爱钱，但对专业毫不含糊。

再出来，有几个人就离组了，剩下的人则回宾馆。

谢兰生在奔驰车上酒劲上来，醉醺醺的。路灯的光一下一下从他眼里飞逝过去，渐渐地，他就靠着车窗睡过去了。

也许因为醉得厉害，谢兰生再睁开眼时发现车子已经停了。

莫名其妙地，他突然像是回到了四年之前，因为没有介绍信他跟村支书喝酒喝到醉了之后，莘野也是在旁陪着他的。

吃过早饭，谢兰生突然想起了今天的安排，对莘野说："快点吧，昨天晚上小红、小绿说去庙里呢！"

昨晚只有一两个人因为有事先离组了，今天才是大部队要互相告别的时间，小红、小绿在研究后决定白天一起去烧香。

"不急，昨天吃完杀青宴后祁勇又蹦跶去了，这会儿还没起呢吧，才八点。"

昨天谢兰生也依稀听到祁勇要去"JJ迪斯科"——去年12月才刚开的北京首家迪斯科舞厅，他想了想，对莘野说："叫起来吧，也不能太晚，小红、小绿他们自己就是老北京人，无所谓，但你下午要飞悉尼，最好早点准备准备。"

"行，"莘野唇角一撩，"那我回去收拾收拾。"

"嗯。"

正式出发是九点钟。

在出发前，柳摇又向所有人赠送了临别礼物，是剪纸。

她竟然用一个晚上剪出十二份礼物，分别送给主创人员。因为马上到鼠年了，剪纸上有两只小老鼠，中间则是一个"福"字，下面写着"圆满"二字，其他地方都是花纹，非常精致非常漂亮。

“哇！”小红又尖叫道，“柳摇姐姐，你好厉害呀！”

柳摇又是温柔地笑。

谢兰生问：“柳摇，我随便问问，你之后有什么打算？”

柳摇则是笑着回答：“应该还是回人艺吧。等《圆满》在欧洲拿奖再试试接其他角色。”

“拿奖可就不一定了。”谢兰生的目光认真，“但只要照这样下去你肯定会有大发展的。”

“谢谢谢导。”柳摇说，“我好开心，真的开心。”

“嗯。”谢兰生又说，“那咱们今天分开以后，要庆功宴才能重聚了，如果可以庆功的话。”

“好呀。”

因为见过柳摇痛哭，谢兰生怕对方一闲又会觉得非常孤单，找到机会对小红说：“小红，你跟柳摇比较要好，以后经常叫她出去。吃饭、逛街，什么都行。”

小红：“好的！”

“嗯。”

谢兰生想，他自己是一个男人，不可能约柳摇出去，但小红跟对方要好，多玩玩是没问题的。他也可以组织活动，让大伙儿都散散心。

他们打了两辆车到门头沟的戒台寺。

戒台寺的人并不多，清幽、肃穆。一踏进去是山门殿，两边两座大石狮子，后面则是钟鼓二楼和天王殿、大雄宝殿等。谢兰生并不信神佛，却很敬畏，带着大家一一拜过，祈求《圆满》有好结果。他并没有求名求利，只是说，希望他的这部电影能被更多观众看到，能引起人们思考。

小红说了，这里很灵。谢兰生也听人说过，八国联军入北京时这里曾是避难之所，因此，很多人都相信，戒台寺的神佛厉害，可佑人们躲过劫难。

戒台寺最重要的景观是戒台殿，在后面，大殿内的明代戒坛被誉为“天下第一坛”，可授最高的菩萨戒，还曾为几代皇帝受戒。戒坛很高，汉白玉质地，周围刻着一百一十三尊戒神，十分精美，十分华贵，坛顶则是佛祖的塑像，显得巍峨而又庄严。

绕着戒台走了一圈，谢兰生还挺感动的。他虽然并不信神佛，但他抱的一些想法跟这儿有共同之处。他也觉得，自己来这世间一趟，不是为财，不是为名，而是需要不断修行，需要不断成长，需要追求透彻。

戒台寺的另一景观就是院内的松树了。这些松树形态各异，微风吹来松涛阵阵，有龙松、凤松，千佛阁前甚至还有一条长长的奇松大道，那里有五大奇松。

小红拿着一张地图，带大家去找许愿树：“超级灵的！”

谢兰生十分宠溺地说：“好，好，超级灵，超级灵的。”

去找许愿树的路上，他们一行被两个金发碧眼的外国夫妻拦住了。夫妻两人叽里咕噜说了一大通英文，莘野听了微微皱眉，对谢兰生说：“他们有个坐轮椅的。你们几个先过去吧，我帮他们去向庙里咨询咨询该怎么走。”

谢兰生说：“嗯，好。”说完向后挥了挥手，带着别人继续走了。

许愿树上挂满红条，个个带着真诚的心。

许愿树下卖红丝带的老人家对他们说：“先买根红丝带吧，把心愿写在上边，然后挂在树枝上，心愿就能被记住。”

“嗯？”小红明显十分动心，“那，来一根！”

“很灵的。”老人又说，“我这儿什么样的都有，有祈求身体健康的，有祈求姻缘美满的，有祈求学业有成的，有祈求事业顺遂的，有祈求家宅平安的，有祈求夫妻和睦的……”

小红要了“求姻缘”的，又招呼大家也都过去挑一挑。谢兰生见柳摇没动，到最后了还在站着，便推了推她，问：“不信这个吗？”

“也不是。”柳摇笑，“只是不知该求什么。”

“那就选个不带字的。”谢兰生帮她要了根，非常真诚地看着她说，“只写‘万事如意’这种比较概括性的。”谢兰生也知道，她想要姻缘，但又不敢要姻缘。

“嗯，这样好，谢谢谢导。”柳摇果然拿起水笔，在上面写“万事如意”，迈开步子跟着小红去许愿树那边挂上。

经过这么几句对话，其他人都挂完回来了，卖红丝带的桌子前就谢兰生还在挑，他随口问：“能买俩吗？”

“不要不要，好好挑挑。”卖红丝带的老人说，“神仙不喜太贪婪的，第一个愿是最灵的！”

“哦……”

头个心愿才灵是吗？

在这样的一个地方，谢兰生也不自觉地对于传说敬畏起来了。

谢兰生在刚才看见于千子和华国光都写了“求《圆满》拿到金熊奖”，觉得再写挺重复的，也挺没必要的，拿着红丝带有些犹豫。

别浪费吧？

而且，说实话，一个《圆满》算什么呢？

众人都已经离开了，小红、小绿在大声喊："谢导，谢导！您麻利点！"他们看见谢导连笔帽都还没拔开。

谢兰生回头应了声，有些着急，有些焦虑。想了好一会儿，才终于下笔，写下"继续合作"四个字，又在丝带下半部分署上名字"兰生""莘野"。

写完他又觉得不妥，觉得好像太笃定了，可是小红才刚催过，这时候也来不及再换再想了，于是索性破罐破摔，去许愿树下挂红丝带了。

嗯，要唯物，不能唯心，谢兰生想，只是一条丝带而已，夸张点就夸张点吧。

可话虽然是这样说，他却选了一个高高空空的好位置，踮起脚，万分小心地将丝带绕在树木的枝丫上，打了个结，想一想后又打了个结，还拽了拽，确定丝带无论如何都不可能被吹下来，本能一般地希望自己的愿望能得到庇佑。

许完愿望，剧组的人一个一个走到主路，小红、小绿看看表，说："许愿许了二十分钟！咱们应该回酒店了。可……莘大影帝还没来呢！他下午要去机场呀！我们刚才竟然忘了莘大影帝没在这儿了！"

"嗯……"谢兰生刚要思考策略，就见莘野转出来了。

莘野看着他们几个问："都弄好了？可以走了？"

“对！”

莘大影帝这样的人当然不会让其他人专门等他去许个愿，转身拔脚：“那回了。”

小红、小绿说：“这很灵的。要不然您快去快回？”

“别了，晚了。本来时间就不富余。”莘野随后对他们说，“这地方随时能来。”

“也是。”

“不用再来了。”挺突然地，谢兰生就被一股自然的冲动给推搡着，说，“他的心愿我许上了，是一样的，不用重复了。”

小红、小绿：“咦？”

听到这话，莘野十指猛地攥住。

他停下脚步，难以置信地望着谢兰生越走越远的背影，在北京的寒冬腊月呼出凶猛的雾气。

“谢导！”莘野的眼睛一瞬不瞬，扬着声音问谢兰生，“相同的愿……是真的吗？”

谢兰生侧身，回头，看着七八级台阶上的莘野，说：“嗯。”

北京的冬日暖阳里，他们两个一个站在台阶上，一个站在台阶下，遥遥对望，台阶两边是不畏严寒四季常青的松树，莘野背后是暗红的庄重严肃的古庙。

半晌以后，谢兰生才转过身子，继续晃悠着下去了。

莘野又看了会儿，才跟上去。

回到酒店，莘野直接提着箱子跟谢兰生去机场了，小红、小绿也要去送。

在车上，谢兰生又祥林嫂一般对莘影帝交代：“咱们还是由

Nathan剪辑，ABC-LAB公司并没有派新人来。他们现在要‘胶转磁’，除去最后三本胶片我在北京都剪过了，最后三本我会尽快发。”

“嗯。”

谢兰生一直嘱咐到莘影帝要过安检才总算是闭上了嘴：“剩下的打电话说吧。”

莘野一哂：“行。”

“嗯。”

他想了想又道：“莘野，等你再回北京。”

莘野笑道：“好，我会回来，且期待着。”

“嗯，进去吧，几周后见。”

“几周后见。”

莘野一到澳大利亚就打电话回中国了。

他没提他自己一句，直接跟谢兰生汇报工作：“谢导，ABC-LAB公司的Nathan刚才表示希望咱们复制底片。他希望用样片剪，而且，剪完，他还希望用传统的放映方式先做检查。”

“怎么还要复制底片？”

这个年代有电脑了，ABC-LAB公司给了他电脑素材先做剪辑再发回去。ABC-LAB公司在那边扫描胶片，谢兰生去了“计算机室”，在素材上进行剪辑，再由莘野带回澳大利亚，指导ABC-LAB公司最后套底。也就只有最后一周拍的东西还没做完——莘野已经带过去了，他在等着接收电脑素材。

所谓套底，就是正式用底片剪。

“嗯，”莘野说，“我咨询了不少导演，他们都说不用样片。在电脑上导演已经用扫描片剪辑完了，ABC-LAB公司剪辑师只是照着在底片上再剪一遍，不会出错的，我认为Nathan是在骗钱。而且，ABC-LAB公司其他的几个剪辑师也全都说不用复制。”

“……”

“如果选择复制样片成本就会增加很多。目前只有Nathan一个人说，电脑技术还不成熟，可能出现各种问题，一旦底片被剪过了就很难再弥补了。”

“好。”谢兰生拎着电话，道，“别人不复制，咱们复制。不需要听别人说的。”

“嗯。”

谢兰生又说：“我相信Nathan。他不会想骗我钱的。”

在谢兰生点头以后，莘野同意复制样片。莘野英文比中文好，与ABC-LAB公司的客服沟通毫无障碍。

接着，Nathan一边按谢兰生的剪辑版本粗剪样片，一边把最后一本电脑素材寄给谢兰生，谢兰生则在北京的“计算机室”里完成操作，再给ABC-LAB公司发送回去。虽然北电有电脑课，但也只教他们打字，谢兰生对操作电脑其实还是非常陌生，只觉那个“画图”工具玩起来很有意思。若非莘野手把手教，谢兰生是剪不出来的。当然，也多亏了新出的Windows 95。素材不是用软盘装的，而是用别的装的，叫闪存卡，容量颇大。

去年，美国公司Sprint在中国开了两条64K的“道路”，中国也有互联网了，有网页了，谢兰生还打算拍完《圆满》也去中关村学电脑呢。中关村那儿立着一块“瀛海威”的广告牌，写着“中国人离信息高速还有多远——向北一千五百米”，听说，在那儿能学网络知识，看网页、上论坛……谢兰生挺心动的。

Nathan用两周做完粗剪，给莘野在机器上放。

结果，这一看，问题大了！

有些画面明显不对！

这时，电脑屏幕很小很小，画面又要切成四格，而中国的“计算机室”里设备还要更加落后，屏幕还要更加袖珍，分辨率也更加不行，人的脸是看不清的，谢兰生也没意识到。结果，被投在了大屏幕上以后，莘野发现，有些画面焦点错了，有些画面焦距错了，有些画面……而谢兰生在剪辑时对这一切毫无察觉。因为早被官方禁了，谢兰生也不好再去北影厂看电影样片，这四年来全是由Nathan给他把关的。这回，因为能看扫描片了，谢兰生还非常笃定不会出现问题了呢。

“谢导，”在电话里，莘野说，“第三十场第三镜，第六十场第六镜，焦点错了，第四十五场第一镜，还有第九十场第一镜，焦距错了。”莘野听过谢兰生在拍摄现场的调度。他总跟着谢兰生走，知道这些该是什么样。

“啊？”谢兰生说，“不可能吧？！”

“真的，”莘野说，“祁勇请的那跟焦员是在洛杉矶出生、长大的，我总感觉他受不了北京冬天的气温。出问题的几个场次全都是在室外拍的，手抖了吧，或者僵了。”

“原来如此……”

莘野又继续补充："Nathan剪辑时也没想到，他还以为就该这样，糊里糊涂就跟着您的剪辑版本剪样片了。"

谢兰生长长地吐气："莘野，幸亏你去看了。"

莘野低笑一声："应该的。"

"那这几镜，另外几条能不能用？拍没拍对？"

"我看过了，"莘野说，"第三十场第三镜，第六十场第六镜，前面那些是正确的，后边一条也是正确的，只有选的那条是不对的，第四十五场第一镜，第九十场第一镜……两个都是一条过的。"

"我想起来了。"谢兰生说，"第三十场第三镜，第六十场第六镜，祁勇说了焦点不对，我本子上也记上了，但我剪辑时在电脑上没看出来哪儿有问题，就选了前面的，感觉感情更饱满些。嗯，这两镜用后来拍的就好。"如果不是有电脑了，还真未必会有这问题，他当时把两只眼睛都几乎要盯瞎了。

"差得很少。"莘野说，"但，大屏幕上能看出来，脸的边缘有些模糊。"

"嗯。至于第四十五场第一镜，祁勇可能也没发现……"谢兰生翻分镜头本，沉思半晌，"具体哪个画面不对？"一般来说，每拍一本，导演都要看看样片再决定是否补拍，可谢兰生要送电影到悉尼去制作后期，同时自己没有护照不能出国不能盯着，就只能靠Nathan他们了，可Nathan毕竟不是导演，过去片子洗完以后大小错误也经常有，谢兰生都只有忍了。可他这回希望拿奖，对于瑕疵不想将就，于是派了莘野过去，事实证明，太正确了。如果莘野没过去，他就只能继续将就。他本以为有电脑了，自己可以把控一切了，谁知因为屏幕太小还是会有“漏网之鱼”。

对问题，莘野回答了，谢兰生用他的铅笔在分镜本上戳了戳，有了主意，道：“咱们换个叙事方式。这个画面直接拿掉，然后……”

莘野记住了，说：“好。”

“至于第九十场第一镜……我想补拍。于千子和柳摇都在，祁勇他们也还没走，我赶紧拍了，然后寄过去。”

莘野算算时间，颔首：“行，那尽快。”

“嗯，明天就拍。”

“另外，”莘野又道，“也是因为屏幕问题，还选错了一些画面。《圆满》里的不少镜头咱们拍了好几个版本，您用电脑做了选择，然而实际放大以后有些地方有些变味，比如表情，我不确定，您听听看。”

“……你说。”

“好。”莘野一一讲了。

“我知道了。”谢兰生又拿着本子指挥莘野重新选择。谢兰生很相信对方的判断。

放下电话，谢兰生又赶紧拉人回到片场补第九十场第一镜，祁勇听了一顿吵吵：“我现在搁上海这儿呢！搞什么啊！拍《生根》时就一顿补，拍《圆满》了又一顿补？！”

“就一镜。”谢兰生哄着说，“没有办法去制片厂看冲出来的样片嘛，也不可能隔三岔五就回学校借放映机，只能……将就。这回是因为莘野在那儿咱们才有补救空间的。”

祁勇气结："还挺有理……"

谢兰生手捏着电话："祁摄，来嘛。"

祁勇："……"

就这么着，翌日，兵荒马乱地补拍完，谢兰生把胶片寄去，并且又在箱子上写"内有胶片，不能见光，不能过X光"，一朝被蛇咬，十年怕井绳。

Nathan那边准时收到，把该改的全都改了，并且还在这一周里把英文的字幕也刻上了。现在，ABC-LAB公司使用激光烧制，而不再做"幻灯片"了。英文当然是莘野翻译的，这是莘野的第一语言，他也更懂谢兰生的创作意图。

谢兰生又有些庆幸，他总算是吸取了教训。

多亏他听Nathan的话，又冲洗了一本样片。这样，虽然多花了一笔钱，包括冲第一本样片、冲第二本样片、印片、正片冲洗，一共二十万块，但这钱花得相当值得。

否则，若直接用底片剪了，就真不知如何是好了——他要上哪儿捡被丢弃的碎胶片上的旧素材呢？难道全都重拍吗？那太麻烦了。

从跟莘野的对话中谢兰生也知道了，一般来说，导演按时间码剪的都不会有什么问题，但电脑技术还太新了，Nathan在过去真遇到过需要大量重拍的片子，有一个在放大以后被发现口型不对，同期声做不了，还有一个在放映以后被发现音画不同步，全都完了。

真的，幸亏信了Nathan。

到这儿粗剪正式做完。ABC-LAB认识的某个导演之前就说也要参展，于是，谢兰生拜托那位导演把《圆满》也带去交片。

报名的截止日是11月12日，交片的截止日是12月26日，也就是德国的圣诞假后，谢兰生的这部《圆满》可以说是堪堪赶上，Nathan甚至在12月23日还到ABC-LAB加了加班，谢兰生非常感激。

ABC-LAB送走了粗剪版本，便开始了精剪、配光。

这些都是莘野盯的。谢兰生则每天准时听莘野的提问并作答。

还是因为预算问题，《圆满》只能配两遍光，幸好Hunter Hunt是谢兰生这四年的配光师和合作伙伴，对效果的把控很到位。

接着是混音。

这回谢兰生可来劲了。

对于剪辑和配光，他看不见，也没办法，但是对于“混音”这步他可以用电话听啊！虽然声音有些变化，但谢兰生可以想象。

谢兰生非要全程听着，ABC-LAB公司的混音师简直要被谢兰生给弄崩溃了，没有遇到过这样的导演。

《圆满》音效比较复杂，而且，它里面有非常多的中国特色的东西，比如银杏树的沙沙声，比如自行车的车铃声，比如铁盆的落地声，比如搪瓷缸的落桌声……那混音师从业二十年都没听过这些声音，没有任何经验，而谢兰生吹毛求疵，对声音的每个细节都一定要做到最好，否则就要返工重来，比如各种声音的比例，比如它们的淡入、淡出。同时，《圆满》为了参加电影节，制作时间又非常紧，ABC-LAB公司的混音师苦不堪言，压力很大。

他不停地说：“谢导，您太难搞了！太难搞了！”

谢兰生也只有道歉，然后继续吹毛求疵。莘野也终于明白了电影局给他的评价：对一切事，虚心接受，坚决不改。

谢兰生也非常清楚自己是个“难搞”的人，只要和他共事过的都会给他这个评价。

之前，他总是让摄影师加一级的光圈再拍一遍，或者减一级的光圈再拍一遍，可事实上，所有人都知道，他自己也知道，一般人是看不出一级光圈的区别的，可谢兰生就非要拍，连摄影师带演员们一起折腾，一起受累。

在混音终于完成的那天，那混音师用一种枯木逢春的语气对谢兰生高兴地道：“谢导，终于做完了！”

“嗯，”谢兰生说，“谢谢。”

那混音师又评价道：“谢导，您是我见过的最难搞的一个导演。”

谢兰生：“……”

其实谢兰生有的时候也受不了他自己，当晚，为了确认他是不是真那么让人受不了，谢兰生突然问莘野：“莘野，我是不是非常难搞？”

“嗯？”莘野明显有些愣了，“什么难搞？”

谢兰生便解释说：“混音师说我很难搞。”

“没有。”莘野低笑，“谢导，您值得最好的。”

谢兰生：“……”

“谢导，您是最好的导演，您也值得拥有最好的同伴，值得拍出最好的作品。”

“啊……”谢兰生再次觉得，莘野总能让他焦躁的心安静下来，仿佛有魔力。

第　十　六　章

香　消

谢兰生是在次年的1月末接到了莘野从柏林打来的电话的。在等待的一个月中，他们做了精剪、配光，一步一步逐渐完善。

谢兰生对参加电影节的感觉还蛮复杂的。平心而论，谢兰生是比较沉浸于自己的内心世界的人。他也一直非常赞同“文无第一，武无第二”，说白了，“喜不喜欢一部电影”是主观的、感性的，跟思想、审美合不合拍等因素关系很大。而且，不管竞赛的级别有多高，它本质上就是俗的，人虚荣且非常功利——各大导演不断造势，争取让观众喜欢自己，让电影节的组委会倾耳注目、抛来桂冠。想想也是，若是选的大奖电影最后根本无人问津，电影节也办不下去，可这让它变得更俗，大众口味从来不是艺术创新的好朋友。

谢兰生对大众喜好自始至终保持敬畏，但做不到曲意逢迎。从这些角度来说，“拿奖”不是什么好事，许多大导从不参赛，不设竞赛的电影节似乎更加纯粹一些。

可是呢，人性真的是非常复杂，只要付出一些成本就总是会期待结果，不愿意做无用功，最后也变成俗气的动物，想要获得评委的赞赏，想要收割同行的艳羡，想要拿回一个奖项而后得到更多关注。谢兰生也一样，他一边告诉自己不要在意，一边控制不住地去想获奖，非常矛盾。可能，不去比赛真的是个比较合适自己的方式。

这次，谢兰生的主要目的是让自己的电影被盗版商带回中国，他不断地说服自己：参赛是为被人看到，这似乎也没那么俗。

因此，他在接到组委会从柏林打来的电话时，心里面最主要的想法还是欣喜。

在电话里，组委会的人问："是谢兰生导演本人吗？"

谢兰生则赶紧回答："Yes!"

那个苍老的声音道："我是柏林电影节的主席Ares Schrder。我们希望邀请您的电影《圆满》来电影节主竞赛单元，您愿意吗？"柏林、戛纳这些电影节的主席一年一换，全是知名的大导演，今年轮到Ares Schrder了，他曾拍出一系列非常经典的犯罪片。

谢兰生说："我的荣幸。"

接着，Ares Schrder与其他影展主席说出的话如出一辙："那我们会寄出正式的邀请函，请您带着来。另外，请在名单公布之前对电话的内容保密。"

"好的。"

Ares Schrder主席态度温柔，又继续说："柏林国际电影节的开幕日期是2月15日，闭幕日期是2月26日，谢导，恭喜，《圆满》已经被选为电影节的开幕影片，届时，相信各国各大媒体都会报道该影片内容。”

“……”

听到这话，谢兰生心里“咯噔”一声，坠了下去。

完了。

没戏了。

他知道，基本上，电影节的开幕影片是不可能拿大奖的，只能跟着陪跑。

因为出场太早了。十二天后评委早把首日看的电影内容全忘光了。

他只是一个独立的导演，没有人脉，无法运作，于是，被扔到了第一天去。最厉害的营销公司会让影片压轴出场，也就是在电影节结束前的周六或周日亮相——那时活动正在高潮，气氛正到顶点；次一点的营销公司则会拿到周四、周五；再次一点的那些公司也能拿到周一、二、三；而第一天就出场的可以说是放弃了的，这些制片人和导演基本只想出出风头。电影节的第一天，无数大佬都还没到呢。

还是那句话，电影参赛是要运作的。柏林电影节组委会要求电影国际首映，否则这部电影就只能去次级竞赛单元，这还简单点，奥斯卡等大电影节在这方面更有说道——导演要从多伦多起先参加一大车影展，而后上映，炒热气氛，接着去打众“前哨站”，拿金球奖，拿导演工会的最佳导演奖，拿全美影评人奖、洛杉矶影评人奖……不忙半年没戏唱的。

谢兰生觉得挺委屈的。

他是一个电影导演，为什么要这样呢？

没有大笔资金支持，没有庞大的人脉网，就只能被“打入冷宫”吗?

奥运会的分组出场还看预赛的成绩呢。

谢兰生也非常清楚，电影节要跟大公司搞好关系，拿更多片，可他一直单打独斗也真的是难免委屈。

表面上，谢兰生跟Ares Schrder主席依然十分客气地说：“谢谢，谢谢组委会对这部电影的信任，我会努力做好后期，带着《圆满》准时出现。”

“嗯，”Ares Schrder又说，“对了，电影必须配有英文德文双语字幕，您知道吗？”

谢兰生说：“我明白的。”

“还有一些技术规格会有专人再联系您。《圆满》会在开幕式上至少得到五个座位，闭幕式也是。组委会会给您报销一个人的交通、住宿费。”

“不用，”谢兰生苦笑着说，“我们只有一人过去，用不着五个座位。男主演会去德国，我本人则留在中国。”

Ares Schrder有些不解：“为什么您不参加呢？”

“我……”谢兰生犹豫了下，最后比较委婉地道，“我的护照没批下来。”

“嗯……”Ares Schrder似懂非懂，笑着说，“那，我们在这儿等他出现了。”

“谢谢，他也期待与您见面。”

“好。”

撂下电话，谢兰生想了想，还是跟于千子、莘野、柳摇、祁勇、岑晨等人都打电话说了这事，说他们应该一无所获了，历史上开幕影片就没有能拿大奖的。

谢兰生听得出来，于千子、祁勇、岑晨他们全都感到挺失望的，性格比较憨的岑晨甚至不加掩饰，只有莘野和柳摇安慰他说没关系的。

不管怎样，电影还是要认真做。

混音结束，ABC-LAB公司帮谢兰生把配光又调了调，接着，把德文也刻在胶片上了。德文也是莘野翻译的。

拷贝最后冲洗出来似乎还是湿漉漉的，莘野直接提着它就登上了去德国的飞机。

这时已是2月10日了。

莘野只有四天准备时间。

他要联系媒体公关去邀请众影评人，还要安排媒体采访等能造势的活动，还要进行技术审查，确保顺利放映，还要……总之，莘野剩的时间很少。

可谢兰生莫名地相信莘野可以做好一切。那个男人非常强大。

谢兰生在确定莘野已经带走最终拷贝后，又跟大家一个个地报告“搞定”的好消息。

他先打给女主柳摇。

柳摇问：“这回肯定结束了吗？”

“嗯，”这点自信还是有的，谢兰生说，“全做完了。”

“不会再需要补拍了吧？”

谢兰生笑：“不会。柳摇，干吗，你今天咋磨磨叨叨的？你是要去哪儿度假吗？”

柳摇笑：“差不多吧。”

“别担心了。”谢兰生说，“《圆满》摄制已经完成了。艺术永远都有遗憾，电影也是其中之一。如果天天缝缝补补，那一辈子也弄不完。没必要。《圆满》摄制到此为止，已经可以了，能见人了。”

“好。”柳摇似乎舒了口气，说，“太好啦。”

“嗯，”谢兰生也说，“太好了。”

通知过所有人后，谢兰生也没闲下来。

事实上，自从2月1日官方正式公布片单以来，谢兰生就不断收到老熟人的恭喜电话。

这天他又收到三个，其中最后面的一个是南渊厂同事打的，也是一名导演，跟谢兰生关系还行。

两人照例客套完毕，对方聊起共同的熟人：“对了，谢兰生，你知道吗，李贤导演又结婚了。他的前妻没人见过，两人长期两地分居，感情不好，就离婚了。”

谢兰生：“……”

“这个老婆太美了。李贤导演前几天说他老婆怀龙凤胎了！认识他们夫妻的妇产医生看到了。”

“……”谢兰生说，“那要恭喜了。”

“嗯，李导真是福星高照、好事连连啊。一是结婚，二是有子，三是有女，四是……”

谢兰生没注意去听“四”是什么，只随便敷衍道：“嗯。”

柳摇说过，只要李贤不是基因携带者，他跟他现在妻子的子女就不会发病。

接着话题谈到了别人，两人足足聊了半小时。

等到终于说再见时，谢兰生已精疲力竭。这个同事在南渊厂时就是顶级的大话痨，不管对谁都说个不停，谢兰生还挺怕他的。

没有想到，谢兰生刚放下电话，就又听到丁零零的声响。

“不会吧……”谢兰生已应酬累了，坐在桌前盯着电话，犹豫好久才接起来，希望这回是个干脆的，“喂？”

“谢导！”助理导演于千子的声音慌乱地传来，“您刚才在干什么啊？电话怎么才打通？”

“嗯？”谢兰生说，“刚才朋友来道喜了。”

“还道喜呢？”

谢兰生：“怎么了？”

这股怒气是从何而来？他感到很莫名其妙。

“谢导……谢导……”于千子的质问嗓音在一瞬间变得无助，他说，“有一件很不好的事……您一定要冷静下来。”

谢兰生的腰直起来，问：“发生什么了？”

于千子的嗓音沙哑：“柳摇……自杀了。”

“什么？”

谢兰生呆了，他周围的所有声音在顷刻间消失了。

柳摇……自杀了？

接下来的事情经过，谢兰生尽量让自己保持冷静去听。

柳摇是在家里自杀的。她化了妆躺在床上，明艳绝伦，不可方物。柳摇那不管她的爹正巧有事过去一趟，这才发现了一切。

“谢导，”于千子说，“柳摇留了两封遗书，一封是给她好友的，还有一封……是给您的。”

“是吗？”

谢兰生仍浑浑噩噩，他想，柳摇总说走出来了，可是原来，她从来没走出来过。

谢兰生出门跨上二八车，一路骑到柳摇的家。路上，他好几次差点出事。一回因为精神恍惚一下骑进一个坑里，车把一歪，差点就滚到旁边疾驰而过的卡车下了。另一回，因为抢着过小马路，竟没看到左边的车，几乎被撞，幸亏他在最后关头把自行车横过来了。俩司机都骂出了声，可谢兰生也没任何回应。

柳摇家里，警察也在。

谢兰生说他是“谢导”，还拿出了身份证来。警察仔细核对以后把一封信递给了他，声音冷静，言语关切：“节哀。”

谢兰生向床上看去，发现那里空空如也，粉色的床单上有鲜红的一摊血，像一朵盛开的鲜花，又大又艳。

谢兰生的眼睛被迫地睁大了。

那么温柔的女人，如水一样的女人，这就是她的归宿吗？

为什么？

为什么这一切要发生在她的身上？

老天没有一点怜悯吗？

谢兰生用颤抖的手把那封信给拆开了。

谢导：

抱歉，非常非常抱歉，还是给您添麻烦了。因为我是真的真的坚持不到26日闭幕了。我向朋友打听过了，这并不会影响参选，再说，柏林那边的组委会也并不会知道这些。

我这一生没幸福过。我三岁时母亲去世，我四岁时父亲续弦，他们不久后生下弟弟，我在世上变得多余了。后来我一共有两段感情，可是都没有善终。离婚后的这大半年，我很孤独，也很痛苦，日日夜夜无法入眠……连吃药都无法入眠。我深深地明白自己不可能再尝试什么了，可我一想到这种日子还要再过三四十年，就受不了。我不能够孑然一身。人生怎地才过了一半呢？人生怎地过了才一半呢！我知有人不需要爱，不需要陪伴，我却不行，我太软弱。

我想结束这一辈子，而后开始新的人生。我知道这并不值得，但……绝望不是理性的事。

我总关注前夫和他现在的妻子，甚至希望她早发病。这样的我太丑恶了，我不喜欢。走在路上，有的时候，看到别人母女同心，看到别人夫妻恩爱，我会想：为什么受伤的总是我呢？为什么不是别人呢？还是太丑恶了，我很厌弃这样的自己。为了自己不再堕落，我也应该早结束吧。

谢导，我由衷地感谢您。我的天赋非常有限，在人艺也只演配角，可是我也想要留下什么，我也想有经典角色。因此，在看到“李芳芳”时，我一下子被击中了。她就是我，我能演她。所以，我自私地加入剧组，又自私地隐瞒一切。我这辈子唯一一次做如此自私的事，就是对您做的。我的内心深深不安。我知道，我永远也不可能有别的角色超越“李芳芳”了，因此一生断在这里，很好。

我人生的最后温暖，全是谢导您带来的。我很开心，很开心。您一直尽量地对我好——把最好的房间给我，把最好的盒饭给我，经常夸我，经常和我聊天，您还在我被骚扰时不顾危险挺身而出，这些我都记在心里，而且我会带着离开。

谢导，别难受。我已认真地生活过，已尽了自己全力，并不遗憾。佛家常说三世因果，我下辈子也许会好。我很期待，真的期待。

另外，请别为我做任何事。我不想再打扰您了，一部《圆满》已经够了，我只希望您能都忘了。不要公布这些事情，我希望能安静地走。前夫他……也有苦衷，我实在是不愿继续。答应我，不要去找他的麻烦，好吗？谢谢啦。

谢导，您是我最感激的人，也是我最抱歉的人。

如果我也能像你们大家一样热爱生活就好了。

此致

敬礼！

柳摇

1996年2月10日

谢兰生在看完以后双手抖得更厉害了。

他“咚”的一声跪在地上，却一点都不觉得疼。他喘得似一个风箱，任由眼泪疯狂地奔涌，念叨着：“你怎么这么傻……你怎么这么傻……”

他的心脏仿佛被刺穿了，血淌在胸腹之间的膈膜上，带得五脏六腑跟着疼痛起来，并且还是没完没了地疼。

窗户开着，阵风袭来，把他吹得撕心裂肺。

他此刻才终于懂了柳摇那种演戏法，把自己的整个生命燃烧殆尽的那种演戏法。他一直都对此感到惊讶，庆幸可以碰到这种演员，还以为是天大的幸运，如今才知道，柳摇真的没顾自己，在生理上和心理上都不怕被悲剧所伤。

谢兰生就想起了他看过的《荆棘鸟》。

它在题记里面写道：有一个传说，说的是有一只鸟儿，它一生只唱一次，那歌声比世上一切生灵的歌声都更加优美动听。从离开巢窝的那一刻，它就在寻找着荆棘树，直到如愿以偿，才歇息下来。然后，它把自己的身体扎进最长最尖的荆棘上，便在那荒蛮的枝条之间放开了歌喉。在奄奄一息的时刻，它超脱了自身的痛苦，而那歌声竟然使云雀和夜莺都黯然失色。这是一曲无比美好的歌，曲终而命竭。然而，整个世界都在静静地谛听着，因为最美好的东西只能用最深痛的巨创来换取。

柳摇竟然也是这样。

因为柳摇和莘野，《圆满》远超他的预期。他自己也在两人的带领之下发挥出色，甚至《圆满》的配角们也个个无懈可击。莘野是个国际影帝，柳摇竟然毫不逊色，谢兰生在拍摄以前是万万不敢想的。

想着想着，谢兰生又突然明白《圆满》开机的前一天，南渊厂的那个室友为什么来找自己了。当时，室友劝他立即换人，不要用柳摇，他猜到是李贤的意思，却完全想不明白。

现在他懂了。

因为她有自杀倾向。

所以，李贤不想让她表演，不想让她出名，他想让她静静地死。如果闹出“前妻自杀”这样严重的丑闻，电影制片厂是很有可能开除他的。在国营厂，声誉第一。

可李贤又想错她了。

柳摇即使在遗书里也嘱咐了“不要去找他的麻烦”，而且还说他有苦衷。

谢兰生的脑海当中快速闪过了一幕幕。

她来面试“李芳芳”时，送大家小礼物时，帮别人缓解尴尬时，帮小红做手工时，拼命演李芳芳时，把头脸扎进水里时，咚的一下跪上瓷片时，演最后的哭戏时……在每一个场景当中柳摇都是鲜活的。

谢兰生又忽然想起他昨晚做的梦。

他破天荒地梦见柳摇了。梦里，他漂到了一大片古色古香的地方，塘里水波清澈见底，上面荷花开得正好。而对岸是一大片正怒放着的鲜花，那么漂亮，一个娇俏的身影就站在里头。也不明白是为什么，他就知道那是柳摇，于是叫道：“柳摇！”柳摇抬起眼看见自己，没说话。他又问：“你还好吗？”而对方的笑容模糊，没有回答，转身就走。他急了，一边叫着对方的名字，一边蹚进那个池子，想追过去，但对方却越走越远，最后走进了越来越浓的重重雾气里面去了。

谢兰生浑浑噩噩，他也不知自己何时被于千子拉起来了。

“谢导！”于千子说，“您别多想。”

谢兰生只看着对方，说：“嗯……”

“您……”于千子抓耳挠腮，“您还需要推广《圆满》呢！

让世界看到柳摇才好！您这时候可千万不能伤心，不能消沉！”

“嗯……”谢兰生也知道对方是在担心自己身体，因为自己还在哭。

他想要跟莘野说话，可是莘野还在飞机上。

“谢导，”为了转移话题，完全不知柳摇前夫的事的于千子说，“这次柏林的电影节还有一部中国片子，您知道吧？李贤导演的《湘竹泪》。”

谢兰生只苦涩一笑，道：“知道。”

于千子又说：“我刚刚听电影局说，官方这次势在必得。中国官方在柏林会造出很大的声势来，会有很多活动，也会有各种推荐，咱们没有任何优势。”

“……”谢兰生抿紧了嘴唇。

从柳摇的房子出来，谢兰生把楼门推开，冷风一下扑到脸上，带着冰碴，仿佛一个辣辣的耳光。

他一抬腿，跨上二八车，向来路骑，每蹬一下都好似要耗尽他全身的力气。身边，一辆辆公交车驶过，宛如庞大的野兽，可最终却还是一一被吞入了冬夜深处。2月的寒风扑在脸上，穿透身体，他只觉得又痛又酸，一会儿一个冷战，一会儿一个冷战。这寒风还萧萧飒飒，一阵一阵，忽缓忽急，掠过两旁的树枝枝丫，发出高亢的哨响来，好像一个女人，压抑久了，克制久了，从胸腔里发出悲鸣，从嗓子里发出尖呼。

城市还是灯光璀璨，还是红尘万丈。车流汹涌，人流也汹涌，可那个人已不在了。

要到家时天飘起雪。在两边的路灯之下那雪粒子如珠帘般，还是金黄色的珠帘，既美丽，又凉薄。

接下来的一整天里谢兰生都浑浑噩噩。

周围一切全都变了，宛如被谁给篡改过。它扭曲、歪斜、破碎，有戏剧一般的荒诞感，又有前所未有的真实感。荒诞、真实如此统一。

他一直睡，一直做梦，梦里视角却是柳摇的。他似一个孤魂野鬼，在另一人的梦境闯荡，左冲右突，失去方向，眼见就要困死在其中。他能感到，命运的手把他攥着，抑或把她攥着，向下拉扯，而当事人懵懵懂懂，在一开始全然不知，到后来又无力抗衡，一点儿办法都没有。一直坠落、坠落、坠落。

他就抱着被子，一会儿如沸水浸身，一会儿如冰水透体，冰火两重天，备受煎熬。

谢兰生没有吃饭，总在睡，似乎是在逃避什么。

直到莘野打来电话。

彼时莘野已到了柏林。飞机落地正是晚上，莘野没立即联系他，而是先去做准备，直到12日的一大早才给谢兰生打来电话。

莘野声音刚一响起，谢兰生就绷不住了，他说："莘野……"

莘野立即感到不对，问："怎么了？"

谢兰生想打听打听李贤那边的消息，先努力装作无事："于千子从电影局那儿听说李贤阵仗很大，是真的吗？"只是问完这一句话谢兰生就耗尽力气。他一字字用力地说，声音紧张，嗓子发抖。

莘野那边沉默一秒，答："嗯。电影局已经开了新闻发布会，邀请到了几乎所有知名记者和影评人，还请到了不少欧美大牌明星助阵吸睛——很多观众关注明星，会连带着看到《湘竹泪》。”

谢兰生：“……”

莘野又道：“还有，《湘竹泪》的制作团队一共过来了四十个人，与这边的大小媒体都进行了一些接触。导演对接大的媒体，队员对接小的媒体，非常细致，没有遗漏，连受众有限的地方媒体都没放过。”

谢兰生又咬了咬唇。《湘竹泪》有四十个人，《圆满》这边才一个人，就只有莘野一个人。

那边，莘野还在“火上浇油”：“大领导亲自督阵，除了开发布会，还会举办各种活动，确确实实阵仗很大。在官方的运作之下这部电影周六展映，最好的时间。”

谢兰生就小声地问：“他们希望最大是吗？”

莘野回答：“也不一定。我刚做了一些了解，《审判》目前呼声最高，《湘竹泪》则紧随其后。”

“嗯……”《审判》是德国本土片子。

“谢导，”莘野又问，“发生什么了？”

谢兰生犹豫了一下，他既想让莘野知道，又不想让莘野知道。谢兰生心里明白，为了自己，为了《圆满》，莘野肯定会尽全力，没必要再施加压力。告诉对方这个变故会让莘野压力过大，对莘野的身体不好，对《圆满》也不好。

谢兰生刚决定瞒着，莘野就又追问了一遍：“说。不对劲。肯定有事刚发生了。”

莘大影帝如此敏锐，谢兰生也瞒不过去，他靠墙滑坐在了地上，一瞬间垮了下去，盯着上方白花花的墙，好半天，才轻轻地说：“莘野，柳摇……没了。”

“什么？”莘野一时没反应过来。

“柳摇自杀了。”说完，谢兰生把莘野他们不知道的一一讲了，包括柳摇的家庭，包括她的婚姻，包括最后那封遗书。

2月的冷风依然在吹，它在玻璃上拍打着，猛烈有力，好似一个狂怒的人蓬头散发地咆哮着。

谢兰生说出来后感觉好些了。

莘野也被震住了。

与谢兰生一模一样，他也从来没看出过。柳摇这人藏得太深，或者说，躲得太深。

他猜柳摇重度抑郁，可谢兰生他们不懂，他没多吱声，只用温柔的声音说：“兰生，别自责。你救不了。你拉不回来。”在重逢后，莘野一直叫谢兰生“谢导”，从不造次，这是首次叫他“兰生”。

“我知道。”因为面对柳摇的痛苦，他们根本无能为力。

“就像柳摇说的，在生命的最后阶段，遇到您，遇到《圆满》，她了却了一个心愿，才终于能没有遗憾。否则她会更加痛苦。”

“嗯……”

谢兰生也明白他没办法拯救什么，改变什么。柳摇说了，自己活着只是受苦，离开才是解脱，可他还是非常难受。

作为一个搞艺术的，他对死亡的接受程度比一般人其实要高，可，还是非常难受。

“谢导，”莘野又继续道，“沉浸于过去无济于事，活着的人更加重要。现在，咱们唯一可以做的，就是……让‘李芳芳’成为经典。”

“嗯……”

如同柳摇所期望的，让“李芳芳”被更多人见到，让她用生命演的角色可以绽放最大的光彩。

还有，不能输给李贤。

他必须打起精神。

像一个跋涉的旅人，不敢停顿，也不能停顿。

谢兰生又回到一边的小沙发前轻轻坐下，闭了闭眼睛，又睁开。他顿了顿，问：“莘野，咱们在电影节要做哪些宣传活动？预算多少？”

莘野颔首：“预算三十万。不过，资金不是首要问题，人脉才是首要问题。我已经跟最大的那家媒体公关签合同了，由他们来邀请各大新闻媒体和影评人。不过，他们只会邀请到场，具体记者和影评人写不写，写什么，谁也无法控制。”

“嗯。”这样很公平，很好。

“另外，他们还能请来一些杂志记者做专访。我想了想，为了能上更多报道，我们需要制造话题。早早出场也未必就不具备任何优势。这样时间更多，可以制造更多话题。我目前打算两天一个，一直持续到最后一天。电影前瞻来上一波，影展开幕来上一波，边缘群体的权益说上一波，女性权益说上一波，在《湘竹泪》公开展映时作为对比再来一波，最后一天的闭幕式前做总结再来一波。我已经把每个话题所对应的专业媒体安排在了相应时段，也确定了先后顺序，这样，因为有话题，没受邀的细分媒体也可能会进行报道，而且，因为有不同的切入点，观众也不会厌倦。据我所知，其他电影没有这样区分媒体，而《圆满》多轰炸轰炸可能让人印象深刻。广告学上有个理论——一个广告出现七遍，受众才会有所行动。”这样，他一个人没法做太多采访的劣势变小了。

“原来如此，还有呢？”

“还有一些意见领袖。”莘野说，“我出发前对当地的重要活动摸过底了。我会邀请意见领袖来电影节看展映的，开幕式票很有诱惑力。另外，派对、记者会，也全都有。”

“好……”谢兰生说，“莘野，拜托了。”

莘野一哂：“客气什么。”

“请务必做好一切。”

“当然。”

两人讨论宣传过后，谢兰生的干劲上来些，谢兰生又突然想起莘野上次也安慰过他，便小声道：“莘野，谢谢。”

“谢什么？”

“当时《生根》胶片废了，也是你来安慰我的。那时候你还骗了我……一支0.5毫米的笔芯能写二十五页的A4纸，跟真事似的。”谢兰生想，莘野总能让他好受些。

那边莘野沉默了下，突然说：“一支0.5毫米的笔芯能写二十五页的A4纸，是真的。或者说，差不多是真的。”莘野给这件事下了结论。

谢兰生：“嗯？有证据吗？”

“当然。”

谢兰生没再说什么，他突然想见莘野了。

第 十 七 章

远 航

影展开幕前三四天莘野做了不少活动。他每天早上都向谢兰生汇报当天的进展，谢兰生也不大明白，只叫对方全权负责。他相信莘野能做到自己完全做不到的。

中间有一回，莘野说电影节官方要给导演一一拍照，因为最后一天晚上颁奖仪式兼闭幕式的主会场会悬挂起每位导演的大照片，这是影展对最出色的导演们的敬意。

谢兰生并不能去拍照，因此，电影节组委会希望谢兰生能寄张照片。他们承诺，洗完相片后会把底片原封不动地还回去。

谢兰生答应了，回到房间开始挑。

他毕业后的这几年都没什么单人照片，谢兰生挑了好半天，最后拿起一张来。

他决定寄这张过去。

这张照片是谢兰生毕业那年拍摄的。在照片里，他站在一棵银杏树下，笑得欢畅，充满希望。他静止着，也汹涌着。

那个时候，谢兰生完全不曾想到自己会走这样一条路。在他心里，他会进入大制片厂，当导演，拍电影，他的电影会在全国上映，爸妈会带着大家去观影支持。

可结果呢？却是如今这样。

仅仅隔了六年而已。

他不能到现场领奖，别人只能看看他的照片。那，就让别人看看自己风华正茂的样子吧。

对于电影，他的心意还是一样；对于现实，他却更加无能为力。

在摄制时，他会走入一个梦境，五光十色，绚丽灿烂，他努力地认识世界，也努力地记录自己，不管作品好与不好，全都是真实的他。每部电影，都是人生的一个碎片，也是人生的一块拼图，有的重要，有的不重要，可他通过这些电影才对自己有了真正的了解。没有电影的谢兰生可以说是苍白无趣的。拍电影时，他的思想挣脱出笼，他的意识得以驰骋，他因为电影这个形式而获得了新的生命，不再受困于现实的窠臼。他能构建新的世界、新的时空，里面的一切让他满足。

可对于生活，幸好他永远是心不在焉，也不会太焦头烂额。

在等待的时间里，谢兰生也十分焦虑。

他睡不着觉，每天晚上只要睡上三四小时就会醒来，而后便干躺着，东想西想，一直折腾到天明。他想睡觉，可就是睡不着。到后两天，失眠越发严重，每天晚上睡眠时间从三小时到一小时。谢兰生想，如果继续这样下去可能要吃安眠药了。

如果《圆满》只跟自己有关系，他不会这样，可现在，它还跟柳摇有关系。他不想让柳摇被埋没。

他也知道焦虑不安对于现实无济于事，可他还是控制不了自己，整日胡思乱想。

谢兰生的这个状态在电影节开幕那天达到顶峰。

柏林时间2月15日，电影盛会开始了。

谢兰生像个困兽，在房间里来回转圈。

他试着看书，可那些字好似蚂蚁，撕咬着他，啃噬着他，把他的心啃得糟烂，左右收拾不起来。

晚上八点，到《圆满》的展映时间时，谢兰生在自己房间对着眼前的大白墙，扶上去，在头脑中把这部电影一帧一帧地放映了一遍。

李芳芳……

在“看到”了李芳芳时，谢兰生的心中一痛。

等谢兰生在大脑中把《圆满》同步放映完，北京的天已蒙蒙亮了。他非常想立刻知道现场观众的反应，可这时候也只能等于千子给他发消息。谢兰生跟自己父母一家三口住在一起，莘野如果直接来电，李井柔会骂死他的——对他这种拍电影的方法母亲仍然是不赞同。幸好，于千子说他会熬通宵，莘野可以给他打电话，他接着再发消息给谢兰生，是一样的。

莘野可能需要应酬，没时间打电话，谢兰生在自己房间坐立不安，直到早上七点，BP机才发出“叮”的一声。

他赶紧把屏幕按开，一看——是于千子发过来的，关于电影的首映礼。

屏幕上只有一句话：谢导！牛！《圆满》放完，全场观众起立鼓掌八分多钟！

“……”

谢兰生的眼睫毛在一瞬间有些湿了。

全场观众起立鼓掌八分多钟?

真的吗?

他能相信吗?

可能是想让谢兰生安下心后早点休息，莘野直到下午三点才把电话打回中国。

可谢兰生根本没睡，他一把将电话抓起来，问：“莘野！真的吗？全场观众起立鼓掌八分多钟？”

“对。”莘野声音带着磁性，“谢导，恭喜。”

“谢谢……”

“你没看过最终版本，不会知道它的震撼。”事实上，谢兰生作为导演却什么版本都没看过，莘野又道，“我这也是第一次在大屏幕上看到《圆满》，太震撼了。在一开始，有些观众还以为它是普通的小众题材影片，还挺不屑，然而，后面内容急转直下。假的妻子、假的儿子，才宽渐行渐远，而柳摇最后几场的崩溃把所有人都震住了。到最后的周岁宴时整个会场鸦雀无声。我想，他们都看懂了。”

谢兰生又想哭了。

“谢导，”那边莘野又说，“今早影评也出来了。我念一些给你听听？”

“好。”谢兰生深吸口气，在心里面做好准备，“你念。”

他估摸着没有好话。

他从记者那儿听说，《圆满》这种家庭写实内容是新电影所摒弃的，是守旧的，要被打败的。

“嗯。”莘野开始念了，“国际影评人协会说：‘出乎意料，今年柏林电影节第一天就开始沸腾了，这在以往是没有的。’”

谢兰生：“……”

“《德国之声》说：‘中国电影大放异彩，索票人数远超预期。’”

“……”

“还有，×××的：‘今年，《圆满》作为开幕影片对后出场者是个灾难。它拉高了观众的期望，后面出场的电影都免不了被拿来与《圆满》做对比，而后，可能一败涂地。’另一家媒体说：‘这部《圆满》充分证明了家庭写实永不过时。’还有：‘电影包含着导演对拍摄对象强烈的爱与关心。’”他签下的媒体公关邀请到了许多记者，因此报道铺天盖地。

“……”

莘野念了不少评价，谢兰生简直不敢相信。

直到莘野挂了电话他还感觉是在做梦。

他忍不住想：莘野是否在骗他呢？《圆满》真有那么好吗？

是不是因为柳摇的悲剧，莘野担心他太难受，所以瞒他并且骗他，让他心里好过一点？这样，等十二天后他的心情平复一点了、理性一点了，再告诉他虽没拿奖，可是各方评价很高，继续骗？

这似乎也挺有可能的。

虽然几个香港记者也先后给他发了祝贺，然而措辞十分客套，也看不出是真是假。他们几个不在柏林，也都是听别人讲的，谢兰生也不好意思从他们那儿打听消息。

谢兰生又开始焦虑了。

他又连续两个晚上都只睡了三到四个小时。

而在最后让谢兰生相信些也平静些的，竟是一个挺出乎他意料的老朋友——森田小姐。

在《圆满》展映后的第三天，谢兰生突然接到一个日本翻译打的电话，他说自己正好出差到中国来进行交流，是森田的好朋友，又说，森田正在柏林卖片，看到了《圆满》展映，于是请他向谢兰生转交一个小礼物，祝谢兰生旗开得胜。

谢兰生还挺意外的，立刻就按对方说的念了一遍自己的家庭地址。

于是，森田小姐的好朋友带着礼物上门来了。

谢兰生本以为森田送的礼物会是娃娃，或者是和服、扇子、陶器这些东西，因此，当对方把礼物拿出来时，谢兰生呆了。

那竟是一把日本刀。

日本刀，是日本人送朋友的最高级别的礼物，代表最高级别的敬意。

古代中国也有刀礼，是非常庄重的礼仪，象征二人是知音。三国吕虔有一宝刀，据说佩带便能位列三公。吕虔得到王祥帮助后便把刀送给对方，认为对方有资格位列三公，后来，王祥果真位列三公，于是出现“赠刀”这个词。张大千就画过吕虔赠刀的画，李白、岳飞也都写过赠友人刀的诗词。现在中国基本没了这种礼仪，可在日本却仍流传。

“谢导，”森田那个朋友又说，“森田这次并未入围，只是去卖片，她在会场看了《圆满》，非常感动，说谢导更厉害了。知道我来，便请我带这个礼物来，并祝您披荆斩棘、马到成功。这是日本名家锻的，森田也是刚刚拿到。另外，她请我到北京一家寺庙帮您祈福了。她说，这么好的一部作品应该被更多人看见。”

“啊。”谢兰生说，“谢谢森田了，有心了。我也准备了一份回礼，麻烦您带回去。”

谢兰生还挺感动的。他与森田两个人间的语言就从没通过，可这并不妨碍他们成为朋友，他们之间甚至有一种灵魂交流的庄重。

谢兰生想，既然森田也被感动了，也许，《圆满》真的很好看吧。

在《圆满》展映以后，各项活动也开始了。

莘野签的媒体公关确确实实尽职尽责，他们几乎请了所有重量级的记者观影，又根据题材和内容，凭多年的经验积累请了他们认为会很喜欢《圆满》的影评人，主要是大影评人，也有小影评人——这些人在专栏、博客等地方发表文章，会影响到读者受众，进而影响到评审团。而对于那些极大可能对《圆满》并不感冒的，公关也没自取其辱。

于是，展映的第二天，因为策略十分得当，同时电影质量过硬，《圆满》成了大热门，而开幕影片成大热门在过去是非常少见的。

莘野还办记者会、派对，还是媒体公关负责邀人。能在欧洲当记者的肯定英文过关，而莘野交流起来也毫无障碍。翻译经常不懂电影，也未必能表达完全，而且隔着一个翻译也说不了太多的话。莘野说了不少可以让记者们大写一番的话语。

莘野还在官方场刊上买了两个广告位。两个广告都不便宜，莘野自己填了成本，但谢兰生一无所知。

对“造话题”媒体公关也感到挺新奇的，但是赞同。于是，话题一波一波地放出去，不同媒体分类讨论，持续造势，不让《圆满》降温。

在宣传的同时，莘野还负责卖版权。他弄了个试片间，喝着咖啡，西装革履地等片商在试片间看完片子，再讨论。而后，不管对方出什么价，莘野全都只摇摇头，说要看过其他片商开的条件才能决定。各大片商都觉惊讶，因为中国的电影能卖到欧美的非常少，莘野竟然如此自信，《圆满》似乎非常抢手。这样一来，各方报价越来越高。

谢兰生觉得，莘野真是一个奸商。

在宣传的过程当中谢兰生也不是没事可做。

莘野毕竟只是主演，他谢兰生才是导演，因此，几个大的报纸、杂志的专访，莘野安排隔空做。谢兰生把可能会被问到的问题都准备了一下，还让莘野在电话中修改句子、纠正发音，花了好几天。

其实，谢兰生的英语水平算是非常好的。他本身英语成绩是全校前三，分数都能上科大了，他还生在首都北京，很早就有收音机了，自己学《许国璋英语》。而那时候中国学生口语普遍不行，他居然还好。他常常去北京公园的英语角跟人聊天，每回准备一个话题，那儿总有一些老外，他就听听人家说的。他也经常看内参片，每周一次甚至两次，琢磨剧本、琢磨台词，发音要比别人地道些。拍《生根》那会儿又跟莘野学了学，后来为了参加比赛还更努力地报班练习，因此比起当年在学校时又进步了。何况近几年，北京也有外教了。

莘野把相对小的专访放在前面，把几个大的专访放在后头，谢兰生则按照顺序，一个一个地聊过去。

这天，谢兰生做了参赛以来最重要的一个专访。

对方是在北京时间下午四点打来电话的。记者去了莘野房间，莘野直接拨通号码，并且坐在记者旁边准备随时充当翻译。谢兰生的英语水平他知道，可能会突然卡壳，也可能不会。

电话接通，记者Leon问：“您好，是谢导吗？”

谢兰生说：“您好，对，我是谢兰生。”

那边Leon说：“我是《法兰克福时报》的记者Leon……”

介绍完毕，进入正题，采访开始。

第一部分是关于《圆满》的。

Leon问了不少问题出来，第一个就是："您最初是如何想到把边缘人物当主角的呢？"

"嗯，"谢兰生说，"我知道，边缘群体的权益问题正在欧美受到关注，其实，在中国也是一样。去年'世界妇女大会'刚在北京成功举办，这些东西在大会上也被讨论过。北京组织'中国彩虹'刚发布了公开信。我在北京王府井也见过他们做活动。我注意到，中国的这个群体与欧美的现状不同，他们要面对更多的问题……另外，电影里的故事就是一面镜子，我想讲的要更多。"

对于电影导演来说，永远对人群充满好奇，他也曾通过各种途径，看到过一些边缘群体的故事，那些材料，他也一页页翻过，一行行看过，他想要了解他们这个群体，或者是群体中的某一个人。

"好，"Leon又抛出问题，"这部电影的资金是从哪儿来的？演员呢？"

"嗯……"这个问题谢兰生也准备过。

十五分钟后，十个问题全部问完了，Leon把话题从电影直接切到谢兰生身上。

几个问题后，他又问了让谢兰生显得很像异类的那个问题："您有什么兴趣爱好？"

"……"谢兰生又只好回答，"看电影、拍电影。"

"我的意思是，除了电影。"

“没了。”谢兰生说，“我几乎把所有时间都放在电影上了，从来没有别的事情让我觉得更加有趣。”

“这太不可思议了。”Leon似乎被震住了。

专访最后一个部分是关于中国电影业的，谢兰生也针对问题一个一个认真答了。

然而，没有想到，就在专访要结束时，Leon突然语气一变，极具进攻性地说：“谢导，我这里有一组数据。1995年，中国卖出六十万台VCD，预计1996年，数字会是六百万台。中国人在各级城市疯狂抢购盗版电影，他们看得比谁都多，花钱比谁都少。我这里有一些照片……莘野先生可以看到，中国人在购买盗版影片，这种行为并不应该得到支持，因为它让电影人付出了一切却得不到任何报酬。谢导，我想问，你怎么看待这个问题？”

谢兰生呆住了。

Leon的这个问题带着恶意。

谢兰生也不太了解Leon提问的真正用意。

他是听说这件事后想要知道为什么吗？想要知道买家的想法？

还是说，他有白人的种族优越感，今天只是借题发挥？自己如果说“羞耻”，就是在跟他一道强力谴责中国人，而自己如果说“不羞耻”，就也变成了Leon口中那种人。

莘野似乎想要说话，被谢兰生给拦住了。

谢兰生沉默几秒，又缓缓地道：“Leon先生您可能不知，中国现在每一年只引进十部世界影片，包括中国香港和中国台湾的，而且今年是头一年引进、放映世界影片。中国城市人均收入只有3893人民币，可《真实的谎言》票房破亿，《红番区》票房将近一亿，《狮子王》有4100万，《虎胆龙威3》4700万，《生死时速》3780万，《阿甘正传》1960万。十部片子都票房极高，这简直是一个奇迹。”

“嗯？”Leon不懂谢兰生说这些的用意。

谢兰生又道：“中国正在逐步放开，相信还会继续放开，观众们也想要观看更多外国优秀电影，想要了解外面世界，我们希望可以知道另一部分人是怎样的，他们是怎样生活的，又有着怎样的感情，而电影能突破空间，让中国人可以听到其他人在说些什么，看到其他人在做些什么。”

Leon：“……”

谢兰生又说：“Leon，你知道吗，有人爱看美国大片，有人爱看经典老片，也有些人喜欢日本唯美电影，或是欧洲文艺电影。我也去过盗版市场，发现……碟片上的有些导演竟然连我都不认识，可是它们在商贩那儿还是有市场的。这个现象说明什么？说明，居然有人喜欢看非常冷门的电影。”

谢兰生顿了顿，又继续说了：“是的，很多中国人还没有受到这方面的正确教育，根本不懂正版盗版，更不明白知识产权。他们从来没产生过任何版权的意识。我相信，因为他们在一开始对内容是廉价获取的，他们在未来也很难成为正版的顾客，我们以后肯定要花很长时间、很大努力才能让他们明白这是不值得提倡的。”

Leon：“……”

“好了。东拉西扯了这么多，用一句话回答问题。我的答案是，买盗版和看盗版电影，确实不是一个正确的方式，”谢兰生的声音不大，却一字字掷地有声，“但是，相信在不远的未来，这一状况，一定会有所改变的。”

第　十　八　章

彼　岸

谢兰生并没有想到，他这一番关于“盗版”的言论竟在德国引起讨论。记者Leon还有些操守，按谢兰生的原话写了，而欧洲的电影人只知中国盗版猖狂，却不知那些盘根错节的东西，这回也明白了“盗版”还能是一扇窗，内心复杂。

2月24日，距柏林电影节闭幕式还剩两天，李贤的《湘竹泪》亮相。第二天，也就是2月25日，两部中国的电影不可避免地被对比，而大多数的影评人认为《圆满》更胜一筹。两部片子都说中国，可《圆满》更打动人心。

也是在这一天，莘野告诉谢兰生说：“柏林电影节组委会为了表示最高敬意，给谢导您在闭幕式预留了个空的座位。”谢兰生并不能出国，组委会却没怠慢他，他们知道谢兰生是没有护照才不能出席的。

“啊。”谢兰生还挺感动的。

“而且还是在第一排。”

“嗯，有心了。”

“兰生，”最后，莘野说，“如果片子没能拿奖，这绝不是你的错误。”

谢兰生沉默几秒，才说：“我知道。”

莘野声音轻缓：“最佳导演、最佳影片，这些东西太主观了。我肯定能卖掉片子，有很多人欣赏它。”

“莘野，我知道。”

2月26日是电影节最后一天，也是最重要的一天。

白天，谢兰生到花卉市场买了一束白色菊花，点缀了几朵黄的、橙的，想去墓园看看柳摇。

他还买了几枝水竹，枝繁叶茂，打算回家把装矿泉水的塑料瓶斜着剪开，再把这水竹插在里头摆在案前。谢兰生挺喜欢水竹，枝节向天，坚韧挺拔。

花卉市场的边上有一家小小的理发店，谢兰生在犹豫之后又走进去理了理发。

之前《圆满》做后期时谢兰生是自己剪头的，因为没时间。此时，他两边刘海齐刷刷的，乍看起来十分可笑。谢兰生觉得，既然他是去“见”柳摇的，还是别太污染眼球了。

接着，谢兰生乘公交车到香山脚下的万安公墓。

柳摇跟她妈妈葬在一块儿。柳摇爸爸说他以后会跟老婆合葬，因此，把前妻墓里那个空位直接转给女儿了。谢兰生想，这说不定也是柳摇所希望的。

墓碑上面已刻了字，写着“女 柳摇，生于1961年5月1日，故于1996年2月10日，父柳光明敬立，1996年2月17日”，柳摇寿命还不到三十五。

北京冬天风大，柳摇墓碑上全都是土，看得出来，这些天并没人来过。

谢兰生把塑料兜里的矿泉水瓶拿出来，拧开，把他随身带的白毛巾浸湿了一半，仔仔细细地开始擦墓碑，他分外认真，一下一下，犄角旮旯也没放过，连侧角都一并抹了。

擦完，谢兰生把鲜花放好，又拿出单独买的黄色白色两枝菊花，几瓣几瓣地撕下来，围着墓碑轻轻撒落。花大部分被撒在石头上，一小部分被撒在地上，美丽，宁静。

谢兰生又忽然想起柳摇非常喜欢鲜花。

她喜欢花，喜欢美，谢兰生便轻轻念叨："柳摇，马上就要到春天了，你能看到新生的花吗？"

自然无人应答。

他也只能深深希望另一个世界也有繁花。

谢兰生又站了会儿，闭园时间已经过了。

他又说："柳摇，闭园了呢，我要走了。电影节的闭幕式是柏林时间晚上七点，北京时间凌晨两点，我本来想第一时间让你知道最终结果的，但不行了。这样吧，明天八点一开园我就来告诉你拿没拿奖，好不好？那个，我之前也跟你说过，千万别抱太大希望。"

末了，他又道："对了，你说，不要公布这些东西，你希望能安静地走，还说，李贤也有苦衷，不要去找他的麻烦，我做到了……虽然很难。你若真的这样希望，我们大家不会违背。唉。"

这时一个守园的阿姨挥着扫把来赶人了，磨磨蹭蹭的谢兰生只好提上东西离开。

柏林时间晚上七点，北京时间凌晨两点，第46届柏林电影节的闭幕式开始了。

谢兰生没回自己的家，而是一路走到他们拍《圆满》时住的那个宾馆，问前台的招待小姐他当初的房间还在不在，在得到了肯定的答复后，请对方开了一晚，拿着钥匙上楼去了。

一切还与当初一样。

谢兰生在小茶几边的单人沙发上坐下了。当初，他常常在这张沙发上给全剧组开会说戏。他总是坐在这儿，于千子则在他旁边，小红、小绿喜欢躺在他的床上边听边滚，莘大影帝喜欢拉出桌前的木椅正对自己，柳摇……贾婷……祁勇……岑晨……

画面清晰如昨。

谢兰生跷起长腿，一手撑头，一手搭在膝盖上。

他看看表，知道现在还在进行“闭幕红毯”这个环节。

柏林红毯只有十米。谢兰生想，别的片子都有导演、男女主演一起上阵，可是《圆满》却只能派莘大影帝一个人去，怪冷清的。那个男人孤高冷傲，应该显得很特别吧。

谢兰生曾出席过都灵影展的闭幕式，也知道柏林都有哪些奖项，因此能将闭幕流程猜出来个七七八八。

嗯……八点了，红毯结束了，颁奖典礼开始了。

主持人会说一些话，嘉宾也会说一些话……他不知道会是什么话，把都灵电影节上的场景回顾了下，让这部分直接过去了。

接着应该是颁奖了。

首先该是……终身成就金熊奖。

其次该是最佳短片。莘野1991年就参加过柏林电影节的闭幕式，还拿了影帝，因此，谢兰生连每个奖项会颁多久都门儿清。

谢兰生没机会看到被提名的各个影片，只听莘野简单说过呼声最高的短片是《文身》，于是，便在大脑里构建出了《文身》获奖的场景。

这个时候大屏幕上会放一些电影片段，而后导演上台领奖。

接着该是评审团奖。

会是哪部？《圆满》？《湘竹泪》？《审判》？

就当是《湘竹泪》吧。

嗯，八点四十了，前奏过了，正戏来了，首个大奖是“最佳女演员”。

会是……柳摇吗？真希望是柳摇啊。莘野上去帮她领奖，叫她留在世人心里。

“最佳男演员”……肯定不会是自己了。听说《审判》演得很好，那让《审判》拿了好了。

最后，“最佳导演”银熊奖。

是拍《审判》的美国人吗？还是李贤？还是自己？

就当是美国人吧。

“最佳影片”金熊奖则给自己。

想到这里，谢兰生又苦涩一笑。

他知道，他想象的这个名单几乎是不可能的。莘野昨天刚刚听说，电影如果拿了大奖，前一晚的夜里会有人将一个信封塞进导演屋里，让导演们准备致辞。他睡到了两三点时真听到了窸窣的声响，走过去打开信封，却发现是来自片商的——那个片商紧急回国，于是塞了张名片进来，让人空欢喜。而到早上，莘野听说有其他人在大半夜收到信了。他问是谁，对方没说。

另外，莘野看到李贤他们一大早喜笑颜开的。

谢兰生知道，跟电影节委员会关系好的人能提早知道结果，甚至评审会议一结束就能立刻拿到获奖名单，比如一些制片人、导演、媒体记者，再比如一些电影公司、销售公司。

总之，李贤他们喜笑颜开不是什么好的征兆，很可能是他们拿了金熊奖。

谢兰生长叹了口气，静静地看着天花板。

还是不行吗？

即使，全场鼓掌了八分钟，大影评人都很喜欢，《圆满》还是无法逃过“开幕不擒熊”的魔咒？运作还是远重要于电影本身的质量？

真的吗？

就在谢兰生胡思乱想时，他的BP机响起来了。

谢兰生是临时决定到宾馆来等消息的，莘野那边并不知道，于千子也不知道。他们两个还都以为谢兰生不能接电话呢，于是，莘野依然按照流程先给于千子打电话，再让于千子发BP机消息。

谢兰生把BP机按亮。

上面只有一句话——谢导，《圆满》拿到金熊奖了。

紧接着又过来一条—柏林历史上第一次开幕影片拿到金熊奖。

“……”谢兰生再次望向空空荡荡的天花板。

他拿到了自己人生中的第一个世界大奖。

他拿到了欧洲三大电影节之一的最佳影片。

从此，他也是个大导演了。

有柳摇的命在里面。